LE VOYAGEUR SECRET

Fils d'un homme d'affaires britannique, John le Carré (pseudonyme de David Cornwell) est né en 1931. Après ses études qu'il fait en Suisse, puis à Oxford, il se marie en 1954. Reçu à un concours du Foreign Office (ministère des Affaires étrangères), il est nommé deuxième secrétaire à l'ambassade d'Angleterre à Bonn. C'est pendant qu'il est en poste à Hambourg – où il a été muté en 1961 – qu'il écrit son troisième livre, un roman d'espionnage qui le rendra célèbre : L'Espion qui venait du froid. *Ses ouvrages suivants, notamment* Le Miroir aux espions, Une petite ville en Allemagne, Un amant naïf et sentimental, *la trilogie de Smiley :* La Taupe, Comme un collégien, Les Gens de Smiley, La Petite Fille au tambour, Un pur espion, La Maison Russie, *obtiennent un succès égal.*
John le Carré a démissionné du Foreign Office pour se consacrer à la littérature. Il réside habituellement dans le sud de l'Angleterre quand il ne voyage pas à travers le monde.

Le « voyageur secret », c'est Ned, le vétéran de la guerre froide, révélé aux lecteurs de John le Carré dans *La Maison Russie*. Aux termes d'une vie de bons et loyaux services dans le Renseignement britannique, il dirige maintenant l'entraînement des nouvelles recrues et invite le légendaire George Smiley à leur donner une conférence. La narration entremêle subtilement les remarques et les souvenirs de Smiley tels qu'il les livre à son jeune auditoire fasciné, et les propres souvenirs de Ned. Les diverses étapes de ce voyage dans la mémoire de l'espionnage illustrent chacune un aspect de ce monde secret : parfois absurde, comme la filature d'une princesse arabe à travers un grand magasin londonien; parfois violent, comme le « retournement » du chef de Renseignement polonais; parfois émouvant, comme le subterfuge utilisé pour maintenir intacte la fierté d'un vieux soldat à l'égard de son fils corrompu; et parfois palpitant, comme l'interrogatoire d'un chiffreur mélomane.
Au bout du voyage, Ned trouvera la force d'ébranler ses propres illusions pour enfin réussir à formuler les questions qui le hantent, et hantent le monde, depuis trente ans.
Le Voyageur secret : le grand romancier de la guerre froide s'affirme ici comme le premier romancier de l'après-guerre froide.

Paru dans le livre de poche :

LE MIROIR AUX ESPIONS
UN AMANT NAÏF ET SENTIMENTAL
LA TAUPE
COMME UN COLLÉGIEN
LES GENS DE SMILEY
LA PETITE FILLE AU TAMBOUR
UN PUR ESPION

JOHN LE CARRÉ

Le Voyageur secret

ROMAN

Traduit de l'anglais par
Mimi et Isabelle Perrin

LAFFONT

Titre original :
The Secret Pilgrim

Pour Alec Guinness
avec mon affection et mes remerciements

1

Je dois dès maintenant vous avouer que si je n'avais pris ma plume sur un coup de tête pour prier George Smiley de faire une conférence à mes étudiants sortants, le dernier soir de leur stage d'initiation, et si, contre toute attente, Smiley n'avait accepté, je ne me confierais pas ainsi à cœur ouvert.

Tout au plus vous gratifierais-je des réminiscences édulcorées dont, reconnaissons-le, j'avais tendance à régaler mes étudiants, réminiscences qui célébraient les exploits secrets et chevaleresques, les coups de théâtre, l'ingéniosité, la bravoure et, bien entendu, l'efficacité. Je vous tiendrais en haleine avec le récit de nos expéditions nocturnes dans le Caucase : les dangereuses traversées de la Baltique en vedette rapide, les débarquements sur la plage, les signaux lumineux sur la côte et les messages radio clandestins interrompus en pleine transmission. J'évoquerais les héros silencieux de la guerre froide qui, une fois leur tâche accomplie, retournent humblement s'enterrer au sein de la société qu'ils ont protégée ; ou les agents de l'intérieur que l'on sauve à la dernière minute des griffes de l'ennemi.

Ce tableau reproduirait presque fidèlement la vie que nous menions. Nous avons en notre temps accompli ce genre de missions, qui parfois même tournaient bien. Nos agents étaient les bons qui risquaient leur vie pour nous chez les méchants ; en général on les croyait, et parfois on utilisait leurs renseignements à bon escient. Du moins je l'espère, car dans le cas contraire, le meilleur des espions est inutile.

Pour détendre un peu l'atmosphère au bar des novices, après un deuxième whisky, j'aurais sans doute choisi l'anecdote sur les trois hommes qui opéraient pour le Cirque en Allemagne de l'Est, menés avec panache par votre serviteur lors de la réception d'un colis. Tapis sur une crête du Harz par un froid de canard, nous appelions de nos vœux le passage discret de notre avion banalisé, venant moteurs coupés larguer un précieux parachute noir. Une fois cette prière exaucée, qu'avions-nous trouvé après une difficile descente du glacier pour récupérer notre trésor ? Des pierres, aurais-je déclaré à mes étudiants stupéfaits. De bons morceaux de granit du comté d'Argyll. Les expéditeurs de notre base aérienne en Écosse nous avaient envoyé par erreur le container d'entraînement.

Cet épisode recueillait toujours un certain succès auprès de mon public, qui en revanche semblait se désintéresser de tous les autres bien avant la fin.

Mon brusque désir d'écrire à Smiley avait dû couver en moi plus longtemps que je ne l'avais alors cru. L'idée en remontait à une de mes visites de routine au chef du personnel (dit « Personnel ») pour faire état des progrès de mes étudiants. A l'occasion d'un bref arrêt au bar des officiers supérieurs, où j'avais pris un sandwich et une bière, j'étais tombé sur Peter Guillam, le Watson de « Sherlock » Smiley pendant l'interminable traque du traître opérant au Cirque, qui s'était révélé être Bill Haydon, notre chef des opérations. Peter n'avait pas eu de nouvelles de

George depuis... oh, un an au moins, peut-être plus. George s'était acheté un cottage dans le nord de la Cornouailles, prenait un malin plaisir à éviter le téléphone, et jouissait d'une sinécure à l'université d'Exeter qui lui ouvrait l'accès à la bibliothèque. J'imaginai tristement George en ermite méditatif lors de promenades solitaires à travers la campagne déserte, George allant chercher à Exeter un peu de chaleur humaine dans son vieil âge, avant de rejoindre un jour le Walhalla des espions.

Et Anne, sa femme ? demandai-je, baissant la voix comme à chaque fois que l'on prononçait son nom, car ce n'était malheureusement un secret pour personne chez nous que Bill Haydon avait figuré parmi les nombreux amants d'Anne.

Anne était restée la même, me répondit Peter avec un haussement d'épaules fataliste. Elle vivait tantôt dans sa famille, qui possédait de belles propriétés dans l'estuaire de la Helford, tantôt avec George, dont je demandai l'adresse.

— Ne lui dites pas que c'est moi qui vous l'ai donnée, supplia Peter tandis que j'en prenais note.

Toujours ce même sentiment de culpabilité lorsqu'on divulguait les coordonnées de George — je me demande encore pourquoi.

Trois semaines plus tard, Toby Esterhase, venu à Sarratt nous faire sa fameuse conférence sur l'art de la surveillance clandestine en terrain ennemi, ne manqua évidemment pas de rester déjeuner, occasion d'autant plus agréable pour lui qu'y assistaient nos trois premières étudiantes ; en effet, au terme d'une bataille aussi longue que mon séjour à Sarratt, Personnel avait enfin décrété qu'après tout les filles pouvaient faire l'affaire.

Et je m'entendis lancer le nom de Smiley.

Autrefois, j'aurais préféré mourir plutôt que d'être vu en compagnie de Toby, et pourtant j'avais souvent remercié Dieu de l'avoir dans mon camp. Je constate avec plaisir qu'au fil des ans on finit toujours par s'habituer aux gens.

— Voyons, Ned! s'écria Toby avec son incorrigible accent hongrois, tout en lissant en arrière sa crinière argentée et soigneusement gominée. Tu veux dire que tu n'es pas au courant?

— Au courant de quoi? demandai-je patiemment.

— Enfin, mon vieux, George est président du Comité des droits de pêche! On ne vous raconte donc rien dans votre cambrousse? Il faudra que j'en touche un mot au Patron quand je le verrai au Club en tête à tête.

— Tu pourrais déjà commencer par me dire ce qu'est le Comité des droits de pêche.

— Tu sais, Ned, ça m'inquiète, cette histoire. Peut-être qu'on t'a rayé de la liste.

— Peut-être bien.

Comme je m'y attendais, il finit néanmoins par m'informer, et, pour conforter son sentiment d'importance, je manifestai une surprise qui m'habite encore à ce jour. Toby, que plus rien ne pouvait apparemment étonner, m'expliqua à moi, pauvre ignorant, que le Comité des droits de pêche réunissait en groupe de travail informel des officiers du Centre Moscou et du Cirque, avec pour objet de repérer des cibles intéressant les deux services et de mettre au point un système de partage des renseignements.

— L'idée de départ, c'est de repérer les points chauds du globe, commença Toby, pontifiant. Je crois qu'ils commencent par le Moyen-Orient. Mais ça reste nous, Ned, d'accord?

— Et c'est Smiley le président, alors? m'étonnai-je, une fois ces premières révélations plus ou moins digérées.

— Sans doute plus pour très longtemps. La limite

d'âge, et toute cette sorte de choses... Mais les Russes avaient tellement envie de le rencontrer qu'on l'a chargé de couper le ruban inaugural. Histoire de lui faire plaisir, au vieux, de le flatter un peu. Et il s'est récolté une petite enveloppe.

A mes yeux, l'idée du mariage de Toby Esterhase avec le Centre Moscou le disputait en absurdité à celle de George Smiley leur donnant sa bénédiction. Avec l'autorisation de Personnel, j'écrivis quelques jours plus tard à l'adresse en Cornouailles fournie par Guillam, et signalai discrètement à Smiley que s'il détestait comme moi parler en public, il ne devait surtout pas se sentir obligé d'accepter. Je traversais alors une phase dépressive, mais retrouvai toute l'exaltation d'un novice lorsque je reçus par retour la petite carte enthousiaste de Smiley.

Deux semaines après, vêtu pour l'occasion d'un complet en tweed flambant neuf, je regardais depuis un portillon de la gare de Paddington les vieux trains dégorger leurs banlieusards d'âge mûr. Plus que jamais, je pris conscience de l'anonymat de Smiley dont je reconnaissais partout des avatars : ces retraités rondouillards, portant lunettes, qui semblaient tous un peu en retard pour un rendez-vous qu'ils auraient préféré éviter. Soudain, nous nous serrions la main, et il prenait place près de moi à l'arrière d'une Rover de la Centrale. Il avait forci et blanchi, certes, mais il respirait une vigueur et une bonne humeur inhabituelles chez lui depuis que sa femme Anne avait vécu une liaison fatale avec Bill Haydon.

— Alors, Ned, ça vous plaît de jouer les instituteurs ?

— Et vous, la retraite? rétorquai-je en riant. Remarquez, je vais bientôt y passer aussi!

Oh, il adorait la retraite, m'assura-t-il avant d'ajouter avec un soupçon d'ironie que c'était vraiment le rêve. Je ne devais surtout pas la redouter. Un petit boulot de formation, Ned, une conférence par-ci par-là, des promenades ; il avait même acheté un chien.

— J'ai entendu dire qu'on a fait appel à vous pour un comité extraordinaire ? avançai-je. On dit que vous conspirez avec l'Ours contre le Voleur de Bagdad.

George n'aime pas les ragots, mais je vis néanmoins son sourire s'élargir.

— Ah, vous saviez ? Vous tenez sûrement ça de Toby.

Tournant un visage rayonnant vers le morne paysage banlieusard de ce Hertfordshire jadis rural que traversait la Rover, il changea de sujet et me parla de deux vieilles dames de son village, une antiquaire et une riche héritière, qui se haïssaient cordialement. Je m'en désintéressai bientôt pour songer à ce nouveau Smiley qui racontait des histoires de petites vieilles, participait à un comité avec des espions russes et contemplait le monde extérieur de l'œil gourmand d'un malade à sa sortie de l'hôpital.

A Sarratt ce soir-là, assis près de moi à la table d'honneur, le même homme engoncé dans un vieux smoking couvait du regard les chandeliers d'argent poli, les antiques photographies de groupe, et les visages florissants de son jeune public dans l'attente fébrile des paroles du maître.

— Mesdames et messieurs, voici une légende vivante de notre Service, M. George Smiley, annonçai-je gravement en me levant.

— Oh, je ne pense pas être une légende, protesta Smiley en s'extirpant de son siège. Je suis plutôt un vieux monsieur un peu rondouillard bien calé entre son dessert et son porto.

Puis la légende se mit à parler, et je m'aperçus que, n'ayant jamais entendu Smiley s'exprimer en public auparavant, je l'en avais présumé aussi incapable que d'imposer aux gens son avis, ou d'appeler un *Joe* par son vrai nom. Son aisance souveraine à cet exercice me frappa donc avant même la profondeur de ses remarques. Je vis dès les premières phrases le visage de mes étudiants s'éclairer d'une sereine admiration, et ce public d'ordinaire difficile lui accorder progressivement son attention, sa confiance et son appui. Mais oui, bien sûr! me félicitai-je pour ma tardive perspicacité : la seconde nature de George reprenait le dessus. Nous avions devant nous l'acteur qui sommeillait en lui depuis toujours, le joueur de flûte de Hamelin, l'homme qu'Anne Smiley avait aimé, que Bill Haydon avait trahi, et nous tous loyalement suivi, au grand étonnement du monde extérieur.

La sage tradition de Sarratt interdisant que les discours prononcés en fin de repas soient enregistrés, pris en note, ou mentionnés officiellement par la suite, l'invité d'honneur jouit de ce que Smiley a baptisé très germaniquement la liberté de parole du bouffon, expression en l'occurrence fort peu appropriée. Mais en vrai professionnel j'ai appris à écouter et mémoriser; en outre, je perçus dès ses premiers mots, comme mes étudiants ne tardèrent pas à le comprendre, que Smiley parlait à mon cœur d'hérétique. Je dois avouer qu'en cette phase finale de ma carrière, j'avais délibérément occulté cet alter ego quelque peu frondeur, ce sceptique dont la présence secrète m'avait gêné avant même que Barley Blair, un de mes *Joes* trop rétif, ne décide, par amour mais aussi pour l'honneur, de traverser un Rideau de fer déjà en lambeaux et de poursuivre son petit bonhomme de chemin, à la stupéfaction du Cinquième Étage.

Selon le vieil adage concernant Personnel, plus le restaurant est bon, plus les nouvelles sont mauvaises.

— Il est temps de transmettre votre sagesse aux petits nouveaux, Ned, m'avait-il dit au Connaught pendant un déjeuner d'un luxe suspect. Et aux petites nouvelles, aussi, ajouta-t-il avec une grimace dégoûtée. Si ça continue comme ça, on verra bientôt des femmes dans le clergé. Enfin, passons... Vous connaissez les ficelles, vous avez beaucoup bourlingué. Et vous avez récemment fait du très bon boulot à la tête du Secrétariat. Il serait temps de mettre tous ces talents à profit. Nous voudrions que vous vous occupiez de la Nursery, pour passer le flambeau aux espions de demain.

Je me rappelai qu'il avait employé le même type de discours au lendemain de la défection de Barley Blair pour me rétrograder de la tête de la Maison Russie au véritable dépotoir qu'était la Section des interrogatoires.

Il avait commandé deux autres armagnacs.

— A propos, comment va Mabel? avait-il demandé comme s'il venait de se souvenir de son existence. On m'a dit qu'elle a réduit son handicap à douze... Ah, bon? Ce n'est plus que dix? Alors là, chapeau! J'espère que vous ne me demanderez jamais de jouer contre elle. Bon, alors? Sarratt pendant la semaine, et le week-end chez vous à Tunbridge Wells, ça me paraît être le couronnement triomphal de votre carrière, non? Qu'est-ce que vous en dites?

Ce que d'autres en ont dit avant moi : celui qui peut, agit; celui qui ne peut pas, enseigne. Et il enseigne précisément ce qu'il ne peut plus faire, parce que son corps ou son esprit ont perdu leur motivation; parce qu'il en a trop vu, a refoulé trop de choses et fait trop de compromis, sans finalement profiter de rien. Alors il décide de faire renaître ses rêves d'antan dans des esprits neufs, et se réchauffe à la flamme de leur jeunesse.

Ce qui me ramène aux premiers mots de Smiley ce soir-là, qui m'allèrent droit au cœur. Je l'avais invité parce qu'il figurait une légende du passé. Et voilà que, pour notre plus grande joie, il se fit le prophète iconoclaste de l'avenir.

Je vous épargnerai le détail du tour d'horizon liminaire que fit Smiley. Il leur parla du Moyen-Orient, qui visiblement le préoccupait, et des limites du pouvoir colonial en cette époque dite « postimpérialiste ». Il traita du tiers monde et du quart monde, créa même le concept de cinquième monde, et se demanda si la misère et le désespoir humains concernaient vraiment les pays riches ; il semblait certain que non. Il se gaussa de l'idée selon laquelle la fin de la guerre froide avait sonné le glas de l'espionnage. Entre les nations qui se libéraient des glaces, les réalignements en chaîne, la redécouverte des identités et passions anciennes, et l'érosion progressive du vieux statu quo, les espions auraient fort à faire. Au terme d'un discours que ne vinrent interrompre ni craquement de chaise ni tintement de verre, et dont je ne constatai donc pas sur-le-champ la longueur inhabituelle, les étudiants installèrent Smiley au coin du feu dans la bibliothèque, à la place d'honneur, et lui en redemandèrent. Encore de l'hérésie ! Encore de la subversion ! Mes petits poulains, pourtant tous des durs à cuire, étaient tombés sous le charme de George ! Pas un bruit ne troubla le calme débit de sa voix, hormis parfois les rires saluant une pique dirigée contre lui-même ou un aveu d'échec inattendus. On ne vieillit qu'une fois, pensai-je en l'écoutant avec autant d'excitation qu'eux.

Il leur exposa des affaires dont j'ignorais l'existence, leur divulgation n'ayant certainement pas été autorisée par la Centrale... d'autant moins que notre conseiller juridique Palfrey avait profité de l'ouverture professée par nos anciens ennemis pour enterrer encore plus profond le moindre petit secret qui tombait entre ses diligentes mains.

Smiley s'étendit sur leur image de futurs officiers traitants, qu'il coula dans le moule du Service tout en l'adaptant au nouvel ordre mondial : à la fois mentor, guide, parent et ami, soutien moral et conseiller conjugal, confesseur, amuseur et protecteur, ce personnage devait pouvoir banaliser l'absurde conjoncture pour se faire le partenaire de son agent dans l'illusion. Rien n'avait changé ni ne changerait jamais, dit-il avant de paraphraser Burns : « Un espion restera toujours un espion. »

Mais, les ayant bercés de cette vision idyllique, il les avertit aussitôt qu'à manipuler ses semblables et s'amputer de ses sentiments, on finit par tuer sa propre nature.

— En se donnant tout entier à l'espionnage et à ses espions, on risque fort de ne plus exister pour soi-même, s'excusa-t-il. Alors je vous en prie, n'allez pas vous imaginer que vos méthodes ne laisseront pas de cicatrices sur vous. La fin justifie peut-être les moyens — sinon vous ne seriez pas ici —, mais il y a un prix à payer, et c'est souvent soi-même. C'est facile de vendre son âme à votre âge, mais ça devient plus dur après.

Mêlant le tragique au comique jusqu'à rendre intangible la frontière entre les deux, il me parut poser les questions que de toute ma carrière je n'avais jamais réussi à formuler : « Cela a-t-il servi à quelque chose ? », « En quoi cela m'a-t-il affecté ? », ou « Qu'allons-nous devenir maintenant ? ». Parfois les questions de George étaient déjà des réponses. Il avait pour réputation de ne jamais soulever de problème sans en détenir la solution.

Il nous fit rire, nous émut et nous choqua par des

contradictions déroutantes, parce qu'exprimées avec le plus grand tact. Mais surtout il ébranla nos préjugés. Il fit s'évanouir ma résignation et réveilla en moi le rebelle condamné au silence depuis mon exil à Sarratt. George Smiley avait miraculeusement troublé mon horizon sans nuage et relancé ma quête.

J'ai lu quelque part que les peureux n'apprennent jamais. Si c'est vrai, ils ne devraient pas enseigner. Je ne crois pas être un couard, en tout cas pas plus que ceux qui ont regardé la mort en face. Mais des expériences parfois douloureuses m'ont rendu un peu trop méfiant à l'égard de la vérité et de moi-même. George Smiley remit les choses à leur place. Car il était pour moi plus qu'un mentor, plus qu'un ami. Même dans l'absence, il avait présidé à ma vie, m'apparaissant parfois comme le père que je n'avais jamais eu. Sa visite à Sarratt raviva mes souvenirs, non sans risque. Et maintenant que j'ai tout loisir de voyager dans le passé, j'aimerais vous faire partager mon pèlerinage et mes doutes.

2

Accordant un sourire radieux à la jolie Oxfordienne de Trinity College que j'avais pris soin de placer en face de lui, Smiley déclara tranquillement :

— Quand leur passé est menacé de disparition, certains ont peur de perdre tout ce qu'ils croyaient posséder, voire tout ce qu'ils croyaient être. Eh bien, moi, pas du tout. Mon seul but était de mettre un terme à l'époque dans laquelle je vivais ; alors si mon passé avait survécu, ça voudrait dire que j'ai échoué. Mais ce n'est pas le cas : nous avons gagné. Non que la victoire importe, d'ailleurs. Peut-être même n'avons-nous pas gagné, et ont-ils simplement perdu. Ou encore, vu la disparition du joug des conflits idéologiques, nos problèmes ne font-ils que commencer. Mais passons. Ce qui compte vraiment, c'est qu'une longue guerre est finie, et qu'il faut garder espoir.

Il ôta ses lunettes et tripota machinalement son plastron, cherchant en fait le bas de sa cravate, avec lequel d'ordinaire il essuyait ses verres. Mais son nœud papillon noir mal fait ne lui était en l'occurrence d'aucune utilité, et il se servit de sa pochette en soie.

— Si je regrette une chose, c'est le temps perdu à

gâcher nos talents. Que de voies sans issue et d'amis sans parole! Toute cette énergie gaspillée, ces illusions sur notre vraie nature!

Il chaussa de nouveau ses lunettes, et sourit à mon intention, me sembla-t-il. Je me sentis soudain comme l'un de mes étudiants. Je me retrouvai dans les années soixante, jeune espion sortant du nid, et George Smiley, toujours tolérant, patient et perspicace, surveillait mon envol.

A cette époque bénie, nous formions une fine équipe; sans doute pas plus que mes étudiants aujourd'hui, mais nous avions une vision plus claire du patriotisme. Au terme de deux ans d'entraînement à la Nursery de Sarratt, dans les vallons d'Argyll et les camps militaires du Wiltshire, j'étais prêt à sauver le monde en espionnant, dussé-je le parcourir d'un bout à l'autre. Avec mes dix collègues de promotion, nous attendions en piaffant nos premières affectations.

Nous aussi avions atteint l'âge adulte à un moment crucial de l'histoire, quoique dans une conjoncture inverse de la présente. Une guerre de positions nous menaçait aux quatre coins du globe. Le péril rouge omniprésent nous guettait jusque dans notre sainte mère patrie. Vieux de deux ans seulement, le Mur de Berlin semblait bien parti pour fêter un jour son bicentenaire. Le Moyen-Orient était une poudrière comme aujourd'hui, sauf qu'à l'époque, c'est Nasser qui cristallisait la haine des Britanniques, notamment parce qu'il rendait leur dignité aux Arabes et s'acoquinait au passage avec les Russes. A Chypre, en Afrique et dans le Sud-Est asiatique, les races inférieures se soulevaient anarchiquement contre leurs anciens maîtres coloniaux. Quand d'aventure nous autres braves petits Anglais sentions notre force amoindrie par ces événements, eh bien, nous pouvions toujours compter sur nos

Cousins d'Amérique pour nous redonner une part du gâteau mondial.

En tant qu'apprentis héros de l'ombre, nous étions donc comblés : une juste cause, un ennemi maléfique, un allié complaisant, un monde en ébullition, des femmes oui, mais seulement sur la touche pour nous acclamer, et surtout la Grande Tradition que nous léguait le Cirque, encore auréolé d'une gloire acquise pendant la guerre. Presque tous nos chefs avaient gagné leurs galons en espionnant les Allemands, mais s'accordaient à nous répondre gravement lors de séminaires informels que, dans notre lutte contre les excès autodestructeurs de l'humanité, le communisme international constituait une menace bien plus terrible que les Teutons.

— Messieurs, vous avez hérité une planète dangereuse, aimait à nous répéter Jack Arthur Lumley, notre légendaire chef instructeur. Et si vous voulez mon avis, vous avez fichtrement de la chance !

Oh, oui, nous voulions son avis ! Jack Arthur était un brave, qui pendant trois ans avait sillonné au nez et à la barbe des nazis l'Europe occupée. Il avait fait sauter des ponts à lui tout seul. Pris et repris un nombre incalculable de fois, il avait tué des hommes à mains nues, y perdant quelques doigts au passage. La guerre froide avait remplacé la chaude, sans pour autant que Jack fasse la différence. A cinquante-cinq ans, il pouvait encore faire mouche à vingt pas sur un mannequin cible avec un Browning neuf millimètres, crocheter une porte à l'aide d'un trombone, piéger une chasse d'eau en trente secondes ou vous immobiliser au tapis après une projection imparable. Il nous avait fait sauter en parachute depuis des bombardiers Sterling, débarquer en canot pneumatique sur les plages de Cornouailles et rouler sous la table les soirs de fête au mess. Si Jack Arthur déclarait notre planète dangereuse, nous le croyions sur parole.

Nous n'en étions que plus impatients, et l'attente m'eût paru insupportable si je n'avais eu Ben Arno Cavendish pour la partager. Rares en effet sont les emplois au sein de la Centrale qui ne changent pas rapidement l'enthousiasme en fiel.

Ben et moi étions nés sous la même étoile : même âge, même type d'éducation, même carrure et, à deux petits centimètres près, même taille. Le Cirque, que nous nous plaisions à croire perspicace, eut donc tôt fait de nous associer. Tous deux de mère étrangère (la sienne, décédée, lui avait légué le nom allemand Arno), nous avions compensé en incarnant résolument l'archétype du loyal sujet anglais, sportif, hédoniste, éduqué en école privée, né pour administrer sinon pour gouverner. A en juger par la photographie de notre promotion, Ben correspondait mieux que moi à ce modèle, car je ne possédais pas alors la maturité physique que lui conféraient des tempes dégarnies et une mâchoire bien carrée.

C'était sans doute pourquoi Ben m'avait soufflé le prestigieux poste berlinois, et dirigeait des agents en chair et en os infiltrés en Allemagne de l'Est, alors qu'on me confiait une fois de plus une mission subalterne.

— Mon petit Ned, nous allons vous prêter aux guetteurs pour une ou deux semaines, m'annonça Personnel avec un paternalisme bouffi qui m'irritait déjà. Ça vous fera une bonne expérience, et ils ont vraiment besoin de bras. L'ambiance cape et épée, ça vous plaît.

Faisant contre mauvaise fortune bon cœur, je décidai d'apprécier le changement. Depuis un mois, en effet, coincé dans un sombre bureau du Troisième Étage, je m'employais à saboter la Conférence internationale sur la paix, disons... à Belgrade, sous les ordres d'un homme à l'élocution lente qui passait des heures à déjeuner au bar des officiers supérieurs.

Plein d'enthousiasme, je déroutais les trains des délégués, bouchais la plomberie de leur hôtel et déclenchais anonymement des alertes à la bombe dans la salle de conférences. J'avais bravement passé le mois précédent tapi, dès 6 heures tous les matins dans une cave puante jouxtant l'ambassade d'Égypte, à attendre la femme de ménage vénale qui me vendait pour cinq livres les papiers jetés la veille au panier par l'ambassadeur. En comparaison, deux semaines de vadrouille avec les meilleurs guetteurs du monde me semblaient des congés payés.

— Ils vous mettent sur l'opération Gros Pacha, m'apprit Personnel en me donnant l'adresse d'une maison sûre derrière Green Street dans l'ouest de Londres.

Arrivé sur place, j'entendis les échos d'une partie de ping-pong, et les crachotements d'un disque de Gracie Fields. Le moral retombé à zéro, je me repris à envier Ben Cavendish et ses héroïques agents à Berlin, ville éternelle de l'espionnage. Monty Arbuck, notre chef de section, nous briefa le soir même.

Je vous prie par avance d'excuser mon comportement. Très ignorant à l'époque des autres grades que le mien, je trouvais parfaitement naturel en tant qu'officier (au sens propre du terme car j'avais servi dans la Royal Navy) d'arriver d'emblée au sommet de la caste du Cirque, véritable microcosme de l'Angleterre qu'il protège ; normal que nos guetteurs et autres sous-traitants, cambrioleurs ou rapporteurs, fussent issus de la classe ouvrière. Le chapeau melon se repère vite au cours d'une filature, et une élocution de présentateur à la BBC ne passe guère inaperçue, sauf dans les quartiers chics de Londres, a fortiori si l'on se déguise en marchand des quatre-saisons, laveur de carreaux ou employé des postes.

Imaginez-moi donc, jeune aspirant inexpérimenté parmi des marins moins privilégiés mais plus chevronnés ; et Monty tel que je le vis ce soir-là, en garde-chiourme borné et aigri. Nous étions dix, répartis classiquement en trois équipes de trois comprenant chacune une fille pour surveiller les toilettes réservées aux dames, et Monty à la coordination générale.

— Bienvenue, l'étudiant ! lança-t-il, le dos au tableau noir et les yeux rivés sur moi. C'est toujours agréable d'avoir quelqu'un de la haute pour relever le niveau...

Très fair-play, je ris encore plus fort que les autres.

— Notre client pour demain, l'étudiant, c'est Son Excellence l'Altesse Sérénissime Gros Pacha, plus connu sous le nom de...

Il se retourna, prit un morceau de craie et traça laborieusement au tableau un nom arabe interminable.

— Et notre mission, l'étudiant, c'est SP, reprit-il. Tu sais sûrement ce que ça veut dire, SP. On a dû t'apprendre ça à l'Eton des espions, non ?

— Service de Presse ?

Nouvelle hilarité générale, hélas, car dans le jargon des guetteurs ces initiales signifient Surveillance et Protection. Notre mission, dès le lendemain et durant tout le séjour de ce visiteur royal, consistait à assurer sa sécurité et signaler à la Centrale toutes ses activités sociales ou commerciales.

— Tu feras équipe avec Paul et Nancy, l'étudiant, conclut Monty lorsqu'il nous eut fourni les autres détails de l'opération. Tu seras le numéro trois de la section, tu feras exactement ce qu'on te dira. Tout ce qu'on te dira, l'étudiant, t'entends ?

Mieux vaut vous donner ici le contexte sur l'affaire Gros Pacha selon mon point de vue et non celui de Monty, et avec le recul de vingt-cinq ans. J'ai encore honte en pensant à l'opinion que j'avais de moi-même, et à l'impression que je dus produire sur Monty, Paul, Nancy et leurs semblables.

Sachez d'abord que l'industrie britannique de l'armement, qui à ce jour encore se considère comme un club très fermé, jouit de privilèges démesurés auprès de la police, de la bureaucratie et des services secrets. Je ne vois aucune explication à ce climat de confiance, hormis l'illusion de réalité que crée le sinistre commerce des canons, preuves tangibles de vie et de mort ; ou alors la soumission inconsciente de nos officiels au pouvoir que font rejaillir sur ces armes leurs utilisateurs. Difficile à dire. Ayant beaucoup vécu, je sais aujourd'hui les amoureux de la guerre plus nombreux que ses éventuels participants ; c'est bien plutôt pour satisfaire cette passion, et non pour un motif acceptable, qu'on achète des armes.

Sachez aussi que, Gros Pacha étant un précieux client de cette industrie, notre mission de Surveillance et Protection s'intégrait à un dispositif de plus grande envergure visant à soigner nos relations avec un État arabe prétendument ami. En termes clairs, valables hier comme aujourd'hui : gagner ses faveurs, en corrompre les princes par nos flatteries toutes britanniques, obtenir des concessions susceptibles d'étancher notre soif de pétrole, et vendre au passage assez d'armes pour faire tourner jour et nuit nos diaboliques usines de Birmingham. J'aime à voir là l'origine de la haine viscérale que nourrissait Monty à l'égard de notre mission. Les vieux guetteurs sont à juste titre réputés pour leur sens moral. D'abord ils surveillent, après ils réfléchissent. Monty en était arrivé au stade de la réflexion.

Gros Pacha avait toutes les conditions requises pour bénéficier d'un tel traitement : frère prodigue du dirigeant d'un émirat pétrolier, il était fantasque et enclin à oublier ses précédents achats. Il atterrit comme prévu dans le Boeing de l'émir sur un aéroport militaire près de Londres dégagé pour l'occasion. Il venait s'amuser un peu et faire quelques emplettes comprenant entre autres babioles, d'après nos renseignements, deux Rolls-Royce blindées, la moitié de la verroterie de Cartier pour ses amies du monde entier, une centaine de nos lance-missiles sol-air avant-dernier cri, et une ou deux escadrilles de nos chasseurs d'assaut (toujours avant-dernier cri) pour son roi de frère, sans oublier un juteux contrat avec le gouvernement britannique concernant pièces de rechange, maintenance et formation d'équipes spécialisées, qui ferait longtemps les choux gras de la Royal Air Force et des marchands d'armes. Ah, oui ! J'oubliais le pétrole. On nous en fournirait évidemment à gogo.

La suite de Gros Pacha, outre des secrétaires privés, des astrologues, des flagorneurs, des nounous, des enfants et deux précepteurs, comprenait un médecin personnel et trois gardes du corps.

Venait enfin la femme de Gros Pacha, au nom de code sans importance, car les guetteurs de Monty l'avaient d'emblée surnommée Panda, en raison des larges cernes noirs visibles lorsqu'elle ôtait son voile, et de son comportement mélancolique et esseulé d'espèce en voie d'extinction. Bien que doyenne de la ribambelle d'épouses de Gros Pacha, Panda était sa favorite, sans doute la plus indulgente aussi à l'égard de sa passion des night-clubs et des cercles de jeu. Ces penchants le firent cordialement détester par les guetteurs, prévenus qu'il se couchait rarement avant 6 heures du matin, après avoir perdu vingt fois l'équivalent de tous leurs salaires annuels réunis.

Gros Pacha s'inquiétant pour son cœur, en bon

quadragénaire sybarite, les deux étages qu'occupait la smala dans un palace du West End avaient été reliés spécialement par un ascenseur, qu'il utilisait en fait comme pièce sûre, par crainte d'éventuels micros cachés. Toujours prévenantes, les Oreilles du Cirque y avaient dissimulé un micro pour recueillir les derniers potins sur les intrigues du palais, ou des informations risquant de modifier la liste des courses militaires de Gros Pacha.

Tout se déroula au mieux jusqu'au troisième jour, quand un mystérieux petit Arabe en pardessus noir à col de velours surgit discrètement à l'horizon ; plus exactement, au rayon lingerie féminine d'un grand magasin chic de Knightsbridge, où Panda et sa suite faisaient leur choix dans un amoncellement de dessous à falbalas blancs sur le comptoir en verre. Panda avait en effet appris par ses espions personnels que la veille, Gros Pacha s'était longuement attardé devant ces articles, et en avait même fait expédier plusieurs douzaines à une adresse parisienne, où l'attendait une favorite luxueusement entretenue.

En ce fameux troisième jour, le moral de notre trio n'était pas au beau fixe. Paul Skordeno, un homme renfermé au visage grêlé, spécialiste de l'insulte cinglante, était d'une humeur noire, comme me l'apprit Nancy sans plus d'explications.

— Il s'est « cogné » une fille, dit-elle, employant ce que je crois aujourd'hui être un euphémisme.

Nancy faisait bravement un mètre cinquante, et avait l'allure d'une clocharde assermentée. Elle changeait rarement sa « tenue de base », comme elle l'appelait, bas de fil et chaussures de marche à semelle en caoutchouc. Elle transportait ses accessoires, écharpes, imperméables ou bonnets de laine de couleur variable, dans un sac en plastique.

En mission de surveillance, notre section fonctionnait invariablement par roulement de huit heures, Nancy et Paul occupant l'avant-scène, suivis par le jeune Ned dans le rôle du « balayeur ». Quand je demandai à Skordeno si nos fonctions étaient interchangeables, il me conseilla de m'habituer d'abord à la mienne. Le premier jour nous suivîmes Gros Pacha à Sandhurst, où un déjeuner avait été organisé en son honneur. Pendant que nous nous contentions d'œufs et de frites dans un café proche de la grille principale, Skordeno râla d'abord contre les Arabes, puis contre leur exploitation par l'Occident, et — ô horreur ! — contre le Cinquième Étage, qu'il traita de nid de golfeurs fascistes.

— T'es franc-maçon, l'étudiant ?

Je lui assurai que non.

— Alors tu ferais mieux d'entrer vite fait dans la confrérie ! T'as pas remarqué la poignée de main un peu spéciale de Personnel ? T'iras jamais à Berlin si t'es pas franc-maçon, l'étudiant.

Nous passâmes le deuxième jour aux abords d'une armurerie de Mount Street, où Gros Pacha, venu se faire prendre ses mesures pour une paire de fusils Purdy à partir d'un modèle d'essai qu'il brandissait dangereusement, se scandalisait à l'annonce d'un délai de deux ans pour sa commande. Entre-temps, Paul m'ordonna par deux fois d'aller jeter un œil dans le magasin, et un rictus se peignit sur son visage quand je l'avertis que mes questions fantaisistes avaient mis la puce à l'oreille des vendeurs.

— J'aurais pourtant cru que tu serais à l'aise dans ce genre d'endroit, persifla-t-il. Chasse, pêche, et tir au fusil, ils aiment ça au Cinquième Étage, pas vrai, l'étudiant ?

Le même soir, nous étions tous trois de guet dans une camionnette garée devant un bordel aux volets clos de South Audley Street, et la Centrale frisait la panique. Cloîtré là depuis deux heures, Gros Pacha venait de téléphoner à son hôtel pour réclamer d'urgence son médecin. Le cœur ! fut notre première pensée affolée. Devions-nous entrer ? La Centrale trembla pendant une heure, tandis que nous imaginions notre protégé mort d'une crise cardiaque dans les bras d'une prostituée trop zélée, sans avoir signé le chèque pour ses avions de combat démodés. Enfin, à 4 heures du matin, les Oreilles dissipèrent nos craintes : le médecin était venu injecter un aphrodisiaque dans l'arrière-train princier, à la suite d'une impuissance passagère. Malgré la fureur de Skordeno, chacun rentra chez soi à 5 heures rassuré de savoir que Gros Pacha devait se rendre vers midi à Luton pour la démonstration du fonctionnement d'un char britannique avant-dernier cri, ce qui nous octroierait une journée de repos. Mais notre soulagement était prématuré.

— Panda veut s'acheter quelques babioles, nous annonça benoîtement Monty dès notre arrivée à Green Street. C'est votre équipe qui s'en occupe. Désolé, l'étudiant.

Retour donc au rayon lingerie du grand magasin chic sur Knightsbridge, et à mon heure de gloire. Ben, pensai-je, j'échangerais n'importe laquelle de tes journées contre cinq des miennes ! Soudain, je cessai d'envier Ben. Me retirant discrètement dans le renfoncement d'une porte, je branchai pour un message d'urgence mon encombrante radio (summum de la technique d'alors) sur la fréquence directe de la base, que Skordeno m'avait interdit d'utiliser.

— Panda a un singe sur le dos, informai-je Monty le plus calmement possible, utilisant le terme consacré dans le jargon des guetteurs pour désigner une filature non identifiée. Un mètre soixante-cinq, type arabe, cheveux noirs frisés, grosse moustache, quarante ans, pardessus noir, chaussures noires à semelle en caoutchouc. Il était à l'aéroport quand l'avion de Gros Pacha est arrivé. Je me souviens de lui. C'est bien le même homme.

— Ne le lâche pas, répondit laconiquement Monty. Paul et Nancy restent avec Panda, tu t'occupes du singe. Quel étage ?

— Premier.

— Suis-le partout, et tiens-moi informé.

— Il a peut-être de la quincaillerie, signalai-je avec un coup d'œil vers l'objet de mon appel.

— C'est un représentant en fer-blanc ?

Je n'appréciai guère la plaisanterie.

Laissez-moi vous décrire précisément la scène, plus complexe que vous pourriez le croire. Nous n'étions pas les seuls à filer Panda et sa suite dans leur visite des rayons à une allure de tortue. Une riche princesse arabe n'arrive pas dans un magasin chic de Knightsbridge sans se faire annoncer. Outre deux vendeurs en veston noir et pantalon rayé, deux hommes visiblement affectés à la sécurité du magasin barraient les portes, pieds écartés et poings fermés le long du corps, fin prêts à affronter des derviches tourneurs. De plus, Scotland Yard avait inopinément dépêché un homme au visage aussi imperméable que sa gabardine, qui ne lâchait pas Panda d'une semelle et fusillait du regard quiconque s'en approchait. Enfin, il fallait voir Paul et Nancy endimanchés, tournant le dos à tout ce beau monde, admirer les présentoirs de déshabillés, et surveiller notre protégée du coin de l'œil dans les miroirs.

Tout cela, je vous le rappelle, dans l'écrin embaumé et ouaté d'un harem, au royaume des dessous vaporeux, des mannequins langoureux à demi nus et des tapis moelleux, sans oublier les aimables vendeuses à cheveux gris, vêtues de crêpe noir, auxquelles leur âge rassurant confère la dignité requise pour officier dans ce sanctuaire de l'intimité féminine.

Je remarquai que les hommes évitaient le rayon lingerie, ou le traversaient au pas de course, les yeux baissés, attitude que j'aurais instinctivement adoptée, n'était le petit moustachu mélancolique au regard sombre et ardent qui suivait obstinément la smala de Panda à quinze pas. Si Monty ne m'avait confié la corvée de balayage, je ne l'aurais peut-être jamais repéré (du moins pas à ce moment-là), mais à l'évidence nos tâches respectives nous imposaient de nous tenir tous deux à une certaine distance de notre cible — moi d'un air détaché, lui avec un zèle quasi mystique, sans jamais la perdre de vue. Quand d'aventure un pilier ou une cliente lui bouchait la vue, sa tête brune finissait par émerger pour retrouver Panda dans la ligne de mire de ses yeux vigilants et, j'en étais à présent convaincu, fanatiques.

J'avais déjà perçu sa ferveur dans le hall des arrivées à l'aéroport, où, collé à la paroi vitrée, il se haussait sur la pointe des pieds en se tortillant pour mieux voir l'approche du couple princier. Sans vraiment se détacher de la horde de diplomates, serviteurs et badauds venus accueillir le groupe, et que je soumettais au même œil critique, il m'avait néanmoins frappé par son intense concentration. Alors c'est ça le Moyen-Orient ? m'étais-je dit à la vue de son visage émacié écrasé contre la vitre. Voilà le genre d'illuminé que mon Service doit maîtriser si nous voulons conduire nos voitures, chauffer nos maisons, et vendre nos armes en paix.

Le singe, ayant avancé de quelques pas, s'intéressait à une boîte pleine de rubans. Comme son homonyme, il marchait à grandes enjambées en fléchissant les genoux, du pas élastique et feutré d'un conspirateur. J'allai me planter à ses côtés devant un déballage de jarretelles, pour tenter de repérer discrètement des bosses suspectes près de la taille ou des aisselles ; mais son ample pardessus noir sans ceinture, classique chez les tueurs, pouvait aisément dissimuler un pistolet à long canon pourvu d'un silencieux, ou un semi-automatique attaché sous le bras.

J'avais des fourmillements dans les mains en regardant les siennes. La droite, plus forte que la gauche qui pendait inerte le long de son corps, faisait des va-et-vient indécis vers son torse, comme s'il rassemblait son courage pour l'acte final.

Il doit dégainer croisé, de la main droite vers l'aisselle gauche, pensai-je. Nos instructeurs de tir nous avaient expliqué toutes les techniques.

Ses yeux sombres et expressifs, où brûlait une flamme fanatique, semblaient déjà contempler l'au-delà. Avait-il juré vengeance contre elle ou sa famille ? Des mollahs déments lui avaient-ils promis une place au Paradis s'il la tuait ? Quoique superficielle, ma connaissance de l'islam, tirée d'une ou deux conférences de fond et des romans de P.C. Wren, me mettait en garde contre cet illuminé désespéré pour qui la vie ne comptait pas.

Comme tout guetteur en service normal, j'étais hélas sans arme. Je l'acceptais d'autant moins que, vu ce travail exceptionnel de protection discrète, Paul Skordeno, lui, avait eu droit à un revolver sorti du coffre-fort de Monty.

— Un ça suffit, l'étudiant, m'avait dit Monty avec un sourire de vieux sage. On voudrait pas que tu nous déclenches la troisième guerre mondiale, quand même !

Réduit à passer en revue les coups que nous avions appris à maîtriser dans nos cours d'assassinat silencieux, je me redressai et repris ma discrète filature. Une attaque par-derrière avec coup du lapin ou double atémi sur les tempes le tuerait net, et nous ne pourrions plus l'interroger. Ferais-je mieux alors de lui casser le bras droit, et de le tenir en joue avec son arme ? Mais si, comme je le redoutais, il parvenait à dégainer, n'allions-nous pas nous retrouver tous deux criblés de balles tirées par les gorilles disséminés dans le rayon ?

Elle l'avait vu !

Leurs yeux s'étaient croisés sans que le singe baisse les siens !

Certains qu'elle l'avait reconnu, je me demandais si elle avait compris son intention, et, cédant à un mystérieux fatalisme oriental, se préparait à la mort. D'autres horribles possibilités se bousculaient dans mon esprit, tandis que j'observais toujours leur curieux échange de regards. Comme sur ordre du moustachu, Panda se pétrifia, et ses petites mains crochues et baguées qui fouillaient dans les dessous sur le comptoir retombèrent inertes le long de son corps. Après quoi elle se figea, passive, sans même avoir la force d'éviter le regard pénétrant du singe.

Avec l'étrange humilité d'une victime, elle se détourna enfin, murmura quelques mots à ses compagnes, avança la main au-dessus du comptoir, et lâcha le sous-vêtement qu'elle tenait toujours. Elle portait une robe marron aux amples manches plus longues que ses bras, évoquant celle d'une franciscaine, et un voile assorti lui enserrait le front.

Je la vis soupirer, puis avec une lenteur à l'évidence teintée de résignation elle se dirigea vers la porte, suivie par son garde du corps personnel, le policier de Scotland Yard, les dames de compagnie, les vendeurs, et enfin Paul et Nancy qui, apparemment incapables de se mettre d'accord sur le choix d'un déshabillé, déambulaient maintenant comme de quelconques clients dans le sillage du groupe. Paul avait dû surprendre ma conversation radio avec Monty, mais ne m'accorda pas le moindre regard. Fière de ses talents de comédienne amateur, Nancy s'était lancée dans une grande scène de ménage. J'essayai de voir si Paul avait déboutonné sa veste, car lui aussi était adepte du dégainage croisé, mais il me tournait le dos.

— OK, l'étudiant, montre-moi le type! dit gaiement dans mon oreille gauche un Monty apparu comme par magie.

J'ignorais depuis combien de temps il se trouvait à mes côtés. Il était plus de midi, heure de la relève, mais le moment ne s'y prêtait pas. A moins de cinq mètres de nous, le singe suivait Panda d'un pas léger et déterminé.

— On peut le coincer dans l'escalier, murmurai-je.

— Parle normalement pour que personne ne t'écoute, me conseilla Monty sans prendre la peine de baisser le ton. Sinon tout le monde va croire que t'es venu piquer la caisse.

Le groupe de Panda allait forcément emprunter l'ascenseur, près duquel deux portes battantes ouvraient à l'époque sur un escalier de secours en pierre, assez sordide et insalubre, avec un chemin de linoléum sur les marches. Le plan lumineux que j'exposai à Monty par phrases hachées, en suivant le singe vers la porte, consistait à l'attraper chacun par un bras quand le groupe s'approcherait de l'ascenseur, et l'entraîner de force dans l'escalier. Après l'avoir maîtrisé d'un coup dans le bas-ventre et lui avoir confisqué son arme, nous l'escorterions à Green Street pour y entendre ses aveux spontanés. Nous avions déjà pratiqué ce genre de tactique des dizaines de fois à l'exercice, y compris — honte à nous! — sur un petit employé de banque qui se hâtait vers le foyer conjugal et que nous avions pris par erreur pour un de nos instructeurs.

Mais je constatai avec frustration que Monty faisait la sourde oreille. Il regardait les vendeurs fendre la foule devant Panda et sa suite pour leur réserver l'ascenseur, et souriait comme n'importe quel plouc qui aperçoit une tête couronnée.

— Elle descend, déclara-t-il avec satisfaction. Dix contre un qu'elle vise le rayon bijoux fantaisie. On pourrait penser que tous ces califes du Golfe se moquent de la verroterie. Eh bien, au contraire, ils se jettent dessus. Ils croient que c'est forcément une bonne affaire. Viens, mon gars, on va s'amuser. Allons voir ce qui se passe.

Je me flatte d'avoir admiré, malgré ma perplexité, le professionnalisme de Monty. L'entourage exotique de Panda en costume traditionnel excitait la curiosité des clients, et Monty se fondait parmi les badauds pour jouir du spectacle. Il avait d'ailleurs vu juste sur notre destination, ainsi que le singe qui, à notre sortie de l'autre ascenseur, se glissa devant le groupe pour occuper une bonne place près des scintillants étalages, l'épaule gauche appuyée contre le mur, dans la posture du tueur qui dégaine croisé de droite à gauche.

Loin de choisir un emplacement stratégique pour la riposte, Monty le suivit et, une fois à côté de lui, me fit signe de les rejoindre. Je n'avais d'autre choix que de laisser Monty, et non le singe, au centre de notre trio.

— Tu vois, fiston, c'est pour ça que je fais toujours mes courses à Knightsbridge, braillait Monty à la cantonade. On ne sait jamais sur qui on va tomber. La dernière fois, avec ta mère, tu te souviens, on était au rayon alimentation chez Harrods, et je me suis dit : « Tiens, mais c'est Rex Harrison. » J'aurais presque pu le toucher, mais je ne l'ai pas fait. Knightsbridge, c'est vraiment le centre du monde, vous ne trouvez pas, monsieur?

Le singe répondit à son coup de chapeau par un pâle sourire.

— Je me demande d'où ils sont, continuait Monty. Ils ont l'air arabes. Ces gens-là, ils ont toutes les richesses du monde à portée de main, et en plus ils ne paient pas d'impôt. Les princes n'en paient jamais, tu me diras. Ce serait pas logique si les rois se payaient des impôts à eux-mêmes. Tu vois le grand policier là-bas, fiston ? Il est sûrement des services spéciaux. Ça se voit à son air bête et renfrogné.

Le groupe de Panda s'égaillait le long des vitrines illuminées, tandis qu'elle demandait avec une excitation mal contenue à voir les présentoirs de plus près. Et bientôt, comme au rayon lingerie, elle tripotait les bijoux, en exposant un à la lumière d'un œil critique, et le reposant pour en examiner minutieusement un autre. Je vis son visage inquiet se tourner vers le singe l'espace d'un instant, puis vers moi en qui elle avait peut-être deviné son seul espoir de protection.

Je jetai un regard interrogateur à Monty, qui souriait toujours.

— Il s'est passé exactement la même chose à la lingerie, lui soufflai-je, oubliant ses instructions.

Mais Monty poursuivait son bruyant monologue :

— Enfin, comme je dis toujours, prince ou pas, on est tous faits pareil, fiston. On naît tout nu et on finit dans un cercueil. La vraie richesse, c'est la santé. Et puis il vaut mieux être riche en amis qu'en argent, crois-moi. On a tous les mêmes appétits, les mêmes petites faiblesses et les mêmes vilaines manières.

Et de continuer dans la même veine, comme pour contrebalancer délibérément mon extrême vigilance.

Panda demanda que d'autres présentoirs soient posés sur le comptoir, maintenant recouvert de magnifiques tiares, bracelets et bagues en strass. Elle essaya un collier de faux rubis à trois rangs et se mira dans une glace à main.

Non, ce n'était pas mon imagination : elle scrutait nos reflets dans le miroir. D'abord un œil noir, puis l'autre, puis les deux à la fois, fixés sur le singe et nous, nous prévenant, nous implorant. Ensuite elle reposa la glace et, nous ignorant, se déplaça d'un air irrité vers un présentoir à l'autre bout du comptoir.

Au même instant, le singe avança brusquement d'un pas et porta sa main vers l'ouverture de son pardessus. Oubliant toute prudence, j'avançai à mon tour, le bras droit relevé en arrière, doigts repliés et paume en bas, comme on me l'avait enseigné à Sarratt. J'avais choisi un coup de coude au cœur, suivi d'un autre avec le tranchant de la main sur la lèvre supérieure, au point précis de jonction entre le cartilage du nez et le haut de la mâchoire, où converge un réseau nerveux complexe. Un coup bien ajusté peut ainsi immobiliser la victime pour un certain temps. Le singe ouvrit la bouche et inspira longuement, sans doute pour hurler le nom d'Allah ou le slogan d'une secte fondamentaliste — quoique je ne sache plus très bien si nous connaissions déjà les intégristes arabes à l'époque, et si nous nous en souciions. Je résolus aussitôt de crier moi aussi, non seulement pour le troubler, mais surtout parce que l'oxygène qui afflue dans le sang avec une grande goulée d'air augmente la force de frappe. J'aspirais déjà lorsque, tout étonné, je sentis la main de Monty se refermer comme un étau sur mon poignet, et m'attirer à lui.

— Ne fais pas ça, fiston, conseilla-t-il d'un ton tout à fait naturel. Le monsieur était avant toi, et il a des affaires confidentielles à régler.

Et c'était vrai. Monty ne relâcha pas son emprise avant que j'aie pu le constater. Le singe ne s'adressait ni à Panda ni à sa suite, mais aux deux vendeurs en pantalon rayé qui penchaient la tête vers lui pour mieux l'entendre, avec un air de condescendance puis de surprise intéressée. Il reporta son regard sur Panda.

— Messieurs, Son Altesse préfère hélas les achats informels, voyez-vous. Pour éviter de les faire emballer ou, mettons, d'attendre à la caisse. C'est l'âge. Il y a trois ou quatre ans, elle marchandait mieux que personne, je vous assure. Elle négociait des prix très avantageux sur tous les articles. Mais aujourd'hui, à son âge, elle prend littéralement les choses en main. Enfin, disons plutôt, dans sa manche. C'est pitié... Je suis donc chargé par Son Altesse le Prince de compenser le plus généreusement possible ces achats informels, à condition que rien ne transpire, messieurs, ni par écrit ni en paroles, vous me comprenez...

A mon grand regret, il ne sortit pas de sa poche un redoutable Walther automatique, ni une mitraillette Heckler and Koch, ni même un de nos chers et classiques Browning neuf millimètres, mais un portefeuille en maroquin repoussé, bourré de petites et grosses coupures que lui avait remises son employeur princier.

— Il me semble avoir compté trois jolies bagues dont une fausse émeraude et deux diamants en strass, plus un superbe collier imitation rubis à trois rangs. Messieurs, Son Altesse Royale souhaite que notre accord prenne généreusement en compte tout désagrément causé à vos parfaits employés, voyez-vous. Plus une commission pour vos honorables personnes, sur la base de l'accord déjà mentionné à propos de la discrétion...

Monty desserra enfin son emprise, et comme nous rebroussions chemin vers le hall, j'osai lui jeter un regard, constatant avec soulagement que son expression, quoique pensive, était étonnamment bienveillante.

— C'est ça le problème dans ce métier, Ned, m'expliqua-t-il, utilisant mon prénom pour la première fois. La réalité nous crève les yeux, mais nous on regarde ailleurs. J'aime bien me dégoter un bon ennemi, de temps en temps, je reconnais. Mais ils ne sont pas faciles à trouver, hein ? Il y a trop de gens honnêtes dans ce monde.

3

Sur le ton d'un curé rappelant à ses ouailles de déposer leur obole dans le tronc en quittant l'église, Smiley recommanda avec ferveur à son jeune public :

— N'oubliez jamais que les Anglais (et les Anglaises, si je puis me permettre) éduqués en école privée ont toujours été les plus grands dissimulateurs au monde ! Et ils le resteront tant qu'on ne changera pas ce système scolaire scandaleux ! poursuivit-il quand les rires se furent calmés. Ils sont passés maîtres dans l'art de charmer, de cacher leurs sentiments, de brouiller les pistes et, par ailleurs, ils sont incapables de reconnaître leurs erreurs. Mieux que personne, ils agissent avec bravoure quand ils sont morts de peur, ils feignent le bonheur parfait quand ils sont désespérés, ils couvrent de flatteries ceux qu'ils haïssent en secret. Voilà l'honnête Anglais (ou Anglaise) extraverti, issu des classes dites privilégiées. S'il fait une crise de déprime force douze en attendant le bus à vos côtés, vous aurez beau être son meilleur ami, vous n'en saurez jamais rien. C'est pourquoi nos meilleurs officiers se révèlent parfois les plus mauvais, et inversement. C'est aussi pourquoi l'agent que vous aurez le plus de mal à diriger risque fort d'être vous-même.

Je me doutais que Smiley pensait alors au plus grand des dissimulateurs, Bill Haydon. Mais moi, je songeais à Ben... et aussi, même si c'est plus dur à avouer, au jeune Ned, voire au vieux Ned.

C'était l'après-midi du jour où j'avais raté l'immolation du garde du corps de Panda. Fatigué et déprimé, j'arrivai à mon appartement de Battersea pour trouver la porte non verrouillée et deux hommes en complet gris qui fouillaient mon bureau.

Ils m'accordèrent à peine un regard quand j'entrai. Au premier plan, Personnel ; derrière lui, un homme rondouillard d'âge incertain, auquel ses lunettes rondes donnaient une allure de chouette, me dévisageait avec une inquiétante compassion.

— Quand avez-vous eu pour la dernière fois des nouvelles de votre ami Cavendish ? demanda Personnel, se replongeant aussitôt dans mes papiers.

— C'est bien un ami à vous, ce Ben, ou Arno, je ne sais pas comment vous l'appelez ? s'enquit tristement la chouette pendant que j'essayais de recouvrer mes esprits.

— Oui, Ben. Mais de quoi s'agit-il ?

— Alors, quand ? répéta Personnel, écartant une pile de billets doux de ma petite amie du moment. Il vous appelle, normalement ? Comment gardez-vous le contact ?

— J'ai reçu une carte postale il y a environ une semaine. Pourquoi ?

— Où est-elle ?

— Je ne sais pas. Si elle n'est pas dans le bureau, c'est que je l'ai détruite. Auriez-vous l'obligeance de me dire ce qui se passe ?

— Détruite ?

— Oui, j'ai dû la jeter.

— *Détruite*, ça fait délibéré, non ? Elle était comment ? demanda-t-il en ouvrant le deuxième tiroir. Restez où vous êtes.

— C'était la photo d'une fille. Ben avait écrit quelques lignes au verso. Et puis qu'est-ce que ça peut faire? Voulez-vous sortir d'ici, oui?

— Qu'est-ce qu'il disait?

— Rien... Que c'était sa dernière acquisition. « Cher Ned, voici ma dernière prise, ravi que tu ne sois pas là. Amitiés, Ben. » Et maintenant fichez le camp!

— Qu'entendait-il par là? fit-il en ouvrant encore un tiroir.

— Il était content que je ne puisse pas lui chiper la fille, sans doute. C'était une blague.

— Ça arrive souvent que vous lui chipiez des filles?

— On n'a jamais eu de maîtresse commune.

— Alors vous avez quoi en commun?

— Une amitié, rétorquai-je irrité. Mais qu'est-ce que vous cherchez, à la fin? Je crois que vous feriez mieux de sortir, tous les deux, et vite.

— Je ne la trouve pas, se plaignit Personnel à son collègue replet en écartant une autre pile de ma correspondance privée. Pas la moindre carte postale. Vous ne nous mentiriez pas, hein, Ned?

L'homme-chouette m'observait toujours de son regard compatissant, qui semblait dire : « Ça nous arrive à tous et on ne peut rien y faire. »

— Comment l'avez-vous reçue, Ned? demanda-t-il d'une voix aussi hésitante et désolée que son attitude.

— Ben par la poste, tiens! répliquai-je grossièrement.

— La poste régulière? suggéra la chouette l'air chagrin. Pas la valise du Service?

— Par la poste aux armées, répondis-je. Vaguemestre de Berlin, timbre anglais, remise par le facteur du coin.

— Ned, vous ne vous rappelez pas le numéro, par

hasard ? s'enquit la chouette, résignée à l'avance. Celui sur le cachet, je veux dire.

— Ça devait être le numéro normal de Berlin, fis-je d'un ton indigné difficile à conserver face à son irréprochable déférence. Quarante, je crois. Mais pourquoi est-ce aussi important ? J'en ai assez de cette histoire !

— Vous êtes sûr que c'était posté de Berlin, en tout cas ? Enfin, c'est l'impression que vous avez eue ? Vous vous souvenez ? Le numéro de Berlin, vous en êtes sûr ?

— Ça ressemblait exactement à toutes les autres qu'il m'avait envoyées. Je n'y ai pas prêté spécialement attention, dis-je, la colère me reprenant à la vue du énième tiroir ouvert par Personnel pour en vider le contenu sur mon bureau.

— C'était le genre pin-up, Ned ? sourit la chouette avec un air de chien battu apparemment destiné à les excuser tous les deux.

— Une fille nue, de dos, qui faisait un clin d'œil aguicheur par-dessus son épaule. C'est sans doute pour ça que je l'ai jetée, à cause de ma femme de ménage.

— Ah, ça vous revient maintenant ! lança Personnel en se retournant pour me faire face. « Je l'ai jetée. » Merde alors ! Vous auriez pu nous le dire tout de suite.

— Voyons, Rex ! plaida la chouette. Ned était très troublé quand il est rentré, c'est normal. Vous travaillez avec les guetteurs en ce moment, non ? fit-il en posant sur moi un regard inquiet. Monty dit que vous vous en sortez bien. Au fait, elle était en couleurs, la carte postale ?

— Oui.

— Il envoyait toujours des cartes, ou parfois des lettres ?

— Seulement des cartes.

— Combien en tout ?
— Trois ou quatre depuis qu'il est là-bas.
— Toujours en couleurs ?
— Je ne me rappelle plus. Sans doute, oui.
— Et toujours des filles ?
— Je crois.
— Non, non, je suis sûr que vous vous en souvenez très bien. Toujours nues, j'imagine ?
— Oui.
— Où sont les autres ?
— J'ai dû les jeter aussi.
— A cause de votre femme de ménage ?
— Oui.
— Pour épargner sa sensibilité ?
— Oui !
— Alors, reprit-il après un temps de réflexion, ces cartes cochonnes (ne prenez pas ça mal) c'était une vieille blague entre vous ?
— De son côté, oui.
— Pourquoi, vous ne lui en envoyiez pas, vous ? Dites-le-moi sans gêne, je vous en prie. Le temps presse.
— Mais je ne suis pas du tout gêné. Non, je ne lui en ai pas envoyé. Oui, c'était une vieille blague. Et elles étaient de plus en plus osées. Si vous voulez vraiment savoir, je commençais à en avoir assez de les voir traîner sur la console dans le hall. D'ailleurs, M. Simpson, le propriétaire, m'a aimablement suggéré d'écrire à Ben pour lui demander d'arrêter, parce que ça faisait mauvais genre dans l'immeuble. Et maintenant, est-ce que l'un de vous va me dire ce qui passe, mon de Dieu ?

Ce fut Personnel qui répondit cette fois-ci, d'une voix lugubre :

— Eh bien, nous pensions que vous pourriez nous l'apprendre. Ben Cavendish a disparu. Et ses agents aussi, pour ainsi dire. Deux d'entre eux sont dans le

Neues Deutschland de ce matin : « Réseau d'espions anglais pris en flagrant délit ». Les quotidiens londoniens du soir en parleront dans la dernière édition. Personne ne l'a vu depuis trois jours. Voici M. Smiley, qui voudrait vous parler. Il faut lui dire absolument tout ce que vous savez. Je vous verrai plus tard.

Je dus avoir un moment d'absence, car je recouvrai mes esprits pour voir Smiley au milieu de la pièce, jetant un regard désolé sur les ravages qu'ils avaient causés.

— J'ai une maison de l'autre côté de la Tamise dans Bywater Street, avoua-t-il comme si ça lui pesait. Nous pourrions y faire un saut, si ça ne vous dérange pas. Ce n'est pas très en ordre, mais ce sera toujours mieux qu'ici.

Smiley conduisait sa modeste petite Austin avec une telle lenteur qu'il devait me croire devenu invalide. Dans la lumière crépusculaire, les larges halos des réverbères de l'Albert Bridge flottaient à notre rencontre comme autant de lanternes sur l'eau. Ben, qu'avons-nous fait là? me demandai-je désespéré. Ben, que t'ont-ils fait?

Pour éviter les encombrements de Bywater Street, Smiley se gara dans une ruelle. Une fois accompli cet exploit aussi délicat pour lui que l'accostage d'un paquebot, nous fîmes à pied le reste du chemin. Je me rappelle avoir eu grand mal à suivre son dandinement de pingouin oublieux de ma présence. Je me souviens aussi qu'il dut s'armer de courage pour tourner la clé dans la serrure, avant de franchir prudemment le seuil, comme si son foyer était un lieu dangereux. Je sais maintenant qu'il avait raison. Deux bouteilles de lait traînaient dans l'entrée, et une assiette avec des reliefs de côtelettes et de petits pois dans le salon. La platine de l'électrophone tournait en silence. De toute évidence, il avait été appelé d'urgence — sans doute hier soir par Personnel — alors qu'il s'installait pour dîner sur fond de musique.

Je le suivis dans la cuisine, où il était allé chercher du soda pour le whisky. Quelque chose en Smiley faisait qu'on se sentait responsable de sa solitude. Des boîtes de conserve vides gisaient çà et là, et l'évier débordait de vaisselle sale. Tandis qu'il préparait nos verres, j'entrepris de mettre un peu d'ordre. Il décrocha un torchon de derrière la porte pour essuyer la vaisselle propre avant de la ranger.

— Vous formiez une équipe très soudée, avec Ben ? demanda-t-il.

— On partageait le même bungalow à Sarratt, oui.

— C'était quoi ? Deux chambres, cuisine et salle de bains ?

— Non, il n'y avait pas de cuisine.

— Et vous étiez aussi en tandem pour l'entraînement, non ?

— La dernière année, seulement. On doit se choisir un adversaire, et s'apprendre mutuellement le travail.

— Le choix est libre ou imposé ?

— On propose, ils disposent.

— Et après ça, c'est pour le meilleur et pour le pire ?

— En gros, oui.

— Pendant toute la dernière année ? Ça représente la moitié de la durée totale du stage, ça ? Jour et nuit ? C'est pire que le mariage !

Je n'arrivais pas à comprendre pourquoi il insistait tant pour obtenir des renseignements qu'il devait déjà connaître.

— Et vous faites tout ensemble ? poursuivit-il. Excusez-moi, mais mon entraînement remonte à loin. Vous faites les exercices écrits, pratiques ou physiques ensemble, vous partagez les repas et le logement. C'est la vie en commun, quoi.

— Pour le travail de groupe et la lutte, c'est automatique quand on fait en gros le même poids et qu'on a les mêmes capacités physiques.

Malgré la nature troublante de ses questions, je commençais à éprouver un grand besoin de lui parler.

— Et puis le reste suit naturellement, repris-je.

— Ah, bon !

— Des fois on sépare un tandem pour un exercice spécial, ou si on trouve que l'un des deux s'appuie trop sur l'autre. Mais tant que ça s'équilibre, on reste ensemble.

— Et vous avez raflé toutes les récompenses, avança Smiley d'un air approbateur en prenant une assiette humide. Vous et Ben formiez l'équipe championne.

— C'est surtout que Ben était le meilleur stagiaire, répliquai-je. Avec lui, n'importe qui aurait gagné.

— Oui, bien sûr. On a tous rencontré des gens comme ça. Vous vous connaissiez avant d'entrer au Service ?

— Pas vraiment. On avait suivi des chemins parallèles : la même école mais des dortoirs différents, Oxford mais dans des collèges différents, tous les deux linguistes mais on ne s'est jamais croisés... Il a servi dans l'armée pendant un temps, et moi dans la marine. Finalement, il a fallu le Cirque pour nous rapprocher.

Smiley scruta longuement une tasse à café en porcelaine fine comme pour y trouver quelque chose qui m'aurait échappé.

— Vous l'auriez envoyé à Berlin, vous ?

— Bien sûr. Pourquoi pas ?

— Bon, mais pourquoi ?

— Il parle couramment allemand, à cause de sa mère. Il est intelligent, débrouillard, il sait se faire obéir. Et son père s'est illustré pendant la guerre.

— Votre mère aussi, si j'ai bonne mémoire.

Il faisait allusion à l'action de ma mère dans la résistance hollandaise.

— Qu'est-ce qu'il faisait, le père de Ben, je veux dire ? poursuivit Smiley comme s'il l'ignorait vraiment.

— Il brisait des codes, déclarai-je avec la fierté de Ben. Sorti cacique de l'université en mathématiques. Un vrai génie, apparemment. Il a contribué à l'organisation du système de double jeu contre les Allemands ; il recrutait leurs agents et les retournait. Ce que faisait ma mère, c'était de la gnognote, à côté.

— Et Ben était impressionné ?

— Qui ne le serait pas ?

— Non mais, je veux dire, il en parlait souvent ? Vous avez le sentiment que c'était important à ses yeux ?

— Il m'a juste confié qu'il fallait être à la hauteur, et que c'était le seul avantage d'avoir eu une mère allemande.

— Mon Dieu, le pauvre ! soupira Smiley. C'étaient ses propres termes ? Vous n'en rajoutez pas un peu ?

— Bien sûr que non ! Il disait qu'avec des antécédents pareils en Angleterre, il faut courir deux fois plus vite que les autres pour rester en lice.

— Mon Dieu ! répéta Smiley, visiblement troublé. Quelle misère ! Vous croyez qu'il en a l'énergie ?

Une fois de plus, il me laissa bouche bée. Quand on est jeune, les réserves d'énergie semblent illimitées.

— Pour quoi faire ? demandai-je.

— Oh, je ne sais pas. Qu'est-ce qu'il faut pour courir deux fois plus vite que les autres à Berlin ? Sans doute des nerfs d'acier... la tension est rude ! Une excellente résistance à l'alcool, et aux femmes... ce n'est pas si simple.

— Je suis sûr qu'il a tous ces atouts, dis-je loyalement.

Smiley raccrocha son torchon à un clou tordu, qui semblait sa seule touche personnelle dans la cuisine.

— Vous parliez politique tous les deux? s'enquit-il en me précédant dans le salon, whiskies en main.

— Non, jamais.

— Alors c'est sûrement un type fiable! lança-t-il avec un petit rire triste qui déclencha le mien.

Au premier coup d'œil, une maison m'apparaît masculine ou féminine. Chez Smiley, les jolis rideaux, les miroirs au cadre sculpté et le goût délicat du détail rendaient l'intérieur résolument féminin. Je me demandai si Smiley habitait seul, et sinon avec qui.

— Y a-t-il une bonne raison pour laquelle vous n'auriez pas envoyé Ben à Berlin? reprit-il avec un sourire bienveillant par-dessus son verre quand nous fûmes assis.

— Simplement que j'aurais voulu y aller moi-même! Tout le monde vise ce poste. A Berlin on est en première ligne.

— Il a disparu dans la nature, m'expliqua Smiley en se renfonçant dans son siège, paupières mi-closes. On ne veut rien vous cacher, alors je vais vous raconter tout ce que nous savons. Jeudi dernier, il est passé à Berlin-Est pour rencontrer son agent principal, un certain Hans Seidl, dont la photo est dans le *Neues Deutschland*. C'était leur premier tête-à-tête, donc un événement très important pour Ben. Son supérieur à l'antenne berlinoise est Haggarty. Vous le connaissez?

— Non.

— Vous en avez entendu parler?

— Non.

— Ben ne l'a jamais mentionné?

— Non, je vous dis. Je n'ai jamais entendu son nom.

— Excusez-moi. Parfois la réponse change quand on présente la question différemment, vous comprenez ?

Non, je ne comprenais pas.

— Haggarty est le numéro deux là-bas, juste après le chef d'antenne, reprit-il. Vous le saviez, ça ?

— Non.

— Est-ce que Ben a une petite amie ?

— Pas que je sache.

— Et des petites amies ?

— Dès qu'on allait danser quelque part, toutes les filles lui couraient après.

— Et ça se terminait comment ?

— Il ne se vantait jamais de rien. S'il couchait avec, il ne le disait pas. Ce n'est pas son genre.

— On m'a dit que vous et Ben passiez vos permissions ensemble. Où alliez-vous ?

— Voir un match de rugby à Twickenham, une partie de cricket au Lords, et à la pêche de temps en temps. Mais en général on allait chez les parents.

— Je vois.

Pour une raison qui m'échappait, les paroles de Smiley commençaient à m'effrayer. Peut-être mon inquiétude pour Ben empoisonnait-elle tout. J'avais de plus en plus l'impression que Smiley me croyait coupable, même s'il nous restait à découvrir de quoi. Son récit des événements ressemblait à une énumération de preuves à charge.

— D'abord il y a Willis, fit-il comme s'il s'agissait de suivre une piste compliquée. En tant que chef de l'antenne berlinoise, il a plein pouvoir. Haggarty est le plus haut gradé après lui, et le supérieur immédiat de Ben. Sauf opération spéciale, Haggarty dirige en propre le réseau de Seidl, qui comprend — ou plutôt comprenait — neuf hommes et trois femmes, tous les douze en prison aujourd'hui. Un réseau d'illégaux de cette importance communiquant par radio ou par écritures secrètes nécessite une équipe de soutien aussi nombreuse, sans compter l'analyse et la communication des renseignements.

— Je sais.

— Je sais que vous savez, mais procédons par ordre, continua-t-il, très didactique. Après vous m'aiderez à compléter le tableau. En bon Irlandais du Nord, Haggarty a une forte personnalité. Il boit, il est grande gueule et très désagréable, mais jamais pendant le service. C'est un officier consciencieux doté d'une mémoire prodigieuse. Ben ne vous en a vraiment pas parlé ?

— Je vous ai déjà dit que non ! répondis-je avec une virulence involontaire.

On ne sait jamais au bout de combien de dénégations on commence à sonner faux, même à ses propres oreilles. C'est sur cette incertitude que jouait évidemment Smiley pour faire remonter à la surface des secrets enfouis en moi.

— C'est vrai, vous m'avez dit non et je l'ai nettement entendu, acquiesça-t-il avec sa courtoisie habituelle. Mais je me demandais si je vous avais rafraîchi la mémoire.

— Non.

— Haggarty et Seidl étaient des amis aussi proches que le leur permettait leur travail, reprit-il d'un ton encore plus pesant. Seidl avait été prisonnier de guerre en Angleterre, et Haggarty en Allemagne. En 1944, on a un peu adouci le régime de détention : Seidl a été enrôlé comme journalier près de Cirencester. Il a conquis le cœur d'une paysanne anglaise, et ses gardes ont pris l'habitude de lui laisser une bicyclette devant la grille du camp, avec une capote sur le guidon pour cacher sa tunique de prisonnier. Du moment qu'il rentrait à temps pour le clairon du matin, ils fermaient les yeux. Seidl en a toujours été reconnaissant aux Anglais. Quand le bébé est arrivé, les gardes et les prisonniers sont venus au baptême. Charmant, non? Les Anglais dans toute leur splendeur. Mais ça ne vous dit rien, cette histoire?

— Impossible, puisque vous parlez d'un *Joe*!

— Un *Joe* grillé qui dépendait de Ben. Haggarty n'a pas eu autant de chance dans son camp de prisonniers en Allemagne, mais enfin! En 1948, il travaillait officiellement pour la Commission de Contrôle, et il a rencontré Seidl dans un bar à Hanovre. Il l'a recruté et l'a renvoyé en Allemagne de l'Est, à Leipzig, sa ville natale. Il l'a toujours dirigé depuis. C'est sur leur amitié que repose depuis quinze ans notre antenne berlinoise. Quand il a été arrêté la semaine dernière, Seidl était le numéro quatre au ministère des Affaires étrangères est-allemand. Avant, il était ambassadeur à La Havane. Mais vous n'en avez jamais entendu parler. On n'a jamais mentionné son nom devant vous. Ni Ben, ni personne.

— Non, fis-je d'un ton aussi las que possible.

— Une fois par mois, Haggarty allait à Berlin-Est débriefer Seidl dans une voiture, une planque, ou sur un banc public. Enfin, la procédure normale... La construction du Mur a causé une interruption dans la routine, mais les rendez-vous ont fini par recommencer prudemment. Le jeu, c'était de traverser la frontière en quatre-quatre, une jeep de l'armée par exemple, se faire remplacer par une doublure avant de sauter au bon moment, et remonter dans le véhicule au point donné. Ça paraît dangereux, à juste titre, mais la mécanique était parfaitement huilée. Si Haggarty tombait malade ou partait en congé, le rendez-vous était annulé. Il y a deux mois environ, la Centrale a décrété que Haggarty devait présenter Seidl à un successeur. Haggarty a dépassé l'âge de la retraite; Willis est à Berlin depuis si longtemps qu'il est complètement grillé, et puis il connaît trop de secrets pour aller se balader de l'autre côté du Rideau. C'est pour ça qu'on a envoyé Ben, un nouveau sans antécédents. Haggarty l'a briefé personnellement dans les moindres détails, d'après ce que j'ai compris. Il ne l'a sûrement pas ménagé. Ce n'est pas son genre, et un réseau de douze hommes est souvent d'une grande complexité : il faut apprendre qui travaille pour qui et pour quoi, qui connaît l'identité de qui, les intermédiaires, les codes, les courriers, les noms d'emprunt, les symboles, les radios, les boîtes aux lettres mortes, les encres, les voitures, les salaires, les enfants, les anniversaires, les épouses, les maîtresses. Ça fait beaucoup à assimiler d'un coup.

— Je sais.

— Ben vous l'a dit?

— On nous l'a répété des centaines de fois au séminaire, précisai-je, résolu cette fois à ne pas m'énerver.

— Oui, oui, sûrement. Le problème, c'est que la théorie et la pratique ça fait deux, non? Qui est son meilleur ami, à part vous?

— Je ne sais pas, fis-je, surpris par le brusque changement de sujet. Jeremy, peut-être.

— Jeremy comment?

— Galt. Il était au séminaire avec nous.

— Et côté femmes?

— Je vous l'ai déjà dit, rien de sérieux.

— Haggarty voulait emmener Ben à Berlin-Est avec lui pour faire lui-même les présentations, reprit Smiley. Mais le Cinquième Étage a refusé. Ils voulaient détacher Haggarty de son agent, et par ailleurs ils ne tiennent pas à envoyer deux hommes dans la gueule du loup quand un seul suffit. Donc

Haggarty lui a fait revoir les procédures de rendez-vous sur un plan de la ville, et Ben est passé seul à Berlin-Est. Le mercredi, simplement pour reconnaître les lieux, et le jeudi pour de bon. Il est entré légalement, dans une voiture de la Commission de Contrôle. Il a passé Checkpoint Charlie à 15 heures, et il est descendu discrètement à l'endroit convenu. Sa doublure a roulé à sa place pendant trois heures comme prévu, et Ben est remonté dans la voiture à 18 h 10 pour retraverser vers Berlin-Ouest à 18 h 50. L'heure précise a été notée au Checkpoint. Il s'est fait déposer à son appartement. Parcours sans faute. Willis et Haggarty l'attendaient au QG de l'antenne, mais il les a appelés de chez lui pour dire que le rendez-vous s'était passé conformément au plan. Comme il ne rapportait aucun document, et qu'il avait une forte fièvre sans doute causée par une grippe intestinale, serait-il possible de reculer la séance de débriefing jusqu'au lendemain matin ? Par malheur, ils ont accepté, et ils sont sans nouvelles depuis. Au téléphone il leur avait paru de bonne humeur, malgré son état, qu'ils ont mis sur le compte des nerfs. Vous avez déjà vu Ben malade ?

— Non.

— Il leur a dit que leur ami commun était en grande forme, que c'était un sacré bonhomme, etc. Évidemment il ne pouvait pas entrer dans le détail par téléphone. Quand ils sont allés chez lui, son lit n'était pas défait, il n'avait pas emporté de vêtements de rechange. On ne peut pas prouver que c'est bien de chez lui qu'il a appelé, ni qu'il a été kidnappé, ni le contraire. S'il avait l'intention de changer de camp, pourquoi n'est-il pas resté à Berlin-Est ? Ils ne peuvent pas non plus nous l'avoir renvoyé après retournement, parce que dans ce cas, ils auraient évité de détruire son réseau. Et s'ils avaient voulu le kidnapper, pourquoi ne pas le faire quand il était de leur côté du Mur ? Il n'y a pas de preuve certaine qu'il ait quitté Berlin-Ouest par les voies traditionnelles, train, autoroute ou avion. Les contrôles ne sont pas efficaces, et, comme vous dites, il était entraîné. Donc a priori il n'a pas quitté Berlin. D'un autre côté, on a pensé qu'il aurait pu venir vous trouver. N'ayez pas l'air si horrifié. Vous êtes son ami, non ? Son meilleur ami ? Personne n'est plus proche de lui ? Le jeune Galt ne fait pas le poids. Il nous l'a dit : « Le meilleur copain de Ben, c'est Ned. Si Ben est allé voir l'un de nous, c'est forcément Ned. » Les indices convergent vers vous, j'en ai peur.

— Quels indices ?

Pas de silence pesant, ni de ton théâtral, aucune sorte d'avertissement : simplement ce bon vieux George Smiley, qui comme toujours semblait s'excuser.

— Il y a une lettre pour vous chez lui. Elle n'est pas datée, on l'a trouvée dans un tiroir. C'est plutôt un torchon, d'ailleurs. Il devait être éméché quand il l'a écrite. C'est une déclaration d'amour, je suis désolé.

M'ayant tendu une photocopie, il alla nous chercher un deuxième whisky.

Peut-être pour m'éviter de revivre mon malaise du moment, je repense toujours à cette scène en adoptant le point de vue de Smiley.

Ce qu'il avait devant lui est facile à se représenter : imaginez un apprenti zélé qui, dans l'attente impatiente de l'âge mûr, tente de se vieillir en fumant la pipe, en faisant de la voile, et en hochant toujours la tête d'un air entendu, et vous aurez le jeune Ned des années soixante.

Ce que Smiley traînait derrière lui était beaucoup plus complexe, en revanche, et risquait de peser lourd sur l'opinion qu'il se ferait de moi. J'ignorais alors le marasme qui régnait au Cirque à la suite d'une série noire inexplicable. Quoique tragique, l'arrestation des agents de Ben ne faisait qu'ajouter à la liste des catastrophes survenues dans le monde entier : au nord du Japon, une de nos stations d'écoute s'était évaporée avec ses trois techniciens; nos filières de sortie par le Caucase avaient été coupées du jour au lendemain; en quelques mois nous avions perdu des réseaux en Hongrie, en Tchécoslovaquie et en Bulgarie; et à Washington, nos Cousins américains clamaient leur défiance de plus en plus haut, et menaçaient de couper définitivement les ponts.

Dans un tel climat, les théories les plus aberrantes deviennent monnaie courante et chacun s'emmure dans son bunker. Rien ne peut plus être accidentel ni innocent. Quand d'aventure le Cirque remportait une victoire, c'était que nos adversaires le voulaient bien. La culpabilité se propageait par simple contagion; selon les Américains, le Cirque abritait en son sein non pas une, mais des centaines de taupes se pistonnant habilement les unes les autres. Elles étaient soudées par leur foi pernicieuse en Marx, mais pis encore, par leur choquante homosexualité britannique.

Je lus la lettre de Ben. Vingt lignes non signées, au recto d'un papier blanc sans filigrane du Service. C'était bien son écriture, mais irrégulière et sans ratures. Il devait effectivement se trouver en état d'ébriété.

Il commençait par « Ned, mon chéri », puis décrivait ses mains sur mon visage, attirant mes lèvres jusqu'aux siennes, les baisers sur mes paupières et mon cou et, Dieu merci, la description physique s'arrêtait là.

L'absence d'adjectifs ou de recherche dans le style n'arrangeait rien. Ça ne pouvait même pas passer pour un pastiche d'époque, grec ou 1920. C'était le cri spontané du désir homosexuel d'un homme que je considérais seulement comme un bon camarade.

Pourtant, dès la première lecture, je sus que le vrai Ben en était l'auteur, un Ben tourmenté avouant des sentiments dont je n'avais jamais eu conscience, mais dont je reconnus aussitôt la sincérité. Peut-être le simple fait d'être l'objet de ce désir me rendait-il déjà coupable, même si je ne le partageais pas, et ne l'avais jamais attiré consciemment. Il s'excusait, et c'était tout. Mais je savais que sa lettre n'était pas inachevée. Il n'avait rien d'autre à dire.

— J'étais loin de me douter..., fis-je.

Smiley replia la lettre et la remit dans sa poche, sans me quitter des yeux.

— Ou vous ne saviez pas que vous saviez, avança-t-il.

— J'ignorais tout! m'emportai-je. Qu'est-ce que vous essayez de me faire dire?

Imaginez l'aura de respect qu'évoquait le nom de Smiley pour les jeunes de ma génération. Je n'oublierai jamais avec quelle patience extraordinaire il attendit que je cède. Une averse soudaine éclata, crépitant comme dans toute rue étroite de Londres. Je n'aurais pas été surpris d'apprendre que Smiley commandait aux éléments.

— De toute façon, on ne peut jamais savoir avec les Anglais, bougonnai-je en essayant de me ressaisir, sans même savoir ce que j'essayais de prouver. Jack Arthur n'est pas marié, que je sache? Il n'a pas de foyer, alors le soir il boit avec les copains jusqu'à la fermeture des bars, et même après. Personne ne dit qu'il est pédé. Mais si demain on le surprenait au lit avec un type, on dirait tous qu'on le savait depuis le début. Enfin c'est ce que je dirais, moi. C'est impondérable.

Je persévérai maladroitement, tâtonnant en vain à la recherche d'une issue. Je savais toute protestation suspecte, mais continuai néanmoins.

— Et puis où l'a-t-on trouvée cette lettre ? demandai-je pour reprendre l'initiative.

— Dans un tiroir de son bureau. Je croyais vous l'avoir dit.

— Un tiroir vide ?

— Quelle importance ?

— C'est capital ! Si elle traînait avec des vieux papiers c'est une chose, mais si elle a été mise là pour que vous la trouviez, c'en est une autre. Peut-être qu'il l'a écrite sous la contrainte.

— Oh ça, j'en suis persuadé, assura Smiley. Mais quel genre de contrainte ? Vous saviez qu'il était seul à ce point-là ? S'il n'y avait personne d'autre que vous dans sa vie, ça aurait dû être évident, me semble-t-il.

— Alors pourquoi Personnel ne s'en est pas aperçu ? explosai-je à nouveau. Ce n'est pas faute de nous avoir cuisinés avant de nous engager, bon Dieu ! Ils ont enquêté sur nos amis, nos relations, nos profs. Ils en savent bien plus sur Ben que moi.

— Admettons que Personnel a mal fait son boulot. Mais l'erreur est humaine, nous sommes en Angleterre, et vive l'esprit de corps ! Reparlons du Ben qui a disparu, celui qui vous a écrit. Il n'avait pas d'ami plus proche que vous. Du moins à votre connaissance. Il peut y en avoir eu des dizaines sans que vous soyez au courant, mais ce n'est pas votre faute. D'après vous, il n'y en avait pas. C'est un point acquis ?

— Oui !

— Très bien, alors parlons de ce que vous savez, d'accord ?

Il me fit ainsi redescendre sur terre, et nous discutâmes jusqu'à l'aube, bien après la fin de l'averse et le réveil des étourneaux. Je parlais, et Smiley écoutait comme lui seul sait le faire, yeux mi-clos, engoncé dans son double menton. J'eus l'impression de lui dire tout ce que je savais, mais je doute qu'il ait eu la même, car il comprenait bien mieux que moi les chimères qu'on se forge pour survivre. Le téléphone sonna. Après avoir écouté son correspondant, Smiley murmura un merci, et raccrocha.

— Ben est toujours porté disparu et il n'y a pas de nouveaux indices. Vous restez notre seule piste.

Dans mon souvenir, il ne prit aucune note, et je ne crois pas qu'il enregistra la conversation. Il détestait les machines, et sa mémoire était bien plus fiable.

Je parlai autant de Ben que de moi-même, selon le vœu de Smiley, qui voulait trouver en moi l'explication des actes de mon ami. Je revins sur nos vies parallèles, et combien je lui enviais son héros de père alors que je n'avais pas de souvenirs du mien. Je ne fis pas secret de notre exaltation à la découverte de tout ce que nous avions en commun. Non, non, répétai-je, il n'y avait pas de femme dans sa vie — hormis sa défunte mère. Et je croyais ce que je disais, j'en suis sûr.

Je dévoilai à Smiley une lubie d'enfant sans doute inspirée par une lecture : quelque part au monde existait peut-être un double, un jumeau caché qui avait les mêmes jouets, vêtements et idées que moi, voire les mêmes parents. J'étais fils unique, comme Ben. Je racontai tout cela à Smiley parce que je voulais lui livrer tels quels mes pensées et mes souvenirs, même s'ils devaient me rendre coupable à ses yeux. Au risque de me discréditer complètement, je ne dissimulai rien consciemment, car il avait réussi à me convaincre que je devais bien cela à Ben. Inconsciemment, c'est autre chose. Qui sait ce que l'on cache aux autres, ou à soi-même, quand on dit la vérité pour survivre ?

Je parlai à Smiley de ma première rencontre avec Ben à la maison d'entraînement du Cirque, dans Lambeth, où l'on avait convoqué les nouveaux arrivants. Aucun d'entre nous n'avait jusque-là rencontré ses collègues novices, ni même les gens du Cirque, hormis l'officier recruteur, le jury de sélection et la commission d'approbation. Certains n'avaient qu'une idée très vague du Service dans lequel ils s'étaient engagés, mais nous allions enfin être éclairés sur nos confrères et notre vocation. Nous nous retrouvâmes dans la salle d'attente, tels les personnages d'un roman sur la Légion étrangère, chacun avec ses espoirs, ses motifs secrets, et son havresac contenant la même quantité de chemises et de sous-vêtements matriculés à l'encre de Chine, selon les instructions sur papier sans en-tête. Je portais le numéro neuf, Ben le dix. Il y avait déjà deux personnes à mon arrivée, un petit Écossais trapu prénommé Jimmy que je saluai de la tête, et Ben. Nous nous reconnûmes au premier coup d'œil, non comme anciens camarades d'école ou d'université, mais comme étant du même métal.

— Arrive le troisième couteau! lança-t-il en me serrant la main, alors que l'occasion me paraissait délicieusement mal choisie pour citer Shakespeare. Je m'appelle Ben, et voici Jimmy. Apparemment, on n'a plus de nom de famille, Jimmy a laissé le sien à Aberdeen.

Je serrai la main de Jimmy, et m'assis sur le banc à côté de Ben en attendant l'entrée du suivant.

— Cinq contre un qu'il a une moustache, dix contre un, une barbe et trente contre un, des chaussettes vertes, dit Ben.

— Et un contre un qu'il porte une cape, ajoutai-je.

Je racontai à Smiley l'entraînement dans des villes inconnues où nous devions nous inventer une couverture, rencontrer un contact et résister à l'interrogatoire après arrestation. Je lui fis comprendre combien ces exploits avaient soudé notre amitié, comme ensuite le premier saut en parachute, les randonnées nocturnes à la boussole dans les Highlands écossaises, la recherche de boîtes aux lettres mortes dans les banlieues perdues, ou les débarquements sur la plage depuis un sous-marin.

Je lui rapportai que l'encadrement mentionnait parfois à demi-mot le père de Ben, simplement pour montrer la fierté qu'ils éprouvaient à former son fils. Je lui racontai nos week-ends de permission, tantôt chez ma mère dans le Gloucestershire, tantôt chez son père dans le Shropshire. Tous les deux étant veufs, Ben et moi avions caressé le projet de les marier, mais sans grand espoir, car ma mère, farouchement anglo-hollandaise, s'entourait d'une joyeuse bande de sœurs, neveux et nièces qui auraient pu servir de modèles à Breughel, tandis que le père de Ben était à présent un ermite érudit ne nourrissant plus de passion que pour Bach.

— Et Ben le vénère, dit Smiley en revenant à la charge.

— Oui. Il adorait sa mère, mais elle est morte. Alors son père est devenu un dieu vivant pour lui.

Je me rappelle ma honte en remarquant que j'avais délibérément évité le mot « aimer », utilisé par Ben pour décrire ses sentiments à mon égard.

Je parlai des cuites de Ben, dont Smiley était sans doute déjà au courant. Normalement, Ben buvait peu, et souvent pas du tout ; mais arrivait un soir, un jeudi par exemple à l'approche du week-end, où il s'imbibait de scotch, de vodka, de n'importe quoi, un coup pour Ben, un coup pour Arno. Après quoi il s'écroulait sur son lit, muet et inoffensif. Le lendemain matin, il avait l'air d'avoir fait une cure de quinze jours dans une ferme macrobiotique.

— Et il n'y avait vraiment personne d'autre que vous ? fit Smiley pensivement. Pauvre de vous, seul face à tant de charme !

Je remontai dans le passé, par de multiples

détours, confiant tout en vrac à Smiley, sauf ce qu'il attendait toujours que je lui révèle et dont nous ne connaissions pas la nature. Avais-je conscience de lui cacher quelque chose ? Je peux seulement vous donner la réponse que je me fis plus tard : je ne savais pas que je savais; vingt-quatre heures d'introspection me seraient nécessaires pour faire émerger mon secret de l'ombre. A 4 heures, Smiley me conseilla de rentrer me coucher, mais de ne pas m'éloigner de mon téléphone sans prévenir Personnel.

— Naturellement, ils vont surveiller votre appartement, me prévint-il, tandis que nous attendions mon taxi. Ne le prenez pas pour vous, d'accord ? Si vous étiez en cavale, il y aurait peu de ports où vous pourriez vous réfugier pendant l'orage. Votre appartement est sans doute numéro un sur la liste de Ben, en supposant qu'il n'y ait personne d'autre à part son père. Mais il n'irait pas chez son père, n'est-ce pas ? Il aurait trop honte. Il se tournerait plutôt vers vous. Alors ils vont garder l'œil sur votre maison, c'est normal.

— Je comprends, fis-je, à nouveau profondément écœuré.

— Après tout, vous êtes celui qu'il préfère parmi les gens de son âge.

— Ce n'est pas grave, je comprends très bien, répétai-je.

— D'un autre côté, ce n'est pas un imbécile. Il devinera notre raisonnement, et saura pertinemment que vous ne le cacherez pas dans votre placard sans nous le dire. Vous ne nous feriez pas ça, n'est-ce pas ?

— Non, j'en serais incapable.

— Et ça aussi il le devinera, s'il a un brin de jugeote, donc il vous éliminera de sa liste. Enfin, il peut toujours passer pour un conseil, un dépannage ou un verre. Ce n'est guère probable, mais on ne peut pas négliger complètement cette possibilité. Vous devez être de très très loin son meilleur ami. Il n'en a pas de plus proche, si ?

Je souhaitais vivement qu'il cesse ce discours. Ayant évité jusqu'ici avec une grande délicatesse d'évoquer l'amour qu'éprouvait Ben pour moi, il semblait soudain déterminé à rouvrir la blessure.

— Bien sûr, il pourrait avoir écrit à quelqu'un d'autre, hasarda-t-il. Un homme, une femme, les deux. Ce n'est pas impossible. Parfois, on se sent tellement désespéré qu'on déclare sa flamme à des tas de gens, par exemple quand on se sait condamné, ou qu'on pense à se supprimer. La différence entre vous et les autres, c'est que Ben leur aurait envoyé sa lettre. Enfin, on ne peut pas faire le tour de ses amis pour leur demander s'il leur a écrit quelques lignes torrides ces derniers temps, ce ne serait pas prudent. En plus, par où commencer ? Voilà la question. Il faut vous mettre à la place de Ben.

Je fus certain par la suite qu'il avait délibérément planté en moi le germe de la révélation. Je me rappelle son regard inquiet et pénétrant quand il m'accompagna à la porte du taxi. Arrivé au coin de la rue, j'aperçus en me retournant sa silhouette rondouillarde au milieu de la chaussée. Il me suivait des yeux, comme pour m'enfoncer dans la tête ses dernières paroles. « Il faut vous mettre à la place de Ben. »

J'étais ivre de fatigue, au terme d'un marathon commencé tard dans la nuit à South Audley Street, qui s'était poursuivi après une brève sieste par l'épisode du singe de Panda, pour se terminer sur la lettre de Ben. Le whisky bu chez Smiley et mon sentiment d'être victime de circonstances effroyables m'avaient achevé. Mais je jure que le nom de Stefanie n'avait pas encore effleuré mon esprit. Stefanie n'existait toujours pas. Je suis sûr de n'avoir jamais oublié quelqu'un si radicalement.

De retour chez moi, mes vagues de dégoût face à la passion de Ben cédèrent le pas à mon inquiétude sur son sort. Je regardai d'un air tragique le sofa du salon, où il s'était si souvent étendu après une longue journée d'entraînement à la filature dans Lambeth. « Je crois que je vais pieuter là, si ça te dérange pas, vieux. Ce sera plus gai qu'à la maison, ce soir. Arno peut dormir chez lui, mais Ben reste ici. » Dans la cuisine, j'effleurai le vieux fourneau en fonte sur lequel je lui avais fait cuire des œufs en pleine nuit. « Dieu du ciel, Ned ! C'est une cuisinière, ça ? On dirait un des canons qui nous ont fait perdre la guerre de Crimée ! »

Puis je me souvins de sa voix, bien après l'extinction des feux, qui lançait une idée folle après l'autre à travers la cloison, dans les mots codés de notre jargon.

— Tu sais ce qu'on devrait faire à ce vieux Nasser ?

— Non, Ben.

— Lui refiler Israël. Et tu sais ce qu'on devrait faire aux Juifs ?

— Non, Ben.

— Leur refiler l'Égypte.

— Pourquoi ?

— Les gens apprécient seulement ce qui n'est pas à eux. Tu connais l'histoire du scorpion et du crapaud qui traversent le Nil ?

— Oui. Maintenant, tais-toi et dors.

Il me la racontait quand même, à la manière d'un cas d'école façon Sarratt : le scorpion, agent infiltré, qui devait contacter son équipe de repli sur la rive opposée ; et le crapaud, agent double feignant de croire à la couverture du scorpion, pour mieux le livrer à ses employeurs. Le lendemain matin, Ben était parti, laissant une note laconique : « On se retrouve au bahut », surnom qu'il donnait à Sarratt. « Je t'embrasse, Ben. »

Avions-nous parlé de Stefanie en ces occasions ? Non. C'était le genre de sujet qu'on aborde au hasard d'une promenade, mais pas allongés de part et d'autre d'un mur. Stefanie, fantôme partagé lors de nos virées, représentait une énigme trop charmante pour être disséquée. Voilà sans doute pourquoi je ne pensai pas à elle, du moins pas encore, pas consciemment ; pourquoi je ne me redressai pas dans mon bain, frappé d'une illumination subite, en m'écriant « *Stefanie !* ». Rien d'aussi spectaculaire, car, comme j'essaie de vous l'expliquer, quelque part dans les limbes qui séparent l'aveu de l'instinct de conservation, Stefanie flotterait telle une chimère jusqu'à ce que j'admette son existence. Il me semble y avoir repensé pour la première fois quand je tombai sur mon agenda de l'année précédente en rangeant le désordre laissé par Personnel. Je le feuilletai, songeant qu'on vit plus d'événements qu'il ne nous en reste en mémoire, et remarquai une diagonale barrant les deux semaines de la mi-juin, le chiffre huit écrit proprement à côté. Camp n° 8 d'entraînement paramilitaire dans le nord de l'Argyll. Et je me mis à réfléchir, ou seulement pressentir. Oui, bien sûr, Stefanie...

Toujours sans « euréka », je revécus notre traversée nocturne des Highlands baignées de lune ; visages fouettés par le vent de juin, Ben au volant de la Triumph décapotable, et moi à l'arrière entretenant la conversation pour l'empêcher de s'endormir, vu notre saine fatigue après une semaine à simuler l'organisation d'une guérilla dans les montagnes albanaises.

Le reste de la promotion rentrait à Londres par le

car de Sarratt, mais Ben et moi avions la Triumph de Steff, parce que cette chic fille altruiste avait fait le trajet d'Oban à Glasgow pour la prêter une semaine à Ben, qui devait la lui rapporter quand le séminaire reprendrait. Ainsi Stefanie me revint à l'esprit telle qu'elle m'était apparue dans la voiture : concept flou mais excitant, femme partagée, l'amie de Ben.

— Tu vas me dire qui c'est cette Stefanie, ou tu vas encore me refaire le coup du monde du silence? demandai-je en ouvrant la boîte à gants pour y chercher en vain quelque indice.

Petit épisode « monde du silence », puis il répondit gravement :

— Stefanie est un phare pour les âmes perdues, et un parangon de vertu. Elle vient du côté teuton de la famille, ajouta-t-il moins élogieux.

Lui aussi, comme il aimait à le répéter dans ses moments d'amertume. Il était donc en train de me dire que Steff s'apparentait aux Arno.

— Elle est mignonne?

— Ne sois pas vulgaire.

— Belle?

— C'est mieux, mais c'est pas encore ça.

— Elle est comment, alors?

— Elle est parfaite. Éblouissante. Incomparable.

— Alors elle est belle?

— Non, espèce d'andouille. Elle est exquise, sans pareille, intelligente à en faire baver Personnel.

— Et à part ça? Qu'est-ce qu'elle est par rapport à toi? Bon, elle vient de la branche teutonne, elle possède cette voiture, et quoi encore?

— C'est la cousine au quarante-douzième degré de ma mère. Après la guerre, elle est venue vivre avec nous dans le Shropshire et on a grandi ensemble.

— Elle est de ton âge, alors?

— Si on peut mesurer l'éternité, oui.
— La sœur que tu n'as pas eue, quoi?
— Oui, pendant quelques années. On a fait les quatre cents coups ensemble, on a ramassé des champignons à l'aube, on a joué au docteur. Et puis je suis allé en pension, et elle est retournée à Munich retrouver ses racines teutonnes. Fin de l'idylle d'adolescent, retour à papa et l'Angleterre.

Je ne l'avais jamais entendu parler aussi ouvertement d'une femme ni de lui-même.

— Et aujourd'hui?

Je craignis qu'il n'ait à nouveau décroché, mais il finit par me répondre :

— Maintenant c'est moins drôle. Elle a fait les Beaux-Arts, elle s'est mise avec un peintre fou, et s'est installée dans un petit manoir sur une île à l'ouest de l'Écosse.
— Pourquoi c'est moins drôle? Il ne t'aime pas, son peintre?
— Il n'aime personne, il s'est tué d'un coup de revolver. On n'a jamais su pourquoi. Il a laissé un mot au conseil municipal pour s'excuser des conséquences, mais rien à Stefanie. Ils n'étaient pas mariés, ce qui a compliqué les choses.
— Et maintenant? répétai-je.
— Elle vit toujours là-bas.
— Sur l'île?
— Oui.
— Dans le manoir?
— Oui.
— Toute seule?
— La plupart du temps.
— Tu veux dire que tu vas la voir?
— Faut bien que j'y aille pour la voir!
— C'est du sérieux?
— Tout ce qui concerne Steff est excessivement sérieux.

— Qu'est-ce qu'elle fait quand tu n'es pas là?

— La même chose que quand j'y suis, je suppose. Elle peint, elle parle aux petits oiseaux, elle lit, elle écoute de la musique, elle lit, elle écoute de la musique, elle peint, elle pense, elle lit, elle me prête sa voiture. C'est tout ce que tu veux savoir sur mes affaires?

Chacun resta sur ses positions jusqu'à ce que Ben se laisse à nouveau aller.

— Je vais te dire, Ned. Tu devrais l'épouser.

— Stefanie?

— Qui d'autre, imbécile? C'est une idée géniale, quand j'y pense. Je me propose de vous réunir pour que vous en discutiez. Vous vous marierez, et moi je viendrai vivre avec vous et pêcher dans le lac.

Ma question suivante jaillit avec une naïveté trop monstrueuse pour être innocente :

— Pourquoi tu ne l'épouses pas, toi?

Était-ce seulement maintenant, chez moi, en regardant l'aube paresseuse s'imprimer sur les murs, que je trouvai enfin la réponse? En contemplant les pages barrées de juin dernier, avec un haut-le-corps au souvenir de la terrible lettre?

Ou bien le silence de Ben dans la voiture qui filait à travers la nuit écossaise m'avait-il déjà éclairé? Avais-je alors compris qu'il ne se marierait jamais? Était-ce pourquoi j'avais si radicalement banni Stefanie de ma mémoire consciente, enfoui son souvenir si profond que même Smiley, malgré toute son habileté à fouiller, avait été incapable de l'exhumer?

Avais-je regardé Ben en lui posant ma question fatidique et tandis qu'il refusait obstinément de me répondre? Ou avais-je délibérément évité de le faire? Habitué depuis longtemps à ses silences, j'avais sans doute décidé de le punir pour mon attente stérile en me replongeant dans mes propres pensées.

Tout ce dont j'étais sûr, c'est que Ben n'avait pas répondu à ma question, et que nous ne reparlâmes plus jamais de Stefanie.

Stefanie, la femme de ses rêves, pensai-je en continuant l'examen de mon agenda. Sur son île. Qui l'aimait, mais devrait m'épouser.

Qui avait un parfum de mort dont les héros de Ben semblaient immanquablement imprégnés.

L'immortelle, l'incomparable, l'éblouissante Stefanie, phare pour les âmes perdues. Stefanie l'Allemande, le parangon, la sœur — voire la mère — qu'il n'avait jamais eue, l'attirant d'un signe dans son donjon, lui offrant un sanctuaire où se réfugier de son père.

Il faut vous mettre à la place de Ben, avait dit Smiley.

L'agenda ouvert entre mes mains, je ne m'accordais toujours pas l'éclair de la révélation. Une idée germait en moi, qui se fit progressivement possibilité, et mit encore un certain temps, vu mon état de fatigue physique et nerveuse, à se muer en certitude, et bientôt en dessein.

Le matin arriva enfin. Je passai l'aspirateur, dépoussiérai et astiquai les meubles, en analysant froidement ma colère. Je rouvris mon bureau, en sortis mes papiers personnels, et brûlai dans la cheminée ceux qui me paraissaient irrémédiablement souillés par l'intrusion de Smiley et Personnel : les lettres de Mabel, les suppliques de mon ancien tuteur m'enjoignant de faire « un travail un peu plus distrayant » que documentaliste au ministère de la Défense.

J'accomplis machinalement ces gestes tandis que mon esprit s'efforçait de trouver une ligne d'action valable, honnête et morale.

Ben, mon ami.

Ben, avec la meute à ses trousses.

Ben au supplice, ou pis encore.

Stefanie.

Après un bain prolongé, je m'allongeai sur mon lit en surveillant la rue dans le miroir au-dessus de ma commode. Deux hommes en salopette, que je compris être ceux de Monty, réparaient sans se presser une boîte de jonction. Smiley m'avait bien dit de ne pas le prendre pour moi. Après tout, ils voulaient seulement mettre Ben aux fers.

A 10 heures, ce même interminable matin, tapi près de la fenêtre donnant sur la cour sordide et l'appentis passé à la créosote qui servait jadis de lieu d'aisances, je constate que derrière la barrière en bois la ruelle est déserte. Monty n'est pas infaillible, après tout.

Une île à l'ouest de l'Écosse, avait dit Ben. Un petit manoir sur une île à l'ouest de l'Écosse.

Mais laquelle ? Et Stefanie qui ? On pouvait légitimement supposer que si elle appartenait à la branche allemande de la famille aristocratique de Ben et habitait Munich, elle portait sans doute un titre.

Je téléphonai à Personnel, auquel il me paraissait moins dangereux de mentir qu'à Smiley. Il reconnut ma voix avant même que j'expose la raison de mon appel.

— Vous avez du nouveau ? demanda-t-il.

— Non, désolé. Je voudrais sortir une heure, je peux ?

— Où ça ?

— J'ai juste besoin de quelques provisions, et de lecture. Je pensais faire un saut à la bibliothèque.

Personnel était célèbre pour ses silences réprobateurs.

— Soyez rentré à 11 heures, et téléphonez-moi aussitôt.

Satisfait de mon petit numéro, je sortis par la porte principale acheter un journal et du pain, tout en surveillant mes arrières dans les vitrines. Personne ne me suivait, j'en étais sûr. Je me rendis à la bibliothèque du quartier pour sortir du rayon des usuels une vieille édition du *Who's Who* et un exemplaire éculé de l'*Almanach de Gotha*, sans même me demander qui, à Battersea, pouvait bien l'avoir ainsi délabré. Je trouvai dans le *Who's Who* le père de Ben, chevalier et détenteur de multiples décorations : « *Né en 1936, marié à la Gräfin Ilse Arno zu Lothringen, un fils Benjamin Arno.* » Ayant ensuite parcouru dans l'*Almanach* une notice de trois pages sur les Arno Lothringen, j'identifiai en un rien de temps la cousine éloignée prénommée Stefanie. J'allai jusqu'à demander à la bibliothécaire un annuaire des îles écossaises. Elle n'en avait pas, mais m'autorisa à utiliser son poste pour appeler les renseignements, ce qui m'arrangeait, le mien étant fort probablement sur écoute. De retour chez moi à 10 h 45, je fis mon rapport à Personnel sur le même ton détendu.

— Où étiez-vous ? demanda-t-il.

— Chez le marchand de journaux, et à la boulangerie.

— Vous n'êtes pas allé à la bibliothèque ?

— A la bibliothèque ? Ah, si ! Oui, oui, c'est vrai.

— Et puis-je savoir ce que vous avez emprunté ?

— Rien, j'ai trop de mal à me concentrer en ce moment. Bon, qu'est-ce que je fais maintenant ?

Je me demandai si je ne m'étais pas trop justifié, et décidai finalement que non.

— Vous attendez. Comme tout le monde.

— Je peux venir à la Centrale ?

— Je ne pense pas. Puisque vous attendez, autant le faire chez vous.

— Ou alors je peux rejoindre Monty, si vous voulez.

Sans doute sous l'effet de mon imagination enfiévrée, je devinai Smiley près de lui qui lui dictait les réponses.

— Restez où vous êtes, dit-il d'un ton sec.

Et j'attendis, Dieu seul sait comment. J'essayai de lire, me pris à rédiger une pompeuse lettre de démission à Personnel, que je déchirai pour la brûler ; je regardai la télévision et, le soir venu, m'allongeai sur mon lit pour observer dans le miroir la relève de la garde de Monty, en pensant à Stefanie, à Ben, à Stefanie de nouveau, maintenant fermement ancrée dans mon esprit, évanescente, vêtue de blanc, Stefanie l'immaculée protectrice de Ben. Permettez-moi de vous rappeler que j'étais jeune, et moins expérimenté avec les femmes qu'on ne l'aurait cru à m'entendre. L'Adam en moi restait un grand enfant, à l'inverse du guerrier que j'étais devenu.

J'attendis 22 heures, et me faufilai en bas, une bouteille de vin sous le bras pour trinquer avec les Simpson, et regarder à nouveau la télévision. Puis je pris mon propriétaire à part.

— Chris, lui dis-je. Ça va vous paraître idiot, mais il y a une dame très jalouse qui me colle au train, et je voudrais filer par-derrière. Ça ne vous dérange pas si j'utilise votre porte de cuisine ?

Une heure plus tard, j'étais à bord du train-couchettes pour Glasgow. J'avais observé à la lettre la procédure de contre-surveillance, et j'étais donc certain de ne pas avoir été suivi. A la gare centrale de Glasgow, cependant, je m'installai par précaution au buffet en commandant un thé, pour repérer d'éventuels guetteurs. Toujours prudent, je me rendis ensuite en taxi à Helensburgh sur l'autre rive de la Clyde, où je pris le car de Camp-Beltown à destination de West Loch Tarbet. Le ferry pour les îles ne marchait que trois jours par semaine, à l'époque, en dehors de la brève saison estivale. Mais j'étais chanceux : un bateau attendait, qui partit dès que j'eus embarqué. En début d'après-midi, nous avions déjà passé l'île de Jura, fait escale à Port Askaig, et voguions à nouveau vers le large sous un ciel menaçant. Il ne restait plus que trois passagers : un vieux couple et moi. Quand je sortis sur le pont pour échapper à leurs questions, le premier-maître m'en posa allégrement toute une nouvelle série : Étais-je en vacances ? Étais-je médecin ? Marié ? Malgré tout, je me sentais dans mon élément. Dès que je prends la mer, tout devient lumineux, tout devient possible. Oui ! exultai-je à la vue des hautes falaises qui se rapprochaient, réjoui d'entendre le cri des mouettes. C'est ici que Ben a dû venir se cacher ! C'est ici que ses démons wagnériens doivent se sentir chez eux.

Essayez de comprendre et d'excuser mon hypersensibilité puérile envers toute forme d'abstraction nordique. Je recherchais ce qui attirait Ben. Le mythe ossianique de l'île, les tourbillons de nuages, la mer démontée, la prêtresse dans son château désolé... j'en redemandais. Pour le meilleur et pour le pire, j'étais en plein dans ma période romantique, et j'avais donné mon âme à Stefanie avant même de l'avoir rencontrée.

On m'expliqua au bazar local que le manoir se trouvait de l'autre côté de l'île, et qu'il valait mieux demander au jeune Fergus (au bas mot septuagénaire) de m'y accompagner en jeep. Passé les grilles en fer décaties, je payai le « jeune » Fergus et sonnai à la porte, qui s'ouvrit sur le regard étonné d'une femme blonde.

Si, comme c'était le cas, nous avions vraiment le même âge, il émanait d'elle une autorité qu'une vie entière ne me suffirait pas à acquérir. Grande et mince, elle n'était pas vêtue de blanc, mais d'un sarrau bleu foncé taché de peinture. Pendant que je parlais, elle leva la main qui tenait son couteau de peintre pour rejeter du poignet une mèche de cheveux sur son front, puis la laissa lentement retomber. Elle m'écouta, mettant à profit le long silence qui suivit pour analyser la résonance de mes paroles en elle et les confronter à l'homme, au jeune garçon auquel elle faisait face. Le plus étrange, et le moins évident à raconter, c'est que mon image de Stefanie correspondait à la réalité de façon troublante. La pâleur, l'expression d'honnêteté sans mélange, la force intérieure doublée d'une fragilité émouvante répondaient tant à mon attente que, l'eussé-je rencontrée ailleurs, je l'aurais reconnue aussitôt.

— Je m'appelle Ned, dis-je en la regardant droit dans les yeux. Je suis un ami et un collègue de Ben. Je suis venu seul, personne n'est au courant.

J'avais préparé dans ma tête un discours pompeux : « Je vous en prie, dites-lui que quoi qu'il ait fait, ça m'est égal » ; mais son regard d'une insoutenable fixité m'empêcha de poursuivre.

— Qu'est-ce que ça peut faire si on sait que vous êtes ici ? demanda-t-elle.

Elle parlait sans accent, mais avec un débit typiquement allemand, marquant un infime temps d'arrêt avant les voyelles ouvertes.

— Il ne se cache pas, reprit-elle. Qui le recherche à part vous ? Pourquoi Ben devrait-il se cacher ?

— J'avais cru comprendre qu'il avait des problèmes, fis-je en la suivant à l'intérieur.

Dans l'entrée imposante, mi-atelier mi-salon de fortune, la plupart des meubles étaient protégés par des housses. Sur la table traînaient les reliefs d'un repas, deux tasses et deux assiettes sales.

— Quel genre de problème ?

— Ça a rapport avec son travail à Berlin. Je pensais qu'il vous en avait parlé.

— Il ne m'a rien dit. Il ne me parle jamais de son métier, il doit savoir que ça ne m'intéresse pas.

— Je peux vous demander de quoi il vous parle ?

— Non, fit-elle après un temps de réflexion, puis elle ajouta en se radoucissant : il ne me parle pas du tout en ce moment. On dirait qu'il s'est fait trappiste. Et pourquoi pas ? Tantôt il me regarde peindre, tantôt il va à la pêche, tantôt on mange un morceau ensemble ou on boit un verre. La plupart du temps il dort.

— Ça fait longtemps qu'il est là ?

— Oh, trois jours ! lança-t-elle avec un haussement d'épaules incertain.

— Il est venu directement de Berlin ?

— Tout ce que je sais, vu son silence, c'est qu'il est arrivé par le bateau.

— Il a disparu. On le cherche partout. Ils ont pensé qu'il était venu se réfugier chez moi. Je ne crois pas qu'ils sachent, pour vous.

Comme auparavant, elle écouta d'abord mes paroles, puis mon silence, sans gêne apparente, tel un animal à l'affût. C'est la force que confère la souffrance, pensai-je, me souvenant du suicide de son amant : elle est bien au-dessus des petits problèmes.

— *Ils ?* répéta-t-elle étonnée. Qui ça, *Ils ?* Et qu'est-ce qu'il y a de spécial à savoir sur moi ?

— Ben avait une occupation secrète, répondis-je.

— *Ben ?*

— Comme son père. Il était d'ailleurs très fier de marcher sur ses pas.

— Pourquoi ? demanda-t-elle, ébranlée par le choc. Pour qui ? Un travail secret ? Quel imbécile !

— Pour les services secrets anglais. Il était attaché au bureau du conseiller militaire à Berlin, mais en fait il travaillait pour le Renseignement.

— Ben ? fit-elle comme le dégoût et l'incrédulité se peignaient sur son visage. Mais tous ces mensonges qu'il doit raconter ? Ben ?

— Oui, je suis désolé. C'est son devoir.

— Quelle horreur !

Elle alla se planter derrière son chevalet pour mélanger ses peintures.

— Si seulement je pouvais lui parler, dis-je.

Mais elle feignit d'être trop absorbée dans son tableau pour m'entendre.

L'arrière de la maison donnait sur un parc et une rangée de pins courbés par le vent, au-delà desquels s'étirait un loch entouré de collines mauves. Sur l'autre rive j'aperçus un homme qui pêchait au bout d'une jetée délabrée. Après l'avoir observé un certain temps, je devinai qu'il s'agissait de Ben, et que le produit éventuel de sa pêche ne l'intéressait pas. J'ouvris la baie vitrée, passai dans le jardin, et suivis la jetée sous une bise qui faisait onduler la surface du loch. Ben portait une veste en tweed trop large, ayant sans doute appartenu à l'ex-amant de Stefanie, et un feutre vert qui, comme tous les chapeaux, semblait fait pour lui. Il ne se retourna pas en m'entendant approcher.

— Ce que tu vas attraper, à ce régime, c'est une pneumonie, imbécile d'Allemand !

Sans voir son visage obstinément détourné, je restai immobile près de lui à contempler l'eau, sentant son épaule heurter la mienne au gré du brimbalement de la jetée. Le ciel vira au gris derrière les montagnes. Le bouchon rouge s'enfonçait parfois sous la surface à présent huileuse ; mais si c'était un poisson que Ben avait ferré, il ne faisait aucun effort pour l'épuiser ou le remonter. Les lumières s'allumèrent dans le manoir, et j'aperçus la silhouette de Stefanie devant son chevalet, qui ajouta un coup de pinceau, et porta son poignet à son front. L'air fraîchit à l'approche de la nuit, mais Ben ne bougeait toujours pas. Comme à l'entraînement, une compétition s'était engagée entre nous. J'exigeais, Ben refusait. Un seul en sortirait vainqueur. J'y passerais toute la nuit et le lendemain s'il le fallait, quitte à mourir de faim, mais je ne céderais pas tant qu'il m'ignorerait.

Une demi-lune se leva, au milieu d'un semis d'étoiles, le vent tomba, et une brume argentée se forma au ras du sol sur la lande enténébrée. Mais nous restions là, à attendre que l'un des deux cédât. Je dormais presque debout lorsque j'entendis le cliquetis du moulinet, et aperçus l'éclat jeté dans la clarté lunaire par le flotteur puis la ligne émergeant de l'eau. Sans bouger ni parler, je laissai Ben la remonter et raccrocher son hameçon. Pour emprunter la jetée, il n'avait d'autre choix que de se tourner vers moi.

Nous étions face à face sous la lune. Il baissa les yeux vers mes pieds, comme pour chercher un moyen de les contourner. Son regard se porta enfin sur mon visage, sans que change son expression figée. Si elle trahissait une émotion quelconque, c'était la colère.

— Et voilà, dit-il. Arrive le troisième couteau.

Mais cette fois, cela ne nous fit pas rire.

Stefanie s'était apparemment retirée à notre approche, j'entendis de la musique venant d'une autre partie de la maison. Dès notre entrée, Ben se dirigea vers l'escalier, mais je lui saisis le bras.

— Il faut me raconter, Ben, l'exhortai-je. Tu ne trouveras pas de meilleur confident que moi. J'ai rompu les rangs pour venir ici. Tu dois me dire ce qui est arrivé au réseau.

Derrière le hall se trouvait un salon tout en longueur, avec des sofas recouverts de housses. Il y faisait froid, mais Ben avait gardé sa veste et moi mon pardessus. J'ouvris les volets pour laisser pénétrer le clair de lune, devinant qu'une lumière plus crue dérangerait Ben. La musique nous parvenait, toute proche, et je crus reconnaître du Grieg. Ben parla sans remords ni soulagement cathartique, ayant sûrement passé la journée et la nuit à faire son examen de conscience. Comme on raconte un drame incompréhensible pour qui ne l'a pas vécu, il s'exprima de façon concise et d'un ton monocorde, sur un fond de musique discret. Le glorieux héros, ne sachant plus que faire de lui-même, s'était retiré du grand combat de la vie. Peut-être était-il las de sa culpabilité. Je crois qu'il aurait voulu que je parte.

— Haggarty est un enfoiré de première, dit-il. Il vole, il boit, il viole à l'occasion. Sa seule excuse, c'est le réseau Seidl. La Centrale voulait le lui retirer pour confier Seidl à des nouveaux. J'étais le premier à débarquer, alors Haggarty a voulu me punir pour lui avoir piqué le réseau.

Il me décrivit les insultes calculées, les nuits et les week-ends de garde à répétition, les mauvais rapports envoyés par Haggarty à son fan-club de la Centrale.

— Au début il ne voulait rien me dire sur le réseau, mais comme la Centrale lui a passé un savon, il m'a raconté dans le détail la vie de tous les membres depuis quinze ans, y compris les *Joes* morts sur le terrain. Il m'envoyait des piles de dossiers énormes, pleins de références croisées. Lisez ci, rappelez-vous ça, qui est-elle ? qui est-il ? notez cette adresse, ce nom, ces pseudonymes, ces symboles, ces filières de sortie, ces procédures de secours, ces codes de reconnaissance et ces procédures de sécurité radio... Et il m'interrogeait. Il m'emmenait dans la pièce sûre, me faisait asseoir en face de lui, et il me passait sur le gril. « Vous n'êtes pas à la hauteur. On ne peut pas vous envoyer tant que vous ne connaissez pas tout sur le bout des doigts. Vous feriez mieux de rester ici ce week-end pour bachoter. Je vous réinterrogerai lundi. » Le réseau, c'était sa vie. Il voulait que je me sente incompétent, et il a réussi : je l'étais, et j'en avais conscience.

Ni la Centrale ni Ben ne s'étaient pourtant laisssé intimider par les méthodes de Haggarty.

— Je m'y suis pris comme pour un examen.

Voyant approcher la date de son premier rendez-vous avec Seidl, Ben s'inventa des procédés mnémotechniques par acronymes, pour couvrir les quinze ans de la complexe histoire du réseau. Assis nuit et jour dans son bureau au QG de l'antenne, il conçut des tableaux de compartimentation et de communication, des systèmes pour mémoriser les noms de code, les pseudonymes, les adresses professionnelle et personnelle des agents, sous-agents, courriers, et collaborateurs. Il reporta ces informations sur des bristols, résumant en une ligne le sujet au verso : « boîtes aux lettres mortes », « salaires », « planques ». Chaque soir, avant de rentrer chez lui ou de s'étendre à l'infirmerie de la station, il mettait les cartes face cachée sur son bureau pour tester sa mémoire, en comparant ses souvenirs avec les données au recto.

— Je ne dormais pas beaucoup, mais c'est souvent comme ça, dit-il. La veille du jour J, je n'ai pas fermé l'œil. J'ai passé la nuit à potasser mes notes, couché sur le divan, les yeux au plafond. Quand je me suis relevé, je ne me souvenais plus de rien. C'était comme une paralysie du cerveau. Je suis allé m'asseoir à mon bureau, je me suis pris la tête entre les mains et je me suis interrogé. « Si l'agent ayant pour nom de couverture Margaret/deux pense qu'il est sous surveillance, à qui et comment l'apprend-il, et que fait ensuite son contact ? » Pas moyen de trouver la réponse.

« Haggarty est passé me demander si tout allait bien, et j'ai répondu "très bien". Je dois lui rendre justice, il m'a souhaité bonne chance, et je crois qu'il était sincère. Je pensais qu'il allait me poser une colle, et je me préparais à lui répondre d'aller se faire foutre. Mais il m'a simplement dit "Komm gut Heim" avec une petite tape sur l'épaule. Alors j'ai mis les cartes dans ma poche, ne me demande pas pourquoi. J'avais peur de l'échec. En fait, c'est ça qui nous motive tous, non ? J'avais peur d'échouer, et je détestais Haggarty, et Haggarty m'avait torturé. Je dois avoir deux cents bonnes raisons de les avoir emportées, mais ça ne m'avance pas pour autant. C'était peut-être une forme de suicide. Voilà une idée qui me plaît. Bref, je les ai prises, et j'ai traversé la frontière à l'arrière d'une limousine spéciale, avec ma doublure cachée sous le siège. Les Vopos n'ont pas le droit de fouiller nos véhicules, bien sûr. Mais tout de même, faire un échange de personnes en prenant un virage en épingle à cheveux, c'est sacrément risqué, parce qu'il faut se laisser rouler hors de la voiture. Seidl m'avait fourni une bicyclette. C'est un acharné du vélo depuis que ses gardes lui en ont prêté un quand il était prisonnier de guerre en Angleterre.

Je laissai Ben me raconter l'histoire que je tenais déjà de Smiley.

— J'avais mis les cartes dans la poche intérieure de mon veston, poursuivit-il. Comme il faisait atrocement chaud à Berlin, j'ai dû déboutonner ma veste sur le vélo, je ne sais plus. Quand j'y repense, tantôt je me revois le faire, tantôt non. Le surmenage joue souvent ce genre de tour à la mémoire : tu vois défiler toutes les possibilités. Je suis arrivé en avance au rendez-vous, j'ai fait une reconnaissance des alentours, les voitures vides, enfin, la routine habituelle, et je suis entré. Tout m'était revenu en mémoire : le simple fait d'avoir les cartes sur moi les rendait inutiles. Entre Seidl et moi ça s'est passé à merveille. On a discuté boulot, je l'ai briefé, je lui ai donné de l'argent, exactement comme à Sarratt. J'ai repris la bicyclette, et je l'ai abandonnée à l'endroit où je me suis engouffré dans la voiture. Quand on est passés à Berlin-Ouest, je me suis aperçu que je n'avais plus mes fiches. J'ai dû le sentir à l'absence de poids ou de contact, je ne sais pas. J'étais affolé, mais ça, je le suis toujours au fond ; c'est ma nature. Seulement là, c'était carrément la panique complète. Je me suis fait déposer à mon appartement, j'ai appelé le numéro d'urgence de Seidl, mais ça ne répondait pas. Son numéro de secours, pareil. J'ai essayé son substitut, une femme du nom de Lotte, pas de réponse. Alors j'ai pris un taxi jusqu'à Tempelhof, j'ai filé discrètement, et me voilà

Soudain, seule la musique de Stefanie se faisait entendre, car Ben s'était tu. Sans comprendre que l'histoire se terminait là, je le regardais en attendant la suite ; je m'étais imaginé au moins un enlèvement, ou la police secrète est-allemande surgissant de l'arrière de sa voiture pour le tabasser avec leur violence habituelle, et lui appliquer de force un masque chloroformé le temps de fouiller ses poches. L'affreuse banalité de son récit se fit lentement jour : on peut perdre un réseau aussi facilement qu'un trousseau de clés, un chéquier ou un mouchoir. J'avais désespérément besoin d'un scénario plus honorable, mais il n'en avait pas d'autre à m'offrir.

— La dernière fois que tu les avais, c'était où ? demandai-je bêtement, comme à un enfant qui a perdu ses livres de classe ; mais Ben, ayant ravalé toute fierté, n'en prit pas ombrage.

— Les fiches ? Peut-être sur la bicyclette, ou en sortant de la voiture, ou en y remontant. Il y avait un antivol autour de la roue du vélo, j'ai dû me baisser pour l'enlever et le remettre, peut-être que c'est là. C'est toujours pareil quand on perd un truc : tant qu'on ne l'a pas retrouvé, on ne comprend pas, et après, ça paraît évident. Mais dans mon cas il n'y a pas eu d'après.

— Tu as été suivi?

— Je ne sais pas, je ne sais vraiment pas.

Je ne réussis pas à lui demander quand il m'avait écrit sa lettre d'amour; de toute façon je croyais avoir deviné : en pleine détresse alcoolique, face à l'implacable cruauté de Haggarty. Ce que j'aurais vraiment aimé entendre, c'est qu'il n'en était pas l'auteur. J'aurais voulu remonter le temps, retrouver les choses telles qu'elles étaient encore une semaine plus tôt. Mais les questions simples avaient disparu avec les réponses simples. Notre enfance était bel et bien terminée.

Ils avaient dû encercler la maison. En tout cas ils ne sonnèrent pas. Monty était sans doute tout près quand j'avais ouvert les volets pour laisser filtrer la clarté lunaire, parce qu'au moment opportun, il n'eut qu'à passer la porte-fenêtre, l'air gêné mais résolu.

— Tu t'es très bien débrouillé, Ned, me consola-t-il. C'est la bibliothèque qui t'a trahi. Tu as tapé dans l'œil de la gentille petite dame. Pour un peu, elle serait venue avec nous.

Skordeno le suivit, et Smiley emprunta l'autre porte, avec cet air penaud qu'il affichait chaque fois qu'il devait se montrer impitoyable. Je compris sans grande surprise que j'avais agi exactement selon ses vœux : en me mettant à la place de mon ami, je les avais menés droit à lui. Ben ne parut pas particulièrement étonné non plus, peut-être même se sentait-il soulagé. Il était toujours assis sur les housses, et enroulé dans sa veste en tweed comme dans un tapis. Monty et Skordeno vinrent l'encadrer, Skordeno lui donna une petite tape sur l'épaule, puis ils se baissèrent et, avec le bel ensemble d'une équipe de déménageurs, le hissèrent gentiment sur ses pieds. Quand je me défendis auprès de Ben de l'avoir sciemment trahi, il secoua la tête en signe d'indifférence. Smiley s'écarta pour laisser passer les trois hommes.

— On a prévu le retour par ferry spécial, fit-il en levant vers moi son regard de myope.

— Sans moi.

Je détournai un instant les yeux, et il avait disparu. J'entendis bientôt la jeep descendre le chemin. Je suivis la musique depuis l'entrée jusque dans un bureau encombré de livres et de magazines, où ce qui ressemblait à un manuscrit de roman jonchait le sol. Assise en travers sur un fauteuil dans une robe d'intérieur, ses cheveux d'or épars sur les épaules, pieds nus, Stefanie ne leva pas la tête à mon entrée. Elle me parla comme à un ami d'enfance, ce que j'étais presque, vu mon étroite relation avec Ben. Elle coupa la musique.

— Vous étiez son amant ? me demanda-t-elle.

— Non. Je viens de comprendre qu'il le souhaitait.

— Et moi je voulais que lui devienne mon amant, sourit-elle. Mais ce n'était pas possible non plus, n'est-ce pas ?

— Apparemment non.

— Vous avez déjà fait l'amour avec une femme, Ned ?

— Non.

— Et Ben ?

— Je ne sais pas. Je suppose qu'il a essayé, mais que ça n'a pas marché.

Elle respirait fort, et de grosses larmes roulaient de ses joues sur son cou. Elle se leva avec lassitude, les yeux fermés, et étendit les bras comme une aveugle pour que je la prenne dans les miens. Elle se serra contre moi, enfouissant sa tête au creux de mon épaule pour sangloter. Je l'enlaçai, mais elle me repoussa et m'attira vers le sofa.

— Qui l'a incité à devenir l'un des vôtres?

— Personne. Il a choisi lui-même. Il voulait imiter son père.

— C'est un choix, ça?

— D'une certaine façon, oui.

— Et vous aussi, vous êtes volontaire?

— Oui.

— Pour imiter qui?

— Personne.

— Ben n'était pas fait pour ce genre de vie. Ils n'auraient pas dû se laisser prendre à son charme. Il était trop persuasif.

— Je sais.

— Et vous? Vous avez vraiment besoin d'eux pour devenir un homme?

— C'est quelque chose qu'il faut bien faire.

— Quoi, devenir un homme?

— Non, ce travail. C'est comme vider les poubelles ou nettoyer les hôpitaux. Quelqu'un doit s'en charger. On ne peut pas fermer les yeux.

— Oh, que si! fit-elle en entrelaçant ses doigts avec les miens. On fait souvent comme si certaines choses n'existaient pas, ou en tout cas comptaient moins que d'autres. C'est le seul moyen de survivre. Ce n'est pas aux vieux singes qu'on apprend à faire la grimace. Vous passez la nuit ici?

— Il faut que je rentre. Je ne suis pas Ben, je suis moi. Je suis son ami.

— Permettez-moi de vous dire une chose. C'est très dangereux de jouer avec la réalité. Vous vous en souviendrez?

Nos adieux furent, j'imagine, si douloureux que j'ai dû les oublier délibérément. Je me rappelle seulement que pour attraper le ferry, je dus me mettre en route sans perdre de temps. Je n'avais pas de jeep à disposition, moi. Je garde en mémoire le sel de ses larmes et l'odeur de ses cheveux qui m'accompagnaient dans ma marche rapide contre le vent nocturne, les écharpes nuageuses s'enroulant autour de la lune, et le fracas de la mer comme je longeais la baie rocheuse pour arriver à la pointe, où j'aperçus le petit vapeur illuminé s'apprêtant à larguer les amarres. Et je sais que je passai toute la traversée sur le pont avant, rejoint vers la fin par Smiley qui, probablement après avoir entendu la confession de Ben, était venu m'offrir une consolation silencieuse.

Je ne revis jamais Ben, car on nous fit débarquer séparément. Quand j'appris son éviction du Service, j'écrivis à Stefanie pour obtenir ses coordonnées. Ma lettre me revint avec la mention « n'habite plus à cette adresse ».

J'aimerais pouvoir vous dire que ce n'est pas Ben qui causa la perte du réseau, que Bill Haydon l'avait déjà livré bien avant, ou, mieux, qu'il avait été créé par les Allemands de l'Est ou les Russes, pour nous occuper et nous abreuver de désinformation. Malheureusement il n'en est rien, car à l'époque, Haydon n'avait qu'un accès cloisonné aux renseignements, et son travail ne le conduisait pas à Berlin. Smiley demanda même à Bill, après son arrestation, s'il avait eu quelque chose à voir là-dedans, et Bill avait ri.

— Ça faisait des années que j'essayais de mettre la main sur ce réseau, avait-il répliqué. Quand j'ai appris ce qui s'était passé, j'ai bien failli envoyer un bouquet de fleurs au jeune Cavendish, mais ça n'aurait pas été prudent.

Si un jour je rencontre Ben, tout ce que je pourrai lui dire c'est que s'il n'avait pas grillé le réseau à ce moment-là, Haydon l'aurait fait quelques années plus tard. Et à Stefanie, je dirais qu'elle avait raison, d'une certaine manière (moi aussi d'ailleurs), que ses paroles n'ont pas quitté ma mémoire, même quand je cessai de voir en elle un puits de sagesse. Je n'ai jamais compris qui elle était, ni même si elle appartenait davantage au monde secret de Ben qu'au mien. Elle reste néanmoins la première à avoir fait retentir le signal d'alarme, pour m'avertir que ma mission était équivoque. Je me demande parfois ce que je représentais pour elle, mais j'ai peur de trop bien connaître la réponse : un autre Ben, un novice sans expérience des choses de la vie, jouant les durs pour étouffer sa faiblesse, et trouvant refuge dans un sanctuaire.

Je suis retourné à Berlin récemment, quelques semaines après la chute du Mur, pour régler une affaire ancienne aux frais de Personnel. Je n'y ai jamais tenu de poste officiel, mais j'y suis souvent allé, et pour nous, vétérans de la guerre froide, un séjour à Berlin est un retour aux sources. Par un après-midi humide, je me retrouvai devant le petit bout de palissade pourrie connu sous le nom pompeux de Mur des Inconnus, mémorial élevé aux fugitifs tués sans avoir eu la bonne idée de décliner leur identité au préalable. Je me retrouvai au milieu d'un groupe de modestes Allemands de l'Est, en majorité des femmes, qui examinaient de près les inscriptions sur les croix : homme inconnu, tué tel jour de 1965. Ces gens en quête d'indices recoupaient les dates avec les maigres renseignements qu'ils avaient.

Je pensai soudain avec horreur qu'ils cherchaient peut-être l'un des agents de Ben ayant essayé en vain de fuir au dernier moment, idée d'autant plus stupéfiante qu'après avoir subi l'acharnement des Alliés occidentaux, c'était maintenant l'Allemagne de l'Est elle-même qui faisait tout pour disparaître.

Le mémorial n'est plus là aujourd'hui. Peut-être finira-t-il dans un coin de musée, mais j'en doute. Quand le Mur fut tombé, cassé en morceaux et vendu, le mémorial l'a suivi. Je vois là une illustration révélatrice de l'inconstance humaine.

4

On relança Smiley au sujet des interrogatoires, serpent de mer de notre causerie ce soir-là, notamment parce que son public voulait lui soutirer le récit d'autres affaires. Les enfants sont sans pitié.

— Oh, bien sûr qu'il faut un certain talent pour prendre un menteur en défaut, concéda Smiley du bout des lèvres avant de boire une gorgée. Mais le vrai talent, c'est de reconnaître la vérité, ce qui est beaucoup plus difficile. Personne ne se comporte normalement pendant un interrogatoire. Les imbéciles ont l'air intelligent, et réciproquement. Les coupables paraissent innocents comme l'enfant qui vient de naître, et les innocents ont l'air coupable en diable. Parfois, mais très rarement, les gens sont naturels et disent la vérité telle qu'ils la connaissent, et c'est évidemment ceux-là, les pauvres, qui se font avoir à chaque fois. Dans ce fichu métier, personne n'est moins convaincant que l'homme irréprochable qui n'a rien à cacher.

— Sauf peut-être la femme irréprochable! suggérai-je à mi-voix.

George m'avait fait penser à Bella et à l'énigmatique capitaine Brandt.

C'était un grand gaillard blond filasse, à première

vue slave ou scandinave, qui chaloupait comme un marin sur le plancher des vaches, avec un regard lointain d'aventurier. Je fis sa connaissance à Zurich, où il avait des démêlés avec la police. Le commissaire m'avait appelé en pleine nuit pour me dire : « Herr Konsul, il y a quelqu'un ici qui prétend avoir des renseignements pour les Anglais. Nous avons ordre de l'expulser ce matin. »

Je ne lui demandai pas par laquelle des quatre frontières, car les Suisses ne se montrent guère pointilleux en matière d'expulsion. M'étant rendu en voiture à la prison du canton, je rencontrai l'homme derrière les barreaux d'une salle d'interrogatoire : ce géant emprisonné en col roulé se présenta comme le « capitaine de mer » Brandt, une traduction toute personnelle de *Kapitän zur See*.

— Vous êtes plutôt loin de la mer, remarquai-je en serrant sa grosse main calleuse.

Il avait tout pour déplaire aux Suisses. Il avait escroqué un hôtel, délit si grave à leurs yeux qu'il jouit d'un article spécial dans le code pénal. Fauteur de troubles, sans un sou vaillant, il avait un passeport allemand qui ne résistait pas à l'examen — mais les Suisses refusaient de l'admettre pour ne pas compromettre leurs chances de s'en débarrasser vers un autre pays. On l'avait arrêté pour ivresse et vagabondage, et il avait mis ça sur le compte d'une fille. Il avait cassé la mâchoire d'un homme. Il insistait pour ne parler qu'à moi.

— Vous êtes britannique? me demanda-t-il en anglais pour cacher notre conversation aux Suisses, qui parlaient pourtant cette langue bien mieux que lui.

— Oui.

— Prouvez, s'il vous plaît.

Je lui montrai ma carte d'identité officielle de vice-consul aux Affaires économiques.

— Vous travaillez pour services secrets anglais ?

— Je travaille pour le gouvernement britannique.

— OK, OK.

Dans un soudain accès de lassitude, il enfouit sa tête entre ses mains, projetant en avant la masse de sa chevelure blonde, qu'il rejeta d'un geste. Il avait le visage grêlé et couturé comme celui d'un boxeur.

— Déjà été en prison ? me demanda-t-il en fixant du regard la table en bois blanc.

— Non, Dieu merci.

— Seigneur ! soupira-t-il avant de me narrer son histoire dans un mauvais anglais.

Il était letton, né à Riga de parents letton et polonais. Il parlait letton, russe, polonais et allemand. J'avais immédiatement senti que c'était comme moi un homme de la mer. Fils et petit-fils de marins, il avait servi six ans dans la marine soviétique, traversant l'Arctique depuis Arkhangelsk et la mer du Japon en partant de Vladivostok. Un an auparavant, il était retourné à Riga pour acheter un petit bateau et se lancer dans la contrebande côtière en mer Baltique, passant de la vodka russe bon marché en Finlande avec l'aide de pêcheurs scandinaves. On l'avait arrêté et incarcéré près de Leningrad, il s'était échappé et réfugié en Pologne, où il avait vécu dans l'illégalité avec une étudiante à Cracovie. Je vous répète ses propos tels quels : pour lui, passer en fraude de Russie en Pologne paraissait aussi évident que prendre le bus n° 11 ou aller au pub du coin. Si je connaissais mal les obstacles qu'il avait dû surmonter, je savais son exploit de taille, d'autant plus qu'il l'avait réédité. En effet, quand sa Polonaise l'avait quitté pour épouser un VRP suisse, il avait repris le chemin de la côte, s'était fait emmener à Malmö puis à Hambourg où il avait un cousin éloigné, trop éloigné d'ailleurs, puisqu'il lui avait dit d'aller se faire voir. Alors, ayant volé le passeport dudit cousin, il était descendu en Suisse, résolu à retrouver sa Polonaise. Comme le mari ne voulait pas la laisser partir, Brandt lui avait fracassé la mâchoire et se retrouvait prisonnier de la police suisse.

Tout cela en anglais. Je lui demandai où il avait appris notre langue. En écoutant la BBC quand il faisait de la contrebande, me dit-il, et avec sa Polonaise qui était linguiste. Il fumait à la chaîne les cigarettes du paquet que je lui avais offert, transformant la petite salle en véritable chambre à gaz.

— Alors, qu'est-ce que vous avez pour les Anglais ? demandai-je.

Il commença par m'assurer qu'en tant que Letton, il n'avait aucune allégeance à Moscou. Ayant grandi sous le joug des sales Russes en Lettonie, il s'était retrouvé sous les ordres de sales officiers russes dans la marine, avait été envoyé en prison, puis pourchassé par de sales Russes. Il n'éprouvait aucun scrupule à trahir ces gens qu'il détestait. A ma demande, il énuméra les noms des bâtiments sur lesquels il avait servi. En réponse à ma question sur le type d'armement dont ils étaient équipés, il me décrivit l'arsenal le plus sophistiqué dont ils disposaient à l'époque. Je lui fournis papier et crayon, avec lesquels il réalisa des croquis étonnamment précis. Je lui demandai s'il s'y connaissait en transmissions, et ne fus pas déçu : timonier spécialiste en signaux, il avait utilisé leurs derniers joujoux, mais ses souvenirs remontaient à un an. Je voulus savoir pourquoi il avait choisi les Anglais, et il me répondit qu'il avait rencontré « deux de vos copains à Leningrad », des marins britanniques en visite amicale, dont je notai les noms et l'affectation. De retour au bureau, je câblai Londres en express, parce qu'il ne restait que quelques heures de sursis avant l'expulsion. Le lendemain soir, le capitaine Brandt se faisait scrupuleusement interroger dans une planque du Surrey, avant de s'embarquer pour une dangereuse carrière. Il connaissait les moindres recoins de la côte sud de la Baltique, avait pour amis d'honnêtes pêcheurs lettons, mais aussi des revendeurs au marché noir, des voleurs et des marginaux dissidents. Il nous offrait exactement ce que Londres recherchait après les pertes récentes : l'occasion de reconstruire une filière entre la Russie septentrionale et l'Allemagne via la Pologne.

Il me faut ici vous résumer l'histoire du Cirque avant ces événements, et mes efforts pour y faire mon trou.

Après l'histoire de Ben, j'aurais aussi bien pu être promu que renvoyé. Je crois aujourd'hui devoir plus aux agissements en coulisse de Smiley que je n'en eus conscience à l'époque. Si cela n'avait tenu qu'à Personnel, on m'aurait viré illico. J'avais violé une assignation à résidence, gardé secrets des renseignements tel l'attachement de Ben à Stefanie ; et, même si j'en étais l'objet involontaire, la déclaration d'amour de Ben faisait rejaillir sur moi le discrédit. Alors, par ici la sortie, Ned.

— Nous avions songé que vous pourriez envisager l'éventualité de travailler au British Council, avait suggéré Personnel sans même rattraper ce coup bas en m'offrant une tasse de thé.

Mais, voyant apparemment au-delà de ma jeunesse impulsive, Smiley intervint en ma faveur. Il commandait à une petite armée personnelle de sources dispersées à travers l'Europe. Quoique Smiley lui-même l'ignorât à l'époque, ma grâce fut également due à la Station de Londres, un service créé par le traître Bill Haydon, et qui s'empressait de faire main basse sur les opérations du Cirque dans le monde entier. Persuadé que le Cinquième Étage réchauffait en son sein une taupe du Centre Moscou, même s'il n'avait pas encore identifié Bill comme tel, Smiley prenait grand soin de réunir une équipe d'officiers que leur jeune âge et leur accès limité aux informations plaçaient au-dessus de tout soupçon. Par miracle, j'étais de ceux-là.

Pendant quelques mois on me laissa mariner, à fomenter des complots dans des arrière-salles, ou remettre après vérification des rapports de routine à des clients du gouvernement. Sans ami et rongé d'ennui, je commençais sérieusement à me demander si Personnel avait décidé de me tuer à petit feu, quand pour ma plus grande joie je fus convoqué à son bureau, où, en présence de Smiley, il m'offrit le poste de numéro deux à Zurich, sous les ordres d'Eddows, un vieux routier qui avait pris le parti de me laisser me débrouiller seul.

Un mois plus tard, installé dans un petit appartement de l'Altstadt, je travaillais 24 heures sur 24, 7 jours sur 7. J'avais à surveiller un attaché naval soviétique à Genève, qui préférait à Lénine une hôtesse de l'air française ; un marchand de canons tchèque à Lausanne, en pleine crise de conscience parce qu'il fournissait armes et explosifs à des terroristes internationaux ; un millionnaire albanais avec un chalet à Saint-Moritz, qui risquait sa peau pour rentrer au pays recruter ses anciens domestiques ; un physicien est-allemand névrosé, rattaché à l'Institut Max-Planck à Essen, qui s'était secrètement converti au catholicisme ; deux espions hongrois sur écoute à Bâle, et une jolie petite opération de micros cachés dans l'ambassade de Pologne à Berne. Et je commençais à me croire sérieusement amoureux de Mabel, récemment mutée à la section d'approbation, qui faisait la joie du bar des officiers subalternes.

La confiance que m'accordait Smiley fut récompensée. Grâce à mes efforts sur le terrain et à son souci d'un strict cloisonnement dans notre pays, nous réussîmes à recueillir des informations précieuses, et même à les remettre en bonnes mains... Vous seriez surpris de savoir à quel point un tel doublé est rare.

C'est ainsi que deux ans plus tard se présenta le poste de Hambourg, dont j'avais toujours rêvé car il se gérait en solo : les rapports se faisaient directement à la Station de Londres, alors devenue le cœur opérationnel du Service. Smiley appuya ma demande, malgré ses réserves secrètes sur l'emprise croissante de Haydon. Je rusai mais sans excès, rappelant à Personnel mon expérience dans la marine, lui laissant entendre à mots couverts que la prudence vieille école de Smiley commençait à me peser, et le tour fut joué. Il me donna le poste de Hambourg par le canal de Haydon, et le même soir, après un dîner en amoureux chez Bianchi, Mabel et moi dormions ensemble pour la première fois. La première fois pour tous les deux.

Mon sentiment que la vie était bien faite fut conforté lorsque je consultai la liste de mes agents, et y découvris avec amusement qu'un certain Wolf Dittrich, alias capitaine Brandt, figurait parmi les vedettes de la troupe. C'était la fin des années soixante, et Bill Haydon avait encore trois ans devant lui.

J'avais toujours apprécié Hambourg en tant qu'Anglais, et l'appréciais davantage encore en tant qu'espion. Après le chic lacustre de Zurich, cette ville à l'air salin pétillait d'énergie. Les anciens liens hanséatiques avec la Pologne, la Russie septentrionale et les pays baltes demeuraient très forts. Outre le commerce et les banques, qu'on trouvait aussi à Zurich, florissaient ici le transport maritime, les immigrés et les aventuriers, l'exubérance et la vulgarité. Aux portes de cette capitale allemande des prostituées et des journalistes, s'étendaient les plaines mystérieuses du Schleswig-Holstein, avec leurs averses à l'horizontale, leurs fermes rouges, leurs champs verts et leurs cieux nuageux. Tout homme a son prix, et aujourd'hui encore je vendrais mon âme pour un pichet de bière Lübeck, un hareng mariné et un verre de schnaps après une longue marche sur les digues.

Les autres aspects du travail ne manquaient pas d'attrait non plus. J'étais Ned le vice-consul aux Échanges maritimes, et avais pour modeste bureau un charmant cottage en brique avec une plaque de cuivre, à la fois suffisamment près et suffisamment loin du consulat général pour que ce soit pratique et discret. Deux employés de l'Amirauté se chargeaient de mon travail de couverture, motus et bouche cousue, et je disposais également d'une radio et d'un chiffreur du Cirque. Si Mabel et moi n'étions pas encore fiancés, notre relation avait atteint un stade où elle m'accueillait à bras ouverts chez elle quand je faisais un saut à Londres pour une consultation avec Bill Haydon ou l'un de ses lieutenants.

Pour rencontrer mes *Joes*, j'utilisais une planque donnant sur le cimetière de Wellingsbüttel, un appartement situé au-dessus du magasin de fleurs tenu par un couple de retraités allemands ayant travaillé pour nous pendant la guerre. Le lundi, une ribambelle de gamins des HLM venait revendre au couple les fleurs qu'il avait vendues la veille, jour de pointe dominical. Je n'ai jamais vu endroit plus sûr. A longueur de journée défilaient sous nos fenêtres des corbillards, des camionnettes de livraison et des cortèges funéraires, mais la nuit, tout redevenait littéralement silencieux comme la tombe. Même la silhouette exotique de mon capitaine passait inaperçue quand, chapeau noir, complet sombre, et mallette de VRP à la main, il franchissait l'arche en brique du magasin pour monter l'escalier d'un pas lourd jusqu'à notre porte, où un écriteau indiquait innocemment « *Büro* ».

Je continuerai à l'appeler Brandt. Certaines personnes, malgré leurs innombrables pseudonymes, gardent éternellement le même nom.

Le joyau de ma couronne était le *Margerite*, que nous avions rebaptisé *Daisy* en anglais. C'était un bateau de pêche de cinquante pieds, bordé à clins et amphidrome, reconverti pour la plaisance, avec une timonerie, un carré et quatre couchettes sous le gaillard d'avant. Muni d'un mât et d'une voile d'artimon pour atténuer le roulis, il avait une coque vert foncé à plats-bords vert clair et un roof blanc. Conçu pour la discrétion plus que pour la vitesse, il était indétectable à l'œil nu par faible luminosité et mer houleuse. Sa superstructure dépouillée et son tirant d'air réduit lui donnaient un écho radar anodin, surtout par gros temps. La Baltique est une mer cruelle, peu profonde et sans marées. Même avec un vent modéré, les vagues sont hautes et dangereuses. Lancé à son plein régime de dix nœuds, le *Daisy* tanguait et roulait. Le canot de sauvetage amarré au toit de la cabine, un Zodiac de quatre mètres équipé d'un moteur Johnson cinquante chevaux, était bien le seul élément rapide à bord, et servait à débarquer ou embarquer nos agents en un rien de temps.

Le *Daisy* mouillait à quelques kilomètres de Hambourg, dans le vieux village de pêcheurs de Blankenese sur l'Elbe, où il attendait sereinement, insignifiant à souhait parmi ses pairs. Au besoin il remontait le fleuve depuis Blankenese jusqu'au canal de Kiel, puis se traînait à cinq nœuds sur les cent kilomètres le séparant de la pleine mer.

Comme tous les bateaux, il était équipé d'un Decca pour capter les stations côtières émettrices. Rien à bord du *Daisy* ne jurait donc avec son apparence modeste. Chacun des trois hommes d'équipage pouvait tout faire, aucun n'ayant de spécialité, seulement des préférences. Quand nous avions besoin d'experts en régulation ou ajustage, la marine anglaise nous prêtait main-forte.

Vous voyez donc qu'avec le soutien d'une nouvelle équipe dynamique à la Station de Londres, une foultitude de sources pour aiguiser ma faculté d'adaptation, le *Daisy* et son équipage à diriger, j'avais tout ce dont peut rêver un chef d'antenne au pied marin.

Et bien sûr, j'avais Brandt.

Deux ans au service du Cirque avaient opéré en lui des changements dont la nature m'échappa tout d'abord. Je ne le trouvai ni vieilli ni durci, mais plutôt éreinté d'être constamment sur le qui-vive ; c'est la marque que le monde secret finit toujours par imprimer, même sur ses membres les moins nerveux. La première entrevue eut lieu dans l'appartement sûr. Il entra, s'arrêta net et me dévisagea, bouche bée. Avec un cri de reconnaissance, il serra mes deux mains dans les siennes, manquant les briser. Il rit aux larmes, m'éloigna de lui pour mieux me regarder, puis me serra contre son pardessus noir. Mais sa spontanéité était entachée d'une vigilance excessive. Je connaissais les symptômes pour les avoir déjà constatés chez d'autres *Joes*.

— Merde, pourquoi ils m'ont pas dit que c'était vous, Herr Konsul ? s'écria-t-il en feignant l'indignation. Ils jouent à quoi ? Écoutez, on fait bon travail ici, hein ? On a des bons agents, on battra ces salauds de Russes, OK ?

— Je sais, souris-je. On m'a raconté.

La nuit venue, il insista pour que je m'installe

parmi les glènes à l'arrière de sa camionnette, qu'il conduisit à tombeau ouvert jusqu'à la ferme isolée que Londres lui avait achetée. Il tenait à me présenter son équipe, et j'attendais ce moment avec d'autant plus d'impatience que je rencontrerais aussi sa nouvelle compagne Bella, dont la récente apparition inquiétait la Station de Londres. Elle avait vingt-deux ans, alors que Brandt frisait la cinquantaine, et ils étaient ensemble depuis trois mois. C'était le plein été, je me rappelle, et la camionnette embaumait les freesias, dont il avait acheté une botte pour elle au marché.

— C'est une fille extra ! se vanta-t-il comme nous entrions. Bonne cuisine, bon amour, apprend l'anglais, tout. Hé Bella, regarde, j'ai amené un nouvel amoureux pour toi.

Les peintres et les marins ont toujours le même type d'intérieur, et Brandt ne faisait pas exception à la règle. Le sien, fruste mais confortable, avait un sol en tomettes et des plafonds bas à chevrons blancs. Même dans la pénombre, la maison semblait absorber la lumière extérieure. Un feu de bois couvait sous la cendre, et une lampe-tempête éclairait le flanc nu d'une fille, en train de lire, allongée sur un tas de coussins, qui sauta sur ses pieds, tout excitée à notre arrivée. Vingt-deux ans et elle en paraît dix-huit, pensai-je, comme elle me serrait énergiquement la main. Elle portait une chemise d'homme sur un short très court. Une amulette en or scintillant à son cou la désignait comme la propriété de Brandt : cette femme est à moi, elle porte mon estampille. Avec ses grands yeux, ses pommettes hautes et un perpétuel sourire aux lèvres, son visage agréable aux traits slaves était naturellement radieux. Elle avait de longues jambes nues du même bronze que ses cheveux, une taille fine, des seins hauts et des hanches larges. Quoi qu'en pensât Brandt, ce jeune corps superbe n'était pas destiné à un homme de son âge, ni même du mien.

Elle disposa les freesias dans un vase, puis alla chercher du pain noir, des cornichons et une bouteille de schnaps. Ses gestes négligemment provocateurs dénotaient une parfaite lucidité ou une totale inconscience. Elle s'assit près de Brandt à table, me sourit, et lui passa un bras autour des épaules, laissant sa chemise bâiller. Elle lui prit la main, et je remarquai par contraste la finesse de la sienne. Brandt n'arrêtait pas de parler du réseau, mentionnant des *Joes* et des endroits par leur vrai nom. Bella me jaugeait d'un regard franc.

— Dis, Ned, il faut qu'on trouve une autre radio pour Aleks, tu m'entends ? Ils la démontent, ils mettent nouvelles pièces, des piles, radio pourrie. C'est radio porte-malheur.

Le téléphone sonna. Brandt répondit d'un ton cassant : « Écoute, je suis occupé, OK ? Laisse paquet à Stefan, j'ai dit. Hé, tu as des nouvelles de Leonids ? »

La pièce se remplit progressivement. Entra d'abord un homme fringant aux jambes arquées et à la moustache tombante, qui embrassa chastement Bella sur les lèvres d'un air extasié, donna une bourrade amicale à Brandt, et se servit une énorme assiettée.

— Ça c'est Kazimirs, m'expliqua Brandt en le désignant du pouce. Enfoiré, mais je l'adore, OK ?

— Complètement OK, dis-je avec entrain.

Je me remémorai le dossier de Kazimirs : il s'était échappé trois ans auparavant par la frontière finlandaise, tuant deux gardes-frontière soviétiques au passage. Ce fou de mécanique atteignait le comble du bonheur quand il était dans le cambouis jusqu'aux coudes. L'équipage respectait aussi ses talents de cuistot.

Après lui arrivèrent les frères Durba, Antons et Alfreds, râblés et frondeurs comme des Gallois, aux yeux aussi bleus que ceux de Brandt. Ayant juré à leur maman de ne jamais prendre la mer ensemble, ils s'embarquaient à tour de rôle. De toute façon, l'idéal pour manœuvrer le *Daisy* était un équipage de trois hommes, d'autant que nous préférions garder de la place pour du fret ou des passagers imprévus. Bientôt, tout le monde parlait en même temps, me mitraillait de questions sans attendre mes réponses, riait, portait des toasts, fumait, évoquait des souvenirs et complotait. Leur dernière sortie, trois semaines plus tôt, s'était mal passée, vraiment mal, d'après Kazimirs. Surpris par une tempête au large de la baie de Gdansk, le *Daisy* avait démâté. A Ujava sur la côte lettonne, ils avaient raté le signal lumineux à cause du brouillard, m'apprit Antons Durba. Ils avaient tiré une fusée ; et qu'est-ce qui les attendait sur la plage ? Tout un putain de comité d'accueil, des Lettons inconscients venus là en bande, comme pour une réception officielle ! Rires déchaînés, toasts ; puis un profond silence s'abattit sur eux, qui partageaient un pénible souvenir.

— A Valdemars, dit Kazimirs.

Nous levâmes nos verres à ce membre de l'équipe mort cinq ans plus tôt. Bella prit alors celui de Brandt et but à son tour, me fixant du regard. « Valdemars », répéta-t-elle doucement avec une solennité aussi fascinante que son sourire. L'avait-elle connu ? Avait-il compté parmi ses nombreux amants ? Ou rendait-elle simplement hommage à un brave compatriote mort pour la cause ?

Que vous dire sur Valdemars ? J'ignore s'il avait couché avec Bella, et comment il était mort, car personne n'avait pu l'établir avec certitude. Tout ce qu'on savait, c'est qu'il avait débarqué sur la côte et n'avait plus jamais donné signe de vie. Une rumeur avançait qu'il avait eu le temps d'avaler sa pilule-suicide, une autre qu'il avait ordonné à son garde du corps de le tuer s'il tombait dans un piège. Mais ledit gorille restait introuvable lui aussi. Valdemars n'était pas le seul disparu de cette période, baptisée depuis pas le groupe l'« automne de la trahison ». Les mois suivants, à mesure que défilaient les anniversaires de leur décès, nous saluâmes la mémoire de quatre héros lettons, morts mystérieusement au cours de la même série noire — on ne les croyait plus tombés entre les mains de partisans dans la forêt ou de comités d'accueil loyalistes sur la plage, mais droit dans les griffes du chef des opérations lettonnes au Centre Moscou. Cinq ans plus tard, malgré la reconstruction prudente de nouveaux réseaux sur les ruines des anciens, ces trahisons marquaient encore les survivants de leurs stigmates. Haydon avait pris soin de m'en avertir.

— C'est une bande d'abrutis irresponsables, avait-il dit avec son irrévérence coutumière. Et quand ils ne jouent pas aux cons, ils sont perfides. Ne vous laissez pas berner par le flegme et la camaraderie nordiques.

Ses paroles me revinrent en mémoire comme je poursuivais mentalement mon examen de Bella, qui nous écoutait, la tête posée sur son poing fermé ou sur l'avant-bras de Brandt, rêvant pour lui ses rêves pendant qu'il complotait et buvait. Ses grands yeux clairs ne cessaient pourtant de se poser sur moi, essayant de percer à jour cet Anglais venu régenter leurs vies. Parfois elle se dégageait de l'étreinte de Brandt et langoureusement, tel un chat prenant le temps de se toiletter, elle croisait les jambes, rajustait son short, se tressait une mèche de cheveux, ou allait pêcher l'amulette dorée entre ses seins pour l'examiner sous tous les angles. Je guettai une étincelle de complicité entre elle et l'équipage, mais compris que la compagne de Brandt était chasse gardée. Même l'exubérant Kazimirs prenait une expression figée pour s'adresser à elle. Elle alla chercher une autre bouteille, vint s'asseoir près de moi, et me prit la main qu'elle retourna paume en l'air sur la table pour l'étudier, faisant son commentaire en letton à Brandt, qui éclata de rire, bientôt imité par les autres.

— Tu sais qu'est-ce qu'elle dit ?

— J'ai bien peur que non.

— Elle dit Anglais faire très bon mari. Si je meurs, elle te prend à ma place.

Elle retourna s'installer près de lui, et se glissa en riant dans ses bras, sans poser les yeux sur moi, comme si ce n'était plus nécessaire. J'évitai moi-même son regard, et me remémorai scrupuleusement ses antécédents, tels que le capitaine Brandt les avait rapportés à la Station de Londres.

Son père, fermier dans un village près de Jelgava, avait été fusillé par les forces de sécurité lors d'un raid contre un groupe de patriotes lettons en réunion secrète, dont il était membre fondateur. La police avait voulu supprimer la jeune fille également, mais elle leur avait échappé, et avait rejoint dans la forêt une bande de partisans et de hors-la-loi qui se la partagèrent tout l'été, ce qui ne semblait pas l'avoir traumatisée. Elle avait gagné la côte en plusieurs étapes et fait passer un message à Brandt par une filière encore inconnue de nous à ce jour. Sans prendre la peine de prévenir Londres, il l'avait ramassée sur une plage où il débarquait un nouvel opérateur radio en remplacement d'un autre atteint de dépression nerveuse. Les opérateurs radio sont les divas des réseaux. Quand ce n'est pas une dépression, c'est le zona.

— Types formidables ! s'écria Brandt avec enthousiasme en me reconduisant à la ville. Vous aimez ?

— Ils sont fantastiques ! dis-je sincèrement, car il n'y a pas meilleure compagnie au monde que des hommes qui aiment la mer.

— Bella veut travailler avec nous. Tuer les hommes qui ont tué son père. J'ai dit non. Elle est trop jeune. Je l'aime.

A la lumière blanche et crue de la lune qui éclairait les prés, le profil anguleux de Brandt paraissait crispé comme dans l'attente d'une tempête.

— Vous le connaissiez, non ? suggérai-je, feignant de me rappeler vaguement cette information. Son père, Feliks, c'était bien un ami à vous ?

— Sûr, je connais Feliks ! Je l'aimais ! Type formidable ! Les salauds l'ont tué.

— Il est mort sur-le-champ ?

— Lui en bouillie. Kalachnikovs, mitraillettes. Ils tirent tout le monde. Sept hommes, tous morts.

— Il y a des témoins ?

— Un homme. Il a vu et s'enfuir.

— Que sont devenus les corps ?

— Police secrète les a pris. Ils ont peur, ces mecs de la police, ils veulent pas d'ennuis avec les gens. Ils tuent les partisans, jettent dans camion et roulent comme fous.

— Vous le connaissiez très bien, son père ?

— Feliks ? fit-il avec son grand geste du bras. C'était mon ami. Il s'est battu à Leningrad. Prisonnier de guerre en Allemagne. Staline aimait pas ces gens. Quand ils sont revenus d'Allemagne, il les a envoyés en Sibérie, les a fait tuer, torturer. C'est la vie.

Mais quoique encore non confirmée, la version recueillie par la Station de Londres était bien différente. Selon cette rumeur, c'est le père qui avait trahi. Il avait été recruté durant sa captivité en Sibérie, puis renvoyé en Lettonie pour infiltrer les groupes. Il avait organisé la réunion, prévenu ses maîtres, et s'était échappé par la fenêtre de derrière pendant le massacre des patriotes. Comme récompense, il dirigeait à présent sous un faux nom une ferme collective près de Kiev. Quelqu'un l'avait reconnu, et prévenu quelqu'un d'autre qui l'avait dit à quelqu'un d'autre. La source était très sensible, et la vérification prendrait du temps.

J'étais donc averti : attention à Bella !

Plus qu'averti, j'étais mal à l'aise. Je vis Bella plusieurs fois au cours des semaines suivantes, et dus consigner mes impressions sur la feuille de rencontre que la Station de Londres exigeait désormais systématiquement. J'arrangeai un rendez-vous avec Brandt dans l'appartement sûr, et fus contrarié de voir qu'elle l'accompagnait. Elle avait passé la journée en ville, m'apprit-il. Ils rentraient à la ferme, alors pourquoi pas ?

— Détendez-vous. Elle parle pas anglais, me rappela-t-il en riant de ma gêne.

Je fus le plus allusif possible. Installée sur le sofa, elle souriait et nous écoutait des yeux, surtout moi d'ailleurs.

— Ma petite étudie bien, me dit fièrement Brandt en lui mettant la main aux fesses à la fin de l'entrevue. Un jour elle sera grand professeur. *Nicht wahr, Bella ? Du wirst ein ganz grosser Professor, du !*

Une semaine plus tard, j'allai jeter un coup d'œil discret sur le *Daisy*, qui mouillait à Blankenese. Bella était encore là, en short et pieds nus, qui s'affairait sur le pont, comme à la veille d'une croisière en Méditerranée.

— Bon Dieu, on ne peut pas avoir la femme à bord, ça va les affoler, à Londres ! dis-je à Brandt le soir même. Sans parler de l'équipage. Vous connaissez la superstition à propos des femmes à bord, vous y croyez vous-même !

Il se déroba, me demandant pourquoi cette objection alors que mon prédécesseur n'en avait pas fait.

— Bella rend les hommes heureux, insista-t-il. Elle vient du pays, Ned. C'est une gamine. C'est un peu leur famille. Allons, faites un bon geste !

Je découvris que Brandt n'avait pas tort, en compulsant le dossier où mon prédécesseur, un officier détaché par la marine, avait noté que Bella « savait, pour le *Daisy* », et même qu'elle semblait « exercer l'influence bénéfique d'une mascotte ». Je lus entre les lignes de son rapport sur la dernière mission du *Daisy* que Bella avait assisté à leur départ, et les avait accueillis à leur retour.

Dans toute opération, la sécurité est certes relative. Loin de moi l'idée que l'organisation de Brandt respecterait à la lettre les règles d'or de Sarratt. J'avais conscience que dans l'atmosphère cloîtrée de la Centrale, on avait tendance à assimiler nos tortueux systèmes de noms de codes, signes et intermédiaires à la vraie vie sur le terrain. Il y avait un monde entre Cambridge Circus et une bande de patriotes baltes foufous et casse-cou.

Néanmoins, la présence au cœur de notre opération d'une groupie non approuvée ni recrutée, mise dans le secret de tous nos plans et conversations, défiait l'imagination... surtout après les trahisons survenues cinq ans auparavant. Plus je m'en inquiétais, plus l'attachement de Brandt à cette fille me paraissait possessif. Ses caresses se faisaient sans cesse plus nombreuses et expansives en ma présence. « Cas typique du vieux qui s'entiche d'une jeunesse », écrivis-je à Londres, comme si j'avais vu des dizaines de cas de ce genre.

Pendant ce temps-là, une nouvelle mission se préparait pour le *Daisy*, dont le but ne nous serait révélé qu'ultérieurement. Deux ou trois fois par semaine je devais rouler jusqu'à la ferme après la tombée de la nuit, et rester assis des heures à la table pour discuter des plans, des relevés météorologiques et des derniers bulletins d'observation côtière. Parfois toute l'équipe assistait à la réunion, d'autres fois juste nous trois, ce qui ne faisait aucune différence pour Brandt : il étreignait Bella comme s'ils étaient au septième ciel, lui caressant les cheveux ou le cou, et s'oubliant même une fois jusqu'à glisser la main dans son corsage pour la poser sur son sein nu tandis qu'il lui donnait un long baiser. Mais, si je détournais pudiquement les yeux lors de ces scènes troublantes, je ne pouvais éviter d'être frappé par le regard de Bella fixé sur moi, semblant me dire qu'elle eût préféré mes caresses à celles de Brandt.

« Les attouchements en public sont monnaie courante », écrivis-je sèchement, une fois de retour au bureau un soir, sur la feuille de rencontre qui partirait de Hambourg à la Station de Londres. Et dans mon rapport quotidien : « Itinéraire, conditions climatiques et mer : acceptables. Attendons ordres définitifs de la Centrale. Moral de l'équipage : excellent. »

Mais le mien avait grand-peine à résister aux catastrophes en chaîne.

D'abord, la regrettable affaire de mon prédécesseur, le capitaine de corvette Perry de Mornay Lipton, médaillé du *Distinguished Service Order*, retraité de la Royal Navy, héros chez les occasionnels de Jack Arthur Lumley pendant la guerre. Durant les dix ans précédant mon arrivée, Lipton avait cultivé son personnage hambourgeois : le jour, il jouait le parfait imbécile anglais, portant monocle et traînant dans les clubs d'immigrés pour récolter ouvertement des conseils gratuits sur ses investissements; mais la nuit venue, il coiffait son chapeau d'espion pour aller briefer ou débriefer son extraordinaire armée d'agents secrets. Du moins, telle est la légende qui circule à la Centrale.

J'avais bien été chiffonné par l'absence de passation de pouvoirs officielle entre nous, mais Personnel s'était borné à me dire qu'une mission retenait Lipton ailleurs. On me révélait aujourd'hui la vérité. Lipton s'était envolé, non pas vers une aventure périlleuse au fin fond de la Russie, mais pour le sud de l'Espagne, où il s'était installé avec un ex-brigadier de cavalerie prénommé Kenneth, et deux cent mille livres de fonds du Cirque en lingots et francs suisses, qu'il avait « distribués » sur plusieurs années à de braves agents inexistants.

La méfiance engendrée par cette triste découverte contaminait maintenant toute opération ayant impliqué Lipton, y compris évidemment celle de Brandt. Était-il lui aussi un fantoche à la solde de Lipton, menant grand train sur nos fonds secrets en échange de renseignements savamment fabriqués ? Et ses réseaux, ses collaborateurs et amis si méritants, qui touchaient des salaires confortables ?

Et Bella, faisait-elle partie du complot ? Avait-elle ramolli le cerveau de Brandt et affaibli sa volonté ? Se préparait-il lui aussi un petit nid d'amour dans le sud de l'Espagne, où emmener sa bien-aimée ?

Des experts du Cirque se succédèrent dans mon petit bureau de commerce maritime. D'abord l'invraisemblable capitaine Plum. Tapis dans l'intimité de ma pièce sûre, Plum et moi étudiâmes les vieux bordereaux de carburant du *Daisy* et ses relevés de kilométrage, en regard des routes périlleuses que Brandt et son équipage disaient avoir empruntées pour leurs missions côtières dans la Baltique. Comme souvent, le journal de bord était relativement sommaire, mais nous en épluchâmes tous les volumes, en parallèle avec les fiches de Plum sur les signaux interceptés, les stations radar, les bouées et les positions des patrouilleurs soviétiques repérés.

Plum revint une semaine plus tard, accompagné

d'un certain Rose, un grossier personnage originaire de Manchester, qui avait servi dans la police malaise avant de se faire un nom au Cirque comme limier. Rose m'interrogea aussi impitoyablement que si je faisais moi-même partie de la machination. Mais au moment où je faillis perdre mon sang-froid, il me désarma en déclarant qu'au vu des preuves disponibles, l'organisation Brandt était innocente.

Toutefois dans l'esprit de ces gens-là, les soupçons entraînent les soupçons, et le doute qui planait à propos de Feliks, le père de Bella, ne s'était pas dissipé. Si le père était pourri, alors la fille devait le savoir, raisonnait-on. Et si elle savait mais n'avait rien dit, c'est qu'elle était pourrie, elle aussi. On savait pertinemment que le Centre Moscou, comme le Cirque, recrutait souvent des familles entières. Un tandem père-fille paraissait hautement plausible. Bientôt, sans aucune preuve solide à ma connaissance, la Station de Londres commença à jouer avec l'idée que Feliks était responsable de « l'automne de la trahison ».

Bella apparut fatalement sous un jour encore plus défavorable. On parla de la convoquer à Londres pour la passer sur le gril, mais j'exerçai mon autorité en tant qu'officier traitant de Brandt. Impossible, déclarai-je à la Station de Londres. Brandt n'accepterait jamais. Parfait, fut la réponse cavalière typique de Haydon; amenez-les tous les deux et Brandt pourra assister à l'interrogatoire. Cet ordre me gêna au point que je m'envolai vers Londres, où j'insistai pour exposer mon cas personnellement à Bill. En entrant dans son bureau, je le trouvai allongé sur une chaise longue car, par goût de l'excentricité, il affectait de ne jamais s'asseoir à son bureau. Un bâton d'encens brûlait dans un vieux bocal à biscuits.

— Le père Brandt n'est peut-être pas aussi susceptible que vous le croyez, mon petit Ned, fit-il d'un air accusateur en me regardant par-dessus ses lunettes à demi-monture. Ce ne serait pas plutôt vous ?

— Brandt est complètement gaga de cette fille !

— Et vous ?

— Si on commence à l'accuser en sa présence, il va voir rouge. Il ne vit que pour elle. Il nous dira d'aller nous faire foutre, il démantèlera le réseau, et je doute que quelqu'un d'autre soit capable de le diriger.

— Le Garibaldi de la Baltique, fit Haydon d'un air songeur. Eh bien ! Enfin, Garibaldi n'était pas si génial que ça, n'est-ce pas ?

Il attendit ma réponse, mais je choisis de considérer sa question comme pure rhétorique. Il finit par poursuivre d'un ton traînant :

— Les rigolos avec qui elle a vécu dans la forêt, elle en parle ?

— Non, jamais. Brandt oui, mais pas elle.

— Alors qu'est-ce qu'elle raconte ?

— Oh, pas grand-chose. Quand elle dit un truc intéressant, c'est généralement en letton, et Brandt décide de traduire ou pas. Sinon, elle sourit et elle regarde.

— Qui ça, vous ?

— Non, lui.

— C'est une sacrée belle fille, à ce qu'on dit ?

— Oui, elle est attirante, je suppose.

— C'est la femme idéale, alors ! déclara-t-il après un temps de réflexion. Elle sourit, elle regarde, elle se tait, elle baise, que demande le peuple ?

Il me lança à nouveau un regard intrigué par-dessus ses lunettes et reprit :

— Vous voulez dire qu'elle ne parle même pas allemand ? Vu d'où elle vient, c'est impossible, ne faites pas l'idiot.

— Quand elle n'a vraiment pas le choix, si, mais à

contrecœur. Parler letton est un acte patriotique; parler allemand, non.

— Beaux nichons?

— Pas mal.

— Vous ne pourriez pas vous rapprocher d'elle un peu? Sans trop déranger les tourtereaux, bien sûr. Mais simplement pour avoir les réponses à quelques questions fondamentales, ça aiderait. Rien d'extraordinaire. Juste savoir si elle est sincère, si le père Brandt l'a fait venir dans son nid d'amour sous la torture, ou si c'est le Centre Moscou qui s'en est chargé. Voyez ce que vous pouvez tirer d'elle. Vous savez que ce n'est pas son vrai père, bien sûr? Ce serait impossible.

— Qui ça? demandai-je, croyant un instant qu'il parlait toujours de Brandt.

— Son papa, Feliks, celui qui se serait fait tirer dessus, le fermier. Selon le dossier, elle est née en janvier 1945, c'est bien ça?

— Oui.

— Donc elle a été conçue vers avril 1944. Or, toujours d'après Brandt, à cette date son soi-disant papa dépérissait dans un camp de prisonniers de guerre en Allemagne. Cela dit, ne soyons pas trop collet monté. Ce n'est pas franchement un exploit de se faire mettre en cloque quand son bonhomme est en prison. Mais enfin, tout détail compte quand on essaye de décider si on doit démanteler un réseau qui a peut-être fait son temps.

Je fus heureux de passer la soirée en compagnie de Mabel, même si nous n'étions pas encore les grands amants que nous rêvions de devenir. Bien sûr, je ne lui parlai pas de mes problèmes, surtout pas de Bella. Comme l'affectation de Mabel à la section d'approbation des recrues la rangeait dans le secteur administratif du Cirque, il eût été fort déplacé de partager mes soucis avec elle. Si nous avions été mariés à l'époque, eh bien, ç'aurait peut-être été différent. En attendant, Bella devait rester mon secret.

Ce fut le cas. De retour dans mon lit solitaire à Hambourg, je pensai exclusivement à Bella. Le double mystère qui l'entourait, en tant que femme et traître potentiel, l'élevait à mes yeux au rang d'élément à haut risque. Loin de lui attribuer à présent un rôle de second plan, je voyais en elle le destin de notre organisation. De son honnêteté dépendait la nôtre : si elle était intègre, le réseau aussi ; mais si, manipulée par un autre service, elle s'était infiltrée là avec duplicité pour nous tenter, nous affaiblir et au bout du compte nous trahir, alors la probité de son entourage serait souillée avec la sienne, et, oui, le réseau aurait fait son temps, pour reprendre les termes de Haydon.

Je fermai les yeux et vis le regard de Bella sur moi, lumineux, attirant. Je sentis à nouveau la douceur de ses baisers à chaque rencontre, qui me semblaient toujours durer une fraction de seconde de plus que ne l'exigeait la bienséance. J'imaginai son corps souple dans diverses poses, le tournai et le retournai dans mon imagination de même que l'hypothèse de sa perfidie. Au souvenir de Haydon me suggérant d'essayer de « me rapprocher d'elle », je découvris que j'étais incapable de séparer mon sens du devoir de mes désirs.

Je passai en revue sous un jour critique les diverses étapes de son évasion. S'était-elle échappée avant ou après la fusillade ? Et comment ? Un amant dans les troupes de sécurité l'avait-il prévenue ? Y avait-il vraiment eu fusillade ? Et pourquoi ne pleurait-elle pas plus la mort de son père, au lieu de faire l'amour avec Brandt ? Même son bonheur semblait l'accuser. Je l'imaginai dans la forêt avec les coupejarrets et les hors-la-loi. Chaque homme la prenait-il à son gré, ou vivait-elle tantôt avec l'un, tantôt avec l'autre ? Je rêvai d'elle, nue dans les bois, et moi nu à ses côtés. Je me réveillai honteux, et téléphonai très tôt à Mabel.

Je doute d'avoir compris mon attitude. Je ne connaissais presque rien aux femmes, moins encore aux jolies femmes. Je suis sûr de n'avoir jamais songé que trouver des défauts chez Bella pouvait être ma façon de réduire son emprise charnelle sur moi. Résolu à suivre le droit chemin, j'écrivais tous les jours à Mabel. Parallèlement, je me concentrais sur la prochaine mission du *Daisy*, occasion rêvée pour un interrogatoire serré de Bella. Le temps se gâtait, ce qui convenait parfaitement au *Daisy*, ainsi que l'obscurité des nuits d'automne qui s'allongeaient.

— Que l'équipage se tienne prêt à appareiller lundi, annonça la Station de Londres dans un premier message radio.

Le vendredi soir seulement, un second révélait la destination : la baie de Narva en Estonie du Nord, à moins de cent soixante kilomètres à l'ouest de Leningrad. Jamais le *Daisy* ne s'était aventuré si loin le long du littoral russe. Et on l'avait rarement utilisé pour venir en aide à des patriotes non lettons.

— Je donnerais tout pour aller avec vous, dis-je à Brandt.

— T'es trop dangereux, Ned, répliqua-t-il en m'allongeant une bourrade amicale. Tu auras mal de mer pendant quatre jours, tu resteras cloué sur couchette, ou tu seras dans nos pattes, ça servira à quoi ?

De toute façon, nous savions tous deux que c'était impossible. La Centrale ne m'avait jamais accordé plus qu'une balade nocturne autour de l'île de Bornholm, et encore, bien à contrecœur.

Le samedi soir nous nous retrouvâmes à la ferme. Kazimirs et Antons Durba arrivèrent ensemble en camionnette. C'était le tour d'Antons de prendre la mer. Dans une équipe opérationnelle si restreinte, chacun devait tout savoir pour que les membres soient interchangeables. On ne buvait plus, c'était la cale sèche dorénavant. Kazimirs fit cuire les homards qu'il avait apportés, accommodés avec sa célèbre sauce maison, tandis que Bella s'affairait à jouer les marmitons de charme. Une fois le repas terminé, elle débarrassa la table, sur laquelle j'étalai les cartes à la lumière du lustre.

Toujours optimiste, Brandt avait prévu six jours de traversée depuis la baie de Kiel. Le *Daisy* contournerait Bornholm du côté suédois, puis ferait escale à Sundre, sur la pointe sud de l'île suédoise de Gotland, pour refaire le plein de carburant et de vivres. Deux hommes s'en approcheraient alors et demanderaient s'ils avaient du hareng. La réponse serait : « Seulement en boîte; ça fait des années qu'on n'en trouve plus dans ces eaux. » Ce genre de dialogue paraît ridicule à froid, et Antons et Kazimirs furent pris d'un fou rire nerveux, bientôt imités par Bella qui revenait de la cuisine.

Je poursuivis néanmoins. L'un des hommes demanderait à monter à bord. C'était un expert — je ne précisai pas « en sabotage », car les sentiments de l'équipage à ce sujet étaient mitigés. Son nom pour le voyage serait Volodia. Il porterait une valise en cuir et, dans la poche de son manteau, un bouton marron et un blanc comme preuve de sa bonne foi. S'il ne connaissait pas son nom, n'avait pas de valise ni de boutons, ils devaient le débarquer, mais regagner immédiatement Kiel en ayant lancé le message radio prévu pour pareille éventualité. Sinon, tout signal était interdit. Dans le silence qui nous saisit, j'entendis le frôlement des pieds nus de Bella sur les tomettes, tandis qu'elle allait chercher du bois.

De Gotland, enchaînai-je, ils feraient route vers le nord-est dans les eaux internationales, remonteraient le golfe de Finlande jusqu'au large de l'île de Hogland, où ils mouilleraient en attendant la tombée du jour, puis mettraient le cap sur le sud, pour toucher terre en baie de Narva vers minuit.

Quand j'étalai sur la table les cartes à grande échelle de la baie et les photographies de la côte sableuse, l'équipage fit cercle autour de moi pour les étudier. Quelque chose me poussa alors à lever le nez, et j'aperçus Bella, recroquevillée dans son coin. A la lueur du feu, l'excitation se lisait dans ses yeux rivés sur moi.

Je montrai aux hommes le point sur la plage où accosterait le Zodiac, et celui sur le promontoire d'où seraient envoyés les signaux. L'équipe de débarquement porterait des lunettes conçues pour capter les ultraviolets émis par l'équipe d'accueil estonienne; rien ne serait donc visible à l'œil nu. Une fois Volodia débarqué avec sa valise, le canot attendrait deux minutes au plus un éventuel passager, après quoi il filerait à toute vitesse vers le *Daisy*. Il n'y aurait qu'un homme dans le dinghy, ce qui permettrait de ramener un second passager si nécessaire. Je récitai les signaux de reconnaissance à échanger avec l'équipe d'accueil, et cette fois-ci personne ne rit. Je fournis les coefficients de pente de la plage de débarquement. Il n'y aurait pas de lune, car on prévoyait, Dieu merci, du mauvais temps. Bella nous apporta du thé, nous frôlant au passage quand elle disposa les tasses. On eût dit qu'elle mettait sa sensualité au service de notre cause. Arrivant à Brandt, toujours penché sur la carte, elle caressa gravement son large dos des deux mains, comme pour lui imprégner la force de sa jeunesse.

Je rentrai chez moi à 5 heures du matin sans avoir envie de dormir. L'après-midi je fis la route jusqu'à

Blankenese avec Brandt et Bella dans la camionnette. Antons et Kazimirs, sur le pont depuis l'aube et parés pour le voyage, portaient bonnet à pompon et pantalon en ciré. Ils avaient sorti les gilets de sauvetage orange pour les aérer. Je leur serrai la main à tous et leur remis les capsules hermétiques contenant leur pilule-suicide de cyanure pur. Une bruine grise tombait sur le petit quai désert. Brandt marcha jusqu'à la passerelle; quand Bella entreprit de le suivre, il l'arrêta.

— Pas plus loin, lui dit-il. Tu restes avec Ned.

Elle portait le vieux duffle-coat de Brandt, et le même bonnet de laine à oreillettes que le jour où il l'avait sauvée, du moins le supposai-je. Il l'embrassa, et elle le serrait encore dans ses bras quand il l'écarta pour monter à bord, la laissant à mon côté. Antons entra dans la machinerie, et nous entendîmes le hoquet des moteurs qui s'éveillaient. Brandt et Kazimirs larguèrent les amarres. Aucun d'eux ne nous prêtait plus attention. S'éloignant du quai, le *Daisy* se dirigea paresseusement vers le milieu du fleuve. Les trois hommes nous tournaient le dos. Un coup de sirène, et le bateau finit par disparaître à nos yeux derrière le rideau de brume grise.

Tels des enfants abandonnés, Bella et moi marchâmes main dans la main jusqu'à la camionnette de Brandt, sans parler car nous n'avions rien à dire. Je jetai un dernier coup d'œil en arrière au *Daisy*, mais la brume l'avait englouti. Je regardai Bella, dont les yeux brillaient plus qu'à l'accoutumée, et qui respirait fort.

— Il s'en sortira, l'assurai-je en lui lâchant la main pour ouvrir la portière. Ils sont très expérimentés. C'est un homme merveilleux.

Même en allemand, ça paraissait complètement idiot. Bella monta près de moi et me reprit la main.

Ses doigts semblaient animés chacun d'une vie indépendante. Rapprochez-vous d'elle, avait insisté Haydon. Dans mon dernier message, je lui avais promis d'essayer.

A la fois réunis et séparés par notre expérience commune, nous observâmes d'abord un silence opportun. Très tendu, je conduisais prudemment, mais lui tenais toujours la main pour la réconforter. Lorsque je la lâchai afin de mieux agripper le volant, elle la laissa posée paume en l'air près de moi, en attendant que je la reprenne. Je fus soudain obsédé par le souci quasi ridicule de savoir où j'allais la conduire. Je songeai à un restaurant chic en sous-sol avec des boxes carrelés où j'invitais mes *Joes* du monde de la finance ; les serveurs d'âge respectable la rassureraient. Mais elle portait un duffle-coat, un jean et des bottes en caoutchouc, et je ne le lui disputais pas en élégance. Alors où ? m'angoissai-je. Il se faisait tard, le brouillard se trouait de lumières s'allumant dans les cottages.

— Vous avez faim ? demandai-je.

Elle reposa sa main sur ses genoux.

— Vous voulez que je cherche un restaurant ? insistai-je.

Elle haussa les épaules avec indifférence.

— Je vous raccompagne à la ferme ?

— Pourquoi ?

— Je veux dire... comment allez-vous occuper vos journées maintenant ? Qu'est-ce que vous avez fait à son dernier départ ?

— Je me suis reposée de lui ! dit-elle avec un petit rire qui me surprit.

— Bon, alors que choisissez-vous ? offris-je dans un élan magnanime teinté de supériorité. Vous voulez rester seule ? Ou rencontrer d'autre exilés pour bavarder ? Qu'est-ce que vous préférez ?

— Peu importe, fit-elle en s'écartant de moi.

— Dites quand même. Aidez-moi.

— J'irai au cinéma, je ferai du lèche-vitrines, je lirai le journal, j'écouterai de la musique, j'essaierai d'étudier. Je m'ennuierai un peu.

Je décidai d'aller à l'appartement sûr, où le réfrigérateur serait rempli. Donne-lui un bon repas bien arrosé et fais-la parler. Après, raccompagne-la à la ferme ou offre-lui un taxi.

Une fois garé en ville à deux rues de l'appartement, je lui pris le bras pour marcher sur le trottoir bordé d'arbres. Ce geste naturel envers une femme, dans une rue mal éclairée, me troubla pourtant, car je devinai sa peau nue à travers la manche du duffle-coat de Brandt. Cette ville m'était étrangère, et derrière les fenêtres éclairées, ses habitants parlaient et riaient comme si nous n'existions pas. Bella s'empara de ma main pour la poser sur son sein — ou plutôt juste dessous, j'en sentais les contours précis à travers les épaisseurs de vêtements. Je me rappelai les blagues échangées au bar du Cirque sur les officiers qui récoltaient leurs meilleures informations au lit, puis Haydon me demandant si elle avait de beaux seins. Soudain honteux, je retirai ma main.

Je déverrouillai la petite porte jouxtant la grille du cimetière, et fis passer Bella devant. Elle se retourna alors pour m'embrasser sur les paupières, tenant mon visage entre ses mains. Je l'enlaçai, et elle me sembla légère comme l'air. Dans la lumière jaune des réverbères du cimetière, je vis à son sourire qu'elle était très heureuse.

— Tout le monde est mort, murmura-t-elle avec excitation. Mais nous sommes vivants.

Je la précédai dans l'escalier, et me retournai à mi-chemin pour m'assurer qu'elle me suivait, craignant qu'elle n'ait changé d'avis. J'étais terrorisé, non par inexpérience (Mabel y avait remédié), mais parce que je la devinais différente de toutes les femmes que j'avais connues. Elle était juste derrière moi, ses chaussures à la main, toujours souriante.

J'ouvris la porte, qu'elle passa en m'embrassant à nouveau, avec le rire joyeux d'une jeune mariée qui franchit le seuil dans les bras de son époux. Il me revint bêtement à l'esprit que les Russes ne se serrent jamais la main dans l'embrasure d'une porte ; peut-être les Lettons pratiquaient-ils la même coutume, et ses baisers conjuraient-ils le mauvais sort. Je faillis le lui demander, mais me retrouvai sans voix. Ayant fermé la porte, je traversai la pièce pour monter le convecteur qui chauffait sans relâche tant que la pièce était froide, mais ne fonctionnait ensuite que par à-coups, tel un vieux chien qui tressaute en dormant.

J'allai à la cuisine chercher du vin. A mon retour Bella avait disparu, et la lumière filtrait sous la porte de la salle de bains. Je dressai la table avec soin : couteaux, fourchettes, cuillers, fromage, viande froide, verres, serviettes en papier, tout ce que je pouvais trouver, me retranchant derrière les conventions de l'hospitalité.

Bella émergea de la salle de bains, enveloppée dans le duffle-coat de Brandt comme dans une robe de chambre. A voir ses jambes nues, elle ne portait rien en dessous. Elle s'était recoiffée. Dans les appartements sûrs, nous mettons toujours une brosse et un peigne à disposition des invités.

A supposer vrais les soupçons de Haydon sur elle, je me rappelle avoir été choqué de la voir porter le duffle-coat de Brandt pour tromper cet homme qu'elle trahissait déjà ; et aussi d'être celui qu'elle avait choisi, quand mes agents fonçaient droit sur le danger, pilule-suicide en poche. Mais je n'éprouvai pas de culpabilité. Je le signale pour expliquer que mon esprit s'éparpillait dans toutes les directions afin de refréner mon désir.

Je l'embrassai et la déshabillai. Ce fut la première et la dernière fois que je vis une femme aussi belle. N'ayant pas encore appris à dissocier le vrai du beau, je ne pus m'empêcher d'éprouver pour elle un respect admiratif. Si j'avais eu le moindre soupçon à son égard, la vue de son corps nu me convainquit de son innocence.

A partir de là, mes souvenirs visuels parleront d'eux-mêmes. Aujourd'hui encore je nous revois elle et moi comme s'il s'agissait de deux étrangers.

Bella nue dans le rougeoiement du radiateur, couchée sur le flanc comme la première fois devant la cheminée de la ferme. J'étais allé chercher le duvet dans la chambre.

— Tu es si beau, murmura-t-elle.

Je n'aurais jamais cru pouvoir l'emplir d'un pareil émerveillement.

Bella à la fenêtre, telle une statue dans la lumière du cimetière, qui ourle d'or sa toison et dessine des motifs sur ses seins.

Les mille petits baisers de Bella sur le visage d'un Ned qu'elle fait revivre. Son rire en découvrant sa beauté infinie, et celle de nos deux corps unis, rire qu'elle fait résonner jusque dans l'amour comme jamais femme avant elle, rire qui célèbre la moindre parcelle de notre chair sous les baisers et les caresses toujours renouvelés.

Bella se détournant de Ned pour s'ouvrir à lui, l'accepter d'un coup de reins, tout en le cajolant d'un murmure qui cesse avec le début de son ascension vers le plaisir. Elle se cambre en arrière, et soudain elle crie, des cris adressés à moi et aux morts. Elle est la chose la plus vivante sur terre.

Enfin l'apaisement, Ned et Bella debout, qui contemplent le cimetière.

— Il y a Mabel, dis-je, mais c'est trop tôt pour se marier.

— C'est toujours trop tôt, remarque-t-elle comme nous recommençons à faire l'amour.

Bella et moi face à face dans la baignoire, moi le dos coincé contre les robinets, pendant qu'elle me caresse avec langueur sous l'eau et me parle de son enfance.

Bella sur le duvet, attirant mon visage entre ses jambes.

Bella me chevauchant.

Bella accroupie au-dessus de moi, son jardin secret offert à mon visage. Elle m'ouvre des horizons nouveaux que je n'avais jamais imaginés, même dans mon lit de célibataire où j'y rêvais pourtant encore et toujours en essayant malgré mon inexpérience de repousser les frontières de l'inconnu.

Et de temps à autre, Ned assoupi sur le sein de Bella. Et le repas intact sur la table mise si cérémonieusement pour me protéger. L'esprit rendu lucide par l'acte d'amour, je lui demande tout ce qui pourrait satisfaire la curiosité de Bill Haydon et la mienne.

Je la raccompagnai, et rentrai chez moi vers 7 heures du matin, sans avoir sommeil malgré mes deux nuits blanches consécutives. J'écrivis sur-le-champ mon rapport de rencontre, et mon stylo courait sur le papier car j'étais encore au septième ciel. Comme prévu, il n'y avait pas de message du *Daisy*. En fin de journée, je reçus le point du chemin parcouru. Ayant passé Kiel, notre bateau se dirigeait vers le Kieler Förde, et atteindrait le large dans deux heures environ. Je devais rencontrer ce soir-là un journaliste allemand coopératif, et j'avais une réunion consulaire le lendemain matin. Je donnai donc à Bella les nouvelles à mots couverts par téléphone, lui promettant de venir bientôt, car elle tenait à ce que je lui rende visite à la ferme. Une fois Brandt de retour, elle voulait pouvoir retrouver mon souvenir dans tous les coins de la maison où nous aurions fait l'amour. Quelle meilleure preuve de la force de l'illusion amoureuse que mon incapacité d'alors à ne rien trouver là d'hypocrite ni de paradoxal ? Nous avions créé un monde à nous, qu'elle souhaitait garder autour d'elle quand je lui serais enlevé. Point final. Elle était la compagne de Brandt, et n'exigeait rien de moi hormis mon amour.

Quand j'arrivai nous passâmes directement dans le salon, où cette fois c'était elle qui avait dressé la table. Selon son vœu nous nous y assîmes entièrement nus. Elle voulait me voir ainsi dans son décor familier. Plus tard, nous fîmes l'amour dans leur lit. Je n'éprouvai pas de honte, seulement l'excitation d'être introduit dans leurs refuges les plus intimes. « Tiens, sa brosse, me dit-elle. Ça c'est ses habits. Tu es de son côté du lit. » Un jour je comprendrai ce que cela veut dire, pensai-je. Puis, plus sombrement : est-ce ainsi qu'elle trouve son plaisir, dans la trahison ?

Le lendemain soir, j'étais attendu à Lübeck par un vieux Polonais qui correspondait clandestinement avec un lointain neveu à Varsovie. Celui-ci suivait un stage pour travailler au chiffre dans les services diplomatiques polonais, et voulait espionner pour notre compte en échange de son installation en Australie. La Station de Londres envisageait une approche directe. De retour à Hambourg, je dormis comme un loir. Au matin, alors que je terminais mon rapport, un message de Londres annonça que le *Daisy*, après ravitaillement à Sundre, voguait vers le golfe de Finlande avec Volodia à son bord. J'appelai Bella pour lui annoncer que tout allait toujours bien, et elle me dit : « Viens, je t'en supplie. »

Je passai la matinée à essayer de faire sortir du poste de police de la Reeperbahn deux marins anglais en état d'ébriété, qui avaient démoli un bordel. L'après-midi, je me rendis à une tea party des plus ennuyeuses organisée par des femmes de diplomates, au profit de la « semaine du prisonnier politique ». Si seulement les marins avaient démoli ce bordel-là aussi! Quand j'arrivai à la ferme vers 20 heures, nous allâmes droit au lit. A 2 heures du matin le téléphone sonna, et Bella répondit. C'était mon chiffreur qui m'appelait du bureau : un « déchiffrez vous-même » de priorité expresse exigeait ma présence immédiate. Je conduisis à tombeau ouvert, et quarante minutes plus tard, j'étais sur place à compulser les livres de code. Je m'aperçus que Bella avait laissé son odeur sur mon visage et mes mains.

Le message, adressé personnellement par Haydon au chef de l'antenne hambourgeoise, rapportait que l'équipe de débarquement du *Daisy* avait essuyé un tir nourri depuis des positions préétablies. Le canot était porté disparu corps et biens, ce qui incluait Antons Durba, Volodia et très certainement l'éventuel passager qui attendait sur la plage. Aucune trace des patriotes estoniens. Le *Daisy* avait repéré une seule série de signaux ultraviolets au lieu des deux prévues, et sans doute les Estoniens avaient-ils été capturés dès le piège ainsi tendu pour l'équipe de débarquement. Un scénario bien connu, et vieux de cinq ans. La radio de secours à Tallinn ne répondait pas.

J'avais ordre de ne transmettre cette information à personne, et de rentrer à Londres par le premier avion, sur lequel on m'avait réservé une place. Toby Esterhase viendrait me chercher à Heathrow. Je confiai mon brouillon de réponse au chiffreur, qui l'accepta sans commentaire. Il sait, pensai-je. Forcément. Il avait appelé à la ferme et parlé à Bella. Le reste se lisait sur mon visage, et se sentait sans doute à l'odeur.

Pas d'encens ce jour-là dans l'antre de Haydon. Il était assis à son bureau entre Roy Bland, son lieutenant pour l'Europe de l'Est, et Toby Esterhase, aux responsabilités mal définies, car il en cachait la nature exacte dans l'espoir qu'elles se multiplieraient. En fait, il jouait les caniches auprès de Haydon, rôle qui devait lui coûter cher par la suite. A ma grande surprise, George Smiley était là, qui faisait grise mine dans son coin sur le bord de la chaise longue de Haydon. Le symbolisme de cette position ne m'apparut que trois ans plus tard.

— Ça a été préparé de l'intérieur, dit Haydon sans ambages. La mission était grillée d'avance. A moins qu'il ne se soit noyé, Durba est déjà pendu par les pouces à cracher le morceau. Volodia n'en sait pas beaucoup, manque de pot pour lui parce que ses interrogateurs ne vont pas le croire, et il doit justifier la présence d'une valise bourrée d'explosifs. Peut-être qu'il a avalé sa pilule, mais ça m'étonnerait, c'est une lavette.

— Où est Brandt ? demandai-je.

— A Sarratt, dans l'aile des interrogatoires, avec un gros spot en pleine figure, et il rugit comme un fauve. Quelqu'un a fait une gaffe quelque part, alors on lui demande si ça ne pourrait pas être lui. Sinon, qui ? C'est exactement le même topo merdique que la dernière fois. Chaque membre de l'équipage est interrogé séparément.

— Où est le *Daisy* ?

— A Helsinki. Nos gars de la marine ont pour ordre de le faire dégager ce soir. Les Finlandais n'ont pas très envie qu'on les voie abriter dans un de leurs ports des gens qui font la nique à l'Ours. Si ça n'arrive pas aux oreilles de la presse, ce sera un vrai miracle.

— Je vois, intervins-je bêtement.

— Tant mieux, parce que moi pas. Alors, qu'est-ce

qu'on fait ? Vous avez trente agents baltes suspendus à votre décision. Qu'en dites-vous ? On abandonne, on fait des excuses ? On prend l'air naturel et très occupé ? Toute suggestion sera la bienvenue.

— Les Durba n'étaient pas au courant du réseau estonien, objectai-je. Antons ne peut pas avouer ce qu'il ignore.

— Et qui a donné Antons, alors ? Qui a livré l'équipe de débarquement, les coordonnées, la plage, l'heure ? Qui nous a eus ? On a demandé à Brandt, justement. Peut-être Bella, la putain de la Baltique. Il a suggéré que c'était plutôt l'un de nous. Cet enfoiré ne manque pas de culot !

Furieux, il dirigeait sa colère contre moi. Je n'aurais jamais cru que sa léthargie puisse se transformer en une telle hargne. Avec son accent traînant, un peu nasillard et snob, il parvenait cependant à conserver une apparence de calme nonchalant. Même quand il s'emportait, il affichait une désinvolture imparable qui le rendait d'autant plus impressionnant.

— Alors, qu'est-ce que vous en dites, vous ?

— De quoi ?

— D'elle, cher ami. Miss Lettonie, avec sa moue boudeuse ! lança-t-il en agitant le rapport de rencontre rédigé au lendemain de notre première nuit ensemble. J'avais demandé un rapport, pas une aria avec violons, nom de Dieu !

— Je crois qu'elle est innocente, répondis-je. C'est une petite paysanne toute simple. Voilà mon avis, et sans doute celui de Brandt. Elle a répondu à mes questions et son histoire tient debout.

Haydon réactiva le charme instantanément. Il savait si bien le faire. Je me souviens que cet homme à la fois attirant et repoussant pratiquait la valse-hésitation avec les émotions des autres, car lui-même en était dépourvu.

— Les espions ont généralement une histoire qui tient debout, répliqua-t-il en feuilletant mon rapport. Enfin les meilleurs, en tout cas. N'est-ce pas, Toby? ajouta-t-il en se tournant vers Esterhase.

— Absolument, Bill, jusqu'au moindre détail! affirma le béni-oui-oui.

Un silence se fit pendant que chacun étudiait son exemplaire du rapport, s'arrêtant sur les passages annotés par Haydon. Roy Bland leva la tête pour m'observer. Il nous avait fait des conférences à Sarratt. Ancien professeur originaire du Nord, ce que trahissait son accent prononcé, il avait passé des années derrière le Rideau de fer sous couvert d'activités universitaires.

— Bella reconnaît que son père n'est pas son père, d'accord, Ned? Sa mère a été violée par les Allemands et s'est retrouvée enceinte. Donc Bella est à moitié allemande, d'accord, Ned?

— Oui, Roy, c'est ce qu'elle m'a dit.

— Quand celui qu'elle appelle son père, enfin Feliks, revient du camp de prisonniers et apprend ce qui s'est passé, il adopte la petite Bella. Très chic de sa part. Elle vous a dit ça d'elle-même sans en faire un secret. Toujours d'accord, Ned?

— Oui, Roy.

— Alors pourquoi raconte-t-elle une autre histoire à Brandt, bordel de merde?

Ayant moi-même posé la question à Bella, je répondis aussitôt :

— Quand il l'a fait passer à l'Ouest, elle avait peur qu'il ne la rejette s'il apprenait qu'elle n'était pas la vraie fille de son meilleur ami. Ils n'étaient pas encore amants à l'époque. Il lui offrait une nouvelle vie, et la sécurité, elle avait peur, elle a accepté. Elle avait vécu dans la forêt, c'était la première fois qu'elle venait à l'Ouest, son père était mort, alors elle avait besoin de l'image paternelle.

— Brandt? dit Bland d'un air dubitatif.

— Oui, bien sûr.

— Et vous ne trouvez pas ça fichtrement bizarre qu'il n'ait pas su la vérité sur elle malgré tout, Ned? lança-t-il triomphalement. Si Brandt était aussi proche du père qu'il le dit, il aurait dû être au courant, non? Allons, Ned!

Smiley intervint, pour m'aider croyais-je :

— C'est sûrement le cas, Roy. Mais tu irais dire à la fille de ton meilleur ami que son vrai père était un soldat allemand, si tu pensais qu'elle l'ignore? Moi, non. Moi, je me donnerais beaucoup de mal pour la protéger. Surtout si son père est mort et que je suis amoureux d'elle.

— L'amour, des clous! fit Haydon en tournant une autre page de mon rapport. Brandt est un vieux satyre. Et puis qui c'est ce Tadeo dont elle parle tout le temps? « Tadeo a vu les corps empilés sur le camion. Tadeo dit que celui de mon père a été chargé en dernier. Ils ont tiré en pleine figure sur les autres, mais mon père a reçu des balles dans le torse et l'estomac, et une mitraillette l'a presque fauché en deux. » Pour une fleur bleue, elle est plutôt explicite quand ça l'arrange!

— Tadeo était son premier amant, expliquai-je.

— On serait pas un peu jaloux? me demanda Haydon, déclenchant les rires des satrapes qui l'encadraient.

Mais pas celui de Smiley, ni le mien.

— Tadeo allait à la même école qu'elle, dis-je. Il avait reçu l'ordre de monter la garde devant la maison pendant la réunion, mais il faisait l'amour avec Bella dans un champ pas loin. C'est comme ça qu'elle a pu s'échapper. Tadeo lui a dit de s'enfuir, et qui contacter chez les partisans. Puis il s'est caché dans une maison voisine et a vu ce qui se passait avant d'aller la rejoindre. C'est dans mon rapport.

Toby Esterhase y alla de son petit sarcasme, avec son anglais austro-hongrois :

— Et, bien entendu, Tadeo a eu la bonne idée de se faire tuer, Ned ? C'est drôlement risqué d'être témoin des histoires de Bella, à ce que je vois.

— Il a été abattu par un garde-frontière. Il n'essayait même pas de passer, il était en reconnaissance. Elle a l'impression que tous ceux qui l'approchent meurent, ajoutai-je sans pouvoir m'empêcher de penser à Ben.

— Elle n'a peut-être pas tort, fit Haydon.

Roy Bland prit ma défense. Curieux retour de manivelle, car j'avais l'impression croissante d'être dans le box des accusés.

— Attention, Tadeo pourrait à la fois être réglo *et* se tromper sur la mort de Feliks. La police a peut-être maquillé sa mort. Après tout, c'est lui qu'ils ont chargé en dernier dans le camion. Et il aurait été couvert de sang de toute façon après cette boucherie. Même pas besoin de l'asperger de ketchup. Pratique.

Smiley vola au secours de Bland, et je me pris à regretter d'avoir intrigué pour un poste en dehors de sa sphère d'influence.

— Mais est-ce que le père est si important que ça pour nous, Bill ? objecta-t-il. Feliks peut bien être un Judas de première et avoir une fille parfaitement honnête, non ?

— Je suis de son avis, précisai-je. Elle admire son père et parle de lui sans problème. Elle le vénère, et elle en porte toujours le deuil.

Je me rappelai son regard vers le cimetière, et sa volonté de célébrer le don de vie. Je me refusais à croire qu'elle avait joué la comédie.

— Bon, mettons qu'on vous fasse confiance là-dessus, dit Haydon avec impatience, me tendant une photographie en 16,5 × 21,5 par-dessus le bureau. Mais qu'est-ce qu'on fout de ça, alors ?

Le cliché avait perdu en netteté à l'agrandissement, sans doute une photo de photo. Sur le coin supérieur gauche, un tampon rouge indiquait « Sorcier », que la rumeur interne désignait comme la source la plus secrète de la Station de Londres, ce que me confirma l'avertissement de Toby Esterhase :

— Tu n'as jamais vu cette photo, Ned, compris ? m'intima-t-il par-dessus l'épaule de Haydon, du ton mielleux que les adultes réservent aux enfants. Pas plus que le mot « Sorcier ». Quand tu quitteras cette pièce, tu ne te souviendras de rien du tout.

C'était le portrait d'un groupe d'environ soixante jeunes, posant devant ce qui ressemblait à une caserne ou un campus universitaire. Ils portaient tous le même uniforme, les hommes en complet cravate, les femmes en jupe longue et chemisier blanc strict. A côté d'eux se tenait un groupe formé d'hommes plus âgés et d'une femme à l'air maléfique. L'ambiance, les vêtements, le bâtiment et l'arrière-plan, tout était sinistre.

— Troisième à partir de la gauche dans la deuxième rangée, indiqua Haydon en me prêtant une loupe. De beaux nichons, comme le petit monsieur l'a dit.

C'était Bella. Aucun doute possible. Bella avec trois ou quatre ans de moins, certes, et les cheveux tirés, sans doute ramassés en chignon. Ses grands yeux clairs, son sourire irrépressible, et ses hautes pommettes saillantes que j'adorais.

— Bella ne vous a jamais parlé dans le creux de l'oreille de l'école de langues à Kiev ? me demanda Haydon.

— Non.

— Ni de son éducation, à part des ébats dans le foin avec Tadeo ?

— Non.

— Évidemment, Kiev, c'est plus un cours de vacances qu'une vraie école. On n'en parle pas après coup en général, sauf sous la torture. Théoriquement on y forme les interprètes de demain, mais en pratique, c'est la pépinière des jeunes espoirs du Centre Moscou. Le Centre la possède, le Centre nomme les professeurs, et le Centre fait l'écrémage. Les cancres finissent aux Affaires étrangères, comme chez nous.

— Brandt a vu cette photo ? demandai-je.

— Non mais vous plaisantez ? fit-il abandonnant son ton badin. Brandt est de parti pris, ils le sont tous.

— Je peux le voir ?

— Je vous le déconseille.

— Ça veut dire non ?

— Exactement.

— « Sorcier » était aussi la source du rapport contre le père de Bella ?

— Occupez-vous de vos oignons ! dit-il, mais à l'œil étonné de Toby, je compris que j'avais vu juste.

— Le Centre Moscou prend-il toujours des photos de groupe de ses poulains ? demandai-je, à nouveau enhardi par le soutien que je lisais dans le visage de Smiley levé vers moi.

— On en prend bien à Sarratt, rétorqua Haydon. Pourquoi pas au Centre ?

Le dos moite de sueur et la voix fébrile, je persistai :

— On a identifié quelqu'un d'autre sur cette photo ?

— Oui, justement.

— Et alors ?

— Ça ne vous regarde pas.

Quelles langues étudiait-elle ?

Exaspéré par mon attitude, Haydon leva les yeux au ciel comme dans l'espoir d'y puiser patience.

— Ils apprennent *tous* l'anglais, mon grand, si

c'est ça que vous voulez dire! fit-il d'une voix traînante, avec un regard appuyé à Smiley, le menton dans la main.

N'étant pas médium, j'ignorais totalement ce qui passait — ou avait passé — entre eux. Mais sans être influencé par le recul, je reste convaincu que j'avais déjà le sentiment de me trouver pris entre deux feux. Aussi éloigné fussé-je de la politique interne à la Centrale, je ne pouvais manquer de percevoir les échos de la lutte de pouvoir qui y faisait rage : le grand X avait croisé le grand Y dans le couloir sans lui dire bonjour; A avait refusé de s'asseoir à la même table que B à la cantine ; la Station de Londres montée par Haydon devenait un service au sein du Service — absorption des directions régionales, récupération des sections spéciales, des guetteurs, des Oreilles, jusqu'à nos humbles et dévoués facteurs dans l'étuve de leurs bureaux de tri, où ils décachetaient le courrier à la vapeur de bouilloires constamment sur le feu. On avançait même que le vrai choc des Titans avait lieu entre Bill Haydon et le chef en exercice, le dernier à se faire appeler Contrôle. En tant que dévoué serviteur de celui-ci, Smiley soutenait plutôt son maître que Haydon.

Mais on murmurait aussi que Smiley était déjà au rancart, ou, en termes plus élégants, envisageait un poste de professeur qui lui permettrait de s'occuper plus à loisir de sa vie conjugale.

Le regard insolent de Haydon se fit glacial, car il attendait que Smiley le lui retournât. Nous aussi. Le problème, c'est que Smiley ne daigna pas le lui rendre. Assis sur sa chaise longue, sourcils levés, paupières baissées et tête penchée, il contemplait d'un air absorbé le tapis de prière persan qui figurait parmi les ornements exotiques du bureau de Bill. Il semblait inconscient de l'intérêt de Haydon, même si nous savions tous, moi y compris, que tel n'était pas le cas. Puis avec une moue de mécontentement, il finit par se lever tout naturellement (George n'avait jamais recours aux grands jeux de scène) et ramassa ses papiers.

— Bon, eh bien je crois qu'on a fait le tour, hein, Bill ? demanda-t-il. Contrôle souhaiterait voir les officiers habilités dans une heure, si ça ne dérange personne, et on refera le point. Ned, il faut qu'on discute de cette affaire de Zurich. Vous serez gentil de passer me voir quand Bill n'aura plus besoin de vous.

Vingt minutes plus tard, j'étais assis dans son bureau.

— Vous y croyez, à cette photo ? s'enquit-il sans même évoquer Zurich.

— Je n'ai pas le choix.

— Pourquoi dites-vous ça ? Ça pourrait être un montage. Ça existe, la désinformation. Le Centre Moscou y a recours de temps à autre, vous savez. Ils sont même allés jusqu'à discréditer des innocents, à ce qu'on m'a dit. En fait, ils ont un service entièrement consacré à ça. Cinq cents officiers environ.

— Mais pourquoi piéger Bella ? Pourquoi pas Brandt ou un des membres de l'équipage ?

— Qu'est-ce que Bill vous a dit de faire ?

— Rien. Je recevrai mes ordres en temps utile.

— Vous n'avez pas répondu à sa question. Vous pensez qu'il faut démanteler le réseau ?

— C'est difficile à dire, je suis juste le contact local, moi. Le réseau est contrôlé directement par la Station de Londres.

— Mais quand même ?

— On ne peut pas faire sortir trente agents, ça déclencherait une guerre. Et si on coupe les filières d'entrée et de sortie, on ne pourra plus rien faire pour eux.

— Alors ils sont foutus de toute façon ? avança-t-il, et c'était plus une affirmation qu'une question.

Le téléphone sonna, mais il ne décrocha pas, me regardant toujours avec une bienveillance inquiète.

— Bon, alors s'ils sont vraiment foutus, rappelez-vous que ce n'est pas votre faute, Ned. Personne ne vous a demandé d'affronter le Centre Moscou à vous tout seul. C'est peut-être la faute du Cinquième Étage, ou la sienne, mais sûrement pas la vôtre.

Il m'indiqua la porte d'un signe de tête. Quand je la refermai, la sonnerie du téléphone s'interrompit.

Je rentrai à Hambourg le soir même. Bella semblait excitée quand je l'appelai, mais déçue que je ne puisse accourir.

— Où est Brandt? demanda-t-elle.

Elle ignorait tout de la sécurité téléphonique. Je lui dis qu'il allait bien, très bien. Je me sentais coupable d'en savoir tant, et elle si peu. Haydon m'avait recommandé le naturel : « Quoi que vous ayez fait avant, continuez dans la même veine. Même avec plus de conviction. Je ne veux pas qu'elle soupçonne quoi que ce soit. » J'étais censé lui dire que Brandt l'aimait, il l'avait apparemment exigé. Je devinai qu'il m'avait réclamé pendant son passage à tabac. Du moins l'espérai-je, car je lui faisais confiance et me sentais responsable de lui.

J'essayai de ne pas m'apitoyer sur mon sort alors que tant de drames bien plus graves se jouaient autour de moi, mais c'était dur. A peine quelques jours auparavant, Brandt et l'équipage dépendaient de moi, leur porte-parole et défenseur. Maintenant, l'un d'eux était mort ou pire, et les autres m'avaient été enlevés. Quoique chapeauté par Londres, le réseau avait représenté ma famille adoptive. Il n'était plus aujourd'hui qu'une inaccessible armée des ombres flottant entre vie et mort.

Le pire, c'était de me sentir tiraillé entre des dizaines de théories contradictoires qui l'emportaient dans mon esprit chacune à son tour : je me persuadais que Bella était innocente, comme je l'avais soutenu devant Haydon, pour me demander l'instant d'après comment elle avait communiqué avec ses chefs. La réponse était : très facilement. Elle faisait des courses, allait au cinéma ou à l'école. Elle pouvait à sa guise rencontrer des courriers, ou remplir et relever des boîtes aux lettres mortes.

Mais aussitôt je volais à sa défense. Bella n'était pas « pourrie ». On avait truqué la photographie, et l'histoire sur son père ne prouvait rien; Smiley l'avait bien dit. La mission aurait pu être grillée de cent manières différentes sans que Bella y soit pour rien. Notre sécurité opérationnelle était bien étanche, mais pas autant que je l'aurais souhaité. Non content d'inventer des agents, mon prédécesseur corrompu n'aurait-il pu en vendre certains au passage ? Et sinon, était-il si improbable que la fuite vienne de notre côté de la barrière, comme l'avait suggéré Brandt ?

Je ne voudrais pas vous faire croire que, seul dans son petit lit ce soir-là, le jeune Ned démêla comme un grand l'écheveau de trahisons qui résista si longtemps à la sagacité de George Smiley. Une source peut être fabriquée, ses fausses informations prises pour argent comptant, et un officier expérimenté du Renseignement poussé à faire le mauvais choix, tout cela sans l'aide d'un traître au sein du Cinquième Étage, j'en avais conscience. Je n'étais ni un enfant, ni un de ces types au teint cendreux qui voient partout des complots au Cirque.

Je réfléchis néanmoins, comme l'eût fait tout agent ayant atteint les limites de sa fidélité au Service. Depuis mon humble position, je regroupai mentalement les rumeurs propagées par le téléphone arabe du Cirque : échecs incompréhensibles, scandales à répétition, colère grandissante de nos Cousins américains, réorganisations futiles, rivalités déplorables entre des hommes immortels un jour et démissionnaires le lendemain. Les marques d'incompétence flagrante étaient jugées révélatrices de haute trahison, et les preuves troublantes de trahison assimilées à des signes d'incompétence.

Si mûrir signifie quelque chose, on peut dire que j'entrai d'un bond dans la maturité cette nuit-là. Je compris que le Cirque imitait les autres institutions anglaises, mais à outrance car tout s'y jouait dans la sécurité de pièces scellées, avec pour jetons des vies humaines. Ce constat eut l'heur de me faire assumer à nouveau la responsabilité de mes actes, jusque-là trop volontiers déléguée à autrui. Dans la lutte incessante entre soumission et personnalité qu'avait été mon début de carrière, la soumission avait gardé l'avantage. Mais ce soir-là, je passai un cap, et décidai dorénavant d'écouter plutôt mes instincts et désirs que l'allégeance pesante dont je n'avais pu jusqu'alors me passer.

Nous nous retrouvâmes à l'appartement sûr, terrain neutre entre tous. Elle ne savait toujours rien de la débâcle. Je lui avais simplement dit que Brandt avait été convoqué en Angleterre. Nous fîmes aussitôt l'amour avec une frénésie animale. Je profitai de la lucidité qui s'ensuivit pour commencer mon interrogatoire.

Je caressai négligemment les cheveux de Bella, les lissai sur sa tête, puis les rejetai en arrière à deux mains, et en fit un chignon.

— Ça te donne l'air très strict, remarquai-je en l'embrassant. Tu as déjà porté cette coiffure ? ajoutai-je avec un autre baiser.

— Quand j'étais jeune fille.

— Quand ça ? fis-je entre nos lèvres jointes. Avant Tadeo ? Quand exactement ?

— Jusqu'à ce que j'aille dans la forêt. Après je les ai fait couper au couteau par une femme.

— Tu as une photo de toi comme ça?

— On n'en prenait pas dans les bois.

— Non, avant, quand tu les portais en dame stricte.

— Pourquoi? demanda-t-elle en se redressant.

— Dis-le-moi, c'est tout.

— A l'école, ils nous ont pris en photo, répondit-elle en m'observant de ses yeux délavés. Pourquoi?

— En groupe? Toute la classe? Quelle sorte de photo?

— Pourquoi?

— Dis-le-moi, Bella, j'ai besoin de savoir.

— Ils en ont fait une de la classe, et des individuelles pour nos papiers.

— Quels papiers?

— D'identité. Les passeports.

Il ne s'agissait pas d'un passeport au sens où nous l'entendons, mais d'un laissez-passer pour circuler à l'intérieur de l'Union soviétique, sans lequel aucun citoyen libre ne peut traverser la rue.

— Une photo de face, où tu ne souris pas?

— Oui.

— Qu'as-tu fait de ton ancien passeport, Bella?

Elle ne s'en souvenait pas.

— Que portais-tu dessus? repris-je avant de lui embrasser les seins. Tu n'étais pas comme ça! Qu'est-ce que tu portais?

— Un chemisier et une cravate. Mais qu'est-ce que ça veut dire tout ça?

— Bella, écoute. Est-ce que tu vois quelqu'un chez toi, un camarade d'école, un ex ou une connaissance, qui aurait une photo de toi les cheveux tirés? A qui tu pourrais écrire, qu'on pourrait contacter?

— Ma tante, bougonna-t-elle après réflexion.

— Comment s'appelle-t-elle?

Elle me le dit.

— Où est-ce qu'elle habite?

— A Riga avec l'oncle Janek.

Je pris une enveloppe, et fis asseoir Bella, toujours nue, à la table pour écrire l'adresse complète. Lui ayant fourni une feuille de papier blanc, je lui dictai une lettre dont elle rédigeait la traduction au fur et à mesure.

— Bella, commençai-je avant de la faire lever et de l'embrasser tendrement. Encore une chose. Tu es allée à une autre école que celles de ta ville ?

Elle fit non de la tête.

— Pas de cours de vacances ? Pas d'école spéciale ? Pour les langues, par exemple ?

— Non.

— Tu as appris l'anglais à l'école ?

— Mais non, voyons, sinon je parlerais couramment. Qu'est-ce qui t'arrive, Ned ? Pourquoi tu me poses ces questions idiotes ?

— Le *Daisy* a eu des problèmes, annonçai-je, le visage tout contre le sien. Il y a eu une fusillade. Brandt n'a pas été touché, mais d'autres oui. C'est tout ce que j'ai le droit de te dire. On prend l'avion pour Londres demain, toi et moi. Ils veulent nous poser quelques questions pour comprendre ce qui a raté.

Elle ferma les yeux et se mit à trembler, puis ouvrit la bouche en un cri muet.

— Je crois en toi, dis-je. Je veux t'aider, et je veux aider Brandt. C'est la vérité.

Peu à peu elle me revint, et posa sa tête contre ma poitrine pour pleurer. Elle était redevenue l'enfant qu'elle n'avait peut-être jamais cessé d'être ; ou bien, en m'aidant à grandir, avait-elle élargi le fossé entre nous. Je lui avais apporté un passeport britannique, puisqu'elle était apatride. J'exigeai de la garder près de moi pour la nuit, et elle s'agrippa à moi comme quelqu'un qui se noie. Aucun de nous deux ne dormit.

Dans l'avion elle me tint la main, mais nous étions déjà deux étrangers. Elle se mit à parler, d'une voix que je ne lui connaissais pas, adulte, décidée, empreinte de tristesse et de désillusion, une voix qui me rappela celle de Stefanie lorsqu'elle m'avait fait sa prédiction sibylline sur l'île.

— *Es ist ein reiner Unsinn*, fit-elle. C'est absurde.

— De quoi parles-tu ?

Elle avait retiré sa main sans colère, par pur désespoir.

— Vous leur faites prendre des risques et vous attendez de voir ce qui se passe. S'ils reviennent sains et saufs, ce sont des héros. S'ils se font descendre, des martyrs. Vous n'y gagnez rien de capital, et vous encouragez mon peuple à se faire tuer. Qu'est-ce que vous attendez de nous ? Qu'on se soulève pour liquider l'oppresseur russe ? Vous viendrez nous aider si on essaie ? A mon avis, non. Je crois que vous faites des choses parce que vous ne pouvez pas rester à ne rien faire. Mais à mon avis, vous ne nous êtes pas du tout utiles.

Je n'oublierai jamais ces paroles, notamment parce qu'elles rejetaient mon amour. Je pense encore à Bella tous les matins en écoutant les informations avant de sortir mon chien. Je me demande ce que nous croyions alors promettre à ces braves Baltes, et si c'est cette même promesse que nous nous empressons maintenant de rompre.

Cette fois, c'était Peter Guillam qui nous attendait à l'aéroport. J'en fus soulagé, car son apparence soignée et ses bonnes manières semblaient mettre Bella en confiance. Il avait amené la guetteuse Nancy, transformée en dame respectable pour son rôle de chaperon. Ils encadrèrent Bella, lui firent passer l'immigration et la conduisirent à la camionnette grise des inquisiteurs de Sarratt. Je regrettai vivement que personne n'ait pensé à envoyer un véhicule moins impressionnant, car en l'apercevant Bella s'arrêta, le temps de me lancer un regard accusateur, avant que Nancy lui attrape le bras pour la faire monter.

Je venais d'apprendre que dans la vie tumultueuse d'un officier traitant, les adieux élégants sont souvent impossibles.

Tout ce que je peux vous dire, c'est ce que je fis, et appris, par la suite. Je me rendis au bureau de Smiley, où je passai l'essentiel de ma journée à essayer de lui mettre la main dessus entre deux réunions. Le protocole du Cirque exigeait que j'aille d'abord voir Haydon, mais j'avais déjà désobéi à ses instructions en interrogeant Bella, et je devinais que Smiley me prêterait une oreille plus compatissante. Il m'écouta, prit la lettre de Bella et l'examina.

— Si on la fait poster de Moscou en donnant une adresse sûre en Finlande pour la réponse, ça pourrait marcher ! insistai-je.

Mais comme souvent, j'eus l'impression que Smiley m'avait devancé par la pensée dans des sphères dont j'étais exclu. Il jeta la lettre au fond d'un tiroir qu'il referma.

— Je ne crois pas que ce sera nécessaire, dit-il. Enfin, espérons-le.

Je lui demandai ce qu'ils feraient de Bella.

— En gros la même chose qu'avec Brandt, je suppose, répliqua-t-il, s'arrachant à sa réflexion pour me sourire tristement. Ils vont passer en revue tous les détails de sa vie, essayer de la piéger, la harceler. Ils ne lui feront pas de mal, enfin, physiquement. Ils ne lui diront pas ce qu'ils ont contre elle. Ils espéreront simplement démolir sa couverture. Apparemment, la plupart de ceux qui la protégeaient dans la forêt ont été arrêtés récemment. Ça ne va pas jouer en sa faveur, évidemment.

— Et après, qu'est-ce qu'ils en feront ?

— Je pense qu'on peut encore éviter le pire, à défaut de pouvoir faire mieux en ce moment, ajouta-t-il en se replongeant dans ses papiers. Il serait temps que vous alliez voir Bill, non ? Il va se demander ce que vous mijotez.

Je me rappelle l'expression de son visage comme il me donnait congé : peine, frustration et colère.

Smiley posta-t-il la lettre sur mon conseil ? Reçut-il une photographie en retour ? Se révéla-t-elle identique à celle que les truqueurs du Centre Moscou avaient insérée dans leur cliché du groupe ? J'aimerais que tout soit aussi simple, mais ce n'est jamais le cas dans la réalité. Je veux toutefois croire que mes efforts pour aider Bella influèrent sur sa libération et son établissement au Canada, survenus quelques mois plus tard dans des circonstances que je ne connais toujours pas.

Brandt refusa de la reprendre, sans même parler de la suivre, Bella lui avait-elle raconté notre liaison ? Ou quelqu'un d'autre ? J'en doutais fortement, sauf si Haydon lui-même l'avait fait par pure méchanceté. Bill détestait toutes les femmes et la plupart des hommes, et prenait un malin plaisir à bouleverser les sentiments des gens.

Brandt fut également blanchi, et, après quelques réticences du Cinquième Étage, reçut un pécule de réinsertion, avec lequel il put s'offrir un bateau, partir pour les Antilles, et reprendre ses anciennes activités de contrebandier, mais cette fois il s'agissait d'armes à destination de Cuba.

Et la trahison ? Smiley m'apprit par la suite que Haydon ne pouvait supporter l'efficacité du réseau de Brandt, et l'avait grillé (comme le premier, cinq ans plus tôt), en essayant de rejeter la faute sur Bella. Il s'était arrangé pour que le Centre Moscou fabrique les preuves contre elle, qu'il avait alors dit tenir de sa mystérieuse source Merlin, fournisseur des renseignements « Sorcier ». Smiley, qui avait déjà remonté très loin la piste de la taupe, avait fait part de ses soupçons en haut lieu, pour se voir expulsé parce qu'il avait raison. Il fallut deux ans avant qu'on le réintègre en le chargeant de nettoyer l'écurie.

Et l'histoire en resta là jusqu'aux débuts fébriles de notre propre perestroïka interne, l'hiver 1989. Toby Esterhase, étrange survivant, conduisit une délégation de cadres moyens du Cirque au Centre Moscou, premier pas de ce que notre cher Foreign Office s'entêtait à baptiser une « normalisation des relations entre nos deux services ».

L'équipe de Toby, accueillie place Dzerjinski, eut le droit de voir la plupart des installations, hormis sans doute les chambres de torture de l'ancienne Loubianka et le toit duquel certains prisonniers peu prudents étaient tombés. On invita Toby et ses hommes à dîner, on leur fit vivre la grande vie. Ils s'achetèrent des chapkas et des badges humoristiques, et se firent photographier sur la place Dzerjinski.

Le dernier jour, geste suprême de bonne volonté, ils furent escortés jusqu'à la mezzanine de l'immense hall des communications du Centre, où aboutissaient pour analyse les rapports de toutes les sources. Et selon Toby, c'est là qu'en repartant, Peter Guillam et lui remarquèrent au même instant un grand blond costaud, à contre-jour au bout du couloir, qui devait sortir des toilettes pour hommes, la seule autre porte indiquant « dames ».

L'homme marchait d'un pas fringant malgré son âge certain. Il marqua une pause pour regarder droit vers eux, comme s'il hésitait entre venir leur dire bonjour ou battre en retraite. Puis, baissant la tête avec ce qui leur sembla un sourire, il se détourna et disparut dans un autre couloir. Mais ils avaient eu tout loisir de remarquer sa démarche chaloupée de marin, et sa carrure de lutteur.

Rien n'est jamais vraiment fini dans le monde du secret, ni dans le monde réel. Si Toby et Peter ont raison (certains maintiennent que l'hospitalité russe leur était montée à la tête), Haydon avait un excellent motif pour orienter les soupçons sur Bella, et les détourner ainsi du capitaine Brandt.

Brandt était-il « pourri » dès le départ ? Si oui, j'avais sans le savoir provoqué son recrutement et la mort de nos agents, pensée effroyable qui vient parfois me hanter au petit matin, lorsque je suis allongé près de Mabel.

Quant à Bella, je la considère comme mon dernier amour, le bon tournant que je n'ai pas pris. Stefanie avait ouvert en moi la porte au doute, et Bella m'avait montré du doigt le monde réel alors qu'il en était encore temps. Mes maîtresses après elles ne comptent pas. Et Mabel, ce n'est rien de plus que l'attrait fallacieux du foyer pour un homme à son retour du front. Mais le souvenir de Bella reste aussi fort que ce premier soir dans l'appartement sur le cimetière — quoique dans mes rêves elle me tourne toujours le dos et s'éloigne, pleine de reproches.

5

— Vous êtes en train de nous dire qu'il pourrait y avoir aujourd'hui un autre Haydon dans le Service? s'écria un étudiant du nom de Maggs, au milieu des grommellements de ses camarades. Quel serait son motif, monsieur Smiley? Qui le paye? C'est quoi, son truc?

J'avais eu des doutes sur Maggs dès son recrutement. Tout désigné pour une carrière de couverture dans le journalisme, il avait déjà les pires caractéristiques de la profession. Mais son intervention ne perturba pas Smiley.

— Oh, avec le recul, je suis sûr que nous devons une fière chandelle à Bill, répliqua-t-il calmement. Tout ce qu'il a fait, c'est de mettre à mort un Service agonisant. Quant à de nouveaux traîtres... ajouta-t-il avec un froncement de sourcils perplexe. La politique de notre chère dirigeante aura sûrement fait des mécontents. Peut-être même suis-je de ceux-là. Plus je vieillis, plus je deviens gauchiste.

Mais croyez-moi, à l'époque personne n'éprouva le besoin de remercier Bill.

Il y eut un « avant » et un « après » la Chute de Bill. Bientôt, chaque membre du Cirque pouvait vous dire où il se trouvait et ce qu'il faisait quand il avait appris l'horrible nouvelle. Les vieux de la vieille évoquent encore entre eux le silence dans les couloirs, les visages hébétés et gênés à la cantine, les appels téléphoniques sans réponse.

Ce qui en pâtit le plus fut la confiance. Tels les survivants traumatisés d'un raid aérien, nous fîmes timidement nos premiers pas hors de nos maisons en ruine, pour entreprendre de reconstruire la citadelle. Une réforme radicale s'imposait. Le Cirque abandonna son antique surnom en même temps que le labyrinthe de couloirs dickensiens et d'escaliers de guingois à Cambridge Circus, entaché de honte, et se fit construire une horrible tour en verre et acier non loin de Victoria, où les fenêtres s'ouvrent au moindre coup de vent, les couloirs empestent le chou rance de la cantine et le nettoyant pour machine à écrire. Il n'y a que les Anglais pour s'imposer des prisons aussi atroces par pénitence. Du jour au lendemain, nous étions officiellement devenus le Service, quoique le nom de « Cirque » soit parfois lâché par erreur, comme *miles* ou *shillings* bien après la conversion au système décimal.

La confiance était détruite car Haydon avait été l'un des nôtres, et non un parvenu revanchard avec un pistolet dans la poche. Il correspondait parfaitement à son autocaricature : espion issu de l'Establishment, qui avait des oncles membres de comités du parti conservateur, et un domaine délabré dans le Norfolk, dont les métayers l'appelaient m'sieur William. Un pur produit des hautes sphères anglaises du pouvoir, dont nous nous étions crus le centre. Et qui nous y avait emprisonnés.

Personnellement, et je m'en vante encore, j'ai réussi le tour de force d'apprendre l'arrestation de Bill vingt-quatre heures après le reste du Cirque. En effet, enfermé dans une cellule médiévale sans fenêtre située derrière des appartements luxueux au Vatican, je dirigeais une équipe de rapporteurs du Cirque, assisté d'un moine aux yeux caves fourni par les services secrets du Vatican, qui auraient encore préféré demander assistance aux Russes qu'à leurs collègues et voisins séculiers à Rome. Nous avions pour mission d'introduire un micro-sonde dans la salle d'audience d'un évêque, mouillé dans un troc d'armes et de drogue avec une de nos colonies agonisantes. Malte, pour ne rien vous cacher.

Monty et ses hommes avaient été spécialement dépêchés sur place. En catimini, nous avions traversé des cachots voûtés et gravi des escaliers souterrains jusqu'à cette position stratégique, afin de percer un petit trou dans le vieux ciment entre les blocs de pierre d'un mur épais d'un mètre. L'orifice ne devait pas dépasser les deux centimètres qui nous permettraient d'insérer la longue paille en plastique conduisant le son de la pièce cible à notre micro, tout en épargnant la maçonnerie vétuste du palais papal. Aujourd'hui nous utiliserions un équipement plus sophistiqué, mais les années soixante-dix marquaient la fin de la préhistoire technologique, et les sondes étaient encore à la mode. En outre, même avec la meilleure volonté du monde, nous n'allions pas dévoiler nos gadgets les plus performants à l'officier de liaison du Vatican, encore moins à un religieux en habit noir qui semblait tout droit sorti de l'Inquisition.

Nous perçâmes, Monty perça, le moine regarda. Il fallait asperger d'eau les mèches brûlantes des perceuses, ainsi que nos visages et nos mains en sueur; étouffer le ronflement des outils avec de la mousse liquide; et faire de fréquents relevés pour vérifier que nous n'avions pas débouché par erreur dans les appartements du saint homme, l'idée étant de stopper la perceuse à un centimètre du bout et d'écouter à travers le papier peint ou l'enduit de plâtre.

Soudain le but fut atteint. Et malheureusement, dépassé. La mèche se retrouva à l'air libre. Un rapide prélèvement par aspiration fournit de minuscules fils de soie exotique. Un silence consterné tomba sur nous. Avions-nous touché le mobilier? Des tentures? Un lit? Ou l'ourlet de la robe d'un innocent prélat? La salle d'audience avait-elle été redécorée depuis notre repérage photographique?

Sur quoi, rompant l'angoisse par un murmure horrifié, notre moine se souvint fort à propos que le bon évêque collectionnait les broderies précieuses. Les effilochures que nous avions sous les yeux ne provenaient pas d'un sofa ou de rideaux, ni des atours d'un prêtre, mais d'une tapisserie des Gobelins. S'excusant, le moine se débina.

Changement de décor : en la vieille ville de Rye dans le Kent, deux demoiselles Quayle s'étaient établies comme restauratrices de tapisserie; grâce à Dieu — ou, direz-vous, grâce aux lois inébranlables des interconnections dans la société anglaise —, leur frère Henry était un retraité du Service. On contacta ledit Henry, et ses sœurs, tirées du lit, s'envolèrent dans un jet de la RAF pour l'aéroport militaire de Rome, d'où une voiture les conduisit prestement jusqu'à nous. Monty se rendit calmement sur le devant du bâtiment, et lança une bombe fumigène qui débarrassa le Vatican de la moitié de ses occupants, laissant ainsi à notre équipe augmentée quatre heures de sursis dans notre pièce cible. En milieu d'après-midi, le Gobelin était correctement rafistolé, et notre micro-sonde bien en place.

Nouveau changement de décor : dans une salle aux portes gardées par des Suisses farouches, nos hôtes du Vatican donnent un luxueux dîner en notre honneur. Monty, une serviette blanche autour du cou, sauce son assiette de cannellonis avec un bout de pain, en contant à ses deux voisines, les discrètes demoiselles Quayle, les derniers succès de sa fille dans son école d'équitation.

— Vous l'ignorez sans doute, Rosie (il n'y aurait aucune raison que vous le sachiez), mais ma Beckie a une meilleure tenue de mains que toutes les filles de son âge à South Croydon.

Soudain il s'arrête net, à la lecture de la note que je lui fais passer, apportée par un messager de notre antenne à Rome : « *Bill Haydon, directeur des opérations clandestines du Cirque, vient d'avouer être un espion du Centre Moscou.* »

Je me demande parfois si le plus grand crime de Bill ne fut pas d'avoir irrémédiablement gâché les bons moments que nous avions vécus ensemble.

Je retournai à Londres, pour apprendre que quand il y aurait quelque chose à apprendre, on me l'apprendrait. Quelques jours plus tard, Personnel m'informa que j'avais été classé « couleur muraille », jargon du Cirque pour « à n'envoyer nulle part en dehors des pays amis ». C'était comme si on m'avait annoncé que je passerais le reste de ma vie dans un fauteuil roulant. Je n'avais rien fait de mal, je n'étais pas en disgrâce, bien au contraire. Mais dans notre métier, la couverture est une vertu, et la mienne était grillée.

Je libérai mon bureau et m'octroyai la fin de la journée pour une virée à la campagne. Je ne me rappelle plus le trajet en voiture, mais j'ai le souvenir d'une promenade à pied dans les Sussex Downs, sur les douces collines crayeuses au sommet de falaises de plus de cent cinquante mètres.

Il me fallut attendre le verdict un mois.

— Je suis désolé, mais vous repartez chez les émigrés, fit Personnel avec son mépris habituel. Et c'est encore l'Allemagne. Enfin, les primes sont coquettes, et on peut skier si on monte assez haut.

6

Minuit approchait, mais l'entrain de Smiley allait croissant à chacune de ses remarques sacrilèges. Il me faisait penser à un père Noël facétieux qui distribuerait des tracts séditieux avec ses cadeaux.

— Parfois, je me dis que le plus minable dans la guerre froide, c'est que nous en étions même arrivés à gober notre propagande, dit-il avec un sourire indulgent. Loin de moi l'idée d'être dogmatique, car en fait, ce n'est pas un phénomène nouveau dans notre histoire. Cela dit, pendant la guerre froide, nos ennemis mentaient pour dissimuler la pourriture de leur système, alors que nous, c'était pour camoufler nos vertus, même à nos yeux. Nous occultions ce qui précisément légitimait notre cause : le respect de l'individu, l'amour de la différence et de la discussion, la certitude qu'on ne gouverne bien qu'avec l'accord des gouvernés, la capacité à comprendre le point de vue d'autrui... surtout dans les pays que nous avions saignés à blanc pour servir nos intérêts personnels. Au nom de notre prétendue droiture idéologique, nous avons sacrifié notre compassion à l'autel de l'indifférence. Nous avons protégé les forts contre les faibles, et peaufiné l'art du mensonge officiel. Nous nous sommes fait des ennemis de réformateurs honnêtes, et des amis d'ignobles potentats. Nous n'avons même pas pris la peine de nous demander jusqu'à quand cette politique nous permettrait de défendre notre société sans la rendre indigne d'être défendue.

Il me jeta de nouveau un coup d'œil.

— Rien d'étonnant à ce que nous ayons ouvert la porte à tous les escrocs et charlatans de la clique anticommuniste, n'est-ce pas, Ned ? Nous avons eu les méchants que nous méritions. Ned le sait bien, vous pouvez lui demander.

Sur quoi Smiley éclata de rire, pour la joie de tous. Après un moment d'hésitation, je l'imitai, et promis à mes étudiants de leur raconter mon histoire un jour.

Peut-être avez-vous vu le *show* (comme on dit aux États-Unis). Peut-être avez-vous assisté parmi un public enthousiaste à l'une de leurs prestations sensationnelles, au cours de leur interminable tournée dans le Midwest américain. Ils écumèrent le circuit des conférences, poignées de main à foison, déjeuners à cent dollars, poulet caoutchouteux, le tout à guichet fermé. Nous l'avions baptisé le show Teodor-Latzi. Teodor était le prénom du Professeur.

Peut-être, comme moi, vous êtes-vous levé pour acclamer à leur entrée en scène nos deux héros, le Professeur, superbe et altier dans un des coûteux complets achetés à cette occasion, et le petit Latzi, son faire-valoir joufflu aux yeux caves débordant d'idéalisme. Les ovations avant et après leur discours, rien n'était trop beau pour rendre hommage à ces « remarquables Américano-Hongrois qui à eux seuls se sont ouvert une brèche dans le Rideau de fer ». Je cite le *Tulsa Herald*.

Peut-être votre Américaine de fille a-t-elle revêtu un seyant costume de paysanne hongroise, et piqué des fleurs dans sa chevelure pour la circonstance —

ça s'est vu. Peut-être avez-vous fait un don à la Ligue de Libération, boîte postale numéro tant, Wilmington. Ou bien avez-vous lu un article du *Reader's Digest* sur nos héros dans la salle d'attente de votre dentiste ?

Ou encore, tel Peter Guillam alors en poste à Washington, avez-vous eu l'honneur d'assister à leur première mondiale, orchestrée conjointement par nos Cousins d'Amérique, la police municipale de la capitale et le FBI, dans cette citadelle du puritanisme bien-pensant qu'est le Hay-Adams Hotel, juste en face de la Maison-Blanche. Si c'est le cas, vous deviez avoir une sérieuse réputation de personnage influent. Il fallait être au minimum journaliste ou membre d'un lobby de tout premier plan pour avoir accès à la salle de conférence lambrissée, où, dans un silence respectueux, chaque sous-entendu avait force de loi, et où des hommes dont le blouson cachait mal un holster veillaient de près sur votre confort et votre sécurité. Car qui savait quand le Kremlin se vengerait ? On raisonnait encore ainsi à l'époque.

Ou peut-être avez-vous lu leur livre, confié à une maison d'édition de Madison Avenue tout acquise aux Cousins, et salué par les louanges d'une critique docile, avant d'occuper le bas de la liste des best-sellers dans la catégorie documents deux semaines durant. Quel exploit ! J'espère que vous l'avez lu car, bien que publié sous leurs deux noms, ce livre fut en partie écrit par votre serviteur, même si les Cousins ont préféré au titre que j'avais proposé celui de *Le tueur du Kremlin*. Je vous dirai le mien plus tard.

A son habitude, Personnel s'était trompé. Quiconque a vécu à Hambourg sait que Munich n'a rien d'allemand. C'est un pays à part. Je n'ai jamais vu le moindre rapport entre les deux, sauf qu'en matière d'espionnage Munich, comme Hambourg, était une capitale européenne méconnue. Même Berlin ne faisait pas le poids, comparée à l'importance visible de l'invisible communauté munichoise. La plus vaste et la plus perverse de nos organisations, baptisée Pullach, du nom de son siège, avait été établie trop tôt après 1945 par les Américains. Elle regroupait d'horribles ex-officiers nazis sous les ordres d'un ancien général du Renseignement militaire de Hitler, qui avaient pour mission de courtiser les autres vieux nazis d'Allemagne de l'Est et, par pots-de-vin, chantage ou appel au sentiment de camaraderie, d'en faire les instruments de l'Ouest. Il ne vint apparemment jamais à l'idée des Américains que les Allemands de l'Est puissent être en train de faire la même chose dans l'autre sens, en plus grand et en mieux.

Le Service allemand siégeait donc à Pullach, en compagnie des Américains, qui d'abord le poussaient à aller de l'avant, puis mollissaient, et le poussaient à faire marche arrière. Et où siégeaient les Américains, siégeait le reste du monde. De temps à autre éclataient d'affreux scandales, quand l'un de ces clowns oubliait pour quel côté il travaillait, faisait des aveux larmoyants autant qu'avinés, descendait sa maîtresse ou son amant, se suicidait, ou émergeait ivre de l'autre côté du Rideau en jurant fidélité à quiconque n'y avait pas encore eu droit. Je n'ai jamais vu de ma vie un tel merdier dans l'espionnage.

Après Pullach vinrent les briseurs de code et les esthètes de la sécurité, puis Radio-Liberté, Radio-Europe-Libre et Radio-Partout-Ailleurs-Libre, et fatalement, puisque c'est chez eux que se recrutaient les membres de ces organismes, les conspirateurs émigrés, qui commençaient à se croire poursuivis par la guigne sans oser le dire. Leur communauté passait le plus clair de son temps à discuter de futilités : qui deviendrait Maître du Destrier Royal après la restauration de la monarchie, qui obtiendrait le Grand Ordre de Saint-Pierre et du Hérisson, qui occuperait le palais d'été du grand-duc une fois toute la basse-cour des communistes chassée des salons, ou qui récupérerait le trésor coulé au fond du Schmilblickzee, oubliant que l'usine hydro-électrique construite sur le site par les usurpateurs bolcheviques avait fini par assécher ledit lac trente ans plus tôt.

Pour couronner le tout, Munich était le creuset des aspirations pangermaniques les plus échevelées, dont les tenants considéraient même les frontières de 1939 comme un simple prélude à « l'indispensable expansion » allemande. Prussiens de l'Est, Saxons, Poméraniens, Silésiens, Baltes et Allemands des Sudètes protestaient en chœur contre la terrible injustice dont ils étaient victimes, et palpaient en dédommagement de grosses enveloppes accordées par Bonn. Certains soirs, comme j'allais retrouver Mabel par les rues où la bière coulait à flots, je m'imaginais les entendre scander leurs hymnes patriotiques en défilant derrière le fantôme de Hitler.

Sévissent-ils toujours au moment où j'écris ? J'en ai bien peur, et ils doivent avoir l'air moins déments qu'à l'époque où mon travail consistait à frayer avec eux. Smiley, sans lequel je n'y aurais jamais pensé, me cita un jour Horace Walpole : ce monde est une comédie pour les hommes de tête, une tragédie pour les hommes de cœur. Eh bien, pour la comédie, Munich a ses Bavarois. Et pour la tragédie, son passé.

Presque vingt ans après, j'ai toujours une vision incomplète des antécédents politiques du Professeur. Je croyais alors les comprendre, non sans raisons, car mes soirées avec lui se passaient en général à l'écouter psalmodier l'histoire hongroise de l'entre-deux-guerres. D'ailleurs, je suis sûr qu'on a retranscrit ces séances dans le livre, et qu'elles occupent au moins un chapitre. Si seulement, je pouvais mettre la main sur un exemplaire.

L'ennui, c'est que le Professeur évoquait plus volontiers le passé de la Hongrie que son présent, une vie de réajustements perpétuels lui ayant peut-être enseigné la sagesse de restreindre son intérêt à l'histoire révolue. Si je me rappelle bien, il y avait les légitimistes, qui soutenaient le roi Charles. A son brusque retour en Hongrie en 1921, les Alliés avaient été consternés, et lui avaient ordonné vertement de quitter la scène. Le Professeur n'avait sûrement pas plus de cinq ans lors de l'émouvant incident, mais il en parlait la larme à l'œil, et quelque chose en lui portait encore l'empreinte de cet intermède monarchique. Quand il mentionnait le Traité de Trianon, sa fureur contenue faisait trembler son verre de vin dans sa fine main blanche.

— C'était un *diktat*, Herr Ned... Que vous les vainqueurs nous avez imposé ! s'insurgeait-il dignement. Vous nous avez volé les deux tiers du territoire de la couronne pour les donner à la Tchécoslovaquie, la Roumanie et la Yougoslavie ! A la racaille, monsieur Ned ! Alors que nous autres Hongrois étions des gens cultivés ! Pourquoi nous avez-vous fait ça ? Pour quelle raison ?

Je ne pouvais guère que présenter mes excuses pour la mauvaise conduite de mon pays, et la destruction de l'économie hongroise par la Société des Nations en 1931. Je n'ai jamais vraiment compris comment elle en était arrivée à cet acte irréfléchi, mais je me souviens que cela avait un rapport avec le marché du blé, et la politique de déflation rigoureusement orthodoxe de la SDN.

Quand nous abordions des sujets plus contemporains, le Professeur se montrait étrangement réticent à livrer son opinion.

– C'est encore une catastrophe, se bornait-il à dire. Tout ça à cause de Trianon et des Juifs.

Les derniers rayons filtrant à travers la fenêtre du jardin nimbaient la toison blanche de Teodor. Il avait la majesté d'un lion, croyez-moi. Il évoquait un maestro génial, avec son large front socratique, ses mèches folles, ses mains ciselées, et cette inclinaison de la tête propre aux grands penseurs. Une apparence aussi vénérable ne pouvait cacher un être superficiel, même si parfois ses yeux intelligents semblaient un peu trop petits par rapport aux orbites, ou jetaient un regard en coin, comme le client dans un restaurant qui voit passer un mets plus alléchant que le sien.

Mais c'était vraiment un type bien, un type formidable, et notre *Joe* depuis quinze ans. Un homme de haute stature a forcément de l'autorité ; s'il a une belle voix, sa parole est d'or ; s'il ressemble à Schiller, c'est qu'il pense comme lui ; et son sourire discret et spirituel prouve que l'homme l'est aussi. L'habit fait le moine.

Pourtant, il me semble aujourd'hui que Dieu prend de temps à autre un malin plaisir à glisser dans un corps une âme inadéquate. Les plus vulnérables se font démasquer, les autres s'enflent jusqu'à correspondre à leur apparence ; certains, enfin, se drapent dans leur splendeur divine, acceptant béatement l'honneur qui ne leur est pas dû.

L'histoire opérationnelle du Professeur est courte à raconter. Trop courte car assez banale. Né à Debrecen près de la frontière roumaine, ce fils unique gâté par des parents opportunistes de la petite noblesse hérita leur fortune et leurs relations, phénomène plus fréquent qu'on ne le supposerait dans les pays soi-disant socialistes, même à l'époque. Homme de lettres et poète à ses heures, il contribuait à des revues érudites ; homme à femmes, il avait été marié plusieurs fois. Lui qui portait sa veste comme une cape, sans enfiler les manches, pouvait largement se permettre toutes ces fantaisies, grâce à ses privilèges et ses rentes confortables.

A Budapest, où il enseignait la philosophie avec nonchalance, se forma parmi ses étudiants un petit groupe de disciples qui prêtaient à ses paroles une virulence exagérée. Sans avoir l'étoffe d'un grand orateur, car il laissait la rhétorique à la racaille, il répondit néanmoins à leur attente : sa réaction de conciliateur-né lorsqu'il remarqua leur passion fut de lui donner une voix, aussi modérée fût-elle en réalité, qu'ils respectaient autant que ses belles manières héritées d'un ordre meilleur et plus ancien. Vaniteux de nature, et d'un âge où l'adulation de la jeunesse fait chaud au cœur, il se laissa porter par le courant contre-révolutionnaire. Quand les chars soviétiques revinrent encercler Budapest en ce terrible soir du 3 novembre 1956, il n'eut d'autre choix que de fuir pour survivre, et se jeta tout droit dans les bras du Renseignement anglais.

Dès son arrivée à Vienne, le Professeur téléphona à un ami hongrois d'Oxford en lui réclamant avec son autorité habituelle argent, recommandations et lettres de créance. Ledit ami se trouvait être également un ami du Cirque, où le recrutement battait alors son plein.

Quelques mois plus tard, après une cour rapide, sans approche détournée ni jeu de cache-cache, le Professeur émargeait chez nous ; une fois l'offre faite, il l'avait acceptée comme allant de soi. En l'espace d'un an, grâce à la générosité des Américains, le Professeur Teodor était doté d'une voiture et installé à Munich dans une maison confortable près de la rivière, avec Helena, épouse dévouée mais névrosée qui (au grand dam du Professeur, suspectait-on) s'était échappée avec lui. Depuis lors, pour une durée exceptionnelle, il avait joué à contre-emploi les fers de lance de notre offensive hongroise, sans même que Haydon le fasse tomber.

Il travaillait pour Radio-Europe-Libre, comme « patricien exilé » spécialiste de l'histoire et de la culture hongroises, couverture qui convenait parfaitement à sa nature. En outre, il donnait parfois des conférences, et des cours particuliers, notamment à des jeunes filles. Son activité clandestine, très lucrative grâce aux Américains, consistait à entretenir ses relations avec les amis ou anciens étudiants restés au pays, leur servir de phare et de point de ralliement, et, sous notre supervision, les rassembler en réseau opérationnel. A ma connaissance, rien n'était sorti de cette opération visionnaire, sans doute plus valable sur le papier que sur le terrain. Mais elle dura, et dura encore, pendant cinq ans, dix ans, et finalement, quand j'héritai le dossier du grand homme, elle avait duré quinze ans, fait exceptionnel. Il en va ainsi de certaines opérations, pour lesquelles l'attentisme a du bon. Elles ne sont ni chères, ni efficaces, ni scandaleuses, n'aboutissent pas plus que le climat d'impasse politique dans lequel elles s'épanouissent, et, à l'audit annuel, sont régulièrement prorogées sans recours au vote, jusqu'à ce que leur longévité justifie leur existence.

Je me garderai bien d'affirmer que le Professeur ne fit rien pour nous durant toutes ces années, car ce serait injuste en soi, mais aussi offensant à l'égard de Toby Esterhase, lui-même d'origine hongroise. « Après la Chute », Toby avait été réintégré comme superviseur du bureau dont dépendait le Professeur. Il avait payé cher son soutien aveugle à Haydon, et quand on lui confia le bureau hongrois (poste des moins excitants parmi ceux du département Rideau de fer), il fit du Professeur son atout majeur dans son programme de réhabilitation personnelle.

— A mon avis, Ned, Teodor est notre grande star, m'avait-il assuré avant que je quitte Londres, au cours d'un déjeuner qu'il faillit payer. Vieille école, discrétion totale, beaucoup d'expérience, fidèle comme un chien... C'est vraiment notre champion.

La plus étonnante des réussites du Professeur était sans conteste d'avoir échappé au couperet de Haydon — soit par chance, soit, n'ayons pas peur des mots, parce qu'il n'avait jamais fourni de renseignements suffisants pour mériter l'intérêt d'un traître fort occupé. En effet, lors de ma préparation pour mon nouveau poste (mon prédécesseur avait été foudroyé par une attaque pendant une permission à Ibiza), je fus bien obligé de constater que si le dossier personnel de Teodor remplissait plusieurs volumes, celui concernant sa productivité était particulièrement mince. Cela pouvait s'expliquer en partie par l'objectif principal de sa mission, repérer les talents plutôt que les exploiter, mais aussi par le fait que les rares sources ainsi attirées dans nos rets pendant sa longue carrière étaient encore relativement improductives.

— La Hongrie est une cible excessivement difficile, Ned! m'assura Toby quand je lui fis diplomatiquement part de ces observations. C'est un pays trop transparent, et du coup on récupère des tas de renseignements qu'on a déjà. Quand on ne décroche pas le scoop du siècle, ce sont des informations éculées, alors quel intérêt? En revanche, ce que Teodor fournit aux Américains, c'est fantastique.

— Oui, d'ailleurs, qu'est-ce qu'il fait pour eux? demandai-je, car c'était là le fond du problème. A part conquérir les cœurs et les esprits à la radio, et écrire des articles que personne ne lit?

— Désolé, mon vieux Ned, sourit Toby avec un petit air supérieur. J'ai bien peur que ce ne soit confidentiel. Et tu n'es pas sur la liste ce coup-ci.

Quelques jours plus tard, comme l'exigeait le protocole, je passai à Grosvenor Square faire mes adieux à Russell Sheriton, le chef de l'antenne londonienne des Cousins, également responsable de toutes leurs opérations en Europe de l'Ouest. J'attendis mon heure, et lançai le nom de Teodor.

— Ah ça, c'est à Munich qu'il faut en parler, Ned, répliqua vivement Sheriton. Tu me connais, je marche jamais sur les plates-bandes des autres.

— Mais est-ce qu'il vous sert à quelque chose? C'est tout ce que je veux savoir. Un *Joe*, ça n'a qu'un temps. Alors quinze ans, tu te rends compte?

— Pour ne rien te cacher, Ned, on pensait que c'était à vous qu'il servait le plus. A entendre Toby, Teodor porte le monde libre sur ses épaules.

Non, pensai-je. A entendre Toby, Teodor porte Toby sur ses épaules. Mais je ne voulus pas être cynique. Dans l'espionnage, comme souvent dans la vie, il est plus facile de dire non que oui. J'arrivai à Munich prêt à voir en Teodor la star que Toby m'avait décrite. Tout ce que je voulais, c'était une confirmation.

Ce fut le cas. Au départ. Il était grandiose. Je croyais que mon mariage avec Mabel m'avait guéri de tels élans d'enthousiasme; c'était vrai, jusqu'au soir où Teodor m'ouvrit la porte. Je fus persuadé que je rencontrais là une de ces reliques parfaitement conservées de l'histoire de l'Europe centrale. Je ne pouvais guère que m'aplatir devant lui comme ses autres disciples, et boire ses sages paroles. Voilà à quoi sert le Service! pensai-je. Un homme comme ça vaut le coup d'être sauvé pour lui-même! Quelle culture! Quelle étoffe! Toutes ces années de bons et loyaux services!

Il me fit l'accueil chaleureux mais quelque peu distant qui seyait à son âge et son rang. Puis, m'ayant offert un verre d'excellent tokay, il m'en expliqua la provenance avec force détails. J'avouai ma méconnaissance des vins hongrois, me déclarant désireux d'en savoir davantage. Il parla de musique, sujet sur lequel je suis également d'une ignorance pitoyable, et joua quelques mesures sur son violon chéri, fabriqué par un luthier encore plus émérite que Stradivarius, dont j'ai depuis oublié le nom. Le Professeur avait apporté l'instrument de Hongrie, et je considérai comme un immense privilège d'être l'officier traitant d'un agent qui s'était enfui avec son violon. Il parla ensuite de théâtre : une compagnie hongroise en tournée à Munich jouait *Othello* dans une mise en scène remarquable, et quoique Mabel et moi ne l'ayons pas encore vue, je fus enchanté de la critique qu'il en fit. Il portait une *Hausjacke*, un pantalon noir et une paire de bottes impeccablement cirées. Nous parlâmes de Dieu et du monde en dégustant le meilleur goulasch que j'aie jamais mangé, servi par Helena la névrosée, qui se retira en murmurant des excuses. Cette femme de haute stature avait dû être très belle, mais avait à l'évidence choisi de montrer qu'elle se laissait aller. Le repas se termina par une Palinka aux abricots.

— Herr Ned, si vous permettez que je vous appelle ainsi, je souhaiterais aborder avec vous, dès le début de nos relations professionnelles, un problème qui me pèse.

— Mais je vous en prie, fis-je bon prince.

— Malheureusement, votre prédécesseur... un homme très bien, évidemment...

Il s'interrompit, répugnant visiblement à dire du mal d'un homme décédé depuis peu, puis reprit :

— ... un homme cultivé comme vous...

— Poursuivez, insistai-je.

— Voilà, c'est au sujet de mon passeport britannique.

— J'ignorais que vous en aviez un !

— Justement, je n'en ai pas. Je comprends qu'il y ait des problèmes, c'est toujours comme ça la bureaucratie. C'est la plus perverse des institutions humaines, Herr Ned. Elle met les bons à rien au premier rang, et rabaisse les meilleurs. Je conçois qu'un exilé hongrois travaillant à Munich pour une organisation américaine ne soit guère en position de solliciter la citoyenneté britannique. Cela dit, vu mes longues années de collaboration avec votre Service, ce passeport me revient de droit. Un document temporaire ne peut décemment pas faire l'affaire.

— Mais je croyais que les Américains allaient vous donner un passeport ! C'était bien ça le marché au départ ? Ils devaient se charger de votre citoyenneté et de votre installation, non ? Ça comprend un passeport, forcément. C'est obligé !

J'étais outré qu'un homme nous ayant donné tant d'années de sa vie se soit vu refuser cette petite faveur. Mais le Professeur avait acquis une vision plus philosophique.

— Les Américains sont un peuple jeune, Herr Ned, un peuple de mercenaires. Comme ils ont pris le meilleur de moi-même, ils ne peuvent plus voir en moi un homme d'avenir. A leurs yeux, j'ai déjà ma place au dépotoir de la vétusté.

— Mais ils ne vous ont rien promis « en considération de services satisfaisants » ? Je suis sûr que si !

Il fit un geste que je n'oublierai jamais : il leva les mains comme s'il soulevait un énorme rocher, et les laissa lourdement retomber sur la table avec son fardeau imaginaire. Je me rappelle son regard indigné après cet effort, qui m'accusait en silence. Voilà ce que j'en pense de vos promesses, semblait-il dire. Les vôtres et celles des Américains.

— Obtenez-moi ce passeport, Herr Ned.

En bon officier traitant soucieux de faire de son mieux pour son *Joe*, je m'attaquai au problème. Connaissant Toby depuis longtemps, je décidai d'adopter dès le départ un ton officiel afin d'éviter les demi-promesses et les vagues assurances. Je l'informai de la requête de Teodor et lui demandai conseil. Après tout, c'était mon officier supérieur, mon lien avec Londres. Si vraiment les Américains essayaient de se défiler après avoir promis la citoyenneté au Professeur, le problème devait être traité à Londres ou Washington, mais pas à Munich, insistai-je. Et si, pour des raisons de moi inconnues, on retenait finalement la solution du passeport britannique, on ne pourrait pas se passer non plus de l'adhésion active du Cinquième Étage. L'époque était révolue où le ministère de l'Intérieur dispensait la citoyenneté britannique à tous les Pierre, Paul ou Teodor, anciens membres du Cirque. La Chute y avait mis un terme.

Je n'envoyai pas ma requête par radio mais par la valise, ce qui, dans le folklore du Cirque, accentue le côté officiel. Je fis suivre cette première lettre véhémente d'un rappel deux semaines plus tard. Quand le Professeur me demanda des nouvelles, je restai prudemment sur ma réserve, l'assurant que la machine était en route, mais que Londres n'aimait pas être bousculé. Ce qui ne m'empêchait pas de me demander pourquoi Toby mettait si longtemps à répondre.

Entre-temps, j'essayais lors de mes entrevues avec Teodor de découvrir ce qu'il faisait précisément pour mériter son statut de star au firmament sous-peuplé de Toby, enquête que ne facilitait pas la susceptibilité du Professeur. Croyant d'abord qu'il s'abstenait de coopérer le temps que soit réglée la question du passeport, je compris peu à peu que c'était là son attitude normale à l'évocation de son travail clandestin.

Parmi ses activités de routine, il devait louer un petit studio dans le quartier de Schwabing, qu'il utilisait comme adresse postale sûre pour certains de ses contacts hongrois, et où je le persuadai de m'emmener. Quand il ouvrit la porte, une douzaine d'enveloppes jonchaient le sol, portant toutes un timbre hongrois.

— Mon Dieu ! Quand êtes-vous venu pour la dernière fois, Professeur ? demandai-je alors qu'il se baissait péniblement pour les ramasser, et haussait les épaules avec désinvolture. Vous en recevez combien par semaine, normalement ?

Je lui pris le paquet des mains pour étudier les cachets de la poste : le plus ancien remontait à trois semaines, le plus récent à une. Nous passâmes dans le minuscule salon tout poussiéreux. Teodor s'installa au bureau avec un soupir, ouvrit un tiroir et sortit d'un compartiment caché deux flacons de produits chimiques et un pinceau. Il examina la première enveloppe l'air maussade, et la décacheta d'un coup de canif.

— De qui est-elle ? m'enquis-je avec une curiosité qu'il sembla trouver déplacée.

— De Pali, fit-il lugubre.

— Pali du ministère de l'Agriculture ?

— Pali de Debrecen. Il voyageait en Roumanie.

— Pourquoi ? Pour la conférence sur les armes chimiques ? Ça ce serait un scoop !

— On verra... Sans doute une conférence universitaire. Son domaine, c'est la cybernétique, mais il n'est pas très fort.

Je le regardai tremper le pinceau dans le premier flacon et badigeonner le verso de la lettre manuscrite, puis le rincer avant d'appliquer le second produit. Il semblait s'employer à montrer son mépris pour des tâches aussi serviles. Il répéta l'opération à chaque lettre, avec quelques variantes : parfois il dépliait l'enveloppe pour en traiter l'intérieur, ou barbouillait entre les lignes de l'écriture visible. Avec la même lenteur, il s'installa devant une Remington, et tapa d'un doigt paresseux la traduction des messages ainsi révélés : prévision d'un déficit de minerai et d'énergie dans les industries nouvelles... quotas de bauxite pour les mines des monts Bakony... faible contenu en métal du minerai de fer récemment extrait dans la région de Miskolc... estimation du rendement des récoltes de maïs et de betterave à sucre dans la région de X... rumeurs de plan quinquennal pour dynamiser le réseau ferroviaire d'État... actes d'hostilité contre des cadres du parti à Sopron... J'entendais déjà bâiller les analystes du Troisième Étage à l'étude de rapports si ennuyeux. Je me rappelai le petit couplet de Toby sur les renseignements de tout premier choix auxquels s'intéressait exclusivement Teodor. Si c'était ça le premier choix... Patience, me dis-je. Il ne faut pas brusquer les grands agents.

Le lendemain, je recevais réponse à ma lettre au sujet du passeport. Toby disait le problème dû aux nombreux changements survenus dans la section hongroise des Cousins ces dernières années. On s'efforçait actuellement, affirmait-il (employant un pronom impersonnel suspect), d'établir les termes exacts de toute promesse faite par nous ou les Américains. En attendant, je devais éviter d'en discuter avec Teodor, ajoutait-il, comme si c'était moi, et non le Professeur, qui faisais des vagues.

Le problème n'était toujours pas résolu trois semaines plus tard, quand je déjeunai au Cosmo avec Milton Wagner, mon homologue américain, un vieux routier qui terminait sa carrière en tant que chef des opérations de l'Est à Munich. Le Cosmo était un restaurant comme les Américains savent en implanter partout, avec des pommes de terre au four, des sauces cocktail à l'ail, et des club-sandwiches empalés sur des aiguilles à tricoter en plastique.

— Ça se passe bien entre toi et ton éminent universitaire ? demanda-t-il avec son accent traînant du Sud, une fois les autres questions traitées.

— A merveille.

— Il y a un ou deux gars chez nous qui ont l'air de croire que Teodor s'est offert la belle vie aux frais de la princesse.

Cette fois, je ne répondis pas.

— On a passé une rétrospective de ses émissions, au pays. Ça ne sent pas bon, Ned, pas bon du tout. Certains des trucs style « les Hongrois parlent aux Hongrois » qu'il a faits, il les a pompés. On a retrouvé un passage repiqué mot pour mot sur un article publié dans *Der Monat* en 48. L'auteur original a reconnu son texte dès qu'il l'a entendu à la radio. Il a vu rouge.

Il se servit une copieuse giclée de ketchup et poursuivit :

— On va le convoquer d'un jour à l'autre pour une petite discussion entre quatre-z-yeux.

— Bah, il est sans doute dans une mauvaise passe !

— Quinze ans, ça fait long pour une mauvaise passe, Ned.

— Il sait que vous êtes en train d'enquêter sur lui ?

— Des rumeurs ? A Radio-Europe-Libre, Ned ? Chez les Hongrois ? Tu plaisantes !

— Mais pourquoi personne n'a prévenu Londres ? Pourquoi ne l'as-tu pas fait ? demandai-je, incapable de contenir mon angoisse plus longtemps.

— Qu'est-ce que tu crois, Ned ? On vous a avertis, mais c'est tombé dans l'oreille de pas mal de sourds.

C'est une mauvaise période pour vous, les gars. On est payés pour le savoir.

Je percevais enfin l'impact énorme de ses révélations. Si le Professeur trichait pour ses émissions, qui sait jusqu'où la tricherie pouvait aller?

— Milt, je peux te poser une question idiote?

— Je t'en prie, Ned.

— Est-ce que Teodor a jamais fait du bon boulot pour vous? Durant toute sa carrière? Du travail secret? Top secret, même?

Wagner y réfléchit, résolu à accorder au Professeur le bénéfice du doute.

— On ne peut pas vraiment dire ça, Ned. On a bien pensé l'utiliser comme intermédiaire dans un de nos gros coups, mais on n'aimait pas trop les manières du vieux.

— Je peux te croire?

— Est-ce que je mentirais, Ned?

Exit le travail formidable qu'il est censé faire pour les Américains, pensai-je. Exit les années de bons et loyaux services dont personne n'arrive à se rappeler la nature.

Je transmis aussitôt un message radio à Toby, après avoir passé un moment à rédiger différents brouillons, afin d'éviter que ma colère ne transparaisse. Je ne comprenais que trop bien à présent pourquoi les Américains refusaient son passeport au Professeur, et pourquoi il s'était tourné vers nous. Son fatalisme, son apathie, sa nonchalance s'expliquaient par sa certitude d'être bientôt viré. Je demandai si les informations de Wagner, que je rapportais, étaient connues de la Centrale. Dans la négative, les Cousins n'avaient pas respecté le traité de coopération. A l'inverse, s'ils nous avaient bien prévenus, pourquoi n'en avais-je pas été informé?

Le lendemain matin, j'avais la réponse de Toby,

évasive autant que hautaine. Avec des tournures trop parfaites pour qu'il en soit l'auteur, il expliquait que les Cousins avaient adressé à Londres un « avertissement non circonstancié » : le Professeur risquait de « faire l'objet d'une enquête disciplinaire à une date ultérieure sur ses émissions ». La Centrale (nommément Toby, suspectai-je) « considérait » que la relation du Professeur avec ses employeurs américains ne concernait pas directement le Cirque. Elle avait aussi « accepté l'idée » (qui, sinon Toby, avait pu la lui suggérer?) de pardonner au Professeur, débordé par son intense travail opérationnel, de « légers manquements » à son travail de couverture. S'il fallait lui en trouver un autre, la Centrale « prendrait les mesures nécessaires en temps utile », par exemple le faire engager dans un de ces magazines à notre solde auxquels il contribuait occasionnellement. Mais ce serait pour plus tard. Le Professeur avait déjà eu maille à partir avec ses employeurs, me rappelait Toby, et avait chaque fois surmonté la crise. En effet, une secrétaire s'était plainte de ses avances, et des membres de la communauté hongroise avaient condamné ses déclarations antisémites.

En résumé, Toby me conseillait de me calmer, de ronger mon frein, et, selon son expression favorite, faire comme si de rien n'était. Nous en étions là une semaine et douze heures plus tard, quand le Professeur me téléphona à 22 heures, cita le mot de code d'urgence, et me demanda d'une voix étranglée mais impérieuse de venir chez lui immédiatement, en passant par la porte du jardin.

Je crus d'abord qu'il avait tué quelqu'un, peut-être sa femme. Je n'aurais pas pu être plus loin de la vérité.

Il m'ouvrit la porte du fond et la referma rapidement sur moi. On entendait dans la pénombre le tic-tac d'une horloge à balancier Biedermeier, telle une grosse bombe d'un autre âge. A l'entrée du salon se tenait Helena, les mains sur la bouche comme pour étouffer un cri. Vingt minutes s'étaient écoulées depuis l'appel de Teodor, mais elle semblait encore sur le point de hurler.

L'un des deux sièges disposés devant le feu mourant était vide, sans doute celui du Professeur. Dans l'autre, que je distinguais mal, était assis un homme d'une quarantaine d'années, tout en rondeurs, aux cheveux noirs et soyeux, dont les yeux pétillants semblaient dire : « On est tous amis, pas vrai ? » Il était calé contre le haut dossier du fauteuil à oreillettes, comme dans un avion avant l'atterrissage. Il portait à ses pieds, qui ne touchaient pas le sol, des chaussures visiblement fabriquées en Europe de l'Est : à bout arrondi, en similicuir marbré, aux semelles crantées et usées. Son complet marron pelucheux semblait taillé dans un uniforme militaire. Sur la table devant lui, près d'une jacinthe mauve en pot, s'étalait un déballage d'objets que j'identifiai comme armes d'assassinat silencieux : deux garrots en bois et en corde à piano, un tournevis aussi pointu qu'un stylet, et un calibre 38 Charter Arms Undercover à cinq coups, avec six balles semi blindées et six autres striées, aux rainures remplies d'une poudre compacte.

— C'est du cyanure, expliqua le Professeur en réponse à mon silence perplexe. Une invention diabolique. Il suffit que la balle effleure la victime pour la tuer.

Je me demandai toutefois comment le poison pouvait résister à la chaleur intense du canon.

— Ce monsieur s'appelle Ladislaus Kaldor, poursuivit le Professeur. La police secrète hongroise l'a envoyé pour nous tuer. Mais c'est un ami. Asseyez-vous, Herr Ned, je vous en prie.

Ladislaus Kaldor se leva cérémonieusement pour me serrer la main avec enthousiasme, comme en conclusion d'un marché intéressant.

— Monsieur ! s'écria-t-il joyeusement en anglais. Latzi. Je suis désolé, monsieur. Vous pas de problèmes vous inquiéter. Tout le monde appelle moi Latzi. Herr Doktor. Mon ami. Asseyez-vous, s'il vous plaît. Oui.

Je me rappelle que l'arôme de la jacinthe s'accordait parfaitement à son sourire. Je m'aperçus peu à peu que je n'éprouvais aucun sentiment de danger. Certaines personnes vous l'inspirent en permanence, d'autres seulement si elles sont en colère ou menacées. Mais mon intuition du moment me dit qu'il y avait simplement chez Latzi un intense désir de plaire. C'est peut-être là tout ce qui fait un bon tueur professionnel.

Je ne m'assis pas. Un tourbillon d'impressions contradictoires se déchaînait dans ma tête, et j'en oubliai ma fatigue. Les tasses à café vides, pensai-je. Les miettes de gâteau sur les assiettes. Qui prendrait du café et un gâteau quand sa vie est menacée ? Latzi s'était rassis avec un sourire de conspirateur. Le Professeur et sa femme scrutaient mon visage, chacun dans un coin de la pièce. Ils se sont disputés, soupçonnai-je ; la crise les a séparés. Un revolver américain, mais pas le barillet de rechange que les pros ont toujours sur eux. Des chaussures d'Europe de l'Est avec des semelles qui laissent une empreinte parfaite sur les tapis ou les parquets polis. Des balles au cyanure dont le poison brûlerait dans le canon.

— Depuis combien de temps est-il là ? demandai-je au Professeur.

— Une heure, peut-être moins, fit-il en haussant les épaules, ce qui m'horripilait.

— Ça fait plus d'une heure, s'interposa Helena.

Son regard indigné était rivé sur moi. Jusqu'à ce soir, elle s'était appliquée à m'ignorer, à passer près de moi comme un fantôme, à exprimer sa désapprobation par un sourire ou une moue, en baissant les yeux. Soudain, elle avait besoin de mon soutien.

— Il a sonné à 20 h 45 précises, affirma-t-elle. J'écoutais la radio, et c'était le début d'une émission.

— Vous parlez allemand? dis-je à Latzi.

— *Jawohl*, Herr Doktor!

— Quelle émission? demandai-je à Helena.

— C'était sur la BBC World Service.

J'allai allumer la radio. Une voix flûtée et asexuée d'universitaire oxfordien radotait sur Keats. Merci, la BBC. J'éteignis le poste.

— Il a sonné, et qui est allé ouvrir?

— Moi, dit le Professeur.

— Lui, fit Helena en écho.

— S'il vous plaît, commenta Latzi.

— Et alors?

— Il se tenait sur le seuil, en manteau, expliqua le Professeur.

— En imperméable, corrigea Helena.

— Il a demandé si j'étais le Professeur Teodor, j'ai confirmé. Il m'a donné son nom, et il a dit : « Excusez-moi, Professeur, je suis venu vous tuer avec un garrot ou une balle au cyanure, mais je n'en ai pas envie. Je suis votre disciple et votre admirateur. Je veux me rendre à vous et passer à l'Ouest. »

— Il vous parlait en hongrois?

— Évidemment.

— Et vous l'avez fait entrer?

— Évidemment.

— Non! rectifia Helena, qui, n'ayant jamais contredit son mari en ma présence, venait de le faire pour la troisième fois en deux minutes. D'abord Teodor m'appelle. Il me dit : « Helena, nous avons un invité. » Je réponds : « Très bien. » Il fait entrer

Latzi, je prends son imperméable, je l'accroche dans l'entrée, et je vais faire du café. C'est comme ça que ça s'est passé.

— Et du gâteau, ajoutai-je. Vous avez fait un gâteau.

— Non, il était déjà prêt.

— Vous avez eu peur ? demandai-je, car la peur, comme le danger, manquait au tableau.

— J'étais écœurée, choquée... Maintenant j'ai peur, oui, très peur. Nous avons tous peur.

— Et vous ? fis-je au Professeur, qui haussa de nouveau les épaules, signifiant par là que j'étais bien le dernier auquel il révélerait ses sentiments. Si vous accompagniez votre épouse dans le bureau ? suggérai-je.

Il faillit protester, mais se ravisa. Ils firent leur sortie, tels deux étrangers bras dessus bras dessous.

Je restai seul avec Latzi, moi debout, lui assis, dans ce silence profond qui enveloppe parfois Munich. Même au repos, son visage affichait un sourire patelin. Ses petits yeux ronds pétillaient toujours, mais je n'y pouvais rien lire. Il hocha la tête en signe d'encouragement, son sourire s'élargit, et il dit « s'il vous plaît » en s'installant plus confortablement dans son siège. Je fis alors le geste bien connu des habitants d'Europe centrale : la main tendue paume en l'air, je frottai mon pouce contre le bout de mon index. Toujours souriant, il sortit de la poche intérieure de sa veste des papiers au nom d'Egon Braubach, né à Passau en 1933, profession : peintre. Or Latzi ressemblait à tout sauf à un artiste bavarois. De plus, ni le passeport, ni le permis de conduire, ni la carte de sécurité sociale ouest-allemands ne me semblaient convaincants. Cela dit, les chaussures non plus.

— Vous êtes arrivé quand en Allemagne ?

— Cet après-midi, Herr Doktor, cet après-midi à 17 heures. S'il vous plaît.

— Vous veniez d'où ?

— De Vienne, s'il vous plaît, de Vienne ! fit-il d'un seul souffle.

A l'entendre, il m'aurait livré la ville s'il avait pu. Avant de poursuivre, il se tortilla sur son siège, l'air obséquieux et gêné.

— J'ai pris le premier train pour Munich ce matin, Herr Doktor.

— A quelle heure ?

— 8 heures, monsieur. Le train de 8 heures.

— Quand êtes-vous entré en Autriche ?

— Hier, Herr Doktor. Il pleuvait. S'il vous plaît.

— Quels papiers avez-vous présentés à la frontière autrichienne ?

— Mon passeport hongrois, Votre Excellence. A Vienne on m'a donné des papiers allemands.

De la sueur perlait sur sa lèvre supérieure. Dans un allemand courant, mais avec un accent typiquement balkanique, il m'expliqua qu'il avait voyagé par le train : Budapest, Györ et Vienne, Herr Doktor. Ses chefs lui avaient donné un poulet froid et une bouteille de vin pour le voyage, avec de très bons cornichons, Votre Honneur, et du paprika. Sourires à nouveau. Une fois à Vienne, il s'était présenté à l'hôtel Altes Kaiserreich près de la gare, où une chambre réservée l'attendait. Une modeste chambre dans un hôtel modeste, Votre Excellence, mais je suis un homme modeste. C'était là, tard le soir, qu'il avait reçu la visite d'un inconnu hongrois, « mais j'ai deviné que c'était un diplomate, Herr Doktor. Il était aussi distingué que vous » ! Ce gentleman lui avait fourni de l'argent, des documents et l'arsenal qui se trouvait sur la table.

— Où logez-vous à Munich ?

— Dans une modeste pension à la périphérie de la ville, Herr Doktor, répondit-il avec un sourire gêné. Plutôt un bordel. Oui, c'est ça, un bordel. On voit tout le temps des hommes entrer et sortir.

Il me donna le nom de l'endroit, et j'eus l'impression qu'il allait me recommander une fille.

— C'est eux qui vous ont dit d'aller là ?

— Pour la discrétion, Herr Doktor... l'anonymat. S'il vous plaît.

— Vous y avez laissé des bagages ?

Il eut un haussement d'épaules pitoyable, bien différent de ceux du Professeur, et répondit :

— Une brosse à dents, quelques vêtements. Juste un sac, monsieur. Quelques modestes affaires.

Parallèlement à son métier de journaliste agricole, m'apprit-il, il avait arrondi ses fins de mois en travaillant pour la police secrète comme informateur, puis, les primes étant meilleures, comme tueur. Il avait ainsi exécuté certains contrats en Hongrie, mais préférait (excusez-le, Excellence) ne pas en parler davantage avant d'être assuré qu'il ne serait pas poursuivi à l'Ouest. Son premier « travail à l'étranger », la liquidation du Professeur, avait choqué son sens des convenances.

— Le Professeur est un grand monsieur, Herr Doktor ! Il a une réputation ! Ce n'est pas un Juif ou un prêtre ! Pourquoi devrais-je tuer cet homme ? Je suis un être humain respectable, Dieu sait ! J'ai mon honneur ! S'il vous plaît !

— Expliquez-moi vos instructions.

Elles étaient simples. On lui avait ordonné de sonner à la porte du Professeur (ce qu'il avait fait), qui serait sûrement chez lui, puisque le mercredi il donnait des cours particuliers jusqu'à 21 heures (c'était en effet le cas). Il devait se présenter comme l'ami d'un certain Pali de Debrecen (il avait pris la liberté de ne pas respecter ce scénario). Une fois dans la place, il était censé tuer le Herr Professor par le moyen le plus approprié, de préférence le garrot, aussi efficace que silencieux, malgré le risque malheureux d'une décollation. Il lui faudrait aussi supprimer Helena, peut-être même en premier selon qui ouvrirait la porte, peu importait. C'était pour ça qu'il avait un second garrot, car on n'est jamais sûr de pouvoir récupérer ce genre d'outil après usage, Herr Doktor, eut-il la bonté de m'expliquer. Il devait ensuite appeler un numéro à Bonn, demander Peter, et dire « Susi va coucher chez des amis ce soir » — Susi étant le nom de code du Professeur pour cette opération, Excellence. Ce message signifiait que l'opération aurait réussi, quoique, en l'occurrence, Herr Doktor, il fallait bien constater son échec, gloussa-t-il.

— Vous deviez téléphoner d'ici ?

— Oui, de cette maison. A Peter. S'il vous plaît. Ces gens sont violents, Herr Doktor. Ils ont menacé ma famille. Je n'ai pas le choix, évidemment. J'ai une fille. Leurs instructions étaient très strictes : « Appelez Peter de chez le Professeur. »

Encore un détail étrange. La police secrète hongroise connaissant le Professeur comme agent occidental, et ce depuis quinze ans, elle aurait dû se méfier de son téléphone.

— Et en cas d'échec ? demandai-je.

— Si le contrat ne peut pas être rempli, parce que le Herr Professeur reçoit des invités, ou est occupé, par exemple, je dois appeler d'une cabine et dire que Susi rentre à la maison.

— Une cabine précise ?

— N'importe laquelle, Herr Doktor. Peter me donnera peut-être de nouvelles instructions. Sinon, je dois retourner immédiatement à Budapest. Ou alors Peter peut dire : « Essayez encore demain », ou : « Essayez dans deux jours. » C'est de lui que dépend la suite des événements.

— Quel est le numéro de Bonn ?

Il le récita.

— Videz vos poches.

Un mouchoir kaki, de mauvaises photos de famille, dont celle d'une demoiselle (sans doute sa fille), trois préservatifs d'Europe de l'Est, un paquet de cigarettes russes entamé, un canif branlant en fer-blanc fabriqué à l'Est, un bout de crayon à papier, neuf cent soixante marks ouest-allemands, de la petite monnaie, le talon retour d'un billet de seconde classe pour le train Vienne-Munich-Vienne. Je n'avais jamais vu un attirail aussi peu convaincant dans les poches d'un agent. Le Service hongrois n'avait donc personne pour s'occuper de ces détails, pas de vérificateurs ? Où avaient-ils la tête, nom de Dieu ?

— Votre imper, dis-je.

Il alla le chercher dans l'entrée, mais les poches étaient vides. Flambant neuf, bien coupé, de fabrication autrichienne, il avait dû lui coûter très cher en devises occidentales.

— Vous l'avez acheté à Vienne ?

— *Jawohl*, Herr Doktor. Il pleuvait à verse, et je n'étais pas protégé.

— Quand ça ?

— S'il vous plaît ?

— Avec quoi ?

— S'il vous plaît ?

Il avait le don de m'énerver très rapidement.

— Vous avez pris le premier train ce matin, d'accord ? Il partait de Vienne avant l'ouverture des magasins, d'accord ? Vous avez reçu vos marks tard hier soir, quand le diplomate hongrois vous a rendu visite. Alors quand avez-vous acheté l'imper, et avec quel argent ? Ou bien, vous l'avez volé ? C'est ça la réponse ?

Il fronça un sourcil réprobateur, puis pardonna d'un petit rire mon manque de savoir-vivre, ouvrant les mains en un geste conciliateur.

— Mais je l'ai acheté hier soir, Herr Doktor, en

arrivant à la gare! Avec mes *Valuten*. Je les avais emportés pour faire du shopping, bien sûr! Je ne suis pas un menteur! S'il vous plaît!

— Vous avez gardé le reçu?

— Le reçu, Herr Doktor? fit-il, avec le hochement de tête du sage qui s'adresse à un novice. Croyez-moi, garder les reçus, c'est s'attirer des questions sur la provenance de votre argent. Un reçu, c'est un espion caché dans votre poche. S'il vous plaît.

Trop de justifications, pensai-je, sans me laisser convaincre par son sourire radieux. Trop de réponses en quelques phrases. Mon intuition me soufflait de ne croire à rien ni personne dans cette histoire. Ce projet d'assassinat truffé de négligences (les papiers peu vraisemblables, le contenu des poches, les chaussures), et surtout son absurdité de base éprouvaient ma crédulité, mais passe encore. J'avais vu assez d'opérations minables dans des pays satellites pour juger normal un tel amateurisme. Le plus gênant, c'était l'attitude artificielle de ces gens en ma présence, l'impression qu'ils me donnaient une version toute personnelle de leur histoire, et que la volonté collective m'avait appelé ici pour remplir une fonction précise sans piper mot.

Néanmoins, j'étais acculé. Faute de temps, je n'avais d'autre choix que de prendre leur boniment pour argent comptant, tel un médecin soupçonnant son patient de jouer au malade imaginaire, mais obligé de le traiter pour ses symptômes. Selon les critères du métier, Latzi était une grosse prise. Ce n'est pas tous les jours qu'un tueur hongrois, aussi incompétent soit-il, offre de passer à l'Ouest. Vu sous cet angle, Latzi se trouvait en danger, car une opération criminelle de cette envergure implique obligatoirement une surveillance parallèle.

En cas de doute, suivre la procédure opérationnelle, recommande le manuel. La maison était-elle sous surveillance ? Sûrement, même si son emplacement rendait l'entreprise difficile (raison pour laquelle nous y avions installé Teodor quinze ans plus tôt). Elle se trouvait en effet au fond d'une impasse, entourée d'arbres feuillus, adossée à la rivière, et l'on accédait au jardinet par un chemin de halage toujours désert. Mais la porte d'entrée était à découvert, et n'importe quel passant aurait pu voir Latzi la franchir.

Je montai au premier observer la rue depuis la fenêtre palière. Les maisons alentour étaient plongées dans le noir. Aucun piéton, aucune voiture suspecte. La mienne était garée dans la rue voisine, près de la rivière. Revenu au salon, je décrochai le téléphone posé sur un rayon de la bibliothèque, et tendis le combiné à Latzi, qui composa le numéro de Bonn. Ses mains efféminées étaient moites. Toujours prévenant, il se rapprocha de moi pour orienter l'écouteur dans ma direction. Il sentait le chien mouillé et le tabac russe. Au bout de quelques sonneries, j'entendis une voix d'homme bougonner en allemand avec un fort accent, sans doute hongrois. Pour quelqu'un qui attend des nouvelles d'un meurtre, pensai-je, tu trompes drôlement bien ton monde.

— Allô, oui ? Qui est à l'appareil ?

D'un signe de tête, j'ordonnai à Latzi de répondre.

— Bonsoir monsieur, je voudrais parler à M. Peter, s'il vous plaît.

— A quel sujet ?

— C'est vous M. Peter, s'il vous plaît ? C'est personnel.

— Qu'est-ce que vous voulez ?

— Je parle bien à Peter ?

— Je m'appelle Peter, oui !

— C'est au sujet de Susi, monsieur Peter... expliqua Latzi en me faisant un petit clin d'œil. Susi ne rentrera pas chez elle ce soir, monsieur Peter. Elle reste coucher chez des amis. De bons amis. On s'occupera bien d'elle. Bonne nuit, monsieur Peter.

Il allait raccrocher, mais je retins sa main assez longtemps pour entendre un grommellement d'incompréhension à l'autre bout de la ligne.

— Il joue bien la comédie, Herr Doktor, remarqua Latzi avec un sourire très satisfait. Un vrai professionnel, à mon avis. Vous croyez aussi que c'est un acteur ?

— Vous avez reconnu la voix ?

— Non, Herr Doktor. Hélas, je ne connais pas cette voix.

J'ouvris brusquement la porte du bureau. Helena était assise sur le sofa réservé aux étudiants, et le Professeur à sa table de travail, les poings serrés. Désirant lui faire part de mon scepticisme, je refermai la porte derrière moi.

— Ce Latzi, comme vous l'appelez, est un criminel. De son propre aveu, il est venu en Allemagne avec des faux papiers pour vous assassiner tous les deux. Au mieux, c'est un imposteur. Dans les deux cas, vous pouvez le livrer à la police ouest-allemande pour en être débarrassés. Vous voulez faire ça, ou vous préférez nous laisser le choix ?

Curieusement, pour la première fois ce soir-là le Professeur parut vraiment inquiet. Peut-être ne s'attendait-il pas à se voir ainsi mis au pied du mur ; peut-être avait-il soudain pris conscience d'avoir frôlé la mort. Quoi qu'il en soit, il me semblait qu'il accordait une importance exagérée à ma question. Helena avait détourné son regard de moi, et l'observait à présent de l'œil critique d'une femme qui réclame des comptes.

— Faites ce que bon vous semble, murmura-t-il.

— Alors il faut suivre mes ordres. Tous les deux.

— Nous sommes prêts à coopérer. Nous... oui,

nous allons coopérer. C'est ce que nous faisons depuis longtemps. Bien trop longtemps.

— La responsabilité en reviendra à mon mari, déclara Helena en réponse à mon coup d'œil interrogateur.

Je n'avais pas le temps de méditer les mystères de cette phrase lourde de sous-entendus.

— Alors rassemblez quelques affaires et retrouvez-moi à la grille du jardin dans cinq minutes.

Latzi avait dû écouter à la porte, car lorsque j'entrai dans le salon il se recula vivement, joignit les mains, et m'adressa un large sourire, en me demandant ce qui me serait agréable, « *gefällig* ».

— Aviez-vous déjà vu le Professeur avant ce soir ?

— Non, monsieur, seulement en photo. C'est quelqu'un qui mérite l'admiration de tous. Un vrai aristocrate.

— Et sa femme ?

— Je la connaissais, monsieur, bien sûr.

— Comment ?

— Avant, elle était l'une des meilleures actrices de Budapest, Herr Doktor.

— Vous l'avez vue sur scène ?

— Non, monsieur, fit-il après une pause.

— Alors où ?

Il me sembla qu'il essayait de lire mes pensées, pour deviner si elle m'avait parlé, et pouvoir orienter ses réponses en conséquence.

— Sur des affiches, Votre Excellence. Quand elle était jeune et célèbre, il y en avait à chaque coin de rue. Tous les jeunes gens étaient fous d'elle, moi le premier.

— Vous l'avez vue ailleurs ?

Il comprit que je ne savais rien, et je compris qu'il l'avait compris.

— Ah, que le temps est cruel avec les femmes, Herr Doktor ! soupira-t-il. Même à quatre-vingts ans, un homme peut encore faire impression, mais une femme...

Je le laissai remballer ses armes, puis en pris possession. En chargeant le revolver avec les balles semi blindées, une idée me vint.

— A mon arrivée, le chargeur était vide et les balles sur la table.

— Exact, Excellence.

— Quand avez-vous sorti les balles du barillet ?

— Avant d'entrer dans la maison. En gage de mes bonnes intentions, évidemment.

— Évidemment.

Comme nous passions dans l'entrée, je glissai le revolver dans la ceinture de mon pantalon.

— Si vous essayez de vous enfuir, je vous tire dans le dos ! menaçai-je.

J'eus la satisfaction de voir ses petits yeux s'affoler. Apparemment, les assassins professionnels n'appréciaient pas le gag de l'arroseur arrosé.

Je lui lançai son imperméable, et jetai un coup d'œil circulaire pour m'assurer qu'il ne restait aucune trace de son passage. Je leur imposai silence à tous les trois et les précédai dans le jardin, pour rejoindre ma voiture par le chemin de halage. Une actrice célèbre, et ce n'est mentionné nulle part dans le dossier ! pensai-je. J'installai les deux époux à l'arrière, et Latzi à mes côtés. J'attendis cinq minutes pour déceler toute éventuelle surveillance. Rien. Je conduisis jusqu'à la route et marquai un second arrêt. Toujours rien. Il était minuit, et la nouvelle lune brillait à présent dans le ciel étoilé. Je fis le tour de la ville, l'œil sur le rétroviseur, et pris l'autoroute vers le sud-ouest jusqu'au Starnbergersee, au bord duquel se trouvait notre maison sûre pour le briefing et le débriefing des *Joes* de passage, férocement gardée par Jeffrey et Arnold, deux reliques chevelues de l'ancienne Section Lampistes de la Station de Londres. Le temps que nous atteignions la porte, Arnold était là, une main dans la poche de son cafetan, l'autre le long du corps, prête à frapper.

— C'est moi, espèce de clown ! dis-je doucement.

Jeffrey conduisit le Professeur et sa femme à leur chambre, tandis qu'Arnold surveillait Latzi dans le salon. Je traversai le jardin jusqu'au hangar à bateaux, où j'utilisai le téléphone sûr pour parler enfin à Toby Esterhase. Il semblait parfaitement calme, comme s'il attendait mon appel.

Toby arriva à Munich par le premier vol en partance de Londres le lendemain matin. Avec son manteau en mouton doré et son chapeau mou en cuir, il ressemblait plus à un imprésario qu'à un espion accablé de soucis.

— Ma parole, Nedike ! s'exclama-t-il, me serrant sur son cœur comme un père prodigue. Tu as l'air très en forme ! Bravo. Rien de tel qu'un peu de pression pour te donner bonne mine. Comment va Mabel, au fait ? Le mariage, ça s'entretient soigneusement, comme les plantes.

Je conduisis lentement, m'efforçant de lui livrer sans m'énerver le fruit de mes longues recherches de la nuit précédente. Je voulais qu'il en sache autant que moi avant d'arriver à la maison du lac.

Je lui expliquai que les Américains et les Allemands de l'Ouest n'avaient aucune trace de Latzi dans leurs archives. Et à en croire Toby, Londres non plus.

— L'histoire de Latzi se résume à une page blanche, Ned ! confirma-t-il en contemplant béatement le paysage qui défilait.

Inconnus aussi son nom de couverture bavarois, et les autres pseudonymes qu'il disait avoir utilisés pendant ses « jobs » en Hongrie, précisai-je à Toby, qui baissa sa vitre pour laisser entrer le doux parfum des champs.

Décidé à ne pas lâcher prise, j'expliquai que le passeport ouest-allemand de Latzi était faux, et faisait partie d'un lot récemment vendu au marché noir par un faussaire minable de Vienne.

— Mais bon sang, qui irait acheter ça? s'indigna Toby, comme nous dépassions deux chevaux palomino broutant dans un paddock. De nos jours avec les passeports, on en a pour son argent, un point c'est tout. Et ce genre de marchandise merdique, tout ce que ça te rapporte, c'est six mois au trou.

Il secoua tristement la tête, comme un homme dont personne n'écoute les avertissements avant qu'il ne soit trop tard. Je persévérai. Le numéro de téléphone à Bonn était celui de l'attaché militaire hongrois, qui avait bien pour prénom Peter, et que nous savions officier du Renseignement hongrois. Je risquai un petit commentaire ironique.

— Ça c'est nouveau, hein, Toby? Un espion qui utilise son vrai nom comme nom de couverture? Après tout, pourquoi on s'emmerde? Tu t'appelles Toby, alors on va garder ça top secret, et à la place on t'appellera Toby. Génial, non?

Mais Toby, résolu à profiter de sa journée en Bavière, ne se laissa pas démonter par mes insinuations.

— Crois-moi, Nedike, ces types de l'armée, c'est des crétins finis. Le Renseignement militaire hongrois, c'est exactement comme la musique militaire hongroise, si tu vois ce que je veux dire. C'est du vent, enfin... des vents.

Je poursuivis mon laïus. Les services de sécurité ouest-allemands, qui avaient le téléphone de l'attaché hongrois sur table d'écoute, allaient m'envoyer au bureau une cassette de la conversation entre Latzi et Peter. Rien de sensationnel apparemment, sauf la confirmation que Peter semblait vraiment surpris par l'appel. Il n'en avait donné ni reçu aucun autre hier soir, déclarai-je. On n'avait pas non plus signalé d'intensification du trafic radio sur le toit de l'ambassade hongroise à Bonn. Peter s'était cependant plaint de harcèlement téléphonique à son domicile auprès du Protocole du ministère des Affaires étrangères ouest-allemand. Ma réticence à voir là une réaction de conspirateur n'était pas partagée par Toby.

— On ne peut pas savoir, Ned, dit-il avec un geste évasif en se renfonçant dans son siège. Si on se croit repéré, c'est pas idiot de faire une protestation officielle pour brouiller la piste, non ?

J'étais résolu à lui raconter la suite. La description par Latzi du « diplomate » de Vienne correspondait à Leo Bakocs, secrétaire commercial et officier du Renseignement hongrois, comme Peter. Notre Cousin Wagner recherchait actuellement une photographie que nous pourrions montrer à Latzi plus tard dans la journée.

Au nom de Bakocs, un sourire nostalgique flotta sur les lèvres de Toby.

— Ils ont fourré Leo dans ce coup-là ? Écoute, ce type est tellement prétentieux qu'il n'espionne que les duchesses. Leo dans un petit hôtel minable ? Et il refilerait des garrots à un tueur qui pue ? fit-il avec un petit rire incrédule. Trouve autre chose, Ned.

— C'est à Latzi de trouver autre chose ! rétorquai-je.

Pour finir, je signalai que j'avais envoyé Jeffrey au bordel munichois payer la note de Latzi et récupérer ses bagages, sans intérêt hormis un jeu de photographies pornos.

— C'est à cause de la pression, Ned, m'expliqua Toby magnanime. Quand on part à l'étranger buter un inconnu, on a besoin d'un peu de compagnie, tu comprends ?

En échange, Toby, lui, n'avait aucun renseignement à me communiquer, confidentiel ou pas. Si, comme je l'avais imaginé, il avait passé la nuit au téléphone, ce n'était sûrement pas pour soutenir mon enquête.

— On va peut-être faire la fête ce soir, lança-t-il. Harry Palfrey, du service juridique, doit venir avec deux gars du Foreign Office. C'est un gars très bien, Harry. Typiquement britannique.

— Quelle branche du Foreign Office? demandai-je abasourdi. Qui ça? Et pourquoi Palfrey?

Mais comme Toby aimait à le dire, les questions ne sont dangereuses que lorsqu'on y répond... A la maison du lac, nous trouvâmes Arnold en train de préparer des œufs au bacon. Le Professeur et Latzi étaient assis à un bout de la table, et Helena à l'autre, qui mangeait en bonne végétarienne une barre de céréales sortie de son sac à main.

Arnold était efflanqué, et avait ses cheveux blonds noués en catogan.

— Ils se sont disputés, Ned, me confia-t-il d'un ton réprobateur tandis que Toby tombait dans les bras du Professeur. Le Prof et sa bourgeoise. Une vraie scène. Je sais pas qui a commencé ou à quel sujet c'était, j'ai pas osé demander.

— Latzi est intervenu?

— Il allait le faire, mais je lui ai dit de la boucler. J'ai jamais pu supporter les lascars qui se mêlent des affaires de ménage.

Avec le recul, nos discussions de ce jour-là m'apparaissent comme un ballet sophistiqué commencé dans notre modeste cuisine pour s'achever à la cour du Tout-Puissant, la salle de conférence pavoisée du consulat général américain, sous l'œil favorable du président Nixon et du vice-président Agnew qui nous souriaient sur le mur.

Je compris bientôt que, loin de s'être tourné les pouces, Toby s'était concocté tout un programme dont il orchestrait les enchaînements avec l'aisance d'un maestro. Dans la cuisine, il écouta d'abord Latzi et le Professeur lui raconter leur version de l'histoire, tandis que Helena grignotait sa barre de céréales. N'ayant jamais vu Toby immergé dans un bain hongrois, je fus stupéfait par sa transformation. Dès la première phrase, il rejeta le corset artificiel de sa réserve anglo-saxonne pour retrouver ses racines, et, le regard brillant, bomba le torse comme sur un cheval de parade.

— D'après eux t'as vraiment été fantastique, Ned ! me lança-t-il au milieu de cette conversation. Un monument d'efficacité, qu'ils disent. Je crois qu'ils vont te recommander pour le Nobel.

— Dis-leur que si c'est un Oscar, j'accepte ! fis-je d'un ton acide, avant de partir me balader au bord du lac pour dissiper ma mauvaise humeur.

A mon retour, Toby et le Professeur, cloîtrés dans le salon, discutaient avec volubilité. La haute estime de Toby pour le Professeur semblait avoir encore augmenté. Latzi et Arnold faisaient la vaisselle en ricanant, sans doute après une blague cochonne de Latzi. Helena était introuvable. Ce fut ensuite à Latzi de s'entretenir en tête à tête avec Toby, tandis que nos deux époux en froid se promenaient près du lac, s'arrêtant tous les trois pas pour se disputer, jusqu'à ce que le Professeur tourne les talons et revienne seul à la maison.

Saisissant l'occasion, je sortis rejoindre Helena. Les lèvres pincées, le visage blême de peur, de colère ou de fatigue, elle voulut parler, mais dut s'y reprendre à deux fois.

— Il ment. Tout ce qu'il dit n'est que mensonge. Mensonges, mensonges ! C'est un menteur !

— Qui ça ?

— Tous les deux. Depuis leur naissance, ils mentent, et sur leur lit de mort ils mentiront encore.

— Alors c'est quoi la vérité ?

— La vérité, c'est qu'il faut attendre !

— Attendre quoi ?

— Je l'ai prévenu : « Si tu fais ça, j'en parle aux Anglais. » Alors on attend. S'il le fait, je vous le dis. S'il se repent, je l'épargne. Je suis sa femme.

Elle s'en retourna dignement vers la maison. Au moment où elle entrait arriva une limousine noire, d'où sortirent le conseiller juridique du Cirque, Harry Palfrey, et deux autres membres des classes dirigeantes anglaises. Je reconnus le plus grand, Alan Barnaby, lumière du Foreign Office, en poste au service Information et Recherche, bien mal nommé puisqu'on s'y occupe de contre-propagande communiste du plus bas étage. Toby lui serra chaleureusement la main tout en me faisant signe de les rejoindre. Nous entrâmes nous asseoir.

Au début je rongeai mon frein en silence. Nos vedettes ayant été expédiées à l'étage, les trois hommes écoutèrent le discours de Toby avec l'égard que leur espèce réserve aux pauvres ou aux Noirs. J'aurais presque été tenté de le soutenir. Dieu me pardonne ! Toby Esterhase qui ne soutenait personne d'autre que lui...

— Alan, je voudrais simplement signaler qu'il s'agit là d'une excellente source, d'un *Joe* fantastique, expliquait Toby. Malheureusement, il a fait son temps.

— Vous voulez parler du Prof ? l'encouragea Barnaby.

— Oui, Teodor. Ils l'ont démasqué, et ils connaissent parfaitement sa valeur. D'après ce que je tiens de Latzi, les Hongrois ont un gros dossier opérationnel sur le Professeur. Et après tout, pourquoi tueraient-ils un type qui ne nous sert à rien ?

Une tentative d'assassinat par les Hongrois, voilà un certificat de bonne conduite pour la cible!

— On ne peut pas assurer indéfiniment sa sécurité, nous avertit Palfrey avec un sourire désolé. Temporairement, d'accord, mais pas à vie. Il faut qu'il le comprenne. On devra peut-être lui faire signer un papier pour que ce soit clair.

Le deuxième homme du Foreign Office était replet, avec la peau luisante. J'avais l'envie puérile de tirer sur la chaîne de montre qui barrait son gilet pour voir s'il allait couiner.

— Moi, je crois qu'on se pose des problèmes pour rien, fit-il cauteleux. Si les Américains s'occupent du Prof et de sa femme à notre place, on n'aura plus à s'en soucier, non? Mieux vaut se faire tout petits et ne pas se mouiller.

— Il faut quand même qu'il signe une décharge, Norman! objecta Palfrey. Ces dernières années, entre nous et les Cousins, il a ménagé la chèvre et le chou.

— Tous les bons *Joes* font ça, Harry! sourit Toby en connaisseur, toujours prêt à protéger ses semblables. Ils jouent sur les deux tableaux, même à l'échelon de Teodor. La question est de savoir ce qu'on risque maintenant qu'il ne nous sert plus. L'avantage, c'est qu'on s'évitera des soucis. Enfin, je ne suis pas l'expert, ici! conclut-il avec un sourire flagorneur à Barnaby.

— Et le tueur? demanda Norman. Il va marcher? C'est drôlement dangereux pour lui. Il fait une cible parfaite.

— Latzi est manipulable, assura Toby. Il a peur, mais c'est un patriote convaincu.

Je ne l'aurais pas suivi dans ces affirmations, mais j'étais trop écœuré pour interrompre.

— Ces apparatchiks, ils sont paniqués quand ils sortent du système..., reprit-il. Latzi, lui, fait face. Il s'angoisse pour sa famille, mais il assume. Si Teodor accepte, Latzi en fera autant. Avec des garanties, évidemment.

— Quelle sorte de garanties? lança Norman, si vite que même Harry Palfrey ne put le coiffer au poteau.

— Eh bien, comme d'habitude, répondit Toby sans se démonter. Latzi et Teodor ne voudront pas se retrouver à la poubelle une fois cette affaire liquidée, j'imagine. Helena non plus. Le minimum c'est des passeports américains, une somme rondelette à la clé, assistance et protection.

— Cette affaire est un coup monté, lâchai-je, car j'en avais assez.

Tout le monde me regardait en souriant. Ils auraient souri quoi que je dise, c'était leur genre. Si j'avais annoncé que j'étais un agent double hongrois, ou la réincarnation du frère cadet d'Adolf Hitler, ils auraient souri. Tous sauf Toby, soudain parfaitement impassible, car il savait que dans l'immédiat sa seule échappatoire était de se faire tout petit.

— Mais pourquoi dites-vous ça, Ned? demanda Barnaby, très intéressé.

— Latzi n'est pas un tueur professionnel. Je ne sais pas ce qu'il est, mais sûrement pas un exécuteur. Son flingue n'était pas chargé, et un pro ne ferait jamais ça, à moins d'avoir perdu la tête. Il veut passer pour un peintre bavarois, mais il porte des vêtements hongrois, et la moitié du fourbi dans ses poches est hongrois. J'étais près de lui quand il a appelé Bonn. D'accord, le prénom de l'attaché est Peter, c'est même sur la liste diplomatique. Mais Peter n'attendait pas cet appel. Latzi s'est imposé, voilà tout. Vous n'avez qu'à écouter la bande allemande de la conversation.

— Et le type à Vienne, alors? demanda Barnaby,

toujours aussi condescendant. Celui qui lui a filé son argent et sa quincaillerie? Hein?

— Ils ne se sont jamais rencontrés. On a montré la photo à Latzi, il était ravi. « C'est lui! C'est lui! » Évidemment, il en avait vu une autre ailleurs. Demandez à Helena, elle est au courant. Elle ne dit rien pour l'instant, mais si on insiste, je suis sûr qu'elle parlera.

— Si on insiste, Ned? se réveilla Toby. Auprès d'Helena? Mais insister, c'est seulement possible quand on est sûr que l'autre cédera. Cette femme est folle de son mari, elle le défendra jusqu'au bout!

— Le Professeur a roulé les Américains. Il n'est plus en odeur de sainteté là-bas, alors il est désespéré. S'il n'a pas organisé l'exécution lui-même, Latzi s'en est chargé. Il a monté tout ce manège pour faire la part du feu et commencer une nouvelle vie.

Ils attendaient la suite, comme la chute d'une bonne blague. Finalement, Toby prit la parole, égal à lui-même.

— Depuis combien de temps tu n'as pas dormi, Nedike? fit-il avec un sourire indulgent. Dis-le-nous, s'il te plaît.

— Je ne vois pas le rapport.

— Ça doit faire trente heures que tu n'as pas fermé l'œil, dit-il en cousultant ostensiblement sa montre. T'as eu des décisions drôlement importantes à prendre, et tu as fait les bons choix. On ne peut pas t'en vouloir de ta réaction.

C'était comme si je n'avais pas parlé. Toutes les têtes se tournèrent à nouveau vers Toby.

— Eh bien, moi, je crois qu'on devrait jeter un coup d'œil aux héros de la pièce, déclara Barnaby comme je me dirigeais vers la porte. Si on les sifflait pour qu'ils descendent, Toby? Histoire de voir s'ils passent la rampe.

— On tient peut-être un scoop si on agit vite,

Barnaby, dit Palfrey comme je me dirigeais vers le jardin pour échapper à ces insanités. Il faut batte le fer pendant qu'il est chaud, non ?

— Je suis d'accord avec toi, Harry. A cent pour cent.

Je refusai d'assister à la première audition, et allai bouder dans la cuisine, où Arnold s'occupa de moi pendant que je l'écoutais d'une oreille distraite me raconter que sa mère avait quitté son compagnon de toujours pour se réinstaller avec un amour de jeunesse. Je me renfrognai en voyant Toby grimper au premier, et redescendre quelques minutes plus tard en compagnie de ses héros : Latzi, ses cheveux noirs partagés par une raie, et le Professeur, sa veste jetée sur les épaules, et sa crinière blanche ondoyant sur sa tête de prophète contemplatif.

Helena entra en larmes dans la cuisine. Arnold la serra dans ses bras et alla lui chercher une couverture, car la fraîcheur de ce matin de printemps la faisait frissonner. Il lui prépara une camomille, et s'assit près d'elle, lui passant un bras autour des épaules. Toby entra en coup de vent nous annoncer que nous étions tous attendus au consulat américain dans deux heures.

— Russell Sheriton vient de Londres en avion, et Pete de May arrive de Bonn. Ils sont complètement surexcités par cette histoire, Ned. Complètement. Washington danse de joie.

Je ne me souvenais plus si Pete de May était plus haut placé que Sheriton. En tout cas, c'était une huile.

— Ned, ce Teodor est fantastique, m'assura Toby en privé.

— Ah oui ? Pourquoi ?

— Tu sais ce qu'ils lui ont dit ? « Ce que vous faites est très dangereux, Professeur. Vous vous en sortirez ? » Devine ce qu'il a répondu. « Monsieur l'ambassadeur, nous prenons tous des risques pour protéger le monde civilisé. » Il est serein, il est digne... Et Latzi aussi. Ned, après ça tu va dormir, OK ? J'appellerai Mabel.

Toby monta dans une voiture avec les Hongrois, et moi dans celle de Palfrey et du Foreign Office. En m'ouvrant la portière, Palfrey me prit par le bras et m'offrit un conseil acéré.

— A partir de maintenant, Ned, on a tous intérêt à se serrer les coudes. Être fatigué, c'est une chose, mais parler de coup monté, c'en est une autre. Compris ?

Nous étions au moins vingt, sous la présidence du consul général, un homme au teint blafard, originaire du Midwest, ancien avocat comme Palfrey, et qui ne cessait d'évoquer avec angoisse des « répercussions ». Milton Wagner était assis entre Sheriton et de May. Je compris que Sheriton et Wagner avaient pour consigne de taire leur scepticisme bon gré mal gré. Peut-être admettaient-ils aussi qu'il y avait pire moyen pour se débarrasser d'agents inutilisables que de les refiler aux Services d'Information américains, représentés par un quatuor d'enthousiastes peu enthousiastes, dont je n'ai jamais su les noms.

Bien entendu, Pullach avait envoyé un observateur, alors que l'affaire ne concernait pas leurs services, et nous pouvions être sûrs que nos résolutions seraient connues dans tout Potsdam l'après-midi même. Ils tenaient à faire une protestation officielle au sujet de l'épisode viennois. Le contentieux semblait lourd entre Pullach et la police autrichienne, soupçonnée de vendre des faux passeports aux Hongrois. Un Oberst von-und-zu Schmilblick monopolisa la parole pour déblatérer contre la duplicité des Autrichiens.

Naturellement, nos trois stars n'assistaient pas aux délibérations, mais attendaient dans l'antichambre. A la pause sandwich, on leur fit porter une assiette bien garnie. Et quand finalement on les invita à entrer, plusieurs des profanes assistant à la réunion applaudirent spontanément. C'était le premier d'une longue série de coups de brosse à reluire.

Les larmes d'Helena furent le clou du spectacle. Le Professeur bredouilla quelques mots avec une dignité qui opéra le charme attendu. Latzi enchaîna, et un frisson d'angoisse parcourut l'assistance quand il expliqua l'utilité des deux garrots qu'on se passait de main en main avec répugnance, ainsi que les autres pièces à conviction. Mais quand Helena s'avança au bras du Professeur, je sentis ma gorge se nouer, et devinai que chacun dans la pièce éprouvait la même chose.

« Je soutiens mon mari » fut tout ce que la grande actrice déclama. La salle se leva pour l'applaudir.

Je ne pus lui parler en tête à tête que tard le soir. Nous étions tous épuisés, y compris le bouillonnant Latzi. Les grosses légumes étaient parties, et Toby également. J'étais assis avec Arnold dans le salon de la maison du lac. Une camionnette américaine aux vitres fumées était garée dans l'allée, avec deux Marines en civil à son bord, mais nos vedettes avaient vite appris à faire attendre leur public. La journée s'était passée à préparer les communiqués de presse pour l'après-midi, puis à signer les décharges que Palfrey avait comme par hasard dans son attaché-case depuis le début.

Helena entra d'un pas incertain, comme si elle s'attendait à ce que je la frappe, mais la colère m'avait abandonné.

— Nous aurons nos passeports pour le Nouveau Monde, fit-elle en s'asseyant.

Arnold s'éclipsa et ferma la porte derrière lui.

— Qui est Latzi? demandai-je.

— Un ami de Teodor.

— Mais encore?

— Un acteur. Un très mauvais acteur de Debrecen.

— Il a travaillé pour la police secrète?

— Il avait des relations, fit-elle l'air réprobateur. Quand Teodor avait besoin de s'arranger avec les autorités, Latzi jouait les intermédiaires.

— Vous voulez dire quand Teodor voulait dénoncer ses étudiants?

— Oui.

— C'est Latzi qui fournissait ses renseignements à Teodor quand vous étiez à Munich?

— Très peu au départ, mais bien plus quand les autres sources ont cessé de fournir. Et de plus en plus. Latzi préparait les documents pour Teodor, qui les vendait aux Anglais et aux Américains. Sinon nous n'aurions pas eu d'argent.

— Et pour ça, Latzi se faisait aider par la police secrète?

— Non, c'était à titre privé. Les choses changent en Hongrie. Ce n'est plus très prudent de collaborer avec les autorités.

J'ouvris la porte et la regardai faire sa sortie, tête haute.

De retour à Londres quelques semaines plus tard, je soumis la version d'Helena à Toby, qui ne parut ni surpris ni contrit.

— Les femmes, Ned, faut s'en méfier comme de la peste. Quand le vin est tiré, il faut le boire.

Quelque temps après, le show Teodor-Latzi faisait déjà un tabac. Et Toby aussi. Quelle part avait-il eue dans cette affaire? Quand s'en était-il mêlé? Que savait-il au juste? Toute l'histoire? Avait-il inventé cette comédie pour exploiter au mieux son agent compromis et s'en débarrasser? J'ai souvent soupçonné que la pièce avait été écrite au moins à trois, plus Helena dans le rôle du public rétif.

— Tu sais quoi, Nedike? me dit Toby en passant amicalement son bras sur mon épaule. Si tu ne peux pas monter deux chevaux à la fois, t'es pas fait pour le Cirque.

Vous vous souvenez du colonel Weatherby dans le livre? Le maître ès déguisements qui possède sept langues européennes? Le chef héroïque de la résistance dans le bloc communiste? L'homme qui « traversait et retraversait le Rideau de fer aussi facilement que s'il s'agissait de tulle illusion? » C'était moi, Ned. Dieu merci, ce passage n'est pas de moi, mais d'un journaliste sportif vénal de Baltimore, recruté par les Cousins. Ma contribution, le portrait du grand homme, intitulé « le vrai Professeur Teodor tel que je l'ai connu », me fut extorquée par Toby et le Cinquième Étage. J'avais choisi comme titre pour le livre *Les Ficelles du métier*, qui fut jugé trop ambigu. Pour compenser, ils me donnèrent une promotion.

Mais pas avant que j'aie fait part de mon indignation à George Smiley, qui, après sa démission du poste de chef en exercice, allait se retirer dans l'ombre universitaire, pour la dernière fois ou presque. De passage à Londres lors d'une pause dans la tournée, je le débusquai un vendredi soir à Bywater Street, au moment où il faisait ses bagages pour partir en week-end. Il écouta mon histoire, eut un petit rire, puis gloussa plus fort, et murmura affectueusement : « Oh, Toby. »

— Cela dit, c'est vrai qu'ils ont recours à l'assassinat, Ned! m'objecta-t-il, s'efforçant de bien plier un costume en tweed. Les Hongrois, je veux dire. Même comparé aux autres pays de l'Est, ce sont des vraies brutes, non?

— Oui, concédai-je, les Hongrois tuaient et torturaient selon leur bon plaisir. Mais cela ne changeait rien au fait que Latzi était un imposteur, et Teodor son complice, et Toby...

— Écoutez, Ned, m'interrompit Smiley. Ne soyez pas si collet monté. Toute église a besoin de saints, y compris la chapelle anticommuniste. Et les saints, dans l'ensemble, c'est souvent du bidon, quand on y réfléchit. Mais personne n'irait dire qu'ils sont inutiles, une fois qu'ils ont le poste. Pensez-vous que cette chemise ira comme ça, ou est-ce que je lui redonne un coup de fer ?

Nous passâmes au salon pour siroter nos scotches, en écoutant le tohu-bohu des fêtards de Bywater Street.

— Avez-vous croisé le fantôme de Stefanie dans les rues de Munich ? demanda Smiley avec une certaine tendresse, alors que je commençais à le croire assoupi.

Sa faculté de se mettre à ma place avait cessé de m'étonner depuis longtemps.

— De temps à autre, répondis-je.

— Mais pas en chair et en os ? Comme c'est triste.

— J'ai appelé une de ses tantes un jour. J'étais allé à l'hôtel après une dispute idiote avec Mabel. Il se faisait tard. Je devais être un peu éméché.

Je me demandai si Smiley savait déjà, mais chassai aussitôt cette idée.

— Enfin, je crois que c'était sa tante, précisai-je. Ou peut-être une domestique. Mais non, c'était sa tante.

— Qu'est-ce qu'elle a dit ?

— « Fräulein Stefanie est sortie. »

Long silence. Je ne fis pas cette fois l'erreur de croire qu'il s'était endormi.

— Une voix jeune ? demanda-t-il pensivement.

— Assez.

— Alors peut-être était-ce Stefanie.

— Peut-être.

Nous écoutâmes de nouveau les éclats de voix dans la rue. Une fille riait, un homme criait sa colère. Une voiture klaxonna puis s'éloigna, et le silence revint. Stefanie est mon Ann Smiley, pensai-je comme nous traversions le pont pour rejoindre Battersea, où j'avais gardé ma garçonnière ; la différence, c'est que je n'ai jamais eu le courage de la laisser me décevoir.

7

Smiley s'interrompit au milieu de son histoire sur un diplomate d'Amérique centrale féru d'une certaine génération de trains électriques anglais ; le Cirque avait acheté son allégeance à vie au prix d'une locomotive Hornby Double-0, volée dans un musée du jouet londonien par l'équipe de Monty Arbuck. Son silence pensif mit soudain un terme aux rires, et son regard se perdit dans le vague.

— Nous sommes rarement en prise directe sur la réalité que nous manipulons, reprit-il serein. Jusqu'à ce que cela se produise, nous sommes de simples spectateurs ; les *Joes* vivent nos rêves à notre place, et nous, les officiers traitants, restons tranquillement assis derrière nos miroirs sans tain, à nous persuader que voir c'est ressentir. Mais quand sonne l'heure de vérité, si tant est qu'elle sonne un jour, nous exigeons par la suite un peu moins des gens qui travaillent pour nous.

Il ne me regarda pas, ni ne précisa l'allusion, mais nous savions que nous pensions tous deux au colonel Jerzy.

Quand je l'ai vu, je n'ai rien dit à Mabel. Peut-être étais-je trop surpris, ou bien ai-je gardé le réflexe de réprimer toute réaction spontanée à un événement inattendu, tant les vieilles habitudes de dissimulation ont la vie dure. Nous regardions le journal de 21 heures à la télévision, devenu pour moi et Mabel une sorte de grand-messe, ne me demandez pas pourquoi. Tout d'un coup je l'ai vu. Le colonel Jerzy. Et au lieu de me lever d'un bond en criant « Mabel ! Regarde le type au fond, là ! C'est Jerzy ! », comme l'eût fait n'importe qui, j'ai continué à siroter mon whisky soda devant l'écran. Mais une fois seul, j'ai glissé une cassette vierge dans le magnétoscope pour ne pas rater la rediffusion dans le dernier journal. Depuis (l'incident remonte à six semaines), j'ai dû la visionner au moins une dizaine de fois, car j'en savoure toujours une nouvelle nuance.

Mais je vous raconterai cet épisode à la fin de l'histoire, en temps et lieu. Mieux vaut vous narrer les événements selon leur déroulement chronologique. Munich ne se résumait pas à l'affaire du Professeur Teodor, pas plus qu'espionner après la Chute de Bill Haydon ne revenait à laisser cicatriser les plaies.

Le colonel Jerzy était polonais. Je n'ai jamais compris pourquoi tant de Polonais nous portent dans leur cœur. Je trouve tellement honteux nos multiples traîtrises à leurs dépens qu'à leur place je cracherais sur l'ombre du moindre Britannique. Peu importe que j'aie souffert sous le joug des nazis ou celui des Russes, aux mains desquels les Anglais ont successivement abandonné les pauvres Polonais, j'irais volontiers poser une bombe dans le « service compétent » du Foreign Office. Mon Dieu, quelle formule ! A l'heure où j'écris, les Polonais sont une fois de plus coincés entre l'imprévisible ours russe et le bœuf allemand, plus prévisible. Soyez certains que si jamais ils ont besoin d'une aide amicale pour s'en sortir, ce « service compétent » se défilera mielleusement en arguant d'affaires plus urgentes à régler ailleurs.

Quoi qu'il en soit, mon Service peut se vanter d'un taux de réussite écrasant en Pologne, et d'un nombre presque gênant de Polonais et Polonaises qui, avec leur témérité habituelle, ont risqué leur peau et celle des leurs en espionnant pour « l'Angleterre ».

Rien d'étonnant donc à ce que la perfidie de Haydon ait entraîné de très lourdes pertes dans nos réseaux polonais. Grâce à lui, les Anglais avaient ajouté une trahison de plus à une liste déjà longue. A mesure que se succédaient les disparitions avec une écœurante régularité, notre antenne munichoise sombra ouvertement dans la morosité, et notre honte fut aggravée par un sentiment d'impuissance. Nous n'avions pas le moindre doute sur ce qui s'était passé. Jusqu'à la Chute, la Sécurité polonaise, dirigée de main de maître par le colonel Jerzy, chef des opérations, avait soigneusement évité de compromettre les activités de Haydon, se contentant d'infiltrer nos réseaux pour les utiliser comme canaux de désinformation, ou au mieux de les retourner et les faire jouer habilement contre nous.

Mais après la Chute, le colonel se dispensa de mettre des gants. En l'espace de quelques jours il réduisit sauvagement au silence nos loyaux agents jusque-là en sursis. « La liste noire de Jerzy », comme nous l'avions surnommée, s'allongeait quotidiennement, et de notre impuissance naquit une haine personnelle pour l'assassin de nos *Joes* bien-aimés, qui laissait parfois les tortionnaires s'amuser jusqu'au bout, sans autre forme de procès.

Aussi étrange que cela puisse paraître, Munich nous servait de tremplin pour la Pologne, de PC opérationnel, et ce depuis des dizaines d'années. Sur le toit de notre annexe consulaire dans une banlieue verdoyante, notre antenne captait jour et nuit les messages de nos agents polonais — parfois un simple bip coincé entre deux mots dans une émission de radio normale. A des horaires prédéterminés, nous leur renvoyions de nouvelles instructions et quelques paroles de réconfort. De Munich partaient pour la Pologne nos lettres en écritures secrètes, et quand nos sources locales réussissaient à voyager hors des frontières, c'est encore de Munich que nous prenions l'avion pour aller les débriefer, les inviter à dîner, et les écouter raconter leurs soucis.

C'était également de Munich, en cas d'absolue nécessité, que les officiers de notre antenne passaient en Pologne, toujours seuls et sous couvert de se rendre à une foire ou une exposition commerciales en tant qu'hommes d'affaires. Sur une aire de pique-nique en bord de route, ou dans un café discret, nos émissaires rencontraient brièvement nos précieux *Joes*, faisaient leurs transactions et repartaient en sachant qu'ils leur avaient redonné du tonus. Car on ne peut imaginer à quel point la vie d'un *Joe* est un chemin de croix solitaire. Une tasse de mauvais café au bon moment en compagnie d'un bon officier traitant peut remonter le moral d'un *Joe* pendant des mois.

Voilà pourquoi, un jour d'hiver peu après mon retour à Munich (et le départ bienvenu du Professeur Teodor et consorts pour les États-Unis), je me retrouvai sur un vol Varsovie-Gdansk de la compagnie polonaise LOT, avec en poche un passeport hollandais au nom de Frans Joost, homme d'affaires né quarante ans plus tôt à Nimègue. Ma demande de visa me disait en mission d'inspection de bâtiments agricoles préfabriqués pour le compte d'un consortium ouest-allemand. Ma formation élémentaire d'ingénieur me suffit pour échanger des cartes de visite avec des officiels du ministère de l'Agriculture polonais.

Ma vraie mission était plus complexe. Je recherchais un *Joe* du nom d'Oskar qui, ressuscitant six mois après avoir été porté disparu, nous avait inopinément envoyé à une ancienne adresse de couverture une lettre élaborée avec son matériel d'écriture secrète. Il décrivait ses faits et gestes depuis le jour où il avait eu vent des arrestations jusqu'à aujourd'hui. Sans perdre son sang-froid, il avait gardé son poste à l'Amirauté polonaise, mais, pour détourner les soupçons, avait dénoncé anonymement un apparatchik qui travaillait innocemment aux Archives. Quelques semaines plus tard, l'apparatchik avait disparu. Rassuré, Oskar avait continué d'attendre, et appris par la rumeur que l'apparatchik avait avoué, conséquence logique des soins attentionnés du colonel Jerzy. Avec le temps, Oskar s'était senti de nouveau en sécurité. Il se disait prêt à reprendre le travail et attendait nos instructions. En gage de bonne volonté, il avait collé des micropoints sur les troisième, cinquième et septième points de ponctuation dans la lettre, selon les repères convenus à l'avance. Après agrandissement, il s'agissait de seize pages d'ordres top secret du ministère de la Défense polonais au service du colonel Jerzy. Les analystes du Cirque les jugèrent « convaincantes et sans doute fiables », ce qui, venant d'eux, représentait une authentification enthousiaste.

Imaginez à présent l'excitation soulevée par la missive d'Oskar à l'antenne, même en moi, qui ne l'avais jamais rencontré. Sacré Oskar ! criaient les convaincus. Il s'en est sorti, comme toujours ! Ce dur à cuire d'Oskar, notre agent infiltré au QG de la défense littorale à Gdansk, un des meilleurs qu'avait jamais eus l'antenne !

Seuls les irréductibles, ou les plus proches de la retraite, taxèrent la lettre de piège. Comme il est facile de dire « non » dans ce genre de cas, alors qu'il faut du cran pour dire « oui », les incrédules ont toujours beau jeu, et la récente affaire Haydon leur donnait raison. La partie resta serrée, car personne n'osait céder. Pour gagner du temps, nous demandâmes à Oskar des informations complémentaires. Dans une réponse offensée, il exigea de savoir si on lui faisait confiance, et insista pour rencontrer quelqu'un. « Un rendez-vous ou rien. » Et en Pologne. Maintenant ou jamais.

La Centrale hésitait toujours, mais je suppliai qu'on m'envoie, moi. A l'antenne munichoise, les incrédules me traitèrent de fou, les convaincus approuvèrent ma décision. Sans parti pris aucun, je voulais simplement éclaircir cette affaire. Ou peut-être m'éclaircir les idées, car Mabel s'était récemment faite plus distante, et je n'avais plus très haute opinion de moi. La Centrale se joignit d'abord au chœur des opposants ; je rappelai mon expérience dans la marine. La Centrale faiblit et m'opposa simplement un « non, mais... » ; je rappelai mon bilinguisme, et la crédibilité confirmée de mon identité néerlandaise, fournie par notre Liaison hollandaise en échange de certains services. La Centrale évalua les risques et les alternatives, et accepta enfin : « Oui, mais pas plus de deux jours. » Sans doute avait-on conclu qu'après le désastre causé par Haydon, je ne pouvais plus guère risquer de trahir des secrets. Je mis rapidement au point ma couverture, et partis avant que la Centrale ne change encore d'avis. Il faisait moins six quand mon avion atterrit à l'aéroport de Gdansk, un épais manteau blanc recouvrait les rues, et la neige continuait de tomber. Cette ambiance feutrée me donna sans doute une trop grande impression de sécurité. Pourtant, croyez-moi, je ne pris aucun risque. Je voulais certes éclaircir l'affaire, mais je n'étais pas né de la dernière pluie.

Les hôtels de Gdansk sont d'une laideur uniforme, et le mien ne faisait pas exception. Le vestibule puait comme une pissotière javellisée, l'inscription au registre était aussi compliquée qu'une demande d'adoption, et sensiblement plus longue. Ma chambre se trouvait déjà occupée par une femme, qui ne parlait aucune langue répertoriée. Le temps que j'en obtienne une autre, et qu'une bonne élimine les traces les plus évidentes de son occupant précédent, la nuit tombait et il était temps pour moi de signaler ma présence à Oskar.

Chaque *Joe* a sa « griffe ». D'après son dossier, Oskar aimait pêcher en été, et mon prédécesseur avait eu de longues conversations avec lui au bord de la rivière. Ils avaient même attrapé ensemble un ou deux poissons, rendus inconsommables par la pollution. Mais en plein hiver rigoureux, comme celui-là, seuls les enfants et les masochistes vont à la pêche. Avec le froid, les habitudes d'Oskar changeaient. Il jouait souvent au billard dans un club pour officiels subalternes situé près des quais. Et ce club avait le téléphone. Pour arranger un rendez-vous, mon prédécesseur, qui parlait polonais, n'avait qu'à l'y appeler et entamer une joyeuse conversation sur le thème : « Je suis un ancien copain de la marine, je m'appelle Lech. » Oskar répondait : « D'accord, je te retrouve demain chez ma sœur pour un verre », ce qui signifiait : « Venez me chercher en voiture à l'angle de telle et telle rue dans une heure. »

Mais moi je ne parlais pas polonais. En outre, depuis l'affaire Haydon, les règles du métier exigeaient de ne jamais réactiver un agent selon les anciennes procédures.

Dans sa lettre, Oskar avait donné les numéros de téléphone de trois cafés (au cas où l'un serait en dérangement ou occupé), et les heures auxquelles il essaierait de se trouver dans chacun d'eux. Si aucun ne répondait, nous aurions recours à un rendez-vous en voiture. Oskar m'avait indiqué à quel arrêt de tramway me trouver et à quelle heure, ainsi que le numéro d'immatriculation de sa nouvelle Trabant bleue.

Tout cela doit me placer dans une position bien passive à vos yeux, mais la règle d'or d'un rendez-vous est que l'agent sur le terrain est roi, et décide du moyen le plus sûr et le plus compatible avec son mode de vie. Personnellement, je n'aurais pas procédé comme Oskar, et je ne comprenais pas non plus pourquoi nous devions communiquer par téléphone avant la rencontre. Mais il savait sûrement ce qu'il faisait. Peut-être craignait-il un piège, ou bien voulait-il simplement entendre ma voix pour se rassurer avant son saut de l'ange.

Ou peut-être existait-il un autre élément que je n'avais pas en main : il amenait un ami, il souhaitait être immédiatement évacué, ou il avait changé d'avis. Car la seconde règle de l'art, aussi inflexible que la première, veut que l'on considère toujours l'inconcevable comme la norme. Le bon officier traitant *prévoit* que le réseau téléphonique de Gdansk disjonctera au moment où il appelle, que l'arrêt du tram se trouvera en plein chantier de terrassement, que la voiture d'Oskar aura percuté un réverbère ce matin-là, qu'il aura une fièvre de cheval, que sa femme l'aura persuadé d'exiger un million de dollars en or pour reprendre contact avec nous, ou que son bébé aura décidé de venir au monde prématurément. Comme je le répétais à mes étudiants jusqu'à m'attirer leur haine, le secret est de se fier exclusivement à la loi de l'emmerdement maximum.

C'est avec ce principe en tête qu'à 21 h 10 ce soir-là, ayant appelé en vain les trois cafés pendant une heure, je me postai à l'arrêt du tram pour attendre que la Trabant d'Oskar débouche au ralenti dans la rue. Car bien que la neige eût cessé, la rue se réduisait à deux ornières boueuses parallèles aux voies du tramway, et les rares voitures qui circulaient progressaient avec la prudence de survivants revenant du front.

A côté du vieux Dantzig, le majestueux port hanséatique, il y a Gdansk, le ghetto industriel, où se trouvait l'arrêt du tramway. Tout autour de moi, des immeubles en béton austères et mal éclairés, tassés sous le ciel rougeoyant. Rien, dans cette rue que je surveillais, n'évoquait l'amour ou la joie. Pas un café, pas un cinéma, pas une jolie petite lumière. Même les deux ivrognes avachis sous un porche en face n'osaient piper mot. Le moindre éclat de rire, la moindre exclamation enjouée auraient représenté un outrage à la morosité de cette prison en plein air. Une voiture me dépassa, ni Trabant ni bleue, dont je ne pus estimer le nombre de passagers tant les vitres étaient givrées. Elle s'arrêta. Pas le long du trottoir, ni dessus, ni dans un virage ou une aire de stationnement, bloqués par des congères, mais dans les ornières en plein milieu de la rue. Le conducteur coupa le moteur et éteignit les phares.

Des amoureux, pensai-je. Des amoureux inconscients, car la rue était à double sens. Une deuxième voiture déboucha derrière la première, et stoppa également, juste avant mon arrêt de tramway. D'autres amoureux? Ou simplement un conducteur raisonnable conservant une bonne distance de sécurité avec le véhicule devant lui? Quoi qu'il en soit, je me retrouvais encadré par deux voitures. Les ivrognes silencieux émergèrent de leur porte cochère, l'air très sobre, et j'entendis un pas feutré dans la neige, tout proche derrière moi. Je compris qu'il fallait éviter les gestes brusques ou irréfléchis. Je ne pouvais m'enfuir, ni assener un coup qui me sauverait, parce que je redoutais le pire, à tort ou à raison. Et si le pire arrivait, il n'y avait rien que je puisse faire.

Un homme se profila à ma gauche, en manteau de fourrure et chapeau de cuir. Il tenait un parapluie pliant, ou peut-être une barre de plomb dans un fourreau en nylon. D'accord, il attendait aussi le tram. Un autre s'était planté à ma droite, qui sentait le cheval. Bon, d'accord, il prenait le tramway comme son compagnon et moi ; il était venu à cheval, et alors ? Soudain un homme s'adressa à moi en anglais avec un accent polonais. Il ne se tenait ni à ma gauche ni à ma droite, mais directement derrière moi, où j'avais entendu le pas feutré.

— Je crois bien qu'Oskar ne viendra pas ce soir, monsieur, déclara-t-il d'un ton lugubre. Ça fait six mois qu'il est mort.

Mais j'avais eu le temps de réfléchir. Largement le temps. Je ne connaissais pas d'Oskar. Oskar qui ? Il venait où ? J'étais hollandais, je parlais mal anglais, avec un fort accent comme mes oncles et tantes de Nimègue. Ménageant une pause pour la vraisemblance, je me retournai, mais lentement et sans curiosité.

— Vous faites erreur, monsieur, protestai-je avec cette intonation traînante qu'avait ma mère. Je m'appelle Frans Joost, je suis hollandais, et j'attends seulement le tram.

Les deux hommes qui m'encadraient me saisirent alors chacun par un bras avec la sûreté de professionnels, me firent perdre l'équilibre, et me traînèrent comme un vieux sac jusqu'à la deuxième voiture. Mais j'eus le temps de reconnaître mon interlocuteur trapu, aux joues grisâtres et aux yeux cernés de fatigue. C'était ce bon vieux colonel Jerzy, héros réputé de la protection de la République populaire polonaise, dont le visage inexpressif avait fait la une de plusieurs grands journaux polonais à l'époque où il arrêtait et torturait vaillamment nos agents.

Selon son métier, il est des morts auxquelles on se prépare inconsciemment. Le croque-mort imagine son enterrement, le millionnaire sa faillite, le geôlier son emprisonnement, et le débauché son impuissance. La phobie de l'acteur est, dit-on, de voir la salle se vider alors qu'il a un trou de mémoire. Qu'est-ce là sinon sa vision anticipée de la mort ? Le fonctionnaire, lui, redoute que la muraille protectrice de ses privilèges ne s'écroule, et le laisse aussi vulnérable que l'homme de la rue, exposé au regard du monde extérieur, obligé de répondre de ses faiblesses et dérobades comme un mari volage. J'avoue que la plupart de mes collègues du Renseignement entrent dans cette catégorie : leur cauchemar est de lire un beau matin leur véritable nom dans la presse; d'entendre parler d'eux à la radio ou à la télé; de se savoir en butte aux moqueries ou, pis encore, aux critiques de la société qu'ils croyaient servir. Cet examen public leur paraît un désastre plus terrible que d'être vaincu par l'ennemi, ou grillé auprès des Services du monde entier. Ce serait leur mort.

Quant à moi, la pire des morts, la plus grande épreuve à laquelle je m'étais préparé depuis mon premier jour derrière la porte secrète, était celle qui m'attendait maintenant : voir mon courage fragile mis à l'épreuve de la torture; atteindre la limite de ma résistance mentale et physique, tout en sachant qu'un simple mot peut mettre fin à l'agonie, qu'en moi se déroule une lutte à mort entre le corps et l'esprit, mes bourreaux n'étant que des mercenaires dans cette guerre secrète à l'intérieur de moi-même.

Dès la première explosion de douleur, j'eus donc une impression de déjà vu. Tiens! pensai-je. Vous voilà enfin. Je m'appelle Joost, et vous?

Il n'y eut pas de cérémonial, voyez-vous. Contrairement au poncif cinématographique, il ne me fit pas asseoir derrière un bureau en me disant : « Parle, ou on te passe à tabac. Voici ta confession. Signe-la. » Il n'ordonna pas à ses sbires de me laisser moisir quelques jours au fond d'un cachot, le temps d'admettre que le vrai courage, c'était d'avouer. Non. Ils me traînèrent hors de la voiture, et dans la cour d'une maison d'apparence ordinaire. Ils me firent culbuter dans l'épaisse couche de neige immaculée, puis valser de l'un à l'autre, me frappant au visage, au bas-ventre, à l'estomac, encore au visage, cette fois-ci d'un coup de coude ou de genou. Comme je restais plié en deux, ils me poussèrent à coups de pied sur les pavés glissants, comme un cochon à demi assommé. Ils semblaient impatients de m'achever, avant même d'avoir passé la porte.

Une fois à l'intérieur, ils procédèrent plus systématiquement, comme si l'austère élégance de la grande pièce leur avait insufflé le sens de l'ordre. En hommes civilisés, ils pratiquèrent la rotation démocratique, chacun me frappant à son tour tandis que les deux autres me tenaient. Mais à la cinquième ou peut-être cinquantième fois, le colonel Jerzy me frappa avec une violence si désespérée que la vie me quitta quelque temps. Quand je revins à moi, j'étais seul avec lui. Assis derrière une table pliante, les coudes posés dessus, tenant sa tête lasse entre ses mains écorchées, comme s'il avait la gueule de bois, il relisait d'un air déçu la transcription de mes réponses à ses questions posées entre deux volées. Parfois, il levait la tête pour observer ma nouvelle apparence d'un œil critique, et la secouait avec un soupir désolé devant l'injustice de la vie à son égard, lui qui ne savait plus que faire pour m'aider à comprendre. Je pris conscience qu'il s'était écoulé plus de temps que je ne le supposais, peut-être quelques heures.

Ce fut aussi l'instant où la scène se mit à ressembler au tableau que j'avais toujours imaginé : mon bourreau assis confortablement derrière une table, me considérant avec l'attention du professionnel, et moi, les bras en croix, attaché par des menottes à un radiateur noir, bouillant, dont les arêtes m'entamaient les reins comme autant de fers rouges. J'avais saigné de la bouche et du nez, d'une oreille aussi je crois, et ma chemise ressemblait à un tablier de boucher. Mais le sang avait séché et l'hémorragie s'était arrêtée, ce qui permettait d'évaluer la durée de mon étourdissement : en combien de temps le sang se coagule-t-il dans une grande maison vide de Gdansk, où l'on cuit à grand feu sous l'œil goguenard du colonel Jerzy?

J'avais beaucoup de mal à le détester, et avec cette brûlure dans mon dos cela m'était de plus en plus difficile, car seul cet homme pouvait me sauver. A présent, son visage restait toujours tourné vers moi. Même lorsqu'il baissait la tête vers la table d'un air recueilli, ou se levait pour se dégourdir les jambes et fumer une immonde cigarette polonaise, je sentais son regard sinistre posé sur moi indépendamment des mouvements de son corps. Il me tournait le dos, me présentant sa nuque grêlée et son large crâne chauve; pourtant ses yeux ne me quittaient pas un seul instant, négociaient, raisonnaient avec moi, et parfois même semblaient m'implorer d'apaiser son tourment. Une partie de moi souhaitait vraiment l'aider, et se faisait de plus en plus insistante, car la brûlure avait cessé d'être une brûlure, pour se transformer en douleur à l'état pur, absolue, omniprésente, montant de degré en degré comme une gamme sans fin. J'aurais tout donné pour qu'il se sente mieux – tout sauf moi, sauf cette partie de moi qui, parce qu'elle me séparait de lui, représentait ma survie.

– Comment vous appelez-vous? demanda-t-il, toujours en anglais avec son accent polonais.

– Joost, fis-je si faiblement qu'il dut se pencher pour entendre. Frans Joost.

– De Munich, suggéra-t-il, s'appuyant sur mon épaule comme il approchait son oreille de ma bouche.

– Né à Nimègue. Je travaille pour des fermiers du Taunus, près de Francfort.

– Vous avez laissé tomber votre accent hollandais, remarqua-t-il en me secouant un peu pour me ramener à moi.

– Vous ne l'entendez pas, c'est tout. Vous êtes polonais. Je veux voir le consul hollandais.

– Vous voulez dire le consul anglais.

– Non, hollandais.

Je crois avoir répété ce mot plusieurs fois, encore et encore jusqu'à ce que Jerzy m'asperge d'eau froide, et m'en verse une rasade dans la bouche pour me la rincer. Je m'aperçus qu'il me manquait une ou deux dents. Mâchoire inférieure, devant à gauche.

– Vous croyez en Dieu? me demanda-t-il.

Quand il se penchait ainsi au-dessus de moi, ses joues ballantes de gros bébé et ses lèvres boudeuses le faisaient ressembler à un chérubin étonné.

– Pas en ce moment.

– Pourquoi?

– Appelez-moi le consul hollandais. Vous vous trompez de personne.

A l'évidence, cette déclaration lui déplut. Il n'avait pas l'habitude de recevoir des ordres ni d'être contredit. Il se passa le dos de la main droite sur les lèvres, geste qu'il faisait parfois avant de me frapper, et j'attendis le coup. Il tâta ses poches, sans doute à la recherche d'un instrument adéquat.

— Non, soupira-t-il. C'est vous qui faites erreur. Vous êtes bien mon homme.

Il s'agenouilla devant moi, et je crus qu'il allait me tuer. J'avais remarqué qu'il était d'autant plus sanguinaire qu'il avait l'air triste. Mais il m'ôta les menottes, glissa ses poings sous mes aisselles et me traîna (le mot « m'aida » m'effleura l'esprit) jusqu'à une grande salle de bains équipée d'une baignoire sur pieds à l'ancienne, remplie d'eau chaude.

— Déshabillez-vous, me dit-il.

Sous son regard morne, j'ôtai mes vêtements en lambeaux, trop épuisé pour m'inquiéter de ce qu'il me ferait une fois que je serais dans l'eau : me noyer, me faire bouillir, me congeler, ou m'électrocuter.

Il avait récupéré ma valise à l'hôtel. Allongé dans le bain, je le vis choisir des vêtements propres, qu'il lança sur une chaise.

— Vous prenez l'avion demain pour Francfort via Varsovie. Il y a eu une erreur. On est désolés. On annulera vos rendez-vous d'affaires. On dira que vous avez été renversé par un chauffard.

— Il me faudra plus que des excuses.

Le bain ne me faisait aucun bien. J'avais peur de mourir à nouveau si je restais allongé, et m'accroupis péniblement. Jerzy me tendit un bras, que j'agrippai pour me lever sur mes jambes flageolantes. Il m'aida à sortir de la baignoire, me donna une serviette, et me regarda d'un œil morose me sécher et enfiler les vêtements propres qu'il avait préparés.

Il me fit sortir de la maison et traverser la cour, portant ma valise d'une main et me soutenant de l'autre, car le bain m'avait autant affaibli que soulagé. Je cherchai du regard ses hommes de main, mais en vain.

— L'air frais vous fera du bien, m'assura-t-il en expert.

Il me conduisit à une voiture, qui n'avait pas servi à mon arrestation. Sur le siège arrière traînait un volant jouet. Je m'assoupis plusieurs fois pendant notre circuit à travers les rues désertes. Nous arrivâmes à une grille en fer gardée par des miliciens.

— Ne les regardez pas, m'ordonna-t-il en leur montrant ses papiers tandis que je me rendormais.

Nous sortîmes de voiture au sommet d'une falaise herbeuse, le visage fouetté par le vent salé du large. J'avais la tête comme un ballon de football, la bouche tordue vers la gauche, et un œil fermé. Par cette nuit sans lune où la mer grondait, seules les lumières de la ville derrière nous trouaient les ténèbres ; parfois aussi jaillissait une étincelle phosphorescente, ou une gerbe d'écume blanche. C'est là que je vais mourir, pensai-je debout près de lui ; d'abord il me tabasse, après il me fait prendre un bain chaud, maintenant il va me tirer dessus et me précipiter du haut de la falaise. Mais ses bras pendaient le long de son corps, et il ne tenait pas de revolver. Et ses yeux, du moins ce que j'en voyais, ne scrutaient pas mon visage, mais l'obscurité sans étoiles. Alors peut-être un inconnu tapi dans le noir allait-il m'abattre. J'aurais pu éliminer Jerzy d'abord, mais n'en avais pas l'énergie ni n'en éprouvais le besoin. Je songeai à Mabel, sans détresse ni soulagement. Je me demandai comment elle s'en sortirait avec une simple pension, qui elle rencontrerait. *Fräulein Stefanie n'est pas là...* cette phrase me revenait soudain. *Alors c'est peut-être Stefanie qui a répondu*, avait dit Smiley... Tant de prières inexaucées. Mais aussi tant de prières jamais formulées. Je me sentais très las.

Jerzy parla enfin, d'une voix toujours aussi désenchantée :

— Je vous ai amené ici parce qu'aucun micro au monde ne peut nous entendre. Je veux espionner pour votre pays. J'ai besoin d'un bon professionnel comme intermédiaire. J'ai arrêté mon choix sur vous.

Une fois de plus, je perdis la notion de temps et de lieu. Lui aussi peut-être, car, dos à la mer, la main sur son chapeau de cuir pour l'empêcher de s'envoler, il contemplait les lumières, l'air soucieux à la vue de détails anodins, et balayant du poing les larmes que le vent faisait rouler sur ses joues.

— Qui voudrait espionner pour le compte de la Hollande ? objectai-je.

— Très bien, disons que moi, c'est pour la Hollande que je veux espionner ! répliqua-t-il avec lassitude, comme on cède à un caprice. Donc j'ai besoin d'un bon professionnel *hollandais* qui sache tenir sa langue. Connaissant le genre d'imbéciles que vous les Hollandais avez utilisés contre nous dans le passé, il est normal que je sois difficile. Mais vous avez réussi l'épreuve. Félicitations. C'est vous que j'ai choisi.

Cette fois je préférai me taire. Sans doute par incrédulité.

— Dans le double fond de votre valise, vous trouverez une pile de documents secrets polonais, continua-t-il d'un ton désabusé. Évidemment, vous n'aurez pas de problème avec la douane à l'aéroport de Gdansk. J'ai donné ordre qu'on ne fouille pas vos bagages. Ils pensent que vous êtes un agent à ma solde, maintenant. A Francfort, vous serez sur votre terrain. Je travaillerai pour vous et personne d'autre. Notre prochain rendez-vous aura lieu à Berlin le 5 mai. J'assisterai aux cérémonies de la fête du travail en l'honneur de la glorieuse victoire du prolétariat.

Il essaya d'allumer une cigarette, mais le vent

éteignait toutes ses allumettes. Alors il ôta son chapeau pour protéger la flamme, et inclina son visage poupin comme s'il buvait l'eau d'une source.

— Ils voudront connaître mes motifs, chez vous, poursuivit-il après avoir tiré une longue bouffée. Dites-leur...

Soudain à court, il rentra le cou dans les épaules, quémanda du regard un conseil sur la manière de se comporter avec ces imbéciles, puis il lâcha enfin :

— Dites-leur que je m'ennuie. Que j'en ai ras le bol de ce boulot. Que le parti, c'est une bande d'escrocs. Ils le savent sûrement, mais répétez-le quand même. Dites que je suis catholique, juif ou tartare, tout ce qui leur fera plaisir.

— Ils voudront peut-être savoir pourquoi vous avez choisi les Hollandais, plutôt que les Américains, les Français ou autres.

Il réfléchit, tirant dans le noir sur sa cigarette.

— Vous avez eu de bons *Joes*, vous les Hollandais, fit-il pensivement. J'ai bien connu certains d'entre eux. Ils faisaient du bon boulot jusqu'à ce que cet enfoiré de Haydon arrive. Tiens ! s'exclama-t-il, pris d'une inspiration subite. Dites que mon père était pilote pendant la bataille d'Angleterre, qu'il s'est fait descendre au-dessus du Kent. Ça devrait leur plaire. Vous connaissez le Kent ?

— Pourquoi un Hollandais connaîtrait-il le Kent ?

Si je m'étais laissé aller, je lui aurais dit qu'avant notre séparation « à l'amiable », Mabel et moi avions acheté une maison à Tunbridge Wells. Mais je restai de marbre, et bien m'en prit, car après vérification à la Centrale, il se révéla que le père de Jerzy n'avait jamais piloté d'autre engin qu'un cerf-volant. Quand je le fis remarquer quelques années plus tard à Jerzy, qui avait depuis longtemps prouvé son incontestable loyauté aux perfides Anglais, il éclata de rire, et m'avoua que son père était un vieux fou qui ne s'intéressait qu'à la vodka et aux pommes de terre.

Alors pourquoi ?

Pendant les cinq ans où Jerzy fut secrètement mon maître espion, il ne se départit jamais de son mépris pour les « motifs » en général, et les siens en particulier. Nous autres idiots on agit d'abord, et on réfléchit après aux justifications, me disait-il. A ses yeux, tous les hommes étaient des crétins, et nous autres espions les plus crétins de tous.

Soupçonnant d'abord qu'il trahissait par vengeance, je le fis parler des supérieurs hiérarchiques susceptibles de lui avoir nui. Il les détestait, mais pas autant qu'il se détestait.

Je décidai alors qu'il agissait pour des raisons idéologiques, et que son cynisme cachait les aspirations plus nobles qu'il s'était découvertes avec l'âge. Mais quand j'essayai de percer ce cynisme par la ruse (« votre famille, Jerzy, votre mère, Jerzy. Avouez que vous êtes fier d'être grand-père... »), je ne trouvai sous la façade qu'un abîme de cynisme. Il n'éprouvait rien pour eux, me répliqua-t-il d'un ton si glacé qu'en effet il devait détester l'espèce humaine en bloc, comme il le soutenait. Sa brutalité, voire sa trahison n'étaient rien d'autre que l'expression de cette haine.

Quant à l'Ouest, il était gouverné par les mêmes imbéciles que le reste du monde. Alors quelle différence ? Je lui signifiai mon désaccord sur ce point, mais il défendit son credo nihiliste avec un tel fanatisme que j'abandonnai, par crainte de le rendre furieux.

Alors pourquoi ? Pourquoi risquer sa peau, sa vie, sa carrière et sa famille qu'il détestait pour servir une société qu'il méprisait ?

La religion ? Quand je lui soumis cette idée, il se

hérissa, réaction que je crois aujourd'hui révélatrice. Il traita le Christ de maniaco-dépressif habité par le désir de se suicider en public, qui avait provoqué les autorités jusqu'à ce qu'elles s'en chargent pour lui. « Ces fous de Dieu sont tous les mêmes, lança-t-il avec mépris. Je sais de quoi je parle, je les ai torturés. »

Comme la plupart des cyniques, c'était un grand puritain, et ce paradoxe se traduisait de diverses façons. Notre proposition de le payer sur un compte en Suisse, selon la procédure habituelle, le mit hors de lui, et il déclara qu'il n'était pas un « mouchard à quatre sous ». Sur ordre de la Centrale, je l'assurai à l'occasion que si d'aventure les choses tournaient mal, nous ferions tout notre possible pour l'évacuer et lui donner une nouvelle identité à l'Ouest. Il répliqua avec morgue : « Je suis un fumier, mais je préfère encore me retrouver devant un peloton de fumiers polonais plutôt que de mourir en traître dans une porcherie capitaliste. »

Quant aux autres plaisirs de la vie, nous ne pouvions lui en offrir qu'il n'eût déjà. Jerzy ne supportait plus de rentrer chez sa harpie de femme après une dure journée de travail; mais au bout d'une heure en compagnie de sa maîtresse, il préférait aller jouer au billard que d'endurer plus longtemps sa conversation de jeune écervelée.

Alors pourquoi ? me répétais-je sans cesse, une fois épuisée ma check-list des motifs classiques.

Pendant ce temps, Jerzy continuait d'alimenter nos archives, détruisant son Service de l'intérieur avec le même succès que Haydon le nôtre. Nous avions connaissance des ordres qu'il recevait du Centre Moscou avant même qu'il les ait transmis à ses subordonnés. Il photographiait tout ce qui lui passait entre les mains, prenait des risques malgré mes injonctions, et faisait montre d'une telle inconscience que j'en arrivai à me demander si, comme ce Christ qu'il dénigrait, il n'aspirait pas à une exécution en place publique. Seule l'efficacité irréprochable de ce que nous aimions à appeler son travail de couverture le plaçait au-dessus de tout soupçon. Car c'était là le revers de la médaille : malheur à l'agent occidental, réel ou imaginaire, invité par Jerzy à faire une confession spontanée.

Durant les cinq années où je fus son officier traitant, en une occasion seulement sembla-t-il laisser échapper l'indice que je cherchais. Il était épuisé, après une conférence à Bucarest des chefs du Renseignement dans les pays du pacte de Varsovie; d'autant plus qu'il menait en Pologne une lutte acharnée pour disculper son Service d'accusations de violence et de corruption. Nous nous rencontrâmes à Berlin-Ouest, dans une pension sur la Kurfürstendamm réservée à une clientèle de choix. Les yeux rougis, le bourreau fatigué s'assit sur mon lit en fumant une cigarette, pour répondre à mes questions complémentaires sur son dernier lot de renseignements. Après quoi il me demanda un whisky, puis un deuxième.

— Sans danger, la vie n'existe pas, déclara-t-il en jetant trois nouvelles pellicules sur la couverture. Sans danger, on meurt.

Il s'essuya soigneusement le visage avec un mouchoir brunâtre, et ajouta :

— Sans danger, autant rester chez soi à garder le bébé.

Je préférai croire qu'il ne parlait pas vraiment de danger, mais de sensations. Il était terrorisé à l'idée que sans elles il cesserait d'exister, ce qui expliquait sans doute son acharnement à en faire éprouver aux autres. J'entr'aperçus alors le pourquoi de sa présence à mes côtés dans cette chambre, en violation de toutes les règles du métier. Il gardait son ardeur en vie, à un moment de sa vie où la mort se rapprochait.

Ce même soir je dînai avec Stefanie dans un restaurant arménien à dix minutes à pied de la pension où j'avais vu Jerzy. J'avais obtenu son numéro de téléphone par sa sœur à Munich. Elle était grande et belle, telle qu'en mon souvenir, et résolue à me convaincre de son bonheur. Oui, la vie était merveilleuse, Ned, m'assura-t-elle. Elle vivait avec un universitaire très distingué, adorable et plein de bon sens, plus tout jeune, mais regarde-nous, nous non plus. Elle me dit son nom, qui ne m'évoqua rien. Elle était enceinte de lui. Cela ne se voyait pas.

— Et toi, Ned, ça marche ton mariage? s'enquit-elle, comme si nous étions deux généraux s'informant du succès de leurs campagnes respectives.

Je la gratifiai de ce sourire plein d'assurance qui m'avait acquis la confiance de mes *Joes* et de mes collègues durant toutes ces années où je ne l'avais pas vue.

— Oh, on s'en est pas mal sortis, merci! fis-je en recourant à l'euphémisme britannique. Après tout, on ne peut pas s'attendre à ce qu'une personne te donne tout, n'est-ce pas? On fait un bon tandem, on vit bien, sur des voies parallèles.

— Et ton travail? Toujours comme Ben?

— Oui.

C'était la première fois que nous parlions de lui. Elle m'apprit qu'il vivait en Irlande. Un de ses cousins avait acheté une propriété délabrée dans le comté de Cork. Ben s'en occupait pour lui en son absence, alimentait la rivière en poisson, surveillait la ferme, etc.

Je lui demandai si elle le revoyait.

— Non, il ne veut pas.

Je l'aurais volontiers reconduite, mais elle préféra prendre un taxi. Nous en attendîmes un très longtemps dans la rue. Quand je refermai enfin la portière, elle baissa la tête comme si elle avait laissé tomber quelque chose. Je lui fis un signe d'adieu prolongé auquel elle ne répondit pas.

Le journal de 21 heures montrait un meeting de Solidarité en plein air à Gdansk, où un cardinal polonais exhortait une foule énorme à la modération. Mabel s'en désintéressa, posa le *Daily Telegraph* sur ses genoux et reprit ses mots croisés. D'abord agitée, la foule finit par se taire pour écouter le discours avec la dévotion qui caractérise les Polonais. Après quoi, le cardinal se promena parmi ses ouailles, dispensant des bénédictions et acceptant des hommages. Tandis qu'on lui présentait les dignitaires, j'aperçus Jerzy à l'arrière-plan, tel un vilain petit garçon exclu de la fête. Il avait beaucoup maigri depuis sa retraite, et je devinai que les changements sociaux ne l'avaient pas épargné. Sa veste était trop grande pour lui, ses poings jadis impressionnants émergeaient à peine des manches.

Soudain le cardinal le remarque, exactement comme moi.

Le cardinal se fige, semble s'interroger sur ses sentiments, et rectifie son attitude en un quasi garde-à-vous, serrant les coudes et bombant le torse. Puis il lève lentement le bras, et donne un ordre à l'un de ses assistants, un jeune prêtre quelque peu réticent à lui obéir. Le cardinal réitère son ordre, le prêtre lui ouvre un passage jusqu'à Jerzy. L'homme de la police secrète et le cardinal se font face. Jerzy se crispe, comme pris d'une crampe d'estomac. Le cardinal se penche et lui parle à l'oreille. Jerzy s'agenouille maladroitement pour recevoir sa bénédiction.

A chaque fois que je repasse cet instant, je vois les yeux de Jerzy se fermer, apparemment de douleur. De quoi se repent-il ? De sa violence ? De sa loyauté à une cause perdue ? Ou de sa trahison ? Ou bien est-ce là le réflexe d'un bourreau recevant le pardon de sa victime ?

Je vais à la pêche, je rêvasse. Mon amour pour la campagne anglaise est plus fort que jamais. Je pense à Stefanie, à Bella, et aux autres femmes que j'ai mal connues. Je fais pression sur le député du coin au sujet de la pollution de la rivière. Il est conservateur, mais que s'imagine-t-il conserver ? Je suis membre d'un groupe écologiste sérieux, je fais signer des pétitions qui restent sans effet. Je refuse de jouer au golf, c'est hors de question. Mais le mercredi après-midi, je suis parfois Mabel sur le parcours, si elle joue seule. Je l'encourage. Le chien s'amuse. Le temps de la retraite est mal venu pour errer comme une âme en peine, ou tenter de refaire le monde.

8

Mes étudiants avaient décidé de mettre Smiley sur la sellette. J'étais déjà passé par là, moi aussi. En fin de journée, au terme d'une longue séance sur la couverture improvisée, par exemple. Tout se déroulait à merveille, quand l'un d'eux m'attaquait soudain pour soutenir une idée abracadabrante, qu'aucun esprit sensé n'aurait songé à défendre. Un deuxième le relayait, bientôt suivi par toute la classe. Si par malheur mon sens de l'humour était en veilleuse à ce moment-là (personne n'est parfait), ils s'acharnaient sur moi jusqu'à ce que le gong annonce la fin du round. Le lendemain, tout était oublié. Ils avaient assouvi leur malin démon d'un jour, et souhaitaient maintenant reprendre le fil du cours, s'il vous plaît, alors où en étions-nous ? Mes ruminations à ce sujet m'avaient d'abord fait soupçonner un complot, dont j'avais essayé de repérer les chefs de file, mais j'avais fini par y voir l'expression spontanée d'une résistance au carcan contre nature que ces enfants avaient choisi d'endosser.

Toutefois, quand ils s'en prirent à Smiley, notre invité d'honneur, au point de remettre en question l'objet même de sa carrière, ma tolérance fut de courte durée. Cette fois, le frondeur n'était pas Maggs, mais sa petite amie Clare, la sainte nitouche assise en face de Smiley au dîner, béate d'admiration.

— Laissez, Ned! me dit Smiley comme je me levais d'un bond sous l'effet de la colère. Clare a raison : neuf fois sur dix, un bon journaliste nous en apprend autant sur une situation que les espions. Ils utilisent souvent des sources communes, de toute façon. Alors pourquoi ne pas mettre les espions au placard et subventionner les magazines? C'est une solution envisageable en cette époque de changement. Pourquoi pas?

Je me rassis à contrecœur. Pelotonnée contre Maggs, Clare observait toujours sa victime d'un air angélique, tandis que ses collègues réprimaient un sourire.

Personnellement, j'aurais désamorcé la crise par l'humour, mais Smiley choisit de la traiter sérieusement :

— On ne peut nier qu'en majeur partie notre travail est inutile, ou fait double emploi avec les sources officielles. Le problème est que les espions ne sont pas là pour éclairer la lanterne du public, mais celle des gouvernements.

Je sentais peu à peu qu'il les tenait à nouveau sous son charme. Ils avaient rapproché leurs chaises autour de lui en un demi-cercle désordonné; et quelques filles étaient assises par terre dans des poses nonchalantes.

— Et comme tout le monde, les gouvernements accordent seulement foi à ce qui leur coûte de l'argent, mais se méfient du reste.

Ayant ainsi élégamment transcendé la question provocante de Clara, il poursuivit en déclarant simplement :

— L'espionnage est éternel. Même si les gouvernements pouvaient s'en passer, ils s'en garderaient bien. Ils adorent ça. A supposer qu'un jour nous n'ayons plus un seul ennemi au monde, les gouvernements nous en inventeraient, ne vous inquiétez donc pas. Et puis il n'y a pas que nos ennemis à espionner. L'histoire nous enseigne que nos alliés d'aujourd'hui sont nos adversaires de demain. La conjoncture dicte des priorités, la prévoyance non. Tant que des bandits deviendront chef d'État, nous espionnerons. Tant qu'il restera des oppresseurs, des menteurs et des fous sur terre, nous espionnerons. Tant qu'il y aura des rivalités entre les nations, que les politiciens mentiront, que les tyrans se feront conquérants, que les consommateurs auront besoin de produits de consommation, que les apatrides chercheront une terre d'asile, les affamés leur pitance et les riches le superflu, la profession que vous avez choisie ne sera pas menacée de disparition, je peux vous l'assurer.

Après avoir subtilement ramené la discussion sur leur avenir dans le métier, il les mit à nouveau en garde.

— Il n'y a pas carrière plus absurde, affirma-t-il l'air très satisfait. Le meilleur moment pour se voir confier un poste, c'est lorsqu'on a le moins d'expérience, et une fois qu'on connaît toutes les ficelles, on ne peut être envoyé nulle part sans que votre dossier détaillé vous ait précédé. Les vieux sportifs ont conscience d'avoir joué leurs plus beaux matches dans leur jeunesse; les jeunes espions, eux, sont laissés pour compte, c'est pourquoi arriver à l'âge mûr est si dur pour eux : ils commencent à faire le bilan de ce que leur a coûté pareil mode de vie.

Ses yeux baissés semblaient fixés sur son brandy, mais je le vis me jeter un regard en coin.

— A un certain âge, on veut la réponse, poursuivit-il. On veut le parchemin caché dans la salle du trésor, pour apprendre qui régente notre vie et pourquoi. Seulement, quand on en est à ce stade, on sait mieux que personne à quel point la salle du trésor est vide. Ned, vous ne buvez pas ? Vous êtes un traître au brandy. Qu'on lui remplisse son verre.

Même s'il m'en coûte de l'admettre, la période de ma vie qui suit s'identifie dans mon souvenir à une quête incessante dont j'ignorais le but. Et lorsque je retrouvai Hansen, l'espion déchu, je compris qu'il était ce but.

Les objectifs et les personnes que je poursuivais réellement lors de ce périple vers l'Orient me paraissent rétrospectivement de simples étapes jusqu'à Hansen. Je ne peux pas l'exprimer autrement. Au fin fond de sa jungle cambodgienne, Hansen m'attendait tel Kurtz au cœur des ténèbres. Et toutes les péripéties de mon équipée me préparèrent à notre recontre. La voix de Hansen était celle que j'espérais entendre. Il détenait la réponse aux questions que je me posais sans même le savoir. En apparence, je restais un brave garçon flegmatique, réfléchi, fumeur de pipe, toujours prêt à soutenir les âmes faibles. Mais intimement j'éprouvais une violente incompréhension face à ma propre inutilité, l'impression que mes efforts pour empoigner la vie à bras-le-corps avaient échoué, et que ma lutte pour donner à autrui la liberté ne m'avait pas aidé à trouver la mienne. Dans mes moments les plus sombres, je me voyais en héros ridicule à la Don Quichotte, plutôt qu'en protagoniste des romans de Buchan.

J'entrepris d'écrire des versions satiriques de ma vie, et lorsque je passai en revue les épisodes que je vous ai racontés jusqu'ici, je leur donnai des titres picaresques qui stigmatisaient leur futilité. Panda : où je sauve nos intérêts dans le Moyen-Orient ! Ben : où je démasque un transfuge britannique ! Bella : où je fais l'ultime sacrifice ! Teodor : où je prends part à la grande mascarade! Jerzy : où je joue le jeu jusqu'au bout! Je ne pouvais cependant nier les résultats positifs de ce dernier épisode, malheureusement éphémères, comme en général dans le Renseignement, et sans incidence ultérieure sur le déferlement populaire qui a aujourd'hui submergé son pays.

Tel Don Quichotte, je m'étais juré au seuil de ma vie d'arrêter la marche du mal. Et voilà qu'à mes heures de cafard, je commençais à me croire devenu l'un de ses serviteurs. Mais j'attendais toujours que le monde me donnât l'occasion d'agir... et lui en voulait de ne pas savoir m'utiliser.

Pour mieux comprendre, il vous faut savoir ce qui m'arriva après Munich. Jerzy, quoi qu'il ait pu me faire d'autre, m'apporta un certain prestige, et le Cinquième Étage créa pour moi le poste d'organisateur opérationnel itinérant, chargé de missions éclair « pour évaluer, et si possible exploiter, certaines possibilités hors du champ d'action de l'antenne locale ». *Dixit* mon affectation, signée et retournée à l'envoyeur.

En y repensant, je m'aperçois que les perpétuels déplacements liés à cette fonction (l'Amérique centrale une semaine, l'Irlande du Nord la suivante, l'Afrique, le Moyen-Orient, l'Afrique à nouveau) calmèrent mon instabilité latente, et que Personnel le savait sûrement, car je m'étais bêtement lancé depuis peu dans une aventure avec une certaine Monica, employée à la section liaison industrielle du Service. J'avais décidé qu'il me fallait une maîtresse, je l'avais vue à la cantine, et l'avais choisie pour le rôle. Ce fut aussi simple que ça. Comme je rentrais chez moi en voiture par un soir pluvieux, je l'aperçus à l'arrêt du bus n° 23. La banalité faite femme. Je l'emmenai chez elle, puis au lit et au restaurant. Nous cherchâmes à analyser notre conduite, et décidâmes que nous étions tombés amoureux, confortable explication qui nous convint pendant quelques mois, jusqu'à ce qu'une tragédie m'ouvre brutalement les yeux. Grâce à Dieu, je me trouvais à Londres pour un briefing avant ma prochaine mission lorsque j'appris que ma mère se mourait. Le mauvais goût divin voulut que je fusse au lit avec Monica quand je reçus l'appel. Au moins pus-je assister à la fin, qui fut longue mais étrangement paisible.

Je n'y étais toutefois nullement préparé. De même que j'avais toujours réussi à contourner les obstacles difficiles par le passé, je m'étais mis en tête que je surmonterais la mort de ma mère. Grossière erreur. Smiley m'avait dit un jour qu'en général les complots ne survivent pas au contact avec la réalité. Ce fut le cas de mon petit complot personnel pour me convaincre de considérer sereinement la mort de ma mère comme un soulagement nécessaire et bienvenu à ses souffrances. J'avais compté sans le fait que la souffrance serait mienne.

Je me sentais à la fois orphelin et exalté. Je ne peux pas décrire autrement cette impression. Sans que je m'en aperçoive, ma mère avait assumé le rôle de mon père décédé depuis longtemps. Sa mort signifiait donc la disparition de mon enfance, mais aussi d'une grande partie de ma vie d'adulte. Je me retrouvais enfin libre face aux défis de la vie, alors que la plupart étaient déjà derrière moi — esquivés, occultés, ou gâchés. Enfin libre d'aimer. Mais qui? Pas Monica, hélas, même si je protestais du contraire dans l'espoir que les faits s'ensuivraient. Ni Monica ni mon mariage ne m'offraient la magie que mon rôle de survivant m'imposait désormais de découvrir. Dans les toilettes roses de l'entreprise de pompes funèbres, après ma veillée, je fus horrifié de voir dans le miroir le visage d'un espion irrémédiablement marqué par une vie de mensonges.

L'avez-vous déjà vu dans votre entourage, ou sur vous, ce masque? Personnellement, j'avais fini par ne plus remarquer ce compagnon de tous les jours, jusqu'à ce que le choc de la mort me le fasse redécouvrir. La réserve qui rend nos sourires artificiels ne nous quitte ni dans la joie, ni dans l'ébriété, ni même, paraît-il, dans l'acte d'amour : le gyrophare reste en position, et une voix réprobatrice nous rappelle notre vocation. Cette réserve finit par devenir si flagrante qu'elle représente un risque pour la sécurité. Aujourd'hui, lorsque j'assiste à une réunion ou une soirée des anciens de Sarratt, la souillure qui marque secrètement chacun de nous me crève les yeux. Derrière un visage trop joyeux ou trop sérieux, je vois les vestiges d'une vie régie par la réserve. Nul besoin de savoir ce qui déclenche un éclat de rire pour comprendre qu'il ne trahit rien — ni le rieur, ni son aliénation, rien. Dans ma jeunesse, je croyais que seuls les inhibés des classes dirigeantes britanniques finissaient ainsi. Ils sont nés avec ce carcan, dont ils n'ont jamais su se débarrasser, me disais-je face à leurs politesses hypocrites, en leur rendant un sourire bon enfant. N'étant qu'à moitié anglais, je m'étais cru à l'abri de cette calamité, jusqu'au jour où, dans les toilettes roses des pompes funèbres, je constatai que cette même ombre qui plane sur tous ne m'avait pas épargné.

De ce jour-là, me semble-t-il, je me tournai résolument vers l'horizon. Je commence si tard! pensais-je. Et avec un tel handicap! Ma vie sera une quête ou ne sera pas! C'était justement la crainte de son inexistence qui me poussait à aller de l'avant. Du moins le vois-je ainsi aujourd'hui, et je vous demande d'en faire autant, à travers les souvenirs fragmentés de cette époque surréaliste de ma vie. Aux yeux de l'homme que j'étais devenu, chaque rencontre était une rencontre avec moi-même.

Chaque confession d'un inconnu devenait ma confession, et celle de Hansen la plus accablante de toutes, mais de ce fait la plus réconfortante, au bout du compte. Après l'enterrement de ma mère, je dis au revoir à Monica et Mabel, et partis le lendemain pour Beyrouth. Ce départ banal fut pourtant précédé par un épisode déconcertant.

Pour me préparer à cette mission, je partageais un bureau avec un homme assez intelligent du nom de Giles Latimer, qui avait trouvé son créneau dans le service dit « des Mollahs déments ». Il essayait de démêler l'écheveau apparemment inextricable des groupes intégristes musulmans opérant à partir du Liban. L'idée favorite des théoriciens en chambre du terrorisme, qui voudrait assimiler tous ces mouvements à un supercomplot, est ridicule. Si seulement c'était vrai, on pourrait espérer leur mettre la main dessus ! Alors qu'ils nous échappent toujours, se groupent et se regroupent telles des gouttelettes sur un mur suintant, et sont tout aussi insaisissables.

Arabisant et bridgeur distingué, Giles était le seul en passe d'accomplir l'impossible, et mon travail consistait à boire ses paroles tandis qu'il me briefait pour ma mission. Ce grand échalas au cheveu laineux, un camarade de promotion, avait un air juvénile accentué par la rougeur de ses joues, en fait couperosées. Il mettait un point d'honneur à se comporter en gentleman, et passait son temps à tenir les portes pour les dames et se mettre au garde-à-vous devant elles. Par deux fois au printemps, je le vis trempé jusqu'aux os, car il avait pour habitude de prêter son parapluie à quiconque envisageait de s'aventurer dehors sans rien. Il restait simple malgré sa fortune. C'était un homme très bien, marié à une femme très bien, qui organisait des tournois de bridge intra-Service et se rappelait jusqu'au prénom des simples employés et de leur famille. Ce qui rendit d'autant plus surprenant la disparition progressive de ses dossiers.

Je fus le premier à constater le phénomène, au hasard de mes recherches sur une Allemande prénommée Britta. Pour retracer son odyssée dans les camps d'entraînement terroristes du Souf, je réclamai un dossier annexe contenant des interceptions de documents explosifs à son sujet. Il s'agissait de renseignements américains, et quand j'eus réglé toute la paperasserie pour figurer sur la liste d'accès, le dossier avait disparu. La fiche de sortie portait le nom de Giles, mais cela n'avait rien d'étonnant, parce que Giles était Giles et que son nom figurait sur toutes les listes.

Pourtant, il ignorait où se trouvait le dossier. Il se rappelait l'avoir lu, et pouvait même en citer des passages, mais il croyait me l'avoir passé. On devait l'avoir envoyé au Cinquième Étage, me dit-il, ou retourné au Fichier central. Ou ailleurs.

On porta le dossier manquant, on informa les limiers du Fichier central, et tout se passa normalement pendant deux jours jusqu'à ce que l'incident se reproduise. Cette fois, ce fut la secrétaire de Giles qui donna l'alarme, quand le Fichier central réclama les trois volumes sur les Frères du Prophète, un groupe obscur censément basé à Damour.

Là encore, Giles ne savait rien ; il n'avait jamais vu ces dossiers. Les limiers du Fichier central lui montrèrent sa signature sur le reçu, mais il la désavoua tout net. Et quand Giles niait quelque chose, on n'avait pas envie de le contredire. Je le répète, il était d'une droiture évidente.

La chasse battait maintenant son plein, et l'on faisait partout des inventaires. Le Fichier central, qui vivait ses derniers jours avant son informatisation, était encore capable de retrouver ce qu'il cherchait, au moins d'en certifier la perte. Aujourd'hui, l'employé secoue la tête et appelle un ingénieur.

Le Fichier central découvrit que trente-deux dossiers sortis par Giles avaient disparu, dont vingt et un top secret, cinq ultra-secrets, et six classés « diffusion restreinte », ce qui hélas signifiait qu'aucun sympathisant à la cause israélienne n'avait le droit de les consulter. Vous penserez ce que vous voudrez de cet ostracisme répugnant, que la plupart d'entre nous trouvaient gênant. Mais c'était le Moyen-Orient.

Ce fut Personnel qui me fournit le premier indice sur l'ampleur de la crise, un vendredi matin. Il aimait se sentir protégé par l'approche du week-end quand il s'apprêtait à frapper un grand coup.

— Dites, Ned, il va bien Giles, en ce moment ? me demanda-t-il, sur un ton de franche camaraderie.

— Très bien, oui.

— Il est chrétien, non ? Très pieux ?

— Oui, il me semble.

— Enfin, nous le sommes tous, mais lui est un fervent pratiquant, je crois ? Qu'en pensez-vous, Ned ?

— Nous n'en avons jamais parlé.

— Et vous, vous l'êtes ?

— Non.

— Diriez-vous par exemple que Giles pourrait éprouver de la sympathie pour, euh... la secte anglo-israélite, ou quelque chose du même genre ? Je n'ai rien contre eux, entendons-nous bien. Pour moi, chacun est libre de ses opinions.

— Il est très orthodoxe, ni puritain ni exalté, j'en suis sûr. Il fait des lectures à l'église paroissiale. Il doit même prêcher de temps en temps, mais pas plus.

— Ça confirme ce que j'ai là, se plaignit Personnel en tapotant un dossier fermé. C'est exactement l'image que j'ai de lui, Ned. Alors qu'est-ce qui se passe ? Mon travail n'est pas toujours facile, vous savez. Pas toujours agréable.

— Pourquoi ne lui demandez-vous pas directement ?

— Oh, je sais, je sais, il faut que je le fasse. A moins que vous ne vous en chargiez, bien sûr. Vous pourriez l'inviter à déjeuner, à mes frais évidemment. Tâter un peu le terrain. Et me dire ce que vous en pensez.

— Non.

Sa franche camaraderie céda le pas à une attitude beaucoup plus cassante.

— J'étais sûr que vous diriez ça. Je me fais du souci pour vous, Ned. Vous êtes un coureur de jupons et une satanée tête de mule. C'est votre sang hollandais, ça. Alors fermez-là, c'est un ordre.

Finalement, ce fut Giles qui m'invita à déjeuner. Personnel avait dû jouer sur les deux tableaux, en lui racontant une histoire à mon sujet. Quoi qu'il en soit, à 12 h 30 Giles se leva d'un bond, et me dit : « Allez, Ned. C'est vendredi. Viens, je t'invite à déjeuner. Je n'ai pas fait un vrai déjeuner depuis des années. »

Une fois installés à une table près de la fenêtre au Travellers, nous vidâmes rapidement une bouteille de Sancerre. Giles commença à me raconter sa récente mission de liaison auprès du FBI à New York. Après un début normal, sa voix se fit bientôt monocorde, et ses yeux se fixèrent sur un point dans le vague. Je mis d'abord ça sur le compte du vin, car il n'avait ni l'allure ni la descente d'un vrai buveur. Mais il parlait avec une réelle conviction, et l'intensité d'un visionnaire.

— Des types bizarres, ces Américains, Ned. Il faut s'en méfier. Au départ, tu ne penses pas que c'est après toi qu'ils en ont. Par exemple à l'hôtel. Il y a toujours des indices à l'hôtel. Trop de sourires quand tu t'inscris sur le registre ; trop d'intérêt pour tes bagages... Ils t'observent. Là, c'était un gratte-ciel tout en verre, avec une piscine sur le toit, et la vue sur les hélicoptères qui remontent le fleuve. « Bienvenue, monsieur Lambert. Et bonne journée, monsieur. » Lambert, c'est le nom de couverture que j'utilise toujours aux États-Unis. Ils m'avaient mis au quatorzième étage. Moi, je suis un maniaque. Depuis toujours. Je me sers d'embauchoirs, tu vois le genre. Je n'y peux rien, mon père était pareil. Quand j'arrive dans une chambre, je range les chaussures ici, les chemises là, les chaussettes là-bas, les costumes dans un certain ordre. Tu as remarqué que nous autres Anglais, on ne porte jamais de costumes légers ? On choisit un tissu qu'on croit léger, le tailleur confirme. « C'est le plus léger en magasin, monsieur. On ne fait pas plus léger. » Ils auraient dû s'y mettre depuis le temps, avec tous leurs débouchés aux États-Unis. Mais non. A la tienne.

Nous levâmes nos verres, puis je lui servis de l'eau minérale. Il transpirait.

— Le lendemain, je rentre à l'hôtel après une journée de réunions du genre « apprécions-nous mutuellement ». Et je les aime bien d'ailleurs, ils sont sympathiques, mais... un peu spéciaux. On a des attitudes différentes. Ils sont armés, et ils veulent des résultats alors qu'on sait tous parfaitement qu'il ne peut pas y en avoir. Plus on tue de fanatiques, plus il en arrive pour les remplacer. Moi je le sais, mais pas eux. Mon père aussi a été arabisant.

Je lui dis que je l'ignorais, et lui demandai de me raconter. J'essayais de changer de sujet, sachant que je me sentirais plus à l'aise s'il me parlait de son père, et non de l'hôtel.

— Bref, je rentre, et ils me donnent ma clé. « Une minute. Elle n'est pas au quatorzième, celle-là. C'est la clef d'une chambre au vingt et unième. Il doit y avoir une erreur. » Bien sûr, je dis ça avec un sourire. Tout le monde peut se tromper. C'est une réceptionniste ce jour-là, une femme imposante, qui me répond : « Il n'y a pas eu d'erreur, monsieur Lambert. Vous êtes au vingt et unième. Votre numéro de chambre est le 2109. » « Non, non. C'est le 1409. Regardez », et je fouille mes poches devant elle pour retrouver cette espèce de carte d'identité qu'on te donne à l'arrivée. Mais je ne la retrouve pas. « Écoutez, je lui dis. Croyez-moi. J'ai une excellente mémoire. J'ai la chambre 1409. » Elle sort le registre, elle me le montre : Lambert, 2109. Je prends l'ascenseur, j'ouvre la porte, et tout y est. Les chaussures ici, les chemises là, les chaussettes là-bas, les costumes dans le même ordre, exactement comme dans l'autre chambre, au quatorzième. Tu sais ce qu'ils avaient fait?

Je répondis à nouveau par la négative.

— Ils l'avaient photographiée au polaroïd.

— Mais pourquoi?

— Ils voulaient me mettre sur écoute. Il y avait des micros dans la 2109, pas dans la 1409. Alors ils m'ont changé de chambre. Ils pensaient que j'étais un espion arabe.

— Quelle idée!

— A cause de mon père. Ils savaient qu'il avait soutenu Lawrence, et ils ont pris leur décision. C'est comme ça qu'ils font, ils photographient ta chambre.

Je me souviens à peine de la fin du déjeuner. J'ai oublié ce que nous avons mangé et bu, et tout le reste. J'ai un vague souvenir de Giles vantant Mabel, la parfaite épouse pour un membre du Service, mais peut-être est-ce seulement la voix de ma conscience. Tout ce que je me rappelle, c'est Giles et moi de retour dans son bureau à la Centrale, pour trouver

Personnel devant l'armoire métallique. Derrière la porte arrachée, les trente-deux dossiers manquants étaient entassés au petit bonheur sur les étagères — tous ceux dont Giles n'avait pas eu le temps de s'occuper pendant qu'il faisait ce que Smiley avait appelé une crise de déprime force douze.

Pourquoi? Comme je l'appris par la suite, Giles avait lui aussi trouvé une Monica. Visiblement, ce qui l'avait perdu était sa passion pour une jeune fille de son village âgée de vingt ans. Son amour, sa culpabilité et son désespoir avaient déréglé la machine. Il avait poursuivi la routine quotidienne (évidemment, c'était un soldat), mais son esprit ne fonctionnait plus, obnubilé par ses nouvelles préoccupations, même si Giles se refusait à l'admettre.

Quant aux autres causes de sa déchéance, à vous de les découvrir, ainsi qu'aux psychiatres maison, chaque jour plus influents. Était-elle due à la distance qui sépare le rêve de la réalité? Au fossé entre les aspirations de Giles dans sa jeunesse, et le bilan de sa vie au seuil de l'âge mûr? L'horrible vérité, c'est que Giles m'avait effrayé. Je sentis qu'il m'avait précédé sur la pente glissante que je commençais à suivre. Je le ressentis en conduisant vers l'aéroport, et dans l'avion en pensant à ma mère. Je bus plusieurs whiskies pour oublier.

J'éprouvais encore cette sensation en déballant mes quelques effets dans la chambre 607 de l'hôtel Commodore à Beyrouth, quand le téléphone sonna soudain tout près de moi. Je décrochai avec l'idée idiote qu'Ahmed le réceptionniste appelait pour m'informer qu'on m'avait donné une autre chambre au vingt et unième étage. Je me trompais. L'épisode surréaliste numéro deux venait de s'annoncer.

La fusillade avait commencé, un tir mobile de semi-automatique. Sûrement une bande de gamins dans un pick-up japonais qui arrosaient le quartier à l'AK47. C'était une de ces périodes à Beyrouth où l'on pouvait régler sa montre sur les premières distractions nocturnes. Les fusillades ne m'ont jamais vraiment dérangé, car on peut y trouver une certaine logique, aussi anarchique soit-elle : on tire sur vous, ou sur d'autres. Ma plus grande phobie était la voiture piégée : ne jamais savoir, quand on se hâte sur un trottoir ou qu'on se traîne en sueur dans les embouteillages, si une voiture garée ne va pas souffler tout le pâté de maisons d'un coup, et vous réduire en une telle bouillie qu'une housse à cadavre ne sera même pas nécessaire, encore moins un enterrement. Ce qu'on remarquait dans un attentat à la voiture piégée, enfin... après, c'étaient les chaussures. Les gens explosaient littéralement, mais les souliers demeuraient intacts : une fois les bouts de chair ramassés, il restait une ou deux paires de chaussures portables parmi les bris de verre, les dentiers écrasés et les lambeaux de vêtements. Un petit tir de mitraillette comme celui-là, ou de bazooka, m'inquiétait plutôt moins que d'autres gens.

Je décrochai le téléphone et, en entendant une voix féminine, me figeai au souvenir de mes soucis domestiques, et aussi parce que j'avais pour mission de retrouver une Allemande — cette Britta qui avait pris des cours de terrorisme dans les montagnes du Souf.

Mais cet accent américain du Midwest et cette voix terrorisée n'appartenaient ni à Britta, ni à Monica, ni à Mabel. J'étais Peter, ne pas l'oublier : Peter Carter, envoyé spécial d'un grand quotidien anglais, même si son correspondant permanent dans ce pays n'avait jamais entendu parler de moi. Je me remémorai cette identité en écoutant mon interlocutrice.

— Peter, nom de Dieu, j'ai besoin d'être près de toi ! dit-elle d'un seul souffle. Où étais-tu encore fourré, bon sang ?

A une rafale de mitrailleuse lourde répondit aussitôt l'explosion d'une grenade à hélice. La voix poursuivit, encore plus effrayée :

— Bon Dieu, Peter, pourquoi tu ne m'appelles pas ? D'accord, j'ai dit des tas de saloperies, je t'ai fait du mal. Mais je suis désolée. Enfin, merde à la fin, on n'est plus des mômes quand même ! Tu sais que j'ai horreur des fusillades.

Coups de fusil déchaînés. Parfois les gamins tiraient en l'air juste pour impressionner l'adversaire. La voix de l'Américaine se fit encore plus pressante.

— Parle-moi, Peter ! Raconte-moi une histoire drôle, tu veux ? Il doit bien se passer quelque chose d'amusant quelque part sur cette planète ! Peter, tu veux bien me répondre, s'il te plaît ? Tu n'es pas mort, au moins ? Tu n'es pas par terre avec la tête arrachée ? Secoue la tête pour dire non. Je ne veux pas mourir seule, Peter. Je suis très sociable. J'aime la compagnie, dans l'amour comme dans la mort. Peter, réponds-moi, je t'en prie !

— Quelle chambre demandez-vous ?

Silence de mort. Comme celui qui plane entre deux rafales de coups de feu.

— Qui est à l'appareil ? demanda-t-elle.

— Je m'appelle bien Peter, mais je ne crois pas être le vôtre. Quelle chambre appelez-vous ?

— Celle-ci.

— Quelle numéro ?

— Six cent sept.

— Je suis désolé, il a dû quitter l'hôtel. Je suis arrivé à Beyrouth cet après-midi. On m'a donné cette chambre.

Une grenade explosa, contrée par une autre. Dans

la rue, à environ trois pâtés de maisons, quelqu'un se mit à hurler. Puis les cris s'arrêtèrent brutalement.

— Il est mort ? murmura-t-elle.

Je ne répondis pas.

— C'était peut-être une femme.

— Peut-être.

— Qui êtes-vous ? Vous êtes anglais ?

— Oui.

Peter aussi, pensai-je sans savoir pourquoi.

— Qu'est-ce que vous faites ? demanda-t-elle.

— Dans la vie ?

— Parlez-moi. Parlez, c'est tout.

— Je suis journaliste.

— Comme Peter ?

— Je ne sais pas quel genre de journaliste il est.

— C'est un dur. L'école du danger. Vous êtes un dur, vous aussi ?

— Certaines choses me font peur, d'autres pas.

— Les souris ?

— Elles me donnent une frousse bleue.

— Vous êtes un bon journaliste ?

— Oh, ça dépend de la qualité des nouvelles. Je n'écris plus beaucoup ces temps-ci. J'ai un poste rédactionnel.

— Vous êtes marié ?

— Et vous ?

— Oui.

— Avec Peter ?

— Non, pas avec Peter.

— Vous le connaissez depuis longtemps ?

— Mon mari ?

— Non, Peter.

Je ne me demandai pas pourquoi son adultère m'intéressait plus que son mariage.

— On ne compte pas le temps comme ça, ici..., répondit-elle. Un an, deux ans, on ne dit pas ce genre de choses. Pas à Beyrouth. Vous êtes marié aussi, non ? Vous ne vouliez pas me le dire avant que je vous aie répondu.

— Oui, je suis marié.

— Alors parlez-moi d'elle.

— De ma femme ?

— Oui. Vous l'aimez ? Elle est très grande ? Elle a une belle peau ? Elle est très britannique, très flegmatique ?

Je lui donnai quelques détails peu compromettants sur Mabel et en inventai d'autres. Je me faisais horreur.

— C'est vrai, qui peut croire au sexe après quinze ans passés avec le même partenaire ? lança-t-elle.

Je ris, mais ne répondis pas.

— Vous lui êtes fidèle, Peter ?

— Sans relâche, fis-je après une pause.

— Bon, allez, au boulot. Retournez travailler. Qu'est-ce que vous faites ici ? Un papier spécial ? Racontez-moi.

L'espion en moi éluda la question.

— Il serait peut-être temps que vous me disiez ce que vous, vous faites dans la vie ! rétorquai-je. Vous êtes journaliste, aussi ?

Des balles traçantes déchirèrent le ciel. Et le tir reprit.

— Bien sûr que je noircis du papier, fit-elle d'une voix soudain lasse, comme épuisée par la peur.

— Pour qui ?

— Pour une putain d'agence de dépêches, voyons ! Cinquante cents la ligne, et un enculé me pique le matériel et se fait deux briques en un après-midi. Rien de neuf sous le soleil.

— Comment vous appelez-vous ?

— Oh, je ne sais pas. Disons, Annie. Appelez-moi Annie. Vous savez, vous êtes vraiment sympa. Qu'est-ce que vous faites si un doberman se frotte contre votre jambe ?

— J'aboie ?

— Non, vous imitez l'orgasme. J'ai peur, Peter. Je ne vous l'ai peut-être pas dit clairement. J'ai besoin d'un verre.

— Où êtes-vous ?

— Ici même.

— Où ça ?

— Dans l'hôtel, nom de Dieu ! Au Commodore. Je suis dans le hall. Ahmed sent l'ail, et je me fais zyeuter par le Grec.

— Quel Grec ?

— Stavros. Il deale des drogues dures en jurant qu'elles sont douces. C'est un enfoiré de première.

Je tendis l'oreille, et distinguai pour la première fois le brouhaha des voix en fond sonore. La fusillade était finie.

— Peter ?

— Oui.

— Peter, éteignez la lampe.

Elle devait savoir que seule marchait dans la chambre une lampe de chevet branlante avec un abat-jour en papier, posée sur une commode entre les deux sofas. Je l'éteignis. Les étoiles se montraient à nouveau.

— Déverrouillez votre porte et laissez-la entrouverte. A peine. Vous avez de l'alcool ?

— Une bouteille de scotch.

— Pas de vodka ?

— Non.

— Des glaçons ?

— Non.

— J'en apporte. Peter ?

— Oui ?

— Vous êtes quelqu'un de bien. On vous l'a déjà dit ?

— Pas depuis une éternité.

— Guettez-moi, fit-elle avant de raccrocher.

Elle ne vint jamais.

Expliquez-le comme vous voudrez. Moi-même j'imaginai toutes les éventualités, assis sur le divan à surveiller la porte dans la pénombre, à guetter le pas de cette femme dans le couloir tandis que ma vie défilait devant mes yeux.

Au bout d'une heure, je descendis au bar repérer les voix de clientes américaines, mais aucune ne correspondait. Je cherchais qui pourrait s'appeler Annie et faire des propositions à un inconnu par téléphone. Je soudoyai Ahmed pour qu'il m'apprenne qui avait utilisé le téléphone intérieur dans le hall à 21 heures mais, Dieu sait pourquoi, sa mémoire ne gardait pas trace d'une Américaine affolée.

J'essayai même d'établir l'identité du précédent occupant de ma chambre, de savoir si son prénom était Peter. Ahmed, soudain étrangement vague, m'apprit seulement que le client en question était allé voir sa vieille mère à Tripoli, et que l'hôtel ne tenait pas de registre.

Le vrai Peter était-il revenu à la dernière minute chercher l'Américaine ? Stavros le Grec l'avait-il enlevée ? Se prostituait-elle ? Et moi, après tout ? Ahmed lui servait-il de maquereau ? Et l'appel téléphonique ? Un coup bien calculé qu'elle faisait à tous les nouveaux arrivants de l'hôtel pour les racoler alors qu'ils étaient seuls et angoissés le premier soir ?

Ou bien, comme je préférais le croire, était-elle simplement terrorisée en l'absence de son amant, et désireuse d'oublier dans les bras d'un autre la tourmente nocturne de la ville ?

Sans percer ce mystère, j'avais au moins appris quelque chose sur moi-même. Quelque chose de déconcertant. Ma solitude représentait un grand danger, tant elle me rendait disponible ; j'avais un immense besoin de donner de l'amour et d'en recevoir, et ce que le Service appelait « fiabilité personnelle » était une qualité bien instable en moi, comparée à ma soif grandissante de relations humaines. Je pensai à Monica, à mes déclarations creuses, vœux pieux que les dieux n'exauçaient pas. Je songeai à la passion désespérée de Giles Latimer. Et cette femme qui se faisait appeler Annie semblait avoir grossi les rangs de ces messagers dont les voix angoissées parlaient en moi.

Après la femme sans visage vint le garçon sans visage. Le lendemain soir.

Épuisé, je m'étais installé seul dans le hall de l'hôtel pour boire un scotch. J'avais fait la tournée des camps près de Saïda, et ma main tremblait encore après cette journée ordinaire au Sud-Liban. C'était à présent l'heure magique du crépuscule, où la faune de Beyrouth oublie ses querelles pour converger vers le point d'eau commun. Le même phénomène se produit dans la jungle, peut-être l'avez-vous constaté comme moi. Au signal donné, éléphants, phacochères, gazelles, lions et girafes se hasardent hors de l'ombre protectrice des arbres et, dans un silence quasi général, s'installent sur les rives boueuses. C'était le même spectacle dans le hall du Commodore à l'heure où les journalistes rentraient de leurs excursions de la journée. Au rythme un peu poussif des portes vitrées automatiques, qui soupiraient et renâclaient sous l'effort, la nuit de Beyrouth dégorgeait son troupeau bigarré : une équipe de télévision suédoise, guidée par une blonde au teint cendreux portant un jean de grand couturier; le photographe et le correspondant d'un hebdomadaire américain; les envoyés d'agences de presse, toujours en tandem; un vieil Allemand de l'Est mystérieux avec sa maîtresse japonaise. Tous adoptaient la même nonchalance étudiée pour entrer et s'arrêter un instant avant de se débarrasser du fardeau de la journée.

Non qu'elle fût terminée. Pour les vrais journalistes, il restait à envoyer les films, écrire les articles, les télexer ou les téléphoner. Untel avait disparu et devait être retrouvé. Untel avait été gravement blessé par balle, sa femme était-elle au courant? Néanmoins, la porte vitrée qui se refermait sur eux symbolisait leur victoire : une journée de plus arrachée à l'ennemi. La meute des scribouillards se calfeutrait pour la nuit.

Je les observai en attendant un homme, qui en connaissait un autre, qui en connaissait un troisième, qui peut-être éventuellement connaissait la femme qu'on m'avait chargé de retrouver. Ma journée jusque-là infructueuse se résumait à une énième tournée chez les déshérités de ce monde.

Dans le hall se rassemblaient aussi d'autres espèces, moins nobles, mais souvent plus intéressantes pour l'observateur : profiteurs, trafiquants d'armes, dealers, et petits diplomates en costume sombre; ces marchands d'influence et de renseignements suaient à grosses gouttes en surveillant le hall d'un œil affolé. Sans oublier les espions de tout poil, qui réglaient ouvertement leurs affaires, puisque à Beyrouth c'était de notoriété publique. Pas une seule personne en ce lieu qui n'eût sa source bien informée, ne fût-ce qu'Ahmed derrière son comptoir, prêt à vous révéler tous les secrets de l'univers pour quelques dollars et un sourire.

Mais l'homme qui attira mon regard détonnait dans la ménagerie pourtant folklorique du Commodore. Il avait dû entrer derrière un groupe, car je le remarquai seulement quand il se détacha sur la masse sombre des portes vitrées du hall. Il portait un maillot rayé de footballeur, et, négligemment noué autour de la tête, un voile d'infirmière d'un blanc immaculé. N'eût été sa silhouette longiligne, je n'aurais su dire du premier coup d'œil s'il s'agissait d'une femme se faisant passer pour un homme, ou l'inverse.

L'homme de la sécurité l'avait remarqué également, ainsi qu'Ahmed le concierge. Ses deux Kalachnikovs reposaient contre le mur derrière son imposant comptoir, juste sous les casiers à clés. Je vis Ahmed reculer discrètement d'un demi-pas pour s'en rapprocher. A cette heure d'affluence, une petite grenade à main jetée dans le hall aurait mis fin à la moitié des trafics les plus lucratifs de la ville.

Mais l'inconnu continuait d'avancer, inconscient ou insouciant de la curiosité qu'il éveillait. Grand, jeune et agile, malgré une certaine raideur, il semblait un robot sans volonté guidé par la voix de son maître. Je le distinguais mieux à présent. Il portait des lunettes de soleil, une moustache et une barbe de quelques jours. Voilà pourquoi son visage m'avait paru si sombre, outre le contraste avec la blancheur du foulard sur sa tête. Ce qui m'alerta fut sa démarche d'automate : à quelle espèce de fanatique avions-nous affaire ?

Il était arrivé au centre du hall. Certains clients s'écartèrent de son chemin, d'autres lui jetèrent un bref coup d'œil, d'autres encore lui tournèrent délibérément le dos, comme s'ils le connaissaient et ne l'aimaient pas. Soudain, à la vive clarté du lustre central, il me parut encore plus grand. La tête en avant, les bras ballants, il semblait monter à l'échafaud en réponse à un ordre divin. Il était américain, je le voyais maintenant. Genoux fléchis, poignets déliés, hanches presque féminines : le parfait Américain. Ses lunettes noires ne lui suffisaient apparemment pas, car au bout de sa longue main pendait une visière en toile, comme celle des joueurs professionnels et des journalistes de nuit dans les films des années quarante. Il mesurait plus d'un mètre quatre-vingts. Il portait des tennis silencieux, d'un blanc aussi immaculé que son foulard.

Un Arabe dément ? me demandai-je.

Un Sioniste fou ? Ça s'était déjà vu.

Un junkie ?

Un lycéen post-hippie venu voir la guerre en touriste, pour planer dans la cité des damnés ?

Ayant changé de direction, il s'entretenait maintenant avec le réceptionniste, mais à demi tourné vers le hall, comme s'il cherchait déjà du regard la personne qu'il demandait. Je repérai alors les marques rouges sur ses joues et son front, plus voyantes que de l'urticaire ou la varicelle. Il avait dû se faire dévorer par des punaises dans le lit d'un hôtel miteux ; ou il était passé tête la première à travers le pare-brise d'une vieille voiture. Il se dirigea vers moi. D'un pas mécanique, imperturbable. D'un pas décidé, en homme habitué à être le point de mire. D'un pas rageur, la visière se balançant au bout de sa main. Derrière ses lunettes noires, je devinais son regard courroucé fixé sur moi, qui finissais mon verre. Une femme en jupe lui avait pris le bras, peut-être l'infirmière qui lui avait donné son voile. Ils vinrent se planter devant moi. Moi et personne d'autre.

— Monsieur ? Je vous présente Sol, annonça-t-elle (ou Mort, ou Syd, peu importe). Il demande si vous êtes le journaliste.

Je répondis que j'étais journaliste.

— Vous arrivez de Londres, monsieur ? Vous êtes le rédacteur en chef ? Vous avez de l'influence, monsieur ?

De l'influence, j'en doutais, fis-je avec un sourire modeste. Je travaillais à la direction, et n'étais ici que pour un bref séjour.

— Vous retournez bientôt à Londres, monsieur?

A Beyrouth, on apprend à ne pas préciser ses déplacements à l'avance. Je répondis « Oui, bientôt », mais j'avais en fait prévu de retourner dans le Sud le lendemain.

— Est-ce que Sol pourrait vous parler un moment, monsieur? Juste discuter? Il a vraiment besoin de rencontrer quelqu'un qui a de l'influence sur les grands journaux occidentaux. Les journalistes d'ici, il a l'impression qu'ils en ont trop vu, qu'ils sont blasés. Sol a besoin d'une voix à l'extérieur.

Je fis une place près de moi à l'infirmière, et Sol s'installa précautionneusement sur une chaise — silencieux, avec son maillot de foot à manches longues et son bandeau immaculé sur la tête. Il posa ses poignets sur ses genoux, tenant toujours la visière à deux mains. Puis il poussa un long soupir, et commença dans un murmure.

— Voilà, j'ai écrit quelque chose, monsieur? Je voudrais que ça soit imprimé dans votre journal, s'il vous plaît.

Sa voix, quoique faible, révélait une certaine éducation, et son ton monocorde, aussi mesuré que ses gestes, trahissait la souffrance que lui causait chaque mot. Par-dessus ses verres très sombres, je remarquai son œil gauche, plus petit que le droit, plus étréci. Ni gonflé, ni contusionné, simplement plus petit que l'autre, dépareillé, en quelque sorte. Et les marques rouges n'étaient ni des piqûres, ni de l'urticaire, ni des coupures, mais des petits cratères, tels les impacts d'armes portatives sur un mur de Beyrouth, stigmates du feu de l'action. Comme autour d'un cratère, la peau s'était boursouflée sans cicatriser.

Il me raconta son histoire sans que je l'en aie prié. Il était secouriste bénévole, étudiant en troisième année de médecine à Omaha. Il croyait en la paix, monsieur. Et il avait vu exploser une bombe, en bas près de la Corniche, dans ce restaurant très gravement touché, complètement détruit, vous devriez aller y jeter un coup d'œil, monsieur, Chez Akhbar, fréquenté par beaucoup d'Américains. Une voiture piégée. Il n'y a pas pire pour l'effet de surprise.

Je dis que je savais.

Presque tout le monde était mort, sauf lui, monsieur. Les clients installés le plus près du mur avaient littéralement explosé, continua-t-il, sans se rendre compte qu'il me faisait vivre mon pire cauchemar. Et il avait écrit un papier, car il se devait d'en parler, monsieur. Une simple déclaration modérée sur la paix, il avait besoin qu'elle paraisse dans mon journal, ça pourrait aider les choses. Ce week-end, ou lundi peut-être... Il ferait don de sa pige à une œuvre de bienfaisance. Sans doute deux cents dollars, ou plus ? Dans les hôpitaux de Beyrouth, ça offrait encore aux gens un peu d'espoir.

— On a besoin d'un répit, monsieur, expliqua-t-il de sa voix morne, tandis que la fille sortait de sa poche une liasse de feuillets dactylographiés. Un répit pour apaiser les esprits. Simplement une pause entre deux guerres pour trouver un compromis.

Le Commodore de Beyrouth était bien le seul endroit au monde où il pouvait paraître naturel qu'un pacifiste traumatisé par une bombe plaide une cause perdue auprès d'un journaliste qui n'en était pas un. Je promis néanmoins de faire mon possible. Quand j'eus réglé mon affaire avec l'homme que j'attendais (qui bien sûr ne savait rien, n'avait rien entendu dire, mais essayez peut-être d'en parler au colonel Asme à Tyr, monsieur), je m'installai dans ma chambre, me servis un verre, et me mis à lire cette offrande. Si jamais le manuscrit me semblait publiable, j'étais résolu à tirer un peu la manche d'un de nos innombrables amis de Fleet Street dès mon retour à Londres, pour le charger de s'en occuper.

C'était un récit dramatique, qui devint bientôt illisible : une supplique incohérente aux juifs, aux chrétiens et aux musulmans confondus, les exhortant à songer à leur mère, à leurs enfants, et de vivre ensemble dans l'amour. Sol illustrait son appel au compromis par des faits historiques erronés. Il proposait une nouvelle religion « que Jeanne d'Arc nous aurait donnée si les Anglais ne l'en avaient pas empêchée, avant de la brûler vive, sans écouter ses cris ni la volonté du petit peuple ». Ce grand mouvement novateur « unirait les races sémitiques dans une confrérie spirituelle d'amour et de tolérance ». Puis l'article perdait toute orientation, dans une débauche de majuscules, soulignages et rangées de points d'exclamation, jusqu'à dévier complètement de l'idée initiale, pour évoquer « cette famille nombreuse, des petits-enfants aux grands-parents, assise contre le mur au plus près de l'épicentre ». Ils avaient tous volé en éclats, pas une, mais des centaines de fois, à chaque fois que Sol osait plonger dans l'horreur de sa mémoire.

Et soudain je me retrouvai à écrire son article pour lui. Pour elle. Pour Annie. D'abord dans ma tête, puis en marge, et enfin sur une feuille vierge de papier 21 × 29,7 si vite noircie que j'en sortis une autre de ma mallette. Je ruisselais de sueur, par une de ces calmes nuits beyrouthaines où la chaleur moite et irritante descend des montagnes, et un funeste brouillard déroule sur la mer ses volutes grises comme la fumée d'une fusillade. J'écrivais, en me demandant si Annie allait me rappeler. J'écrivais à une inconnue en me mettant à la place d'un jeune homme traumatisé. En fait, j'écrivais des âneries prétentieuses, je le constatai avec horreur à mon réveil le lendemain. Je professais des sympathies contre nature, me gargarisais de grands sentiments, et pontifiais sur le cercle vicieux du mal, sur l'éternelle quête de l'homme pour trouver des raisons de faire ce mal.

Un répit, avait dit le garçon. Un répit pour apaiser les esprits, une pause entre deux guerres. Je le corrigeai sur ce point. Et Annie, par la même occasion. Je leur dis que les seules pauses dans l'histoire des conflits humains avaient été consacrées non à la modération, mais à l'excès. Des pauses pour permettre au monde de se diviser à nouveau, aux bourreaux et aux victimes de se trouver, à l'avidité et la misère de se rejoindre. Quand au matin je vis les pages que j'avais noircies tel un adolescent au cœur brisé, jonchant le sol près de la bouteille de whisky vide, je ne pus croire que j'en connaissais l'auteur.

J'agis d'instinct : je jetai les feuilles dans le lavabo, les brûlai, en écrasai les cendres, les dispersai dans les toilettes, et les fis disparaître dans les égouts de Beyrouth engorgés par les cadavres. Après quoi, je m'imposai en punition un jogging sur le front de mer, courant le plus vite possible pour fuir ce qui me poursuivait.

A vrai dire, je courais vers Hansen, pour échapper à moi-même, mais j'avais encore un arrêt à faire en chemin.

Je finis par trouver mon Allemande, Britta, en Israël, au beau milieu du désert du Néguev, dans un camp près du kibboutz de Revivim. Les cahutes grisâtres étaient entourées d'une bande de terre débroussaillée, et d'un double périmètre de barbelés, avec aux quatre coins un mirador bien gardé. S'il y avait là d'autres prisonniers européens, on ne me les présenta pas. Je vis seulement quelques jeunes filles arabes, originaires pour la plupart des villages pauvres de Cisjordanie ou de la bande de

Gaza. Leurs camarades palestiniens les avaient convaincues, par des paroles ou des coups, de commettre des actes barbares contre l'infâme occupant sioniste, en général poser des bombes dans les marchés ou en jeter dans des cars de civils.

Parti de Beersheba, j'arrivai au camp dans une jeep conduite par un jeune et fringant colonel du Renseignement. Enfant, son père avait été entraîné comme « commando de nuit » par l'excentrique général Wingate durant le mandat britannique; et il revoyait encore Wingate accroupi, nu dans sa tente éclairée à la bougie, dessinant le plan de bataille dans le sable. J'ai l'impression que les soldats israéliens parlent tous de leur père, et que bon nombre d'entre eux parlent des Anglais. Ayant vécu sous notre mandat, ils voient en nous ce que nous sommes sans doute restés : des antisémites incultes et impérialistes, hormis les rares exceptions qui nous rachètent. Dimona, où les Israéliens cachent leur arsenal nucléaire, était à deux pas.

Loin de m'avoir quitté, mon impression d'irréalité s'était accentuée. Comme si j'avais perdu cette distanciation qu'exige notre métier vis-à-vis de la condition humaine, mes sentiments et ceux d'autrui comptaient plus à mes yeux que mes observations objectives. Si l'on n'y prend garde, on risque fort de contracter au Liban une haine aveugle contre Israël. Pour ma part, j'avais été gravement atteint par le virus. A force de patauger dans la boue nauséabonde des camps délabrés, de me terrer dans des tranchées protégées par des sacs de sable, je m'étais convaincu que la soif de vengeance des Israéliens ne s'étancherait pas avant que le dernier enfant palestinien n'ait fermé à jamais ses yeux accusateurs.

Peut-être mon jeune colonel perçut-il mon état d'esprit. Arrivé de Chypre en avion, j'avais quitté Beyrouth depuis quelques heures à peine, et mes sentiments devaient encore se lire sur mon visage.

— Vous avez pu rencontrer Arafat ? demanda-t-il avec un sourire chagrin comme nous filions sur la route rectiligne.

— Non.

— Tiens ? Il est sympathique, pourtant.

Je laissai passer.

— Pourquoi voulez-vous voir Britta ?

Je lui expliquai, n'ayant aucune raison de ne pas le faire. Il avait fallu tout le pouvoir de persuasion de Londres pour m'obtenir une entrevue avec elle, et mes hôtes n'allaient sûrement pas me laisser lui parler en tête à tête.

— Nous pensons qu'elle serait peut-être prête à nous parler d'un de ses anciens petits amis.

— Et pourquoi donc ?

— Il l'a plaquée. Elle était furieuse.

— Qui est ce petit ami ? demanda-t-il avec une fausse innocence.

— Il est irlandais. Adjudant de l'IRA. Il briefe les poseurs de bombes, il fait une reconnaissance des cibles, il fournit le matériel. Elle a vécu avec lui dans la clandestinité à Amsterdam et Paris.

— Ça fait longtemps qu'il l'a quittée ?

— Six mois.

— Sa colère est peut-être passée, et elle vous enverra sur les roses. Pour une fille comme elle, c'est long, six mois.

Je demandai si elle avait beaucoup parlé durant sa détention.Question délicate, puisque les Israéliens refusaient toujours de dire depuis combien de temps et comment ils l'avaient capturée. Le colonel avait un visage large, et la peau mate. Sa famille était originaire de Russie. Il arborait l'insigne ailé des parachutistes sur sa chemise kaki à manches courtes. C'était un Sabra de vingt-huit ans, né à Tel-Aviv, et fiancé à une Séfarade du Maroc. Son père, le commando de nuit, était aujourd'hui dentiste. Le colonel m'avait raconté tous ces détails en quelques minutes dès notre rencontre, dans un anglais guttural d'autodidacte.

— Si elle a parlé? répéta-t-il avec un sourire sinistre, en réponse à ma question. Britta? Cette dame n'a pas arrêté depuis qu'elle réside ici.

Connaissant vaguement les méthodes israéliennes, je n'étais pas surpris, et frissonnai intérieurement à l'idée d'interroger une de leurs victimes. J'avais connu le même type de situation en Irlande, face à un homme boutonné jusqu'au menton qui m'avait regardé avec des yeux de moribond et avait tout avoué.

— Vous l'interrogez vous-même? demandai-je, remarquant à nouveau ses puissants avant-bras bronzés, sa mâchoire volontaire, et me rappelant peut-être le colonel Jerzy.

— Impossible, fit-il en secouant la tête.

— Pourquoi?

Il sembla sur le point de me révéler quelque chose, puis se ravisa.

— Nous avons nos experts, fit-il. Des gars du Shin Bet, aussi malins que Britta. Ils prennent leur temps avec elle. C'est comme de la famille.

J'avais aussi entendu parler de cette affectueuse famille, mais n'en dis rien. Les Sionistes avaient attiré Britta dans un piège, selon ce que m'avait soufflé à Tyr un informateur aux yeux injectés de sang. Partie des camps de réfugiés, elle s'était rendue à Athènes avec son nouveau petit copain Saïd, et trois amis de celui-ci. De braves gars, d'après mon informateur. Tous efficaces. Le plan prévoyait d'abattre au lance-roquettes un avion d'El Al au moment de son approche au-dessus de l'aéroport d'Athènes, près duquel ils avaient loué une maison. Britta, Européenne passant inaperçue, devait se tenir dans une cabine téléphonique à l'aéroport avec un émetteur-récepteur ondes courtes à trente dollars, et relayer les instructions de la tour de contrôle aux hommes postés sur le toit quand arriverait l'avion. Tout était prévu dans les moindres détails, au dire de mon informateur épuisé. Les répétitions avaient marché comme sur des roulettes. Mais le jour J, l'opération avait capoté.

Tout en l'écoutant, j'avais complété son récit en imaginant comment le Service aurait procédé s'il avait disposé des informations à l'avance : deux équipes pour prendre d'assaut simultanément le toit et la cabine téléphonique ; l'avion cible vide, puisque prévenu, atterrissant tranquillement à l'aéroport d'Athènes, et ramenant à Tel-Aviv les terroristes enchaînés aux fauteuils. Je me demandai ce que les Israéliens allaient faire de Britta, s'ils la jugeraient ou l'échangeraient contre quelques services.

— Qu'est-il arrivé aux hommes avec lesquels elle était à Athènes ? demandai-je au colonel, passant outre aux consignes de discrétion données par Londres.

— Les hommes ? Quels hommes ? Athènes ? Où est-ce, déjà ? C'était une innocente touriste allemande en vacances à Elath que nous avons kidnappée, droguée, emprisonnée ; et maintenant nous montons, paraît-il, une fausse accusation contre elle pour servir notre propagande ! Elle nous défie de prouver le contraire parce qu'elle sait que c'est impossible. Vous voulez d'autres renseignements ? Ne vous gênez pas, demandez à Britta.

Je ne comprenais pas son état d'esprit, d'autant moins qu'en descendant de la jeep il posa une main sur mon épaule et me souhaita bonne chance à sa façon.

— Elle est tout à vous. *Mazel tov*.

Je commençais à redouter ce que j'allais découvrir.

Une petite boulotte en uniforme nous reçut dans son bureau impeccable. Le personnel pénitentiaire ne manque jamais de balayeurs, pensai-je. Le capitaine Levi était la geôlière de Britta, aussi étonnant que cela puisse paraître. Elle parlait anglais comme une institutrice américaine de province, mais lentement, avec plus d'application. Elle avait des yeux vifs, des cheveux gris coupés court, un air de résignation bienveillante, et le teint poussiéreux des habitués de la vie carcérale. Pourtant, quand elle croisait les mains, on l'imaginait plus volontiers tricotant pour ses petits-enfants.

— Britta est très intelligente, fit-elle navrée. Il est parfois difficile pour un homme intelligent d'interroger une femme intelligente. Vous avez une fille, monsieur ?

Ne souhaitant pas l'éclairer sur mon personnage, je répondis non, ce qui était d'ailleurs la vérité.

— Quel dommage ! Enfin, tant pis. Ça viendra peut-être. Vous avez bien le temps. Vous parlez allemand ?

— Oui.

— C'est une chance. Vous pourrez communiquer avec elle dans sa langue. Ça vous permettra de mieux la connaître. Britta et moi ne parlons qu'anglais ensemble. Moi comme feu mon mari, un Américain, et Britta comme son ancien ami, un Irlandais. La consigne de Tel-Aviv est de vous accorder deux heures. Ça vous suffira ? Sinon, nous leur demanderons un délai, peut-être accepteront-ils. Mais peut-être que deux heures ce sera déjà trop. Nous verrons.

— Vous êtes trop bonne.

— Bonne ? Je ne sais pas. Peut-être devrions-nous être moins bons. Peut-être en faisons-nous trop. Vous verrez.

Sur quoi elle envoya chercher du café et Britta,

tandis que le colonel et moi nous installions du même côté d'une table en bois blanc.

Le capitaine Levi ne s'assit pas avec nous ; sans doute n'était-elle pas censée participer à l'entrevue. Elle s'assit près de la porte sur une chaise de cuisine, les yeux baissés, recueillie comme avant un concert. A peine les leva-t-elle à l'entrée de Britta, encadrée par deux jeunes gardiennes, pour suivre leurs pieds jusqu'au centre de la pièce. Une des deux surveillantes avança une chaise pour Britta, l'autre défit ses menottes. Elles se retirèrent, et nous prîmes place.

Je voudrais vous dépeindre la scène exactement comme je la vis de mon siège : le colonel à ma droite, Britta en face, et derrière elle, légèrement sur la gauche, la tête grise inclinée du capitaine Levi, un petit sourire d'intelligence aux lèvres. Elle resta ainsi figée telle une statue de cire durant toute la conversation, sans jamais se départir de son demi-sourire entendu. Sa concentration appliquée me fit supposer qu'elle essayait de saisir au vol un mot ou une expression, grâce à sa connaissance du yiddish et de l'anglais. Originaire de Brême, Britta parlait un allemand clair et martelé qui facilitait la compréhension.

Elle était sans nul doute un beau spécimen de sa race. « Blonde comme un petit pain », dit-on là-bas, grande, carrée d'épaules et bien bâtie, avec de larges yeux bleus insolents, et une belle mâchoire volontaire, elle avait la jeunesse de Monica, sa stature et, je ne pus m'empêcher d'y songer, sa sensualité. Mes craintes qu'ils l'aient maltraitée se dissipèrent dès son arrivée. Elle avait le port de tête d'une ballerine, mais paraissait plus intelligente et réaliste que la plupart des danseurs. Une tenue de tennis ou une robe tyrolienne lui seraient allées à ravir, et je devinai qu'elle avait dû porter les deux en son temps. Même sa tunique de prisonnière ne la déparait pas, car elle avait noué autour de sa taille une ceinture de fortune en tissu, et ses cheveux blonds épars drapaient ses épaules. Une fois débarrassée de ses menottes, son premier geste fut de me tendre la main, avec une petite révérence d'écolière. Ironie ou respect, il était trop tôt pour en juger. Sa poignée de main ferme se prolongea un peu. Elle n'avait pas de maquillage, mais n'en avait pas besoin.

— *Und mit wem hab' ich die Ehre?* demanda-t-elle, plie ou narquoise : A qui ai-je l'honneur ?

— Je suis un officiel britannique, répondis-je.

— Votre nom, je vous prie ?

— C'est sans importance.

— Mais vous êtes quelqu'un de très important !

Quand on les sort de leur cellule, les prisonniers disent souvent des choses idiotes sous le coup de l'émotion, et je lui répondis donc courtoisement.

— Je travaille avec les Israéliens sur certains points de votre dossier. Vous n'avez pas besoin d'en savoir plus.

— Dossier ? Je suis un dossier ? Comme c'est amusant ! Je me croyais un être humain. Asseyez-vous, monsieur Personne, fit-elle en prenant son siège.

Nous nous installâmes comme je vous l'ai décrit, le capitaine Levi en retrait, le visage légèrement flou, comme son expression. Le colonel ne s'était pas levé pour accueillir Britta, et lui accorda à peine un regard, maintenant qu'elle lui faisait face. L'air soudain résigné, il consulta sa montre en acier mat, menaçante comme une arme à son poignet bronzé. Ceux de Britta, aussi blancs et lisses que ceux de Monica, portaient l'empreinte rouge des menottes.

Tout à coup, elle me faisait la leçon.

On eût dit qu'elle reprenait une conférence interrompue, et de fait, je compris bientôt qu'elle chapitrait ainsi tout le monde, du moins ceux qu'elle avait relégués d'office dans la catégorie « bourgeois ».

Elle avait une déclaration à faire, et souhaitait que je la transmette à mes « collègues ». D'après elle, sa position n'était pas appréciée à sa juste mesure par les autorités. En tant que prisonnière de guerre, de même que tout soldat israélien tombé aux mains des Palestiniens, elle avait droit au traitement et aux privilèges stipulés par la convention de Genève. Simple touriste innocente de tout crime contre Israël, elle avait été arrêtée sur la foi de dossiers forgés par des pays tiers. Un acte délibéré de provocation contre le prolétariat mondial.

Mon éclat de rire la déconcerta. Elle s'arrêta net.

— Réfléchissez, voyons ! objectai-je. Vous êtes une prisonnière de guerre ou une touriste innocente, mais pas les deux.

— Le combat se joue entre les innocents et les coupables, rétorqua-t-elle bille en tête, avant de reprendre le sermon.

Outre le sionisme, elle s'élevait contre la dynamique de domination bourgeoise, la répression des instincts naturels, et la survivance du despotisme sous couvert de « démocratie ».

J'essayai à nouveau de l'interrompre, sans succès. M'assenant des citations de Marcuse et Freud, elle évoqua la rébellion pubertaire des fils contre la figure du père, rébellion finalement désavouée quand les fils deviennent père à leur tour.

Le colonel, auquel je lançai un coup d'œil, me sembla assoupi.

Ses « actions » et celles de ses camarades avaient pour but de briser le cycle instinctuel de la répression omniprésente, entre autres dans l'asservissement des travailleurs par le matérialisme ou le principe répressif de « progrès », pour permettre l'émergence libidinale des vraies forces sociales sous forme de création culturelle affranchie.

— Tout cela ne m'intéresse pas le moins du

monde, protestai-je. Arrêtez, je vous prie, et écoutez mes questions.

Les actes dits « terroristes » avaient donc deux objectifs précis, poursuivit-elle sans tenir compte de mon intervention. Primo : déstabiliser les armées de la conspiration bourgeoiso-matérialiste ; secundo : instruire par l'exemple les mineurs de fond du monde entier, privés de lumière. En d'autres termes, éveiller les consciences les plus refoulées, et les faire bouillonner jusqu'en leur tréfonds.

Elle souhaitait ajouter que, sans être adepte du communisme, elle préférait ses enseignements à ceux du capitalisme, puisqu'il niait farouchement l'idéal égotique qui enferme l'homme derrière le rempart des biens matériels.

Elle prônait la liberté sexuelle et, si nécessaire, l'usage de la drogue pour libérer le moi inhibé de l'influence castratrice de la tolérance agressive.

Je me tournai vers le colonel. Comme en toutes choses, il existe une étiquette de l'interrogatoire.

— Sommes-nous obligés d'écouter ces âneries ? Cette dame est votre prisonnière, pas la mienne.

J'étais mal placé pour imposer ma loi. Le colonel leva la tête et jeta un regard indifférent à Britta.

— Vous voulez retourner au trou, Britta ? Avoir du pain et de l'eau pendant quelques semaines ?

Son allemand sonnait aussi curieusement que son anglais. Il semblait soudain beaucoup plus âgé, et plus réfléchi.

— Non, merci, j'ai d'autres déclarations à faire.

— Si vous voulez rester ici, vous répondez à ses questions et vous la fermez ! fit le colonel. Libre à vous de repartir en cellule, ça nous va très bien.

Il ajouta une phrase en hébreu à l'intention du capitaine Levi, qui acquiesça d'un vague signe de tête. Un détenu arabe apporta un plateau, offrit humblement à chacun une tasse de café, et posa une assiette de biscuits au centre de la table. Une certaine lassitude avait gagné l'assistance. Britta étendit mollement le bras vers les biscuits, comme si elle était chez elle, mais la main du colonel s'abattit sur la table juste avant qu'elle l'atteigne, et il retira l'assiette.

— Alors ? Que souhaitez-vous savoir, je vous prie ? s'enquit Britta comme si de rien n'était. Vous voulez que je vous livre les Irlandais ? Quel autre aspect de mon dossier pourrait bien intéresser les Anglais, monsieur Personne ?

— Livrez-nous un certain Irlandais, ce sera parfait. Vous avez vécu pendant un an avec un homme du nom de Seamus.

Amusée d'avoir trouvé là une ouverture, elle scruta mon visage, et sembla y retrouver une expression familière.

— Vécu avec lui, c'est exagéré. Je couchais avec lui. Entre Seamus et moi, c'était uniquement sexuel ! expliqua-t-elle avec un sourire malicieux. C'était un ustensile, un instrument. Un bon instrument, d'ailleurs. Et j'en étais un aussi pour lui. Vous aimez le sexe ? De temps en temps on faisait ça avec un autre garçon, ou une fille. On faisait des combinaisons. Ça n'était pas vraiment utile, mais on s'est bien amusés.

— Utile à quoi ?

— A notre travail.

— Quel travail ?

— Je vous en ai déjà parlé, monsieur Personne. Je vous ai expliqué nos buts et nos motifs. L'humanitarisme ne doit pas être confondu avec la non-violence. Nous devons nous battre pour notre liberté. Parfois, les causes les plus nobles ne peuvent être servies que par des méthodes violentes, vous le savez bien. Le sexe aussi peut être violent.

— Quelle sorte de méthodes violentes utilisait Seamus ?

— Nous ne parlons pas ici d'actes gratuits, mais du droit des peuples à résister aux agissements des forces répressives. Faites-vous partie de ces forces, ou êtes-vous pour la spontanéité, monsieur Personne ? Vous devriez peut-être vous libérer et nous rejoindre.

— C'est un poseur de bombes. Il fait sauter des innocents. Tout récemment, c'était un pub dans le sud de l'Angleterre, où il a tué un couple de retraités, le barman et le pianiste. Je vous donne ma parole qu'il n'a pas pour autant libéré un seul travailleur.

— C'est une supposition ou une affirmation, monsieur Personne ?

— Une invitation à ce que vous me parliez de ses activités.

— Le pub se trouvait près d'un camp militaire britannique. Il fournissait confort et infrastructure aux forces d'oppression fascistes.

Une fois de plus, elle me fixait malicieusement de ses yeux froids. Vous ai-je dit qu'elle était séduisante ? Et qu'est-ce que la séduction en pareille circonstance ? Elle portait une tunique de calicot. Pénitente forcée de crimes dont elle ne se repentait pas, elle restait tout entière sur le qui-vive. Je le sentais, elle le savait, et cette distance entre nous l'excitait.

— Mon service envisage de vous offrir une certaine somme à votre libération, payable à un tiers d'ici là si vous le désirez. Tout cela en échange de renseignements pouvant permettre l'arrestation et la condamnation de votre ami Seamus sur ses crimes passés ou à venir, ses planques, ses contacts, ses habitudes et ses points faibles.

Elle attendait la suite. Peut-être à tort, je poursuivis :

— Seamus n'est pas un héros, mais un porc. Pas au sens où vous l'entendez. Un vrai porc. Personne ne lui a fait de mal dans sa jeunesse, ses parents sont des gens convenables qui tiennent un tabac dans le comté de Down. Son grand-père était policier, bon policier. Seamus prend son pied à faire sauter des gens, parce que c'est un inadapté. Voilà pourquoi il vous a mal traitée. Il n'existe que lorsqu'il inflige la douleur. Le reste du temps, c'est un petit garçon gâté.

Je n'avais même pas entamé la fixité de son regard.

— Et vous, vous êtes un inadapté, monsieur Personne ? Je crois que oui. Dans votre métier, c'est normal. Vous devriez vous joindre à nous, monsieur Personne. Prenez des leçons avec nous, et nous vous convertirons à notre cause. Vous deviendrez apte à quelque chose.

Comprenez bien qu'elle s'exprima sans hausser le ton, ni faire de cinéma. Elle resta condescendante, posée, voire amène, remisant sa perfidie au plus profond d'elle-même, derrière un beau sourire franc, qu'elle conserva durant toute sa diatribe. Derrière elle, le capitaine Levi méditait toujours ses souvenirs, peut-être parce qu'elle ne comprenait pas la discussion.

Le colonel me jeta un regard interrogateur. N'osant lui répondre à voix haute, je levai les mains en un geste d'impuissance. Il dit quelque chose au capitaine Levi, qui, déçue comme une hôtesse dont les invités n'ont pas touché la bonne chère, appuya sur un bouton pour appeler les surveillantes. Britta se leva, lissa sa tunique de prisonnière sur ses seins et ses hanches, et tendit les mains pour les menottes.

— Combien votre service envisageait-il de me donner, monsieur Personne ? demanda-t-elle.

— Rien.

Après une petite révérence, elle se dirigea vers la porte entre ses deux gardiennes, roulant des hanches sous la tunique de calicot, comme Monica sous sa robe de chambre. J'avais peur qu'elle parle à nouveau, mais elle s'en abstint. Peut-être savait-elle qu'elle avait gagné la partie, et qu'en rajouter risquerait de tout gâcher. Le colonel la suivit, me laissant seul avec le capitaine Levi, dont le visage affichait toujours un demi-sourire.

— Voilà, dit-elle. Maintenant vous comprenez ce que c'est d'entendre la chanson de Britta.

— Oui, je crois.

— Parfois on communique trop. Vous auriez peut-être dû l'interroger en anglais. Tant qu'elle parle anglais, j'arrive à éprouver de la sympathie pour elle. C'est un être humain, une femme, une prisonnière. Et soyez certain qu'elle souffre énormément. Elle est courageuse, et quand elle me parle en anglais, je peux assumer mes fonctions envers elle.

— Et si elle s'exprime en allemand?

— A quoi bon, puisqu'elle sait que je ne comprends pas?

— Mais en supposant que vous puissiez?

Son sourire se tordit en un rictus un peu gêné.

— Je crois que j'aurais peur, répondit-elle avec son accent traînant. Si elle me donnait un ordre, je serais tentée de lui obéir. Mais je ne lui en laisse pas l'occasion. Pourquoi le ferais-je? Je ne lui donne pas de pouvoir sur moi, je parle anglais et je reste la patronne. J'ai passé deux ans en camp de concentration à Buchenwald, vous comprenez.

Me souriant toujours, elle conclut en allemand, dans ce murmure inquiet et étouffé des prisonniers :

— *Man hört so scheussliche Echos in ihrer Stimme, wissen Sie* — On entend des échos tellement atroces dans sa voix, vous comprenez.

Le colonel m'attendait à la porte. En descendant l'escalier, il posa à nouveau sa main sur mon épaule. Cette fois, je savais pourquoi.

— Elle est toujours comme ça avec les hommes? demandai-je.

— Le capitaine Levi?

— Non, Britta.

— Oh, oui. Avec vous elle en rajoute un peu, c'est tout. Sans doute parce que vous êtes anglais.

Possible, pensai-je. Ou bien, au-delà de ma carapace de Britannique, elle avait perçu mes signaux inconscients de disponibilité. Quoi qu'il en soit, elle avait donné corps à mon désarroi et, par ses paroles, cristallisé mon sentiment que le monde m'échappait malgré mes efforts pour le retenir, cristallisé ma sensibilité à tout argument, tout désir un peu extravagants.

L'ordre de retrouver Hansen arriva ce même soir, au beau milieu d'une joyeuse réception diplomatique organisée à Herzlia par mon hôte de l'ambassade britannique.

9

Earnest Perigrew bombardait Smiley de questions sur le colonialisme, traitement auquel il soumettait inévitablement tous les conférenciers invités par Sarratt. Et inévitablement ses questions frisaient l'insulte. Ce garçon à problèmes, fils de missionnaires anglais en Afrique occidentale, faisait partie de ces linguistes érudits que le Service finit toujours par recruter. A son habitude, il était assis seul dans l'ombre, au fond de la bibliothèque, son visage émacié tendu en avant, et sa longue main levée comme pour repousser le ridicule. Sa question, d'abord sensée, avait dégénéré en diatribe sur l'indifférence de l'Angleterre pour ses anciens sujets esclaves.

— J'aurais tendance à partager votre opinion, dit courtoisement Smiley à la surprise générale, après avoir écouté Perigrew jusqu'au bout. Force nous est de constater que la guerre froide a créé chez nous un colonialisme par procuration. D'une part nous avons abandonné presque toutes les facettes de notre identité nationale au profit de la politique étrangère américaine, mais d'autre part nous avons obtenu un sursis à la désintégration de notre image de puissance coloniale. Pis encore, nous avons incité les Américains à adopter le même comportement. Non que cet encouragement leur ait été nécessaire, d'ailleurs, mais il fut évidemment bienvenu.

Hansen avait exprimé un point de vue similaire en des termes similaires. Toutefois, si Smiley conservait une affabilité presque intacte, Hansen m'avait foudroyé d'un regard où brûlaient encore les feux de l'enfer duquel il avait réchappé.

Je pris l'avion d'Israël à Bangkok, Smiley m'ayant informé, par un message « à déchiffrer soi-même » aux bons soins du chef d'antenne de Tel-Aviv, que Hansen était devenu fou et détenait trop de secrets. Smiley, alors chargé de la sécurité interne, avait le rang honorifique de chef adjoint. Chaque fois que j'entendais parler de lui, il était occupé à colmater une autre fuite, étouffer un nouveau scandale. Je passai le week-end à transpirer dans la fournaise en épluchant la pile de dossiers qu'on m'avait remis en main propre, et une heure au téléphone à calmer Mabel. Elle venait de rater le dernier obstacle dans sa course annuelle pour devenir capitaine de notre équipe régionale de golfeuses, et soupçonnait un complot.

Je me demande pourquoi les gens sont si durs avec Mabel. Peut-être son franc-parler les rebute-t-il. Je fis mon possible pour lui remonter le moral, l'assurai que de toute ma carrière au Service je n'avais connu plus perfide que ces ménagères du Kent, et lui promis de superbes vacances à mon retour. J'ai oublié où, car finalement nous ne sommes jamais partis.

Le dossier de Hansen donnait l'image d'un homme dont je connaissais bien le type, très répandu dans le Service. J'en étais un exemple, Ben un autre : l'Anglais mâtiné d'étranger qui adopte le Service pour patrie et le pare de multiples vertus imaginaires.

A demi hollandais comme moi, ce qui expliquait peut-être pourquoi Smiley m'avait choisi, Hansen était né pendant la longue nuit de l'occupation allemande en Hollande, et avait grandi à l'ombre de la cathédrale de Delft. Sa mère, guichetière chez Thomas Cook, était de parents anglais. A l'annonce de la guerre, ils l'avaient suppliée de rentrer à Londres avec eux, mais elle avait refusé, pour épouser un vicaire de Delft, qui avait été fusillé un an plus tard par un peloton d'exécution allemand, laissant sa femme enceinte se débrouiller toute seule. Intrépide, elle avait rallié une filière britannique de passeurs et, à la fin de la guerre, dirigeait un réseau d'envergure, avec ses propres communications, informateurs, planques et rendez-vous. Ma mère avait accompli le même genre de travail pour le Service.

Le dossier ne révèle pas comment le petit Hansen finit chez les jésuites. Peut-être la mère s'était-elle convertie, et avait-elle étouffé ses convictions protestantes en cette période encore sombre, dans le but d'offrir à l'enfant une éducation convenable. Peut-être s'était-elle dit qu'en échange de son âme, les jésuites lui donneraient un cerveau. Peut-être, ayant perçu très tôt la versatilité qui devait par la suite régir la vie de son fils, avait-elle décidé de le soumettre à une stricte discipline religieuse, moins complaisante que celle des protestants. Dans ce cas, elle avait fait preuve de sagesse. Hansen embrassa la foi comme tout le reste, passionnément. Instruit, dévot mais toujours novice à vingt et un ans, après une formation chez les bonnes sœurs, les moines, les prêtres et les érudits, il fut envoyé dans un séminaire indonésien pour apprendre à mieux connaître les coutumes des païens de Sumatra, des Moluques, et de Java.

Un amour inné pour l'Orient courait dans le sang de Hansen, comme chez beaucoup de Hollandais. Tel le célèbre pin de Heine, un vrai Hollandais hume dans l'air salin les effluves exotiques de jonc odorant et de cuisine épicée depuis les rives de son petit pays plat. Hansen est venu, il a vu et il a été vaincu. Bouddhisme, islam, rites et croyances des peuplades les plus reculées, il embrassa tout avec une ferveur qui s'intensifiait à mesure qu'il s'enfonçait dans la jungle.

Très doué pour les langues, il avait sans peine ajouté à l'anglais et au hollandais qu'il parlait depuis toujours le français et l'allemand. Il apprit alors le tamoul, le khmer, le thaï, le sanskrit, et de solides notions de cantonais, parcourant parfois des centaines de kilomètres en quête d'un dialecte ou d'un rite perdus. Il écrivit des articles sur la philologie, les coutumes nuptiales, l'illumination et les singes. Il découvrit des temples abandonnés au cœur de la jungle, et obtint des récompenses que la Société lui interdit d'accepter. Après six ans d'explorations et de recherches courageuses, il était devenu un de ces brillants érudits qui font la gloire des jésuites, et avait été ordonné prêtre.

Rares sont toutefois les secrets qui survivent six ans. Les histoires sur son compte prirent un parfum de plus en plus frelaté. Les peintures sur peau de Hansen... Les appétits de Hansen... Retournez-vous discrètement, voilà une des petites amies de Hansen...

L'ampleur de ses écarts et leur longue durée lui furent fatales : une fois l'enquête commencée, on ne put trouver le moindre épisode innocent dans sa vie, le moindre voyage sans à-côtés. Une femme ici et là, un ou deux garçons... d'après ce que je sais, dans le monde sacerdotal, on commet semblables peccadilles plus souvent qu'on ne s'en abstient.

Mais cette luxure tous azimuts dans chaque kampong, chaque ruelle sordide, cette inlassable débauche, pratiquée à leur nez et à leur barbe depuis plus de dix ans, comme ils s'en apercevaient maintenant, avec des filles qui selon les critères occidentaux avaient à peine l'âge de la première communion, sans parler du lit nuptial, et pour la plupart dans le giron de l'Église... tout cela rendit soudain Hansen rigoureusement indéfendable. Confronté aux preuves de cette vie de péché, son Supérieur, plus désolé qu'indigné, lui ordonna de retourner à Rome, où il envoya par avance une lettre au Général de la Société. De là, apprit-il tristement à Hansen, il partirait sans doute pour Loyola en Espagne, où des psychothérapeutes jésuites l'aideraient à faire face à ses regrettables faiblesses. Après Loyola, un nouveau début l'attendrait, peut-être dans l'autre hémisphère, dans une autre décennie.

Mais, comme sa mère avant lui, Hansen refusa obstinément de quitter sa terre d'adoption.

Ne sachant à quel saint se vouer, le Père gardien l'expédia en retraite à la montagne, dans une mission dirigée par un traditionaliste pur et dur. Hansen y subit les horreurs de l'internement. Surveillé d'aussi près qu'un aliéné, il avait interdiction de sortir du bâtiment, de lire, d'écrire, de parler, ou de rire. Les hommes réagissent différemment à la réclusion, comme à l'altitude, au froid ou à la mort. Hansen souffrit le martyre, et en trois mois il était à bout. Un jour où ses frères gardiens l'escortaient à la messe, il en précipita un dans l'escalier, et mit l'autre en fuite. Il fit route vers Djakarta, et, sans argent ni passeport, se cacha dans les bordels qu'il connaissait bien. Les filles s'occupaient de lui, et en échange, il leur tenait lieu de maquereau et de videur. Il servait la bière, lavait les verres, éjectait les gêneurs, confessait les gens et leur apportait son aide, jouait avec les enfants dans l'arrière-salle. Tel que je le connais maintenant, je l'imagine accomplir toutes ces tâches avec calme et sans faire d'histoires. Il avait à peine trente ans et des désirs toujours bouillonnants. Jusqu'au jour où, comme d'habitude sur un coup de tête, Hansen se rasa, enfila une chemise propre, et se présenta au consulat britannique pour revendiquer son âme d'Anglais.

Ni sourd ni aveugle, mais membre du Service depuis longtemps, le consul entendit Hansen, lui posa une ou deux questions de routine et, derrière un masque indifférent, agit sur-le-champ. Depuis des années il attendait un homme de cette étoffe, et ne se formalisa pas le moins du monde de son caractère fantasque, au contraire. Il envoya le dossier à Londres, et prêta un peu d'argent liquide à Hansen contre des reçus en triple exemplaire, par souci de ne pas montrer un enthousiasme excessif. Quand Londres lui retourna un dossier « blanc » sur la mère de Hansen, ancien agent du Service, le consul fut au comble du bonheur.

Au bout d'un mois, Hansen était « à demi conscient », autrement dit, il savait, mais seulement à moitié, ou peut-être pas du tout en fait, qu'il se trouvait éventuellement en vague contact avec ce qu'on pourrait vaguement appeler le Renseignement britannique. Deux mois plus tard, toujours aussi remuant, il faisait un grand circuit dans le sud de Java, officiellement à la recherche de vieux parchemins, mais préparant en réalité un rapport pour le consul sur l'étendue de la subversion communiste, à ses yeux l'antéchrist du moment. A la fin de l'année, il partait pour Londres avec en poche le passeport britannique flambant neuf tant convoité, mais sous un nom d'emprunt.

Je consultai le mince dossier retraçant son entraînement éclair de six mois. Clive Bellamy, un ancien d'Eton, dégingandé et malicieux, alors à la tête de Sarratt, avait écrit dans le rapport de fin de stage : « Excellent dans toutes les matières pratiques. Mémoire remarquable, réactions fulgurantes, autonomie parfaite. Doit être mené à la baguette. En cas de mutinerie sur mon navire, Hansen serait le premier que je fouetterais. Il lui faut un vaste champ d'action et un superviseur de tout premier ordre. »

Son dossier opérationnel ne contenait pas non plus trace de folie. Hansen ayant encore la nationalité hollandaise, la Centrale décida qu'il la garderait pour reléguer à l'arrière-plan son origine anglaise. Il se rebiffa en vain. A une époque où les Britanniques à l'étranger étaient les seuls au monde à ne pas se voir comme des Américains qui auraient perdu leur punch, la Centrale aurait tué père et mère pour un Suédois, volé œuf et bœuf pour un Allemand de l'Ouest. Même une identité canadienne, pourtant plus simple à fabriquer, faisait sourire. De retour en Hollande, Hansen consomma sa rupture avec les jésuites et se mit en quête d'un nouvel emploi en Asie. Il démarcha les multiples corps académiques orientaux disséminés à l'époque dans les capitales occidentales, arrachant ici une promesse, là un engagement. Une agence de presse française en Asie lui proposa le poste de reporter local. Sur un coup de pouce de la Centrale, un hebdomadaire londonien lui offrit une place non rétribuée. Petit à petit, il paracheva une couverture assez complète pour lui permettre d'aller partout poser n'importe quelle question, et assez composite pour être financièrement inattaquable, puisque personne ne pourrait jamais dire qui parmi ses nombreux employeurs le payait, ni combien, ni pour quoi. Il était fin prêt. Si les intérêts britanniques en Asie du Sud-Est s'étaient atrophiés en même temps que l'Empire, les Américains, eux, s'embourbaient dans la guerre, officielle au Viêt-nam, officieuse au Cambodge, et secrète au Laos. Dans notre rôle ingrat de suiveurs, nous étions ravis de leur offrir les précieux talents de Hansen.

La technologie de l'espionnage peut faire merveille : photographier récoltes et tranchées, chars et sites de lancement de missiles, marques de pneus et migration de rennes ; entendre un pilote de chasse russe lâcher un vent à quarante mille pieds, ou un général chinois éructer dans son sommeil. Mais elle ne remplace pas la compréhension humaine. Elle ne peut pas lire dans le cœur du fermier cambodgien dont les cultures ont été ravagées par les bombardiers banalisés du Dr Kissinger, les filles vendues comme prostituées à la ville, et les fils attirés loin des champs pour se battre dans une armée américaine fantoche, ou forcés de rejoindre les rangs des Khmers rouges pour la sécurité de la famille. Elle ne peut pas lire sur les lèvres des combattants de la jungle en pyjama noir, dont l'arme la plus puissante est le marxisme dénaturé d'un ex-sorbonnard cambodgien psychopathe et sanguinaire. Elle ne peut pas renifler les gaz d'échappement d'une armée sans véhicules, briser les codes d'une armée sans radio, évaluer les provisions de bouche d'une armée se nourrissant d'insectes et d'écorce, ou le moral de ceux qui, ayant tout perdu, n'ont plus que l'avenir à gagner.

Hansen, lui, pouvait le faire. Hansen, l'Asiatique d'adoption, capable de crapahuter sans provisions pendant une semaine, de rester accroupi dans les kampongs à écouter les chuchotements des villageois, et de sentir se lever le vent de leur résistance bien avant qu'il n'agite la bannière étoilée sur le toit des ambassades américaines à Phnom Penh et Saigon. Capable de révéler aux bombardiers américains (ce qu'il fit, pour son plus grand regret) quels villages cachaient des Viêt-congs. Bon pêcheur d'hommes, il savait aussi recruter des assistants de tous milieux et leur apprendre à observer, écouter, mémoriser et faire un rapport. Il savait leur en dire peu ou beaucoup, comment les récompenser et quand s'en abstenir.

Pendant des mois, des années, Hansen opéra ainsi dans les prétendues « zones libérées » au nord du Cambodge, tenues par les Khmers rouges. Puis un jour il disparut de son village d'élection. Il s'évapora sans bruit, emmenant tous les habitants avec lui. On finit par le tenir pour mort, une disparition de plus dans la jungle.

Et mort il était demeuré, jusqu'à tout récemment, où il avait ressuscité dans un bordel de Bangkok.

— Prenez votre temps, Ned, m'avait enjoint Smiley par téléphone à Tel-Aviv. Si vous voulez vous accorder un jour ou deux pour vous remettre du décalage horaire, je n'y verrai aucun inconvénient.

Ce qui dans le langage de Smiley signifiait : « Retrouvez-le au plus vite, et dites-moi que je n'ai pas un autre scandale de première importance sur les bras. »

Notre chef d'antenne à Bangkok, un petit tyran chauve, moustachu et grossier du nom de Rumbelow, ne m'avait jamais plu. Le Service n'offre guère de perspectives d'avenir aux quinquagénaires. La plupart sont grillés, souvent trop épuisés et désabusés pour s'en soucier; les autres s'orientent vers la banque privée ou les affaires, mais cette union dure rarement, car leur vision déformée des choses les rend incapables de s'adapter à la vraie vie. Une minorité, dont Toby Esterhase et Rumbelow, réussit toutefois l'exploit de conserver son ascendant sur le Service grâce à de prétendus atouts.

Ceux de Rumbelow, dont j'ignore toujours la nature exacte, étaient sûrement louches, car sa spécialité, si tant est qu'il en eût, était la bassesse humaine. Selon une rumeur, il avait à sa solde deux généraux thaïlandais véreux qui ne voulaient traiter qu'avec lui. Selon une autre, il avait rendu un service douteux à un membre de la famille royale qui restait son débiteur personnel. Quoi qu'il en soit, les barons du Cinquième Étage ne voulaient pas entendre dire du mal de lui. « Pour l'amour de Dieu, Ned, ne prenez pas Rumbelow à rebrousse-poil, m'avait supplié Smiley. Je suis sûr qu'il est insupportable, mais nous avons vraiment besoin de lui. »

Rumbelow vint me retrouver dans ma chambre d'hôtel. Me faisant officiellement passer pour Mark Seymour, profession comptable, je préférais éviter de me montrer à l'ambassade ou à son domicile. Mon vol avait duré vingt heures. C'était en début de soirée. Rumbelow s'exprimait comme un bookmaker sorti d'Eton. A la réflexion, il en avait aussi l'allure.

— C'est par le plus grand des hasards qu'on est tombés nez à nez avec ce salaud, me dit-il d'un ton bourru. Évidemment on sort ses antennes. On reste à l'affût. On connaît la musique. On a déjà vu des cas de ce genre. On n'est pas insensible. On n'aime pas imaginer son *Joe* ligoté sur un pieu se faire trimbaler dans la jungle pendant des semaines, et torturer par les Khmers rouges, bien sûr. Pas la peine de se voiler la face, on connaît la musique. Il n'est pas régulier, votre lascar, vous savez, m'assura-t-il comme si j'avais suggéré le contraire.

Il sortit un mouchoir d'une manche de son complet trempé de sueur et tamponna sa moustache grotesque.

— Le *Joe* ordinaire réclamerait à cor et à cri une balle dans la tête après une nuit de ce régime.

— Vous êtes certain qu'il est passé par là ?

— On n'est jamais sûr de rien, mon vieux. On s'en tient à la rumeur. Comment pourrais-je en être sûr, puisque cet enfoiré refuse de nous parler ? Il devient menaçant dès qu'on l'approche. Les Khmers rouges ignorent peut-être jusqu'à son existence, pour autant que je sache. Je me méfie des Hollandais, surtout ici, ils ont le culot de se croire maîtres des lieux. Hansen ne serait pas le premier *Joe* à faire le mort quand ça chauffe un peu trop, et revenir comme une fleur, une fois que tout est fini, pour réclamer sa médaille et sa pension. Loin de là. Apparemment, il a encore tous ses doigts, toutes ses dents, et le reste, vu l'endroit où il se planque. C'est Duffy Marchbanks qui l'a repéré, vous vous souvenez de lui ? Un type très chouette.

Hélas oui, je me souvenais de Duffy. Je m'en étais souvenu en lisant son nom dans le dossier. Cet escroc de haut vol, basé à Hong Kong, aimait les transactions rapides en tous genres, de l'opium aux obus. Pendant quelques années, nous nous étions fourvoyés en le finançant.

— Le hasard total pour Duffy. Il passait ici en coup de vent, juste un jour. Un jour, une nuit, et retour à sa bourgeoise et à son bouquin. Un consortium étranger spécialisé dans les loisirs l'avait chargé d'acheter un site de quarante hectares sur la côte pour lancer des opérations explosives. Il conclut l'affaire, et emmène ses commanditaires dans un restaurant à filles... Duffy est assez porté sur la bagatelle. Ils vont en plein quartier chaud, à la Mer de Félicité, un établissement haut de gamme, paraît-il. Chambres privées, nourriture correcte si on aime le genre exotique, bref réglo, et les filles vous laissent tranquille, sauf contrordre.

Tout en laissant entendre qu'il n'en parlait pas d'expérience, Rumbelow m'expliqua que dans ces restaurants à filles, de jeunes hôtesses, habillées ou pas, prenaient place entre les clients pour leur donner à manger et à boire pendant qu'ils discutaient d'importantes affaires. La Mer de Félicité comprenait en outre un salon de massage, une discothèque et un théâtre *live-show* au rez-de-chaussée.

— Duffy clôt son marché avec le consortium, il palpe le chèque, et par ici la monnaie. Alors il décide de s'offrir un peu de bon temps avec une fille. Ils se mettent d'accord, et ils vont dans une alcôve. Elle a soif, une bouteille de champagne la mettrait en train. Bien sûr, elle marche à la commission, c'est toujours pareil. Bref, Duffy accepte dans un élan de générosité. Elle appuie sur un bouton, piaille dans l'interphone, et voilà que Duffy voit entrer un grand diable d'Européen, qui pose sur la table un seau à glace et un plateau. Duffy lui donne un pourboire de vingt bahts, le type dit « merci » en anglais, poli mais sans plus, et il se tire. C'est Hansen. L'homme de la jungle, en chair et en os.

— Comment Duffy le sait-il?

— Il a vu sa photo, quelle question!

— Pourquoi?

— Parce qu'on la lui a montrée quand Hansen a disparu, enfin! On a montré cette putain de photo à tous nos contacts dans tout ce putain d'hémisphère! Sans préciser pourquoi, simplement « si vous le voyez, bigophonez ». Ordres de la Centrale, inutile de dire que je n'y suis pour rien. Moi, je trouvais l'idée d'une imprudence folle.

Pour se calmer, Rumbelow nous servit un autre whisky.

— Duffy fonce à son hôtel, il me téléphone chez moi à 3 heures du matin. « C'est votre homme », il me dit. « Quel homme? » je dis. « Celui dont vous m'avez envoyé la petite photo à Hong Kong il y a un an, ou plus. Il est loufiat dans un bordel, la Mer de Félicité. » Vous connaissez le langage de ce vieux Duffy. Peu châtié. Alors j'envoie Henry le lendemain. Mais cet imbécile a fait un beau gâchis. Vous êtes au courant, j'espère? C'est typique, ça.

— Duffy a parlé à Hansen? Il lui a demandé qui il était, ou autre chose?

— Pas un traître mot. Il l'a regardé comme s'il n'existait pas. Duffy n'est pas un bleu. C'est un as. Depuis toujours.

— Où est Henry ?
— Assis dans le hall.
— Faites-le monter.

Chinois, fils d'un guerrier du Kuo-min-tang dans les provinces Shan, Henry était notre principal agent résident, même si je soupçonne que par ailleurs il s'était depuis longtemps réassuré auprès de la police thaïlandaise, et vivait confortablement en jouant sur les deux tableaux.

Grassouillet, obséquieux, il avait la peau luisante et souriait trop. Il portait une chaîne en or autour du cou, et ne se séparait jamais d'un superbe carnet de cuir avec stylo en or incorporé. Il travaillait en couverture comme interprète. Je n'ai jamais rencontré de traducteur équipé d'un calepin Gucci, mais Henry était spécial.

— Racontez à Mark votre comportement débile à la Mer de Félicité jeudi dernier, ordonna Rumbelow menaçant.

— Volontiers, Mike.

— Mark, rectifiai-je.

— Volontiers, Mark.

— Ses ordres étaient de jeter un coup d'œil, point final ! intervint Rumbelow avant même que Henry ait pu ouvrir la bouche. Jeter un œil, flairer un peu, repartir et m'appeler. Pas vrai, Henry ? Il devait débiter son histoire, fouiner un peu, voir s'il repérait Hansen, ne l'approcher sous aucun prétexte, et me faire son rapport. Une reconnaissance discrète sans contact. On flaire, on raconte. Alors maintenant, dites à Mark ce que vous avez fait.

Henry avait d'abord pris un verre au bar, dit-il, puis regardé le spectacle, et demandé Mama San, qui avait accouru dans l'idée qu'il avait une requête spéciale. Mama San venait de la même province chinoise que le père de Henry, ce qui crée des liens.

Exhibant sa carte d'interprète, il lui avait raconté qu'il écrivait un article sur son établissement : la succulente cuisine, les filles romantiques, l'excellent niveau de l'accueil et de l'hygiène, surtout l'hygiène. Il avait été envoyé là par une revue touristique allemande qui ne recommandait que les meilleurs endroits.

Mama San mordit à l'appât et lui proposa un tour du propriétaire. Elle lui montra les salons privés, les cuisines, les alcôves, les toilettes. Elle lui présenta les filles (allant jusqu'à lui en offrir une, qu'il refusa), le chef cuisinier, le portier et les videurs, mais pas le géant occidental que Henry avait déjà aperçu à trois reprises. La première fois, il rapportait des salons privés aux cuisines un plateau chargé de verres, la deuxième, il poussait un chariot à boissons dans un couloir, et la troisième, il franchissait l'embrasure métallique donnant apparemment sur le magasin de spiritueux.

— Qui est le *farang* qui porte les bouteilles ici? demanda Henry amusé à Mama San. Il est obligé de travailler parce qu'il n'a pas de quoi payer sa note?

Mama San rit aussi. Les Asiatiques se sentent instinctivement unis contre les *farangs*, les Occidentaux.

— Il vit avec une de nos Cambodgiennes, répondit-elle méprisante, car dans la hiérarchie zoologique thaïlandaise les Cambodgiens sont des animaux encore inférieurs aux *farangs* et aux Vietnamiens. Il l'a rencontrée ici, il est tombé amoureux, et il a essayé de la racheter pour en faire une femme honorable. Mais elle n'a pas voulu nous quitter. Alors il l'accompagne au travail tous les jours, et reste ici jusqu'à ce qu'elle soit libre de rentrer à la maison.

— Quel genre de *farang*? Allemand? Anglais? Hollandais?

Mama San eut un haussement d'épaules indifférent. Henry insista : un *farang* qui amène sa femme au bordel, fait le service pendant qu'elle est avec d'autres hommes, et la ramène chez lui ? Cette fille devait être exceptionnelle.

— C'est le n° 19, fit Mama San en haussant à nouveau les épaules. Chez nous, elle s'appelle Amanda. Vous la voulez ?

Henry était trop excité par son scoop journalistique pour se laisser distraire.

— Mais comment s'appelle le *farang* ? Et que faisait-il avant ? demanda-t-il, s'amusant comme un fou.

— Il s'appelle Ham Sin. Il parle thaï avec nous et khmer avec la fille. Ne le citez pas dans votre magazine, c'est un clandestin.

— Je peux changer son nom, comme tout le reste. La fille l'aime aussi ?

— Elle préfère être ici à la Mer de Félicité, avec ses amies, rétorqua Mama San d'un ton pincé.

Henry ne put résister à l'envie de la voir. Les filles disponibles, assises sur des bancs capitonnés derrière une paroi en verre, portaient des numéros autour du cou, rien d'autre. Elles discutaient entre elles, se faisaient les ongles, ou regardaient fixement le téléviseur mal réglé. Sous l'œil de Henry, le n° 19 se leva sur un signe, prit sa bourse et son peignoir, et sortit de la pièce. Elle était très jeune. Beaucoup mentaient sur leur âge pour contourner la loi... surtout les Cambodgiennes sans le sou. D'après Henry, celle-là avait à peine quinze ans.

Par excès de zèle, Henry commit alors sa première erreur. Il fit ses adieux à Mama San, reprit sa voiture et la gara dans une allée, face à l'entrée de service. Puis il attendit. Peu après 1 heure, les employés commencèrent à sortir, parmi eux Hansen, deux fois plus grand que les autres, qui donnait le bras au nº 19. Sur la place, ils cherchèrent un taxi, et Henry eut l'audace de venir s'arrêter à leur hauteur. Maquereaux et taxis clandestins sont légion la nuit, et en son temps, Henry avait pratiqué ces deux métiers, ce qui explique sans doute son initiative.

— Où vous allez, monsieur? cria-t-il en anglais à Hansen. Vous voulez monter?

Hansen lui indiqua une banlieue pauvre à huit kilomètres au nord. Ils convinrent du prix, Hansen et la fille montèrent à l'arrière, et Henry démarra.

Il perdit alors tout sang-froid. Grisé par son succès, il décida, sans pouvoir l'expliquer par la suite, que la meilleure tactique serait de déposer ses clients au domicile de Rumbelow, situé à l'ouest et non au nord. Il n'avait évidemment pas préparé Rumbelow à cette audacieuse manœuvre, s'y étant à peine préparé lui-même. Il ignorait si Rumbelow serait chez lui, ou en état de tenir à 1 h 30 une conversation avec un ex-espion disparu de la surface du globe depuis dix-huit mois. Mais en cet instant, la raison ne gouvernait plus l'esprit de Henry. C'était un *Joe*, et tous les *Joes* au monde finissent un jour par faire une grosse bêtise.

— Vous aimez Bangkok? demanda-t-il gaiement à Hansen, pour détourner de l'itinéraire l'attention des passagers.

Pas de réponse.

— Vous êtes ici depuis longtemps?

Pas de réponse.

— Charmante personne! Très jeune, très jolie. C'est votre petite amie?

D'après ce qu'il voyait dans le rétroviseur, la fille dormait déjà, la tête posée sur l'épaule de Hansen, ce qui l'excita encore plus, Dieu sait pourquoi!

— Vous voulez un tailleur, monsieur? 24 heures sur 24, très bon. Je vous emmène. Bon tailleur.

Il s'engouffra dans une rue adjacente, feignant de

chercher son satané tailleur alors qu'il filait droit chez Rumbelow.

— Pourquoi allez-vous vers l'ouest? demanda Hansen, ouvrant la bouche pour la première fois. Ce n'est pas mon chemin. Je n'ai pas besoin d'un tailleur. Reprenez la rue principale.

Dépourvu de son dernier sou de bon sens, Henry fut soudain terrorisé par la carrure de Hansen et l'avantage tactique de sa place à l'arrière. Et s'il était armé? Henry freina brusquement et coupa le moteur.

— Monsieur Hansen, je suis votre ami! s'écria-t-il en thaï, comme s'il demandait grâce. M. Rumbelow aussi. Il est fier de vous. Il veut vous donner beaucoup d'argent. Venez avec moi, s'il vous plaît. Pas de problème. M. Rumbelow sera ravi de vous voir!

Ce fut son dernier discours ce soir-là. Inopinément Hansen donna une bourrade si violente dans le siège du conducteur que Henry faillit passer à travers le pare-brise. Il sortit de la voiture, en tira Henry, le mit sur ses pieds, et le projeta de l'autre côté de la rue, au grand effroi d'un groupe de mendiants assoupis, qui se mirent à geindre et brailler tandis que Hansen se dirigeait vers sa victime étendue.

— Dites à Rumbelow que s'il vient me chercher, je le tue! menaça-t-il en thaï avec un regard noir.

Puis il remonta la rue à la recherche d'un taxi plus sûr, soutenant la fille qui somnolait.

Après avoir écouté les deux hommes jusqu'au bout, j'éprouvai soudain une immense fatigue.

Je les renvoyai, disant à Rumbelow de m'appeler le lendemain matin, car j'avais avant tout besoin de dormir pour me remettre du décalage horaire. Sitôt allongé, je me sentis parfaitement réveillé. Une heure plus tard, je me présentais à la Mer de Félicité. J'achetai un billet à cinquante dollars, ôtai mes chaussures selon la coutume, et me trouvai bientôt en chaussettes dans une alcôve éclairée au néon, devant le visage apathique et trop maquillé du nº 19.

Elle portait un peignoir en soie bon marché imprimée de tigres, complètement ouvert sur sa nudité. Sous son épais maquillage à la Japonaise elle me sourit, et avança prestement sa main vers mon bas-ventre, mais je la repoussai. Elle semblait bien trop frêle pour un tel travail. Elle avait des jambes plus longues que les Asiatiques, et une peau étonnamment pâle. Elle ôta son peignoir et, avant que je puisse l'en empêcher, sauta d'un bond sur la chaise longue fatiguée, où elle s'allongea dans ce qu'elle croyait être une pose érotique. Elle se caressa en soupirant de désir, se tourna sur le côté pour exhiber son arrière-train, drapa sur son épaule sa chevelure noire d'où seules émergeaient les pointes minuscules de ses seins. Quand elle vit que je ne bougeais pas, elle se mit sur le dos, ouvrit les cuisses, souleva son bassin, m'appela « chéri » et me dit « s'il te plaît », puis se retourna à nouveau pour que j'admire la vue de dos, jambes toujours obligeamment écartées.

— Assieds-toi, fis-je.

Elle m'obéit et attendit que je la rejoigne.

— Remets ton peignoir.

Comme elle semblait ne pas comprendre, je l'aidai à le passer. Henry m'avait écrit le message en khmer sur un papier : « Je veux parler à Hansen. Je peux obtenir des papiers thaïlandais pour vous et votre famille. » Je le lui tendis, et la regardai l'étudier. Savait-elle lire ? Aucun moyen de le deviner. Je lui donnai une enveloppe blanche adressée à Hansen, qu'elle prit et ouvrit. La lettre tapée à la machine n'était guère aimable. L'enveloppe contenait aussi deux mille bahts.

« En tant que vieil ami de Père Vernon, avais-je écrit dans le code qu'il connaissait, je dois vous avertir que vous êtes en rupture de contrat avec notre société. Vous avez agressé un citoyen thaïlandais, et votre compagne est une immigrée cambodgienne clandestine. Nous pourrions être obligés de transmettre cette information aux autorités. Ma voiture est garée en face. Donnez l'argent ci-joint à Mama San en dédommagement de la soirée, et rejoignez-moi dans dix minutes. »

Elle quitta l'alcôve, emportant la lettre. Je n'avais pas pris conscience jusque-là du vacarme dans le corridor : la musique sautillante, les rires cristallins, les grognements de plaisir, les gargouillis de l'eau dans la tuyauterie délabrée.

Je n'avais pas verrouillé les portières, et il était assis à l'arrière, la fille à ses côtés. J'avais deviné qu'il l'amènerait. Il était grand et fort, ce que je savais déjà, et décharné. Dans la pénombre, sa barbe noire, ses yeux renfoncés et ses larges mains agrippées au siège du passager le faisaient ressembler davantage aux saints qu'il avait jadis adorés, qu'aux photographies de son dossier. La fille était pelotonnée contre le rempart de son corps. Nous n'avions pas fait cent mètres qu'une averse déferla sur nous. Je me garai, et chacun regarda à travers le pare-brise ruisselant les torrents d'eau qui débordaient des caniveaux et des nids-de-poule.

— Comment avez-vous rejoint la Thaïlande ? hurlai-je en hollandais pour couvrir la pluie qui tambourinait sur le toit.

— A pied, répondit Hansen en anglais.

— Où avez-vous passé la frontière ? m'égosillai-je, en anglais cette fois.

Il cita un nom de ville, quelque chose comme « Orania Prathet ». L'averse prit fin, et je roulai trois heures durant. La fille dormait sous le regard de Hansen, aussi vigilant et silencieux qu'un chat. J'avais choisi un hôtel sur la plage, au vu d'une publicité dans le *Nation* de Bangkok. Je voulais soustraire Hansen à son cadre habituel, pour le placer sur un terrain que je contrôlais. Je retirai la clé, et payai une nuit d'avance. Hansen et la fille me suivirent le long d'une allée bétonnée menant à la plage, où les bungalows formaient un demi-cercle face à la mer. Le mien était à un bout. J'ouvris la porte, passai devant le couple, allumai la lumière et mis en marche la climatisation. La fille hésita sur le seuil, mais Hansen ôta ses chaussures et se plaça au centre de la pièce, ses yeux caves jetant un regard circulaire.

— Asseyez-vous, fis-je en ouvrant la porte du réfrigérateur. Elle veut quelque chose à boire ?

— Donnez-lui un Coca-Cola. Avec des glaçons. Il y a des citrons verts, ici ?

— Non, fis-je agenouillé devant le réfrigérateur tandis qu'il m'observait. Et vous, que voulez-vous ?

— De l'eau.

Pendant que je cherchais les verres, l'eau minérale et les glaçons, j'entendis Hansen parler tendrement en khmer à la fille. Elle protesta, il passa outre, et fit un aller-retour dans la chambre. En me relevant, j'aperçus la fille pelotonnée sur le sofa contre le mur, et Hansen penché sur elle, qui la bordait dans une couverture. Il éteignit la lampe au-dessus de sa tête, et lui effleura la joue du bout des doigts avant de se diriger vers la porte-fenêtre pour contempler la mer. Une pleine lune sanguine éclairait l'horizon, et les nuages de pluie barraient le ciel d'une cordillère noire.

— Comment vous appelez-vous ? me demanda-t-il.

— Mark.

— C'est votre vrai nom ?

La meilleure connaissance que nous ayons d'autrui est fondée sur l'intuition. En voyant la silhouette de Hansen devant la fenêtre, face à la mer, et son visage ravagé dont les rides et les creux ressortaient à la clarté lunaire, je sus que le prêtre défroqué m'avait choisi pour confesseur.

— Appelez-moi comme vous voudrez, dis-je.

Imaginez une voix anglaise, forte mais incertaine, au timbre chaud mais au ton choqué, comme si l'homme était surpris de s'entendre prononcer ces paroles. Un léger accent des Iles néerlandaises. Le bungalow mal éclairé, conçu pour la fornication, donne sur une minuscule piscine illuminée et des rochers en béton. Par-delà ce décor ridicule s'étend une mer orientale, superbe, tranquille, barrée d'un chemin de lune, et cloutée d'étoiles scintillant comme autant de taches de soleil. Deux pêcheurs, debout dans leur sampan, jettent leurs filets ronds dans l'eau puis les retirent lentement.

Au premier plan, l'imposante silhouette anguleuse de Hansen, qui arpente la pièce nu-pieds, s'arrête devant la porte-fenêtre, ou se perche sur le bras d'un fauteuil avant de reprendre sa marche silencieuse. Et toujours cette voix tour à tour agressive, réfléchie ou bouleversée qui, comme son corps, se repose parfois plusieurs minutes pour recouvrer sa force en vue de la prochaine épreuve.

La Cambodgienne était allongée sur le sofa, enroulée dans sa couverture, le bras replié sous sa tête à la manière asiatique. Était-elle réveillée ? Comprenait-elle ce qu'il disait ? S'en souciait-elle ? Hansen, lui, s'en souciait. Il ne passait jamais devant elle sans s'arrêter pour la regarder, ou remonter la couverture. Une fois, il s'accroupit près d'elle, regarda intensément ses yeux clos, et lui posa la main sur le front comme pour vérifier sa température.

— Elle a besoin de citrons verts, murmura-t-il. Le Coca-Cola ne sert à rien. Des citrons verts.

J'en avais déjà envoyé chercher. Un garçon de la réception les apporta. Hansen s'employa à les presser, puis la soutint pendant qu'elle buvait.

Il commença par me soumettre à un vague questionnaire sur mon statut dans le Service, cherchant à savoir de quelle autorité j'étais investi, quelles instructions j'avais reçues.

— Je ne veux pas de remerciements pour ce que j'ai fait, me prévint-il. Bombarder des villages ne mérite aucun merci.

— Mais vous avez peut-être besoin d'aide.

Il me répondit solennellement qu'il ne travaillerait plus jamais pour le Service, en aucun cas. J'aurais pu le lui confirmer, toutefois, je m'en abstins. Il avait cru servir les Anglais, dit-il, mais avait servi des assassins. Il était un autre homme à l'époque où il avait commis ces actes. Il espérait que les pilotes américains avaient connu ce même sentiment eux aussi.

Il demanda des nouvelles de ses sous-agents (le fermier Untel, le négociant de riz Untel...) et du réseau qu'il avait pris grand soin d'organiser à l'arrière en prévision du jour où les Khmers rouges sortiraient de la jungle pour s'emparer des villes, hypothèse à laquelle les Américains n'avaient pas plus souscrit que nous, en dépit de tous les avertissements. Hansen y avait cru ; il était de ceux qui les avaient avertis. Il nous avait répété maintes fois que les bombes de Kissinger n'étaient guère efficaces, même s'il avait aidé à les diriger sur leurs cibles.

— Puis-je vous croire ? me demanda-t-il quand je l'assurai qu'il n'y avait pas eu d'arrestations en série chez ses sources.

— C'est la vérité, fis-je en réponse à sa voix suppliante.

— Alors je ne les ai pas trahis, murmura-t-il émerveillé.

Pendant un instant il resta assis, la tête entre les mains comme pour l'empêcher d'exploser.

— De toute façon, si vous avez été capturé par les Khmers rouges, personne ne peut vous reprocher d'avoir parlé.

— D'avoir parlé ? Mon Dieu ! fit-il, riant presque. Parler...

Il se leva vivement, et retourna à la fenêtre. A la clarté lunaire, je vis des gouttes de sueur perler sur son large visage barbu. Je commençai à expliquer que le Service souhaitait s'acquitter honorablement de sa dette envers lui, mais au milieu de ma phrase, il étendit les bras de toute leur envergure, comme pour mesurer les dimensions de sa cellule. N'ayant rencontré aucun obstacle, il les laissa retomber le long de son corps.

— Qu'il aille au diable, le Service ! lâcha-t-il doucement. Et que l'Occident rôtisse en enfer ! Nous n'avons aucun droit de venir ici guerroyer ou colporter nos recettes religieuses. Nous avons tous péché contre l'Asie... La France, l'Angleterre, la Hollande, et maintenant les USA. Nous avons péché contre les enfants du jardin d'Éden. Dieu nous pardonne !

Mon magnétophone était posé sur la table.

Nous sommes en Asie. L'Asie de Hansen. L'Asie contre laquelle nous avons péché. Écoutez les stridulations des insectes. Thaïlandais et Cambodgiens sont connus pour parier gros sur le nombre de fois où un crapaud va coasser d'affilée. Dans la pénombre de la chambre, l'heure est oubliée, comme le lieu ; la lune s'est envolée. Nous sommes en pleine guerre du Viêt-nam, dans la jungle cambodgienne avec Hansen. Le confort moderne est très limité, à moins de prendre en compte les bombardiers américains qui tournoient à des kilomètres au-dessus de nos têtes, tels des faucons patients, attendant que les ordinateurs leur désignent la prochaine proie : par exemple, un attelage de bœufs dont les détecteurs secrets ont confondu l'urine avec les gaz d'échappement d'un convoi de troupes ; ou des enfants dont le babil a été pris pour des ordres militaires. Les commandos américains ont caché les détecteurs le long des routes de ravitaillement signalées par Hansen, mais malheureusement ces appareils ne sont pas aussi bien informés que lui.

Nous sommes dans ce que les pilotes américains appellent « l'enfer », mais au cœur de la jungle, les notions de bien et de mal sont floues. Nous sommes dans une « zone libérée » par les Khmers rouges, servant d'asile aux troupes viêt-congs qui préfèrent attaquer les Américains de flanc plutôt que de front par le nord. En dépit de ces signes de guerre, nous sommes au sein d'un peuple sans perception collective de ses ennemis, dans une région non cartographiée, sauf par les combattants. D'après Hansen, l'endroit est un vrai paradis, qu'il parle en prêtre, pécheur, érudit ou espion.

Quand on remonte la piste en jeep, on trouve à quelques kilomètres un antique temple bouddhiste que Hansen a dégagé d'un fouillis de végétation avec l'aide des villageois. Voilà le motif apparent de sa présence ici, des notes qu'il prend, de ses messages télégraphiques, et du passage de divers visiteurs qui en général arrivent chez lui au crépuscule et repartent à l'aube. Le kampong lacustre où il habite est situé au bord d'une belle rivière, dans des champs fertiles s'étageant jusqu'à une forêt humide. Un brouillard bleuâtre s'y installe souvent. La maison de Hansen est construite sur la hauteur, pour améliorer la réception radio, et lui permettre de surveiller les allées et venues dans la vallée. A la saison des pluies, il laisse sa jeep au village et rentre chez lui à pied dans la boue. A la saison sèche, il la prend, souvent accompagné par la moitié des enfants du village, une douzaine de gamins qui l'attendent pour escalader le hayon et profiter de la balade de cinq minutes jusqu'à son enclave.

— Ma fille était parfois parmi eux, dit Hansen.

Ni Rumbelow ni le dossier n'avaient mentionné une fille. Si Hansen nous l'avait cachée, il avait commis une grave infraction aux règles du Service, même si c'était à cet instant le cadet de nos soucis à tous les deux. Il s'arrêta pourtant de parler, et me jeta un regard mauvais dans la pénombre, comme en attente de mes reproches. Mais je gardai le silence, résolu à lui accorder l'écoute qu'il espérait depuis de longues années peut-être.

— Quand j'étais encore prêtre, j'ai fait le tour des temples cambodgiens. Là-bas, je suis tombé amoureux d'une villageoise, et l'ai mise enceinte. C'était encore le bon temps au Cambodge, Sihanouk avait le pouvoir. Je suis resté avec elle jusqu'à la naissance du bébé. Une fille. Je l'ai baptisée Marie. J'ai donné de l'argent à la mère, et je suis retourné à Djakarta, mais la petite me manquait terriblement. J'ai renvoyé de l'argent à la mère, et au chef, pour qu'il veille sur elles. Je leur ai écrit. J'ai prié pour elles, en jurant qu'un jour je m'occuperais d'elles convenablement. Dès mon retour au Cambodge, j'ai installé la mère chez moi, même si les années avaient fané sa beauté. Ma fille avait un nom khmer, mais du jour où je l'ai retrouvée, je l'ai appelée Marie. Ça lui plaisait. Elle était fière de m'avoir comme père.

Il semblait soucieux de me spécifier que Marie acceptait son prénom européen. Il précisa : européen, pas américain.

— Il y avait d'autres femmes dans ma maisonnée, mais Marie était ma seule enfant, et je l'aimais. Elle était plus belle que je ne l'avais imaginé. De toute façon, laide ou disgracieuse, je ne l'aurais pas moins aimée. Aucune femme, aucun homme, aucun enfant n'a éveillé en moi autant d'amour! fit-il d'une voix soudain forte, et, me sembla-t-il, menaçante. En fait, Marie est la seule femme, hormis ma mère, que j'ai aimée d'un amour pur.

Dans la pénombre, ses yeux rivés sur moi me défiaient de douter de sa passion. Mais sous l'emprise de son charme, je ne doutais de rien, et avais tout oublié de moi-même, jusqu'à la mort de ma mère. Il me subjuguait, il m'accaparait.

— Celui qui adhère à l'impossible concept de Dieu sait que le véritable amour exclut le rejet. Sans doute seul un pécheur peut-il le comprendre. Seul un pécheur connaît l'immensité du pardon de Dieu.

Je crois avoir hoché gravement la tête. Je songeai au colonel Jerzy. Je me demandai pourquoi Hansen éprouvait le besoin d'expliquer qu'il ne pouvait rejeter sa fille, pourquoi ses propres péchés le tourmentaient quand il parlait d'elle.

— Ce soir-là, quand je suis rentré du temple, aucun enfant ne m'attendait dans le kampong, alors que c'était la saison sèche. J'étais déçu parce que je voulais parler à Marie d'une belle découverte que nous avions faite ce jour-là. J'ai pensé qu'il y avait une fête à l'école, mais je ne voyais pas laquelle. J'ai monté la colline en jeep jusqu'à l'enclave, et appelé ma fille. Tout était vide, la maison, les marmites des femmes sous les pilotis. J'ai appelé Maris à nouveau, puis mon épouse, et tous les autres. Personne n'est venu. Je suis retourné au village en jeep, je suis entré dans la maison d'une amie de Marie, puis d'une deuxième et d'une troisième en criant son prénom. Même les cochons et les poules avaient disparu. J'ai cherché des traces de sang ou de lutte. Rien. Mais j'ai découvert des empreintes de pas menant vers la jungle. Revenu à l'enclave, j'ai pris une pioche et j'ai enterré ma radio dans la forêt, entre deux grands arbres alignés plein ouest, près d'une vieille fourmilière qui avait la forme d'un homme. Je détestais le travail que je faisais pour vous, tous ces mensonges, pour vous et les Américains. C'est toujours le cas aujourd'hui. De retour à la maison, j'ai sorti de leur cachette mes carnets de codes, tout mon matériel, et je les ai détruits avec plaisir. Je les détestais aussi. J'ai mis mes bottes, et rempli un havresac de provisions pour une semaine. J'ai tiré trois balles de revolver dans le moteur de la jeep pour l'immobiliser, et j'ai suivi les traces dans la jungle. La jeep me faisait affront, parce que c'est vous qui l'aviez achetée.

Hansen s'était lancé seul à la poursuite des Khmers rouges. D'autres y auraient regardé à deux ou trois fois, même sans être compromis par une activité d'espion occidental, et malgré une fille ou une femme prises en otage. Mais pas Hansen. Il n'avait qu'une idée en tête, et, jusqu'au-boutiste de nature, il la mit aussitôt à exécution.

— Je ne pouvais pas me permettre d'être séparé de la grâce de Dieu.

Il m'expliquait, si besoin était, qu'au-delà du sort de sa fille se jouait celui de son âme immortelle.

Je lui demandai combien de temps il avait marché. Il l'ignorait. Au début, il avançait la nuit et dormait le jour, mais il se sentit bientôt harcelé par la lumière qui le poussait à continuer de jour, contre toute logique dans la jungle. En chemin il se remémora tous les événements de la vie de Marie depuis le soir où il l'avait sortie du ventre de sa mère, avait coupé le cordon avec une baguette rituelle en bambou, et demandé aux femmes qui l'assistaient de l'eau pour la laver. De par son autorité de prêtre et de père, il s'en était servi pour la baptiser Marie, comme sa mère à lui et celle du Christ.

Il se rappela les nuits où elle avait dormi dans ses bras ou dans le berceau de jonc à ses pieds, la revit au sein de sa mère à la lueur de feu. Il se fustigea pour les terribles années de séparation, lorsqu'il habitait Djakarta, ou suivait l'entraînement en Angleterre. Il se fustigea pour la perfidie de son travail au Service, et ce qu'il appelait sa faiblesse, sa traîtrise envers l'Asie, entendant par là ses directives aux bombardiers américains.

Il revécut les heures passées à lui raconter des histoires, à l'endormir en chantant des comptines anglaises et hollandaises. Seuls importaient son amour pour elle, et leur besoin réciproque l'un de l'autre.

Il suivait la piste, car il n'avait rien de mieux à suivre. Il savait à présent ce qui s'était passé. Il était arrivé la même chose à d'autres kampongs, mais pas dans la région de Hansen. Les combattants avaient encerclé le village de nuit, attendu l'aube pour capturer les hommes et les femmes valides qui partaient aux champs, puis pénétré dans le kampong et pris les vieillards, les enfants et les animaux. Ils récupéraient ainsi des provisions, et des hommes pour grossir leurs rangs. Puisqu'ils n'avaient pas pillé les maisons, ils devaient être pressés de regagner la jungle avant de se faire repérer. Bientôt, à la clarté de la pleine lune, Hansen tomba sur les premières preuves macabres venant confirmer sa théorie : les corps nus d'un vieux marchand et de sa femme, mains liées derrière le dos. Avaient-ils été incapables de soutenir l'allure ? Étaient-ils trop laids ? Avaient-ils protesté ?

Hansen pressa le pas, remerciant Dieu pour le physique typiquement asiatique de Marie. Chez les enfants métisses, un Asiatique décèle en général le sang européen, mais Hansen, certes très grand, avait en revanche la peau mate, le corps svelte, et une âme d'asiatique qui lui avait fait engendrer une Asiate.

La nuit suivante, il s'approcha en tremblant d'un autre corps gisant près de la piste. C'était Ong Sai, l'institutrice chicanière, la bouche grande ouverte, tuée pendant qu'elle protestait, supposa Hansen. Il reprit sa route avec acharnement, à la recherche de Marie, son grand amour, sa mère nourricière, sa fille, son unique rédemptrice.

Il se demanda quelle sorte d'unité il traquait. Les garçons timides qui frappaient à votre porte la nuit, et vous demandaient un peu de riz pour les combattants ? Les cadres à la mâchoire agressive qui voyaient dans le sourire asiatique un emblème de la décadence occidentale ? Ou les zombies, ces pilleurs réunis par nécessité en hordes nomades, plus hors-la-loi que guérilleros ? Mais il percevait une certaine discipline dans le groupe qu'il poursuivait. Un gang moins organisé serait resté pour saccager le village, et fêter ses exploits par un festin. Le matin suivant la découverte d'Ong Sai, Hansen se cacha avec des précautions redoublées pour dormir.

— J'ai eu un pressentiment, me dit-il.

Dans la jungle, il est dangereux de négliger les intuitions. Il s'enfonça dans les broussailles, se barbouilla de boue, et dormit revolver au poing. Le soir venu, réveillé par l'odeur d'un feu de bois et des cris perçants, il ouvrit les yeux. Il regardait droit dans le canon de fusils-mitrailleurs.

Il parlait maintenant des fers. Des combattants de la jungle, entraînés à voyager léger, s'encombrant d'une douzaine de chaînes sur des centaines de kilomètres... comment était-ce possible ? Il ne comprenait toujours pas. Quoi qu'il en soit, quelqu'un les avait apportées, avait aménagé une clairière, planté un poteau au centre, enfilé des anneaux métalliques dessus, et fixé les douze entraves aux douze anneaux pour y attacher douze prisonniers spéciaux, exposés à la pluie, la chaleur, le froid et la nuit. Hansen eut recours au français pour me décrire le procédé, recherchant sans doute la protection d'une langue étrangère : « ... *une tringle collective sur laquelle étaient enfilés des étriers... nous étions fixés par un pied... j'avais été mis au bout de la chaîne parce que ma cheville trop grosse ne passait pas...* »

Je jetai un coup d'œil vers la fille. Elle semblait encore plus inerte qu'avant, comme morte ou en transe. Je compris que Hansen lui épargnait un récit qu'il ne voulait pas qu'elle entende. Il poursuivit en français.

— Le jour, on desserrait nos fers, ce qui nous permettait de nous agenouiller et même de ramper, mais jamais très loin car nous restions attachés par un pied au poteau, et en plus nous nous heurtions les uns aux autres. Le soir, quand on fixait nos fers aux grands pieux disposés tout autour du camp, nous pouvions enfin nous étendre. Le nombre de chaînes déterminait celui des prisonniers spéciaux, pris uniquement parmi la bourgeoisie du village. J'ai reconnu deux vieux du kampong, une veuve filiforme de quarante ans, qui s'appelait Ra et avait paraît-il le don de prophétie, et les trois frères Liu, marchands de riz et avares notoires. L'un d'eux semblait déjà mort ; il dormait en boule sur ses fers comme un hérisson sans épines. Seuls ses sanglots prouvaient qu'il était en vie.

Et Hansen, avec son horreur de la captivité ? Comment avait-il réagi à ses chaînes ?

— *Je les ai portées pour Marie*, me répondit-il dans son français bousculé et menaçant que j'apprenais à respecter.

Les prisonniers normaux étaient parqués dans un

enclos à la lisière de la clairière. De temps à autre, on en emmenait un de gré ou de force au quartier général, hors de vue derrière une colline. Les interrogatoires étaient brefs. Après quelques heures de hurlements, un seul coup de pistolet retentissait, puis le calme oppressant de la jungle retombait. Personne n'en réchappait. Les enfants, y compris Marie, avaient le droit de circuler, à condition de ne pas approcher des prisonniers ni de s'aventurer sur la colline qui cachait le QG. Les plus hardis avaient déjà lié connaissance avec de jeunes combattants pendant la marche, et s'empressaient autour d'eux pour leur rendre un service ou toucher leurs fusils.

Mais Marie s'isolait de tous. Assise dans la poussière de la clairière au-delà des pieux, elle observait son père du matin au soir. Même lorsqu'on sortit sa mère de l'enclos, que ses hurlements retentirent derrière la colline, qu'elle appela Hansen puis demanda grâce, et fut réduite au silence par le traditionnel coup de feu, les yeux de Marie ne quittèrent jamais le visage de son père.

— Elle savait ? demandai-je en français.

— Tout le camp savait.

— Elle aimait sa mère ?

Était-ce mon imagination, ou Hansen avait-il fermé les yeux dans la pénombre ?

— J'étais le père de Marie, pas le père de leur relation.

Comment avais-je deviné que mère et fille s'étaient détestées ? Était-ce parce que j'avais senti que l'amour de Hansen pour Marie était jaloux, possessif, absolu comme toutes ses passions, exclusif ?

— Je n'avais pas le droit de lui parler, me dit-il. Elle non plus. Les prisonniers ne devaient s'adresser à personne, sous peine de mort.

Le moindre grognement suffisait, ainsi que le

découvrit l'un des malheureux frères Liu lorsque les gardes le réduisirent définitivement au silence à coups de crosse, et le remplacèrent le lendemain matin par une loque humaine terrorisée tirée de l'enclos. Mais entre Marie et son père, toute parole était inutile. Le stoïcisme qu'il lisait sur son visage confortait la farouche détermination de son cœur de père, gisant enchaîné et impuissant. Avec Marie pour le soutenir, il pouvait tout supporter. Chacun d'eux serait le salut de l'autre. L'amour de sa fille était aussi violent et exclusif que le sien, il n'en doutait pas. Malgré son horreur de la captivité, il remercia Dieu d'avoir choisi de la suivre.

Un jour passa, puis un autre, et Hansen restait enchaîné au poteau, brûlé par le soleil, transi par le froid nocturne, dans la puanteur de ses propres immondices, mais le regard et l'esprit toujours dirigés vers Marie.

Entre-temps, il retournait la situation dans sa tête.

Depuis le début, il avait la nette impression d'être une vedette. Si le plan avait été de capturer un Européen, ils auraient attaqué avant son départ de l'enclave, puis fouillé la maison. Cette belle prise fortuite les obligeait à attendre des instructions. Tous les autres prisonniers spéciaux finirent par être emmenés et disparaître, sauf le dernier des frères Liu et la voyante qui, après des jours de hurlements sous l'interrogatoire, réapparurent avec un statut privilégié, insultant leurs anciens compagnons et essayant par tous les moyens de gagner les bonnes grâces des soldats.

On forma une classe d'endoctrinement. Chaque soir, les enfants et les survivants sélectionnés s'asseyaient en cercle dans l'ombre, où les haranguait un jeune commissaire au front ceint d'un bandeau rouge. Tandis que Hansen suffoquait ou grelottait, il entendait le commissaire vociférer, tempêter des heures durant contre les immondes impérialistes. Ces classes indignèrent d'abord Hansen parce qu'elles lui enlevaient Marie. Mais il s'aperçut qu'au prix d'un effort il parvenait encore à lever suffisamment la tête pour apercevoir sa silhouette assise dans le cercle, raide comme la justice, son regard posé sur lui de l'autre côté de la clairière. Je serai ta mère, ton père et ton ami, lui disait-il. Je serai ta vie, quitte à sacrifier la mienne.

Il se reprochait parfois l'extraordinaire beauté de sa fille, qu'il considérait comme la punition de ses débauches passées. A douze ans, elle était sans nul doute la plus belle du camp, et si le sexe était interdit aux cadres, parce qu'il représentait une menace bourgeoise contre leur volonté révolutionnaire, Hansen ne pouvait s'empêcher de remarquer l'effet que le corps à peine vêtu de Marie avait sur les jeunes combattants. Leurs yeux éteints se repaissaient de ses seins naissants, de ses hanches qui roulaient sous sa tunique en coton déchirée, et jetaient des lueurs sombres quand ils lui criaient dessus. Pis encore, il savait qu'elle percevait leur désir, et que sa féminité nouvelle y répondait.

Puis vint un matin où il vit ses conditions de détention s'améliorer inexplicablement. Ses craintes s'amplifièrent, car son bienfaiteur était le jeune commissaire au bandeau rouge. Escorté par deux soldats, il ordonna à Hansen de se lever. L'en voyant incapable, les soldats le hissèrent sur ses pieds en le tenant chacun par un bras, et l'aidèrent à se traîner jusqu'à une petite crique naturelle sur la berge de la rivière.

— Lave-toi ! lança le commissaire.

Jour après jour, depuis sa mise aux fers, Hansen l'avait réclamé en vain. Le premier soir il avait hurlé : « Emmenez-moi à la rivière ! » Ils l'avaient battu. Le lendemain matin, il avait agité ses chaînes et demandé à voir un camarade responsable, au risque d'une nouvelle correction, pour faire valoir son droit à rester une personne que ses gardes pourraient respecter, et donc maintenir en vie.

Sous l'œil des soldats, Hansen réussit à mobiliser ses membres martyrisés ; il se baigna et s'infligea le supplice d'une friction de vase avant d'être reconduit au poteau. A l'aller et au retour, il passa à quelques mètres de sa chère Marie, toujours assise au-delà du périmètre des pieux. Même s'il exultait de la voir si proche, et de lire tant de courage dans son regard, il ne pouvait s'empêcher de soupçonner que c'était sa propre enfant qui avait acheté ce privilège dont il jouissait. Et quand elle répondit par un demi-sourire au salut grommelé par le commissaire, les affres de la jalousie s'ajoutèrent aux souffrances de Hansen.

Après ses ablutions, on lui apporta du riz, plus en une fois que durant toute sa captivité. Et au lieu de le faire manger à même le bol comme un chien, on lui détacha les mains pour lui permettre d'utiliser ses doigts. Il réussit ainsi à en subtiliser une poignée, qu'il laissa tomber dans un pli de sa tunique avant d'être remis aux fers.

Toute la journée il fut obnubilé par cette boulette de riz dans sa chemise, prenant garde à ne pas l'écraser d'un geste malencontreux. Je vais reconquérir Marie, pensait-il. Forcer son admiration et supplanter le commissaire. Le soir venu, on l'emmena de nouveau à la rivière, et son plan fonctionna miraculeusement. Trébuchant plus que d'habitude, il réussit à lâcher la boulette aux pieds de Marie à l'insu des gardes. Quand il passa devant elle au retour, il jubila en secret : le riz avait disparu.

Mais le visage de Marie ne trahit rien. Seule la muette adoration de son regard fixe apprit à Hansen qu'elle lui rendait son amour exclusif. Je m'étais trompé, en conclut-il comme on l'enchaînait à nouveau. Elle s'initie aux ruses des prisonniers. Elle est chaste, et elle survivra. Ce soir-là, il écouta avec une tolérance nouvelle la classe d'endoctrinement du commissaire. Fais-le marcher, enjoignait-il à Marie par le biais de leur incessant contact télépathique ; endors-le, ensorcelle-le, gagne sa confiance, mais ne lui donne rien. Marie dut l'entendre, car à la fin du cours, Hansen vit le commissaire l'appeler pour la réprimander. Elle l'écouta, docile et silencieuse, baissa la tête, puis s'éloigna dans la même attitude.

Le lendemain et pendant une semaine, Hansen réitéra son exploit, convaincu que personne ne le remarquait sauf Marie. La boulette de riz, qui roulait légèrement sur son ventre à chaque mouvement, devint une source vitale de réconfort. Je suis sa mère nourricière. Je suis son gardien, le protecteur de sa chasteté. Je suis son prêtre, je lui donne l'eucharistie.

Seul le riz comptait maintenant pour lui. Son unique souci était d'élaborer de nouvelles tactiques pour le donner en cachette à Marie, par exemple lâcher prestement la boulette au passage, ou la laisser glisser dans la jambe de son pantalon déchiré.

— J'étais inconscient, m'avoua-t-il doucement, du ton d'un pénitent.

Et pour prix de son inconscience, Dieu lui reprit Marie. Un beau matin, quand on le conduisit au bassin après l'avoir détaché, elle n'était plus là, dans l'attente du sacrement. A la classe d'endoctrinement du soir, il constata qu'elle avait été promue assistante du commissaire. Hansen crut entendre sa voix couvrir toutes les autres, psalmodier les répons avec une nouvelle assurance. A la tombée de la nuit, il la repéra près d'un feu de camp, acceptée par les soldats comme l'un des leurs, partageant leur riz en camarade. Le lendemain, il ne la vit pas du tout. Ni le surlendemain.

— Je voulais mourir, me dit-il.

Ce soir-là, désespéré, prostré et immobile, il attendait les gardes chargés de l'enchaîner, mais ce fut le jeune commissaire qui se dirigea vers lui. Vêtue d'une tunique noire, Marie trottinait à ses côtés.

— Cet homme est-il ton père ? demanda le commissaire comme ils arrivaient devant Hansen.

Marie ne cilla pas, mais sembla chercher la réponse au fond de sa mémoire.

— Angka est mon père, dit-elle enfin. Angka est le père de tous les opprimés.

« Angka, c'était le parti, m'expliqua Hansen sans que je le lui demande. L'organisation à laquelle les Khmers rouges adressaient leurs prières. Dans leur cosmologie, Angka était Dieu. »

— Alors qui est ta mère ? s'enquit le commissaire.

— Ma mère est Angka. Je n'ai d'autre mère qu'Angka.

— Qui est cet homme ?

— Un agent américain. Il lâche des bombes sur nos villages. Il tue nos travailleurs.

— Pourquoi prétend-il être ton père ?

— Pour nous tromper en se disant notre camarade.

— Vérifie les chaînes de l'espion. Assure-toi qu'elles sont bien serrées.

Marie s'agenouilla aux pieds de Hansen dans la posture qu'il lui avait enseignée pour la prière. Pendant un instant, telle la main lénifiante du Christ, celle de Marie se referma sur ses chevilles aux plaies purulentes.

— Peux-tu glisser tes doigts entre l'anneau et sa cheville ? demanda le commissaire.

Paniqué, Hansen eut le même réflexe que lorsqu'on lui enchaînait les pieds. Il contracta les muscles des jambes, dans l'espoir qu'en les relâchant par la suite il gagnerait un peu de jeu. Il sentit un doigt vérifier ses liens.

— Je passe le petit doigt, répondit-elle en le montrant au commissaire, tandis qu'elle lui cachait de son corps les pieds de Hansen.

— Facilement ?

— Non, difficilement, mentit-elle.

En les regardant s'éloigner, Hansen remarqua un détail inquiétant. Marie avait acquis avec sa tunique noire la démarche furtive et souple d'un combattant de la jungle. Néanmoins, pour la première fois depuis sa capture, Hansen dormit profondément. Elle les a rejoints pour mieux les berner, se persuada-t-il. Dieu nous protège. Bientôt nous nous échapperons.

L'interrogateur officiel arriva par bateau, un jeune homme imberbe, l'air sérieux et renfrogné. Hansen le surnomma mentalement l'étudiant. Un comité d'accueil dirigé par le commissaire l'attendait sur la rive pour l'escorter au QG derrière la colline. Hansen sut que c'était l'interrogateur parce qu'il fut le seul à ne pas accorder un regard au dernier prisonnier en train de pourrir au soleil. En revanche, il regarda Marie. Il s'arrêta devant elle, forçant tout le monde à en faire autant. Son visage grave touchait presque celui de Marie, tandis qu'il lui posait des questions inaudibles pour Hansen, et qu'elle lui répondait comme un perroquet. Ma fille est la putain du camp, songea Hansen désespéré. Mais était-ce bien vrai ? Il n'avait jamais entendu dire que les Khmers rouges installaient, ni même toléraient, des prostituées parmi eux, au contraire. *Angka hait le sexuel,* lui avait déclaré un jour un anthropologue français.

Alors c'est par le puritanisme qu'ils la possèdent, se dit-il. Ils se l'assujettissent par une passion pire que la débauche. Il s'allongea face contre terre, priant qu'il lui soit accordé d'expier les péchés d'innocence de sa fille.

Je n'ai pas une vision cohérente de l'interrogatoire de Hansen, car lui-même en était dépourvu. Je me souvins du traitement que m'avait infligé le colonel Jerzy, pourtant dérisoire en comparaison, mais qui m'avait laissé cette même impression de flou. Qu'ils l'aient torturé va sans dire. Ils avaient construit une grille en bois pour l'occasion. Ils souhaitaient toutefois le maintenir en vie, car entre deux séances ils le nourrissaient, et, à en croire ses souvenirs, lui permettaient d'aller à la rivière. Ou bien s'agissait-il d'une seule baignade interrompue par des pertes de conscience ?

Il y avait aussi les séances d'écriture, car dans l'esprit prosaïque de l'étudiant, une confession n'avait valeur de vérité qu'une fois couchée sur le papier. Tenir un crayon devint de plus en plus pénible, une torture en soi, alors pourtant qu'on le détachait de la grille à cet effet.

La tactique d'interrogatoire de l'étudiant semblait se déployer sur deux fronts intellectuels. Quand il était contré d'un côté, il attaquait de l'autre.

— Vous êtes un espion américain, disait-il, un agent du pantin contre-révolutionnaire Lon Nol, et un ennemi de la révolution.

Hansen nia.

— Vous êtes aussi un catholique romain qui se prétend bouddhiste, un pollueur d'esprits, un colporteur de superstitions antiparti, et un saboteur de l'illumination populaire ! hurlait l'étudiant.

Il procédait plus souvent par affirmations que par questions.

— Veuillez citer toutes les dates et les lieux de vos rencontres de conspirateur avec le pantin contre-révolutionnaire et espion américain Lon Sol. Et nommez tous les Américains présents.

Hansen soutenait que de telles rencontres n'avaient jamais eu lieu, mais cela ne satisfaisait pas l'étudiant. Son supplice allant croissant, Hansen se souvint des personnages d'une chanson folklorique anglaise que lui chantait sa mère : Tom Pearse... Bill Brewer... Jan Stewer... Peter Gurney... Peter Davey... Dan'l Whiddon... Harry Hawk...

— Veuillez maintenant écrire le nom du chef de cette racaille ! ordonna l'étudiant en tournant une page de son carnet.

Les yeux de l'étudiant restaient souvent mi-clos. Je me souvenais du même détail chez Jerzy.

— Cobbleigh, murmura Hansen en soulevant la tête de sur le bureau devant lequel ils l'avaient assis.

Il écrivit : *Thomas Cobbleigh, dit Tom. Alias : Oncle.*

L'importance des dates était capitale. Par crainte de les oublier après les avoir inventées, et de se voir accusé d'incohérence, Hansen choisit l'anniversaire de Marie, celui de sa mère à lui, et la date d'exécution de son père, modifiant l'année en fonction de la date d'accession au pouvoir de Lon Nol. Pour lieu de rencontre des conspirateurs, il cita les jardins intérieurs du palais de Lon Nol à Phnom Penh, qu'il avait souvent admirés sur le chemin de sa *fumerie* préférée.

En confessant ces inepties, il redoutait d'y inclure involontairement des informations véridiques, car il était maintenant certain que l'étudiant ignorait tout de ses véritables activités d'agent de renseignements, et fondait son accusation sur le simple fait que Hansen était un Occidental.

— Veuillez s'il vous plaît écrire le nom de chaque espion que vous avez payé durant les cinq dernières années, et chaque acte de sabotage que vous avez commis contre le peuple.

Durant les jours et les nuits passés dans l'attente de cette épreuve, Hansen n'avait pas songé un seul instant que son imagination lui ferait défaut. Il nomma des martyrs dont il avait ressassé le supplice pour s'y préparer lui-même, des érudits orientaux morts et enterrés, des auteurs de travaux en philologie et linguistique. Des espions ! disait-il. Tous des espions ! Et il en consigna les noms sur le papier, sa main se contractant au rythme des convulsions de douleur qui le secouaient bien après qu'ils avaient éteint la machine.

Avec l'énergie du désespoir, il dressa la liste des officiers de Lawrence d'Arabie, dont il se souvenait grâce à de nombreuses lectures des *Sept Piliers de la sagesse*. Il dit avoir organisé sur ordre personnel de Lon Nol l'empoisonnement des moissons et du bétail par des prêtres bouddhistes. L'étudiant le remit sur la grille et intensifia la douleur.

Hansen lui raconta avoir donné des cours clandestins sur l'impérialisme, et encouragé la diffusion des valeurs bourgeoises et des vertus de la famille. L'étudiant ouvrit les yeux, lui offrit sa commisération, et intensifia la douleur.

Hansen leur livra presque tout. Il expliqua qu'il avait allumé des feux pour guider les bombardiers américains, et propagé des rumeurs selon lesquelles ces appareils étaient chinois. Sur le point de révéler qui l'avait aidé à diriger les commandos américains vers les pistes de ravitaillement, Dieu merci, il s'évanouit.

Mais durant tout son martyre, c'était toujours Marie qui vivait dans son cœur, à qui il criait sa douleur, dont les mains le ramenaient à la vie quand son corps suppliait qu'elle prît fin, qui le couvait de ses yeux pleins d'amour et de pitié. Marie, à qui il sacrifiait sa souffrance, pour qui il se jurait de survivre. Suspendu entre la vie et la mort, il eut une hallucination : il se vit allongé dans le bateau de l'étudiant ; vêtue de sa tunique noire, assise au-dessus de lui, Marie remontait à la rame le fleuve jusqu'au Paradis. Mais il n'était toujours pas mort. Ils ne m'ont pas tué. J'ai tout avoué et ils ne m'ont pas tué.

En fait, il n'avait pas tout avoué. Il n'avait pas trahi ses assistants, ni révélé l'existence de sa radio. Lorsqu'ils le traînèrent à nouveau jusqu'à la grille le lendemain, il vit Marie assise près de l'étudiant, une copie de ses aveux devant elle sur la table. Elle avait les cheveux coupés ras, et une expression impénétrable.

— As-tu pris connaissance des déclarations de l'espion ? lui demanda l'étudiant.

— J'en ai pris connaissance.

— Correspondent-elles exactement à son style de vie, tel que tu as pu l'observer ?

— Non.

— Pourquoi ? fit l'étudiant en ouvrant son carnet.

— Elles sont incomplètes.

— Explique pourquoi les déclarations de l'espion Hansen sont incomplètes.

— L'espion Hansen cachait chez lui une radio pour communiquer avec les bombardiers impérialistes. Et les noms qu'il a donnés sont inventés. Ils sont tirés d'une chanson anglaise bourgeoise qu'il me chantait lorsqu'il se prétendait mon père. Et il a reçu des soldats impérialistes chez nous le soir, pour les conduire dans la jungle. Et il a omis de signaler que sa mère est anglaise.

— Qu'a-t-il omis d'autre ? demanda l'étudiant, l'air déçu, lissant une nouvelle page du tranchant de la main.

— Pendant sa captivité, il s'est rendu coupable de nombreuses infractions au règlement. Il a secrètement amassé de la nourriture et il a essayé d'acheter la collaboration de camarades pour un plan d'évasion.

— Quoi d'autre ? soupira patiemment l'étudiant en prenant des notes.

— Il a porté ses chaînes de façon irrégulière. Quand on les lui mettait, il bandait illégalement les muscles pour qu'elles soient moins serrées et lui permettent de s'échapper.

Jusqu'à cet instant, Hansen avait réussi à se persuader que Marie jouait au plus malin avec eux. Plus maintenant. Le jeu était devenu la réalité.

— C'est un débauché! hurla-t-elle en larmes. Il dévergonde nos femmes, il les amène chez lui pour les droguer. Il prétend faire un mariage bourgeois, et ensuite il oblige son épouse à tolérer ses pratiques décadentes! Il couche avec des filles de mon âge! Il prétend qu'il est le père de nos enfants et que notre sang n'est pas khmer! Il nous lit de la littérature bourgeoise dans des langues occidentales pour nous dépraver! Il nous séduit en nous faisant monter dans sa jeep et en nous chantant des chants impérialistes!

Hansen ne l'avait jamais entendue crier. Apparemment, l'étudiant non plus, qui semblait gêné. Mais rien ne pouvait plus arrêter Marie. Elle persista à le renier. Elle raconta qu'il avait interdit à sa mère de l'aimer. Elle exprimait une haine pour lui qu'il savait sincère, aussi absolue et démesurée que l'amour qu'il lui vouait. Une haine de femme bafouée, une haine jusqu'alors étouffée, qui secouait tout son corps, et déformait ses traits, où se lisait aussi la honte. Elle pointa vers lui un doigt accusateur. Hansen ne reconnaissait plus sa voix.

— Tuez-le! hurla-t-elle. Tuez le spoliateur de notre peuple! Tuez le corrupteur de notre sang khmer! Tuez le menteur occidental qui nous dit que nous sommes différents les uns des autres! Vengez le peuple!

L'étudiant prit une dernière note et ordonna que l'on emmène Marie.

— J'ai prié pour son pardon, me dit Hansen.

Je m'aperçus que l'aube filtrait dans le bungalow.

Hansen se tenait debout devant la fenêtre, le regard perdu dans la nappe brumeuse de la mer. La fille restait couchée sur le sofa, les yeux clos, la boîte vide de Coca-Cola à côté d'elle, la tête posée sur son bras. Sa main pendante semblait vieille et fatiguée. La voix de Hansen trahissait une certaine tension, et je craignis un instant que, le matin venant, il ne s'irrite de ma présence. Mais je compris que c'était à lui-même qu'il en voulait. Il revivait la colère qu'il avait éprouvée quand ils l'avaient emporté, ligoté mais pas enchaîné, jusqu'à l'enclos pour dormir, si l'on peut dormir quand son corps est à l'agonie, les oreilles et le nez emplis de sang. Il s'en voulait aussi d'avoir instillé tant de haine chez son enfant.

— J'étais toujours son père, me dit-il en français. Je ne lui reprochais rien. Je me reprochais tout. Si seulement je m'étais échappé plus tôt, au lieu de compter sur son aide. Si seulement j'avais utilisé mes forces pour m'évader quand il m'en restait assez, au lieu de m'en remettre à une enfant. Je n'aurais jamais dû travailler pour vous. Mes activités secrètes l'avaient mise en danger. Je vous ai tous maudits. Et je vous maudis encore aujourd'hui.

Ai-je parlé ? Mon souci était de ne rien dire qui risque de l'interrompre dans son élan.

— Elle était attirée vers eux, l'excusa-t-il. C'était son peuple. Des combattants de la jungle avec un idéal pour lequel mourir. Pourquoi les aurait-elle rejetés ? J'étais le dernier obstacle à son acceptation par son peuple. J'étais un envahisseur, un corrupteur. Pourquoi aurait-elle cru que j'étais son père quand ils lui disaient le contraire ?

Toujours allongé dans l'enclos, il revécut le jour où le jeune commissaire l'avait parée de noir, couleur nuptiale. Il se souvint du dégoût qu'elle afficha en le voyant, lui, l'espion occidental apeuré, gisant à ses pieds tel un gueux, répugnant, ensanglanté. Et près d'elle, le beau commissaire au bandeau rouge. « Je suis mariée à l'Angka. L'Angka répond à toutes mes questions. »

— J'étais seul, me confia Hansen.

La nuit tomba sur l'enclos. Il supposa que s'ils avaient l'intention de le tuer, ils attendraient le jour. L'idée que Marie allait vivre en sachant qu'elle avait condamné son père à mort le consternait. Il l'imagina à l'âge mûr. Qui l'aiderait ? Qui la confesserait ? Qui lui accorderait l'absolution ? L'idée de sa propre mort l'angoissa de plus en plus. Ce sera aussi la mort de ma fille, songeait-il.

Il dut s'assoupir, car à l'aube il trouva un bol de riz par terre dans l'enclos, qui n'y était sûrement pas la veille au soir ; même à l'agonie, il en aurait humé l'odeur. Du riz, pas en boulettes pressées contre la peau nue, mais une montagne de riz blanc suffisante pour cinq jours. Il se sentit d'abord trop fatigué pour s'en étonner. Puis s'allongeant sur le ventre afin de manger, il remarqua le calme étrange. A cette heure, la clairière aurait dû résonner du remue-ménage des soldats au réveil : voix chantantes et bruits d'ablutions provenant de la rive, cliquetis des poêles et des fusils, slogans scandés sous la houlette du commissaire. Mais lorsque Hansen tendit l'oreille, même les oiseaux et les singes semblaient s'être tus, et il n'entendit aucun son humain.

— Ils étaient partis, dit sa voix quelque part derrière moi. Ils avaient levé le camp pendant la nuit en emmenant Marie.

Il mangea encore un peu de riz, et se rendormit. Pourquoi ne m'ont-ils pas tué ? Marie a dû les en dissuader. Marie a acheté ma vie. Hansen entreprit d'user ses liens contre le mur de l'enclos. A la nuit tombée, couvert d'écorchures et de mouches, il baignait ses plaies au bord de la rivière. Il rampa jusqu'à l'enclos où il dormit, et le lendemain matin, muni du reste de riz, il prit la route. Cette fois-ci, n'ayant ni prisonniers ni bétail, ils n'avaient pas laissé de traces.

Mais il partit néanmoins à la recherche de Marie.

Pendant des mois, cinq ou six selon lui, Hansen vécut dans la jungle, allant d'un village à l'autre sans s'y attarder, ne faisant confiance à personne... l'esprit égaré, j'imagine. Partout il demandait si l'on avait vu passer l'unité de Marie, mais faute d'une description détaillée, il poursuivait sa quête à l'aveuglette. Il entendit parler d'unités qui comptaient des combattantes. Il entendit parler d'unités exclusivement féminines. Il entendit parler de filles qu'on envoyait se prostituer dans les villes pour recueillir des renseignements. Il imagina Marie dans chacune de ces situations. Une nuit, il rampa jusqu'à son ancienne maison dans l'espoir que Marie s'y serait réfugiée. Le village avait été brûlé.

Je lui demandai si la radio qu'il avait enterrée avait été trouvée.

— Je n'ai pas vérifié. Je m'en fichais. Je vous détestais tous.

Une autre nuit, il se rendit dans un village isolé où habitait la tante de Marie, qui l'accueillit par une volée de casseroles et l'obligea à battre en retraite. Toutefois, sa détermination à sauver sa fille était plus forte que jamais, car il savait à présent qu'il devait la sauver malgré elle. Pour son malheur, elle a hérité mon goût de l'absolu, pensait-il. Elle est violente et obstinée ; c'est ma faute. Je l'ai emprisonnée dans le carcan de mes instincts. Seul son amour paternel avait pu lui cacher cette vérité ; mais il avait maintenant les yeux ouverts. Il vit Marie amenée à faire montre d'une cruauté inhumaine pour prouver sa dévotion. Il la vit revivre à son tour la quête erratique de son père, mais sans posséder sa discipline intellectuelle et religieuse, avec comme lui la vague certitude qu'embrasser un idéal permet l'accomplissement personnel.

Il resta discret sur sa marche jusqu'à la frontière thaïlandaise. Pour rejoindre Païlin au sud-ouest, où il avait entendu dire qu'il y avait un camp de réfugiés khmers, il traversa des montagnes et des marais infestés de malaria. Une fois arrivé, il fit le siège des bureaux de recherche et punaisa la description de Marie sur tous les panneaux d'affichage du camp. J'ignore toujours comment il réussit sans papiers, sans argent ni relations, en gardant néanmoins secrète sa présence en Thaïlande. Mais Hansen était un agent entraîné et aguerri, même s'il nous reniait. Il n'allait pas se laisser arrêter par quoi que ce fût. Je lui demandai pourquoi il n'avait pas demandé l'aide de Rumbelow. Il rejeta l'idée avec mépris.

— Je n'étais plus un agent impérialiste. Je ne croyais plus en rien, sinon en ma fille.

Dans le bureau d'une organisation humanitaire, il rencontra un jour une Américaine qui croyait se souvenir de Marie.

— Elle est partie, dit prudemment la dame.

Hansen insista. Marie faisait partie d'un groupe de six filles, expliqua la dame. Toutes des prostituées, mais animées d'une assurance de soldats. Quand elles ne divertissaient pas les hommes, elles restaient dans leur coin et n'étaient pas commodes. Un jour, elles avaient fait le mur. La dame avait entendu dire que la police thaïlandaise les avait arrêtées. Elle ne les avait jamais revues.

Elle hésitait apparemment à dire ce qu'elle avait sur le cœur, mais Hansen ne lui laissa pas le choix.

— On avait peur pour elle, reconnut-elle. Elle se présentait sous des noms différents, elle donnait des versions contradictoires de son voyage jusqu'à nous. Les docteurs étaient d'avis partagés sur son état mental. Quelque part en route, elle avait oublié qui elle était.

Hansen se présenta à la police thaïlandaise et, par la menace ou par sa force de persuasion naturelle, apprit que Marie avait séjourné dans une maison de plaisir pour officiers. On ne le questionna apparemment pas sur son identité, on ne lui demanda pas ses papiers. C'était un Occidental, un *farang*, qui parlait khmer et thaïlandais. Marie était restée là trois mois avant de disparaître. Elle avait un comportement étrange, dit obligeamment un sergent.

— Comment, étrange? lui demanda Hansen.

— Elle ne voulait parler qu'en anglais.

Une autre fille, une amie de Marie, était restée plus longtemps et avait épousé un caporal. Hansen obtint son nom.

Il interrompit son récit.

— Vous l'avez retrouvée? demandai-je après une longue pause.

Je connaissais déjà la réponse. Je la connaissais en fait depuis le milieu de son récit, mais sans en être conscient. Il était au chevet de la fille, dont il caressait tendrement les cheveux. Elle s'assit lentement, et se frotta les yeux avec ses petites mains de vieille, feignant d'avoir dormi. Je crois qu'elle nous avait écoutés toute la nuit.

— Elle ne comprenait plus que ça, expliqua Hansen en anglais, lui lissant toujours les cheveux, et faisant allusion au bordel où il l'avait retrouvée. Elle ne voulait plus prendre de décisions, n'est-ce pas, Marie? Pas de belles paroles, pas de promesses, ajouta-t-il en la serrant sur son cœur. Elle veut seulement qu'on l'admire. Son peuple, nous tous... Nous devons tous aimer Marie. C'est son seul réconfort.

Je crois qu'il prit mon absence de réaction pour un reproche, car il haussa le ton.

— Elle veut être quelqu'un d'inoffensif, quel mal à cela ? Elle veut qu'on la laisse tranquille, comme toutes les autres. Si seulement nous étions plus nombreux à en souhaiter autant de notre côté. Vos bombardiers, vos espions et vos belles paroles, tout ça n'est pas pour elle. Ce n'est pas la fille de Kissinger. Elle demande seulement à mener une vie simple, à donner du plaisir sans faire de mal à personne. Qu'est-ce qui est le pire ? Son bordel ou le vôtre ? Tirez-vous d'Asie. Vous n'auriez jamais dû venir, tous autant que vous êtes. J'ai honte de vous avoir aidés. Laissez-nous en paix.

— Je dirai très peu de tout cela à Rumbelow, fis-je en me levant pour partir.

— Dites-lui ce que vous voudrez.

De la porte, je me retournai une dernière fois. La fille me dévisageait comme elle avait dû dévisager Hansen de l'extérieur du périmètre des prisonniers, le regard fixe, impénétrable. Je crus lire dans ses pensées. J'avais payé pour elle sans la prendre. Elle se demandait si je souhaitais en avoir pour mon argent.

Rumbelow me conduisit à l'aéroport. A l'instar de Hansen, j'aurais préféré me passer de lui, mais nous avions à parler.

— Vous lui avez promis *combien* ? hurla-t-il, horrifié.

— Je lui ai dit qu'il avait droit à une allocation de réinstallation, et au maximum de protection possible. Et aussi que vous lui enverriez un chèque au porteur de cinquante mille dollars.

— Moi, lui donner cinquante mille dollars, à lui ? explosa-t-il. Mon pauvre ami, il va se saouler pendant six mois et aller raconter l'histoire de sa vie dans tout Bangkok. Et sa pute cambodgienne ? Je suis sûr qu'elle sait tout.

— Ne vous inquiétez pas. Il a refusé mon offre.

La nouvelle stupéfia tant Rumbelow que son indignation s'éteignit totalement. Son silence blessé nous tint compagnie pendant le reste du trajet.

Dans l'avion, je bus trop et ne dormis pas assez. A un moment, je sortis d'un cauchemar, coupable de pensées séditieuses à l'égard de Rumbelow et du Cinquième Étage. J'aurais voulu expédier toute cette smala refaire la route de Hansen dans la jungle, Smiley y compris. J'aurais voulu les voir tout abandonner pour une passion imparfaite et impossible dont l'objet se retournerait contre eux, prouvant ainsi que l'amour n'est pas récompensé, si ce n'est par l'expérience d'avoir aimé, et qu'il n'enseigne rien sinon l'humilité.

Pourtant j'étais serein, comme aujourd'hui quand je repense à Hansen. J'avais trouvé ce que je cherchais, un homme qui me ressemblait, mais dont la quête du sens de la vie avait abouti à la découverte d'une raison de vivre; un homme qui avait payé le prix fort sans le considérer comme un sacrifice, le payait encore et le paierait jusqu'à sa mort; qui ne se souciait pas des compromis, de sa fierté, de nous ni de l'opinion d'autrui; qui avait réduit sa vie à la seule chose qui lui importait; un homme libre. Le rebelle qui sommeillait en moi avait trouvé son héros. L'amant qui sommeillait en moi avait trouvé une aune à laquelle mesurer ses triviales préoccupations.

Lorsqu'un an plus tard on me confia la direction de la Maison Russie, tout cela pour voir mon agent le plus précieux trahir sa patrie par amour, je fus incapable d'éprouver l'indignation que mes maîtres attendaient de moi. Personnel ne fut pas si mal inspiré de m'expédier à la Section des Interrogatoires.

10

Maggs, mon odieux cryptojournaliste, essayait d'amener Smiley à se prononcer sur l'amoralisme de notre métier. Il cherchait à lui faire admettre que tout passe, tant que ça ne casse pas. Je crois qu'il voulait en réalité entendre appliquer cette maxime à la vie dans son ensemble, car il était sans pitié ni courtoisie, et eût aimé voir en notre travail une sorte de caution lui permettant de jeter aux orties les rares scrupules qui lui restaient.

Mais Smiley ne lui accorda pas cette satisfaction. Il parut d'abord sur le point de s'emporter, ce que j'espérais. Néanmoins, il s'en abstint. Il reprit la parole, s'arrêta, hésita, au point que je me demandai s'il n'était pas temps de clore la séance. A mon grand soulagement, il se ressaisit, et je compris qu'il avait simplement été distrait par un des milliers de souvenirs personnels qui composaient son moi secret. Comme à l'accoutumée, il choisit de s'attacher à l'esprit de la question plutôt qu'à la lettre.

— Voyez-vous, il est capital dans une société libre que les gens de notre métier demeurent insoumis. Certes, nous sommes obligés de souper avec le Diable, et pas toujours avec une longue cuiller. Et comme chacun le sait... — un coup d'œil en coin à Maggs déclencha les rires approbateurs de son public — ... le Diable est souvent de bien meilleur commerce que le Seigneur, n'est-ce pas? Néanmoins, notre obsession du Bien ne vacillera pas. L'intérêt personnel est un principe tellement réducteur. Et l'opportunisme aussi.

Toujours plongé dans ses pensées intimes, il marqua une nouvelle pause.

— Ce qui revient en fait à vous dire que si d'aventure la tentation d'agir avec humanité vous assaille, j'espère que vous n'y verrez pas une faiblesse. Donnez-lui sa chance.

Les boutons de manchette! pensai-je, pris d'une inspiration subite. George se souvient du vieil homme.

Je restai longtemps sans comprendre pourquoi cette histoire m'avait tant hanté par la suite. Puis je m'aperçus que je l'avais découverte durant une période de grand froid entre mon fils Adrian et moi. Il parlait de laisser tomber ses études supérieures et de se trouver un boulot bien payé. Je prenais à tort son impatience pour du matérialisme et ses rêves d'indépendance pour de la paresse. Un soir, j'avais perdu mon sang-froid et l'avais injurié, après quoi j'avais eu honte pendant des semaines. C'est au cours d'une de ces semaines que j'avais déterré cette histoire.

Puis je me souvins aussi que Smiley n'avait pas d'enfants, ce qui pouvait expliquer son rôle ambigu dans cette affaire. Je fus quelque peu inquiet à l'idée qu'il comblait peut-être un vide intérieur en préservant ainsi une relation dont il n'avait jamais fait l'expérience.

Ensuite, je me rappelai qu'à peine quelques jours après avoir découvert les documents en question, j'avais reçu la lettre anonyme dénonçant en ce pauvre Frewin un espion russe. Et qu'il y avait certaines affinités mystiques entre Frewin et le vieil homme, une question de loyauté inébranlable, de mondes perdus. Tout cela pour vous donner le contexte, car je n'ai encore jamais connu d'affaire qui ne soit faite d'une centaine d'autres.

Avait enfin joué le fait, récurrent dans ma vie, de découvrir une fois de plus en Smiley mon prédécesseur. En effet, sitôt installé à mon nouveau bureau dans la Section des Interrogatoires, je trouvai sa trace partout : dans nos archives poussiéreuses, les vieux volumes du journal de l'officier de garde, et les sourires nostalgiques des secrétaires les plus anciennes en grade, qui parlaient de lui avec un respect sirupeux de vieilles vestales, le comparant à la fois à une divinité, à un nounours, et, sans trop gloser sur cet aspect de sa personnalité, à un requin tueur. Elles vous montraient même la tasse à thé en porcelaine de chez Thomas Goode dans South Audley Street (noblesse oblige), et vous expliquaient, la larme à l'œil, qu'Ann l'avait offerte à George, qui l'avait léguée à la Section après la commutation de sa peine et sa réhabilitation à la Centrale. Il va sans dire que, tel le Graal, la tasse de Smiley ne pourrait au grand jamais être ne serait-ce qu'effleurée par les lèvres d'un simple mortel.

La Section, ai-je besoin de le préciser, tient lieu de Sibérie au Service. Ma seule consolation fut d'apprendre que Smiley y avait été exilé par deux fois : la première pour avoir eu le toupet de suggérer au Cinquième Étage qu'il réchauffait peut-être en son sein une taupe du Centre Moscou, et la seconde, quelques années plus tard, pour avoir vu juste. Sibérienne par sa monotonie ambiante, la Section l'est aussi par son isolement géographique, reléguée hors du bâtiment principal, dans une enfilade de bureaux sépulcraux au rez-de-chaussée d'un édifice à pignons dans Northumberland Avenue, à l'extrémité nord de Whitehall.

A l'instar de la noble architecture des immeubles voisins, la Section a un noble passé. Elle fut créée durant la Seconde Guerre mondiale pour recueillir les témoignages d'inconnus, prêter l'oreille à leurs soupçons, calmer leurs craintes, et, quand par hasard ils avaient découvert un fait d'importance, leur imposer le silence par le mensonge ou l'intimidation.

Si par exemple vous pensiez avoir aperçu tard le soir votre voisin courbé sur un émetteur radio ; si vous aviez surpris des signaux lumineux suspects à une fenêtre, et que vous vous sentiez trop timide ou méfiant pour en avertir le commissariat du quartier ; si le mystérieux étranger qui vous avait questionné sur votre métier dans le bus avait réapparu à vos côtés au pub du coin ; ou si votre amant vous avouait, par solitude, bravade ou besoin désespéré de se rendre intéressant, qu'il travaillait pour les services secrets allemands... alors, après une correspondance avec le pseudo-assistant d'un sous-directeur inconnu à Whitehall, vous aviez de fortes chances d'être convoqué à braver le blitz un soir d'été et conduit, l'estomac noué, le long d'un couloir aux murs écaillés bardés de sacs de sable, jusqu'à la Salle 909, où un major Truc ou un capitaine Muche, aussi authentiques qu'un billet de trois dollars, vous invitaient courtoisement à exposer tout net votre problème, sans crainte de répercussions.

A l'occasion, ainsi que le rapportent les archives occultes de la Section, de grandes choses voyaient le jour sous ces auspices pourtant peu favorables. Et cela arrive encore aujourd'hui, même si à l'évidence les affaires ne sont plus ce qu'elles étaient, et que la majeure partie du travail de la Section se réduit à des corvées de routine : examiner les offres spontanées de service, ou les dénonciations anonymes comme celle visant le pauvre Frewin, voire seconder les méprisables services de sécurité lors d'enquêtes de fiabilité. On atteint là le fin fond de cette Sibérie, à l'antipode des opérations de haut vol de la Maison Russie, dont on ne saurait s'éloigner davantage, à moins de quitter carrément le Service.

C'est égal, il y a plus à apprendre de ces vexations que simplement l'humilité. Un officier du Renseignement n'est rien s'il perd sa qualité d'écoute, et George Smiley, l'infatigable George, grassouillet, inquiet, cocu, modeste, toujours en train d'essuyer ses lunettes sur la doublure de sa cravate, gonfler ses bajoues et soupirer d'un air éternellement distrait, George écoutait mieux que nous tous.

Il écoutait avec ses yeux fatigués aux paupières mi-closes, avec la simple inclinaison de son corps replet, son immobilité, son sourire compréhensif. Il savait écouter, parce qu'à la seule exception de sa femme Ann, il n'attendait rien de ses frères humains, ne critiquait rien, pardonnait le pire en vous avant même qu'il se fasse jour. Il était plus efficace qu'un microphone, parce que son esprit captait instantanément les données essentielles, qu'il semblait repérer sans savoir encore où elles menaient.

Et c'est ainsi que George en était venu à écouter M. Arthur Wilfred Hawthorne, résidant au 12, The Dene, à Ruislip, des lustres auparavant, dans cette même Salle 909 où j'étais à présent assis, à compulser par curiosité les pages jaunies d'un dossier classé « destruction imminente », déniché sur les étagères dans la chambre forte de la Section.

J'avais commencé ma quête par désœuvrement, par caprice pourrait-on dire, comme on prend un vieux numéro du *Tatler* à son club. Soudain, je m'aperçus que toutes ces pages étaient noircies de l'écriture soignée de Smiley, si familière avec ses petits *t* allemands bien nets, ses *e* grecs tarabiscotés, et signées de son célèbre paraphe. Quand il lui fallait intervenir personnellement dans le drame, malgré son désir perceptible d'échapper par tous les moyens à cette épreuve triviale, il se désignait par les simples initiales OG, Officier de Garde. Or, étant donné sa haine légendaire des initiales, ce détail révèle une fois encore sa nature recluse, voire franchement sauvage. La découverte d'un manuscrit inédit de Shakespeare ne m'aurait pas plus excité. Tout était là : l'original de la lettre de Hawthorne, la transcription des entretiens enregistrés, paraphée par Smiley en personne, et même les reçus signés par Hawthorne pour le remboursement de son voyage et de ses faux frais.

Ma morosité m'avait abandonné. Ma relégation ne me pesait plus, ni le silence de la grande bâtisse vide où j'étais confiné. Je les partageais avec George, en attendant que me parvienne le claquement net des brodequins du loyal Arthur Hawthorne, escorté le long du couloir jusqu'au bureau de Smiley.

« Cher Monsieur l'Officier Responsable du Renseignement au Ministère de la Défense », avait-il écrit. Et déjà, parce que nous sommes en Angleterre, la page porte l'estampille de sa classe sociale, ne serait-ce qu'à travers cet usage curieusement impérieux des majuscules, cher aux gens peu instruits. J'imaginai l'effort d'écriture fourni, le dictionnaire peut-être à portée de main. « Je souhaite, Monsieur, requérir une Entrevue avec votre Staff concernant une Personne qui a fait du Travail spécial au plus Haut Niveau pour le Renseignement britannique, et dont le Nom a autant d'importance pour ma Femme et moi qu'il peut en avoir pour vos Honorables Personnes, ce qui m'interdit de le citer dans cette Lettre. »

C'était tout. Signé « Hawthorne, A.W., Adjudant en Retraite ». Nommément, Arthur Wilfred Hawthorne, selon les listes électorales consultées par

Smiley, qui poursuivit ses recherches par l'examen des dossiers du ministère de la Guerre. Né en 1915, avait scrupuleusement consigné Smiley sur la fiche biographique détaillée de Hawthorne. Engagé en 1939, sert dans la 8e armée, du Caire à El Alamein. Anciennement sergent-major Arthur Wilfred Hawthorne, deux fois blessé au combat, trois citations et une médaille en récompense de sa bravoure, démobilisé avec une réputation sans tache, « le meilleur exemple du meilleur soldat au monde », écrivit son commandant, en un éloge enthousiaste autant qu'hyperbolique.

Je devinai que Smiley, en bon professionnel, avait pris son poste bien avant l'arrivée de son client, tout comme moi ces derniers mois : devant le même bureau jaune en bois de pin éraflé, vestige de la guerre, au pourtour roussi (par les Teutons, d'après la légende); le même téléphone antédiluvien, avec un cadran à lettres et à chiffres; la même photographie équestre de la Reine à vingt ans, colorée à la main. Je vois George consulter sa montre avec un froncement de sourcils, puis contempler avec une moue désapprobatrice le désordre habituel du bureau — une bataille dure depuis une éternité pour savoir qui est censé faire le ménage, le ministère ou nous. Je le vois sortir un mouchoir de sa manche (au prix d'un laborieux effort, comme en coûtait toujours à George le moindre geste), dépoussiérer sa chaise en bois, puis celle destinée à Hawthorne de l'autre côté du bureau. Enfin, comme je l'ai fait moi aussi plusieurs fois, s'acquitter du même devoir envers la Reine, redresser le cadre et rallumer l'étincelle dans ses yeux encore jeunes et idéalistes.

Car je m'imaginai George analysant par avance les sentiments de son sujet, comme doit le faire tout bon officier du Renseignement. Un ex-sergent-major devait sans doute avoir le souci de l'ordre. Arrive

Hawthorne, ponctuel à la minute près, que le concierge fait entrer. Il porte son plus beau costume boutonné comme une tenue de combat, et la pointe de ses brodequins cirés reluit dans la pénombre. Sa description par Smiley sur la feuille de rencontre est concise mais précise : un mètre soixante-dix, cheveux gris coupés court, rasé de près, soigné de sa personne, allure militaire. Autres caractéristiques : légère claudication de la jambe gauche, porte des brodequins.

— Hawthorne, à vos ordres! aboya-t-il, se tenant au garde-à-vous jusqu'à ce que Smiley le persuade de s'asseoir.

Ce jour-là, Smiley était le commandant Nottingham, ainsi que le prouvait une belle carte avec sa photographie. Aujourd'hui, tandis que je lisais son récit de l'affaire, j'avais en poche une carte identique établie au nom du colonel Ned Ascot. Ne me demandez pas pourquoi Ascot, mais notez néanmoins que mon choix d'un nom de lieu pour pseudonyme procédait une fois encore d'une imitation inconsciente des manies de Smiley.

— A quel régiment appartenez-vous, mon commandant, si je puis me permettre? demanda Hawthorne à Smiley en s'asseyant.

— Je suis hors cadre, répondit Smiley, employant la seule formule autorisée.

Mais je suis certain qu'il devait avoir autant de mal que j'en avais eu par la suite à se décrire comme une sorte de non-combattant.

Pour preuve de sa loyauté, Hawthorne avait apporté ses médailles, enveloppées dans du coton. Smiley les passa obligeamment en revue.

— C'est au sujet de notre fils, mon commandant, annonça le vieil homme. Je dois vous demander quelque chose. Ma femme, elle ne veut plus entendre parler de tout ça, elle dit que c'est des bêtises qu'il raconte. Mais je lui ai dit qu'il fallait que je vous demande, même si vous refusez de me répondre. Sinon, j'aurais manqué à mon devoir envers mon fils si je ne demandais pas pour lui.

Smiley ne pipa mot, mais son silence était certainement compatissant.

— Ken était notre fils unique, mon commandant, alors c'est normal, s'excusa Hawthorne.

Et Smiley ne le brusquait toujours pas. Ne vous ai-je pas dit qu'il savait écouter ? Il pouvait obtenir de vous des réponses à des questions qu'il n'avait pas posées, par la seule sincérité de son écoute.

— On ne cherche pas à connaître des secrets, mon commandant. On ne demande pas à savoir ce qui ne doit pas se savoir. Mais Mme Hawthorne décline, mon commandant, et il faut qu'elle sache si c'est vrai avant de passer.

Il avait préparé sa question au mot près. Maintenant il la posait.

— Est-ce que notre garçon, notre fils Ken, opérait derrière les lignes ennemies en Russie lorsqu'on l'accusait d'agissements criminels ?

Pour une fois, je précédai Smiley d'une longueur, simplement parce qu'après cinq ans à la Maison Russie, j'avais une idée assez précise du type de missions que nous avions accomplies dans le passé. Je sentis un sourire naître sur mes lèvres, et croître mon intérêt déjà vif pour cette histoire.

Je suis persuadé que le visage de Smiley, en revanche, ne trahit aucune émotion, mais se figea, impénétrable tel celui du sphinx. Peut-être tripota-t-il ses lunettes, qui donnaient toujours l'impression d'appartenir à un homme plus grand que lui. Enfin il demanda à Hawthorne (mais sérieusement, sans la moindre note de scepticisme) ce qui lui laissait supposer cela.

— Ken me l'a dit, mon commandant, c'est pour ça.

Et toujours rien du côté de Smiley, sinon une porte ouverte en permanence.

— Mme Hawthorne n'a pas voulu rendre visite à Ken en prison, voyez-vous. Moi, oui. Tous les mois. Il faisait cinq ans pour coups et blessures, plus trois pour récidive. Il y avait encore la détention préventive à l'époque. Bref, on est dans la cantine de la prison, Ken et moi, face à face, assis à une table. Et voilà qu'il approche la tête, et me dit de sa voix grave : « Ne reviens plus, Papa. C'est compliqué pour moi. Je ne suis pas vraiment en prison, tu comprends. Je suis en Russie. On a dû me ramener spécialement pour que tu puisses me voir. J'opère derrière les lignes ennemies, mais ne le dis pas à Maman. Écris-moi, c'est sans problème, on fera suivre. Et je te répondrai comme si j'étais prisonnier ici, c'est ce que j'essaie de faire croire, parce qu'il n'y a pas meilleure couverture. Mais la vérité, Papa, c'est que je sers notre pays, comme toi avec les Rats du Désert. C'est pour ça que les meilleurs d'entre nous sont sur terre. » Je n'ai plus demandé à voir Ken, après ça. Je sentais que je devais obéir aux ordres. Je lui ai écrit, bien sûr. A la prison. Hawthorne, et son numéro matricule. Trois mois plus tard, il me répondait sur du papier de la prison, mais ce n'était jamais le même Ken. Des fois une écriture large, appuyée, il devait être en colère, d'autres fois petite et pressée, il devait manquer de temps. Une ou deux fois, il y avait même des mots étrangers que je ne comprenais pas, souvent barrés, comme s'il ne trouvait plus ses mots dans sa langue maternelle. Ou alors il me donnait un indice. « J'ai froid mais tout va bien », ou « La semaine dernière, il y a eu un peu plus de sport que prévu », par exemple. Je n'ai rien dit à ma femme, il me l'avait interdit. Et puis, elle ne l'aurait pas cru. Quand je lui tendais les lettres de Ken, elles les repoussait, c'était trop pénible. Mais le jour où il est mort, on est allés reconnaître son corps à la morgue. Tout tailladé. Vingt coups de couteau, et pas de coupable. Elle n'a pas pleuré, elle ne pleure jamais, mais c'est elle qu'on avait poignardée. En rentrant à la maison dans le bus, je n'ai pas pu me retenir. Je lui ai dit : « Ken est un héros. » J'essayais de la réveiller parce qu'elle était comme paralysée. Je l'ai un peu secouée par la manche pour qu'elle écoute. « Ce n'est pas un de ces sales prisonniers, pas notre Ken. Il n'a jamais fait de mal. Et il n'a pas été tué par d'autres prisonniers, ce sont les Rouges qui ont fait le coup. » Je lui ai aussi parlé des boutons de manchette. Elle m'a répondu : « Ken raconte des histoires. Il l'a toujours fait, mais sans s'en rendre compte. Tous ses problèmes viennent de là. »

Les interrogateurs, comme les prêtres et les médecins, ont un avantage particulier quand il s'agit de cacher leurs sentiments. Ils peuvent poser une autre question, ce que j'aurais fait à la place de Smiley.

— Quels boutons de manchette, sergent? demanda-t-il.

Et je le vois abaisser ses longues paupières et rentrer le cou dans les épaules pour se préparer à écouter le vieil homme poursuivre son récit.

— Ken m'a dit : « Il n'y a pas de médailles, Papa. Ce serait trop dangereux. Il faut passer au *Journal Officiel* pour en avoir une, et ça ferait trop de gens au courant. Sinon j'en aurais une, comme toi. Peut-être même plus importante, honnêtement, comme la Victoria Cross, parce qu'ils nous font aller au bout de nos limites, et parfois plus loin. Mais si tu fais bien ton boulot, tu as droit à tes boutons de manchette, ils te les gardent dans un coffre spécial. Et une fois par an, il y a un grand dîner dans un lieu que je ne peux pas révéler, avec du champagne, des maîtres d'hôtel, tu ne peux pas imaginer, et nous tous, les gars de Russie, on y va. On met un smoking, et on porte nos boutons de manchette, comme un uniforme, mais secret. Et il y a ce dîner, avec des discours, des poignées de main, une vraie cérémonie, comme t'as eue pour tes médailles, je suppose. Tout ça dans l'endroit en question que je n'ai pas le droit de nommer. Et à la fin de la fête, on rend les boutons de manchette, on est obligés, pour la sécurité. Alors si jamais je disparais, s'il m'arrive quelque chose, écris aux services secrets, et demande-leur les boutons de manchette russes de ton fils Ken. Ils diront peut-être qu'ils n'ont jamais entendu parler de moi, ou "Quels boutons de manchette ?", mais ils peuvent aussi faire une exception pour toi, et te les donner gentiment, ça arrive. Dans ce cas, tu sauras que tout ce que j'ai fait de mal, en fait c'était du bien, plus que tu ne peux l'imaginer. Parce que je suis le fils de mon père, jusqu'au bout, et les boutons de manchette te le prouveront. C'est tout ce que j'ai à dire, c'est déjà plus que j'en ai le droit. »

Smiley demanda l'identité complète du jeune homme, sa date de naissance, puis le détail de ses études et diplômes (lamentables, c'était prévisible). Je le vois bien prendre un air calme et concentré pour noter ces renseignements.

— Kenneth Branham Hawthorne, lui dit le vieux soldat. Branham, c'est le nom de jeune fille de sa mère, mon commandant. Il l'utilisait parfois pour ce qu'on appelait ses délits. Né à Folkestone le 14 juillet 1946, mon commandant, douze mois après mon retour du front. Je ne voulais pas d'enfant plus tôt, ma femme, oui, mais je ne trouvais pas ça bien. Je voulais que notre garçon soit élevé en temps de paix, mon commandant, avec ses deux parents pour veiller sur lui, ce à quoi ont droit tous les enfants, d'après moi, même si ce n'est pas aussi courant que ça devrait l'être.

Contrairement à ce que vous pourriez croire, l'étape suivante ne fut pas tâche facile pour Smiley, aussi invraisemblable que fût l'histoire de Kenneth Hawthorne. Smiley n'était pas homme à refuser aux honnêtes gens, ni même aux malhonnêtes, le bénéfice du doute. Le Cirque ne disposait pas à l'époque d'un index central fiable; ce qui en tenait lieu était scandaleusement et souvent volontairement incomplet, car les factions rivales protégeaient jalousement leurs sources, et braconnaient chez le voisin à la première occasion.

Certes, l'histoire du vieil homme était truffée d'invraisemblances. Le respect du règlement rendait entre autres grotesque l'idée d'un groupe d'agents secrets dînant ensemble une fois l'an, au mépris des consignes de cloisonnement les plus élémentaires. Mais il pouvait arriver pire dans le monde anarchique des agents occasionnels, Smiley le savait bien. Malgré les trésors d'ingéniosité et de persuasion déployés, il ne trouva trace de Hawthorne sur aucune liste : il n'était pas fiché comme navette, ni lampiste, chasseur de scalps, signaleur, ni sous aucune de ces appellations chéries dont ces tâcherons paraient leurs fonctions.

Quand Smiley eut fait le tour des occasionnels, il passa à l'armée, aux services de sécurité et à la gendarmerie royale irlandaise, tous susceptibles d'avoir employé un dangereux délinquant de la trempe de Ken Hawthorne, quoique à des fins bien plus modestes que celles qu'il avait décrites.

Car une chose au moins semblait certaine : le casier judiciaire de ce garçon était cauchemardesque. Difficile d'imaginer trajectoire plus sinistre dans l'agressivité chronique, voire bestiale. Smiley passa au crible son histoire, de l'enfance à l'adolescence, de la maison de redressement à la prison, mais il semblait n'y avoir aucun délit, du chapardage aux agressions les plus sadiques, auquel Kenneth Branham Hawthorne, né à Folkestone en 1946, ne se fût abaissé.

Enfin, au bout d'une longue semaine, Smiley reconnut apparemment à contrecœur ce qu'une partie de son esprit devait savoir depuis le début. Quelles qu'en fussent les tristes raisons, Kenneth Hawthorne avait été le type même du monstre irrécupérable. Il avait bien mérité la mort que lui avaient donnée ses compagnons de cellule. Sa notice biographique était maintenant complète, et ses hauts faits pour le compte de quelque mythique service de Renseignement britannique ne constituaient guère que le dernier chapitre de l'histoire de sa vie, passée à tenter d'usurper la gloire de son père.

C'était en plein hiver. Par une soirée d'un gris sale, mouillée de neige fondue, le vieux soldat dut traverser Londres pour se rendre à Whitehall, dans la nudité d'une salle d'interrogatoire. A l'époque, le faible éclairage donnait à Whitehall des allures de citadelle toujours en guerre, même si l'on avait remisé les canons. L'endroit, empreint d'une austérité toute militaire, froid, impérial, n'était que voix feutrées, fenêtres barbouillées de noir, rares bruits de pas pressés, regards fuyants. Smiley avait fait la guerre lui aussi, rappelez-vous, quoique derrière les lignes allemandes. J'entends presque le ronronnement du poêle à pétrole Aladdin que le Cirque avait fourni de mauvaise grâce pour suppléer les radiateurs défectueux du ministère. Il faisait le bruit d'un télégraphe qu'opérerait une main tremblant de froid.

Hawthorne n'était pas venu seul entendre la réponse du commandant Nottingham. Il avait amené sa femme. Je peux même vous la décrire, car Smiley la mentionne dans son journal, et mon imagination a depuis longtemps complété son portrait.

Elle avait le corps déformé par la maladie sous ses habits du dimanche, et arborait en broche l'insigne du régiment de son mari. Smiley l'invita à s'asseoir, mais elle préféra rester au bras de son époux. Smiley se tenait debout de l'autre côté du bureau, ce même bureau jauni et brûlé derrière lequel j'avais passé ces récents mois d'exil. Je le vois, presque au garde-à-vous, ses épaules voûtées anormalement rejetées en arrière, ses doigts boudinés repliés sur la couture de son pantalon dans la plus pure tradition militaire.

Ignorant Mme Hawthorne, il s'adressa à l'ancien soldat, d'homme à homme.

— Vous comprenez que je n'ai strictement rien à vous dire, sergent ?

— Oui, mon commandant.

— Je n'ai jamais entendu parler de votre fils, c'est clair ? Kenneth Hawthorne est un nom qui ne me dit rien, ni à aucun de mes collègues.

— Oui, mon commandant.

Le regard du vieil homme était posé réglementairement sur un point au-dessus de la tête du commandant Nottingham. Mais celui de sa femme plongeait dans les yeux de Smiley, malgré la protection de ses lunettes aux verres épais.

— Jamais il n'a travaillé pour le gouvernement britannique, dans quelque service que ce soit, secret ou autre. C'était un criminel de droit commun, un point c'est tout.

— Oui, mon commandant.

— Je nie catégoriquement qu'il ait jamais été agent secret au service de la couronne.

— Oui, mon commandant.

— Vous comprenez également que je ne répondrai à aucune question, ne donnerai aucune explication, et que vous ne me reverrez jamais, ni ne serez reçu dans ce bâtiment à l'avenir ?

— Oui, mon commandant.

— Vous comprenez enfin que vous ne parlerez jamais de cette entrevue à quiconque? Malgré la fierté que vous éprouverez pour votre fils? Que d'autres sont encore vivants et doivent être protégés?

— Oui, mon commandant. J'ai compris, mon commandant.

Smiley ouvrit le tiroir de notre bureau, et en sortit un petit écrin rouge de chez Cartier, qu'il tendit au vieil homme.

— J'ai trouvé ça par hasard dans mon coffre, dit-il.

Sans même y jeter un coup d'œil, le vieil homme passa l'écrin à sa femme, qui l'ouvrait d'une main ferme. Il contenait une superbe paire de boutons de manchette en or, au coin finement serti d'une minuscule rose anglaise gravée à la main, une merveille d'artisanat. Son mari ne regardait toujours pas. Peut-être n'était-ce pas nécessaire. Peut-être n'osait-il pas. Elle referma la boîte, ouvrit son sac éraflé, et la laissa tomber au fond. Enfin elle fit claquer le fermoir de son sac, avec autant de force que si elle rabattait le couvercle du cercueil de son fils. J'ai écouté l'enregistrement, également en attente de destruction.

Le vieil homme restait muet. Ils débordaient trop de fierté pour prêter attention à Smiley en partant.

Et les boutons de manchette? vous demandez-vous. Où Smiley se les était-il procurés? La réponse ne me fut pas fournie par les archives jaunies de la Salle 909, mais par Ann Smiley en personne, un soir où nous nous retrouvâmes par hasard invités tous deux dans un superbe château, près de Saltash en Cornouailles. Ann était seule et semblait assagie. Mabel avait un tournoi de golf. C'était longtemps après l'affaire Haydon, mais Smiley ne supportait toujours pas la présence d'Ann. A la fin du repas, les invités s'égaillèrent par petits groupes, mais Ann resta près de moi, faute de pouvoir être près de George. Et je lui demandai par une sorte d'intuition si elle avait un jour offert à George une paire de boutons de manchette. Ann était particulièrement resplendissante quand elle était seule.

— Ah, oui ! fit-elle comme si elle les avait presque oubliés. Vous parlez de ceux qu'il a donnés au vieil homme.

Ann les avait offerts à George pour leur premier anniversaire de mariage. Après la liaison de sa femme avec Bill, Smiley avait décidé qu'il serait bon d'en faire meilleur usage.

Mais pourquoi au juste George avait-il agi ainsi ? me demandai-je.

Au départ, la réponse me sembla évidente. Smiley avait une âme tendre. Le vétéran de la guerre froide mettait ainsi à nu son cœur meurtri.

Mais comme toujours avec George, le doute subsistait.

Peut-être s'agissait-il d'une vengeance contre Ann ? Ou contre son autre amour infidèle, le Cirque, à une époque où le Cinquième Étage jetait George sur le pavé ?

J'arrivai par étapes à une théorie légèrement différente, que je peux bien vous soumettre, puisqu'une chose est certaine, c'est que jamais George ne nous éclairera là-dessus.

A l'écoute du vieil homme, Smiley avait senti qu'il vivait un de ces rares moments où le Service pouvait se révéler d'une réelle utilité à des êtres de chair et de sang. Pour une fois, la mythologie de l'espionnage ne servirait pas à camoufler une énième affaire d'incompétence ou de trahison, mais à laisser ses rêves à un couple vieillissant. Pour une fois, Smiley pouvait considérer une opération d'espionnage avec la certitude absolue qu'elle avait réussi.

11

— Et certains interrogatoires ne sont pas du tout des interrogatoires, mais plutôt une communion entre des âmes éprouvées..., dit Smiley, contemplant les flammes qui dansaient sur les bûches.

Il venait de raconter le débriefing du maître espion du Centre Moscou, nom de code Karla, dont il avait assuré la défection. Mais pour moi, ses propos s'appliquaient exclusivement à ce pauvre Frewin, dont à ma connaissance Smiley n'avait jamais entendu parler.

La lettre qui dénonçait Frewin comme espion soviétique atterrit sur mon bureau un lundi soir, affranchie au tarif normal, postée le vendredi dans le secteur SW1 de Londres, ouverte le lundi matin au Fichier central, et marquée du sigle « RIP » par le greffier adjoint de garde, « RIP » étant le curieux acronyme de « Réservé à l'Interrogateur Principal ». Autrement dit, moi-même. A en croire certains, il fallait plutôt lire « Requiescat in Pace » à la Section des Interrogatoires. Il était finalement 17 heures lorsque le fourgon vert de la Centrale déchargea son modeste colis avenue Northumberland. D'ordinaire, à la Section, on ne prêtait pas attention à des intrusions aussi tardives avant le lendemain matin. Mais j'essayais de changer la routine, et, n'ayant de toute façon rien d'autre à faire, j'ouvris l'enveloppe sur-le-champ.

Deux formulaires de recherches roses annotés au crayon étaient épinglés à la lettre. Les notes que la Centrale adressait à la Section avaient toujours le ton d'instructions données à un imbécile. La première indiquait « FREWIN C. : présumé identifiable à FREWIN Cyril Arthur, chiffreur au Foreign Office », puis la référence d'approbation de Frewin et le numéro de son dossier « blanc », moyen tarabiscoté de m'indiquer qu'il n'y avait rien contre lui dans nos archives. La seconde indiquait : « MODRIAN S. : présumé identifiable à MODRIAN Sergueï », et fournissait toute une liste de références, dont je me désintéressai. Après mes cinq années à la Maison Russie, Sergueï Modrian était tout simplement Sergueï, pour moi et pour tous les nôtres : le vieux Sergueï, l'Arménien rusé, chef de la résidence (au personnel copieusement surnuméraire) du Centre Moscou à l'ambassade soviétique de Londres.

Si j'avais eu la moindre velléité de remettre au lendemain ma lecture, le nom de Sergueï la dissipa. La lettre ne contenait peut-être que des balivernes, mais je me trouvais en pays de connaissance.

A l'attention du Directeur,
Service de Sécurité,
Foreign Office,
Downing Street, SW

Monsieur le Directeur,

Veuillez être informé par la présente, que C. Frewin, chiffreur au Foreign Office, ayant constamment et régulièrement accès à des documents *top secret ou ultra-secrets*, a entretenu un contact clandestin avec S. Modrian, premier

secrétaire de l'ambassade soviétique à Londres, durant les quatre dernières années, sans en faire état dans ses contrôles annuels d'approbation. Il y a eu remise de documents secrets. On ignore où se trouve actuellement M. Modrian, dans la mesure où il a récemment été rappelé en Union soviétique. Le dénommé Frewin réside toujours à Sutton, aux Chestnuts, Beavor Drive, et Modrian s'y est rendu, au moins une fois. C. Frewin mène aujourd'hui *une vie extrêmement solitaire*.
Sincèrement,

D. Patriotes.

Tapée à la machine électronique, sur papier blanc ordinaire, format 21 × 29,7, sans filigrane. Datée, surchargée de ponctuation, correctement orthographiée, pliée avec soin. Pas d'adresse d'expéditeur, mais ce genre de lettre n'en porte jamais.

N'ayant rien prévu de spécial ce soir-là, je descendis un ou deux whiskies au Sherlock Holmes, puis fis un petit tour à la Centrale, où, sur présentation de ma carte, j'eus accès à la salle de lecture des Archives, et retirai les dossiers. Le lendemain, je pris place à 10 heures précises dans l'antichambre de Burr, après avoir épelé mon nom à sa ravissante secrétaire personnelle, qui semblait n'avoir jamais entendu parler de moi. Brock, de notre antenne à Moscou, faisait la queue devant moi. Nous discutâmes cricket avec animation, jusqu'à ce qu'on l'appelle, en réussissant à ne pas évoquer le fait qu'il avait travaillé pour moi à la Maison Russie, et tout récemment dans l'affaire Blair. Quelques minutes plus tard, Peter Guillam entra d'un pas nonchalant, serrant contre lui une liasse de dossiers, et l'air de traîner une gueule de bois. On l'avait récemment nommé chef du secrétariat de Burr.

— Vous permettez que je me faufile devant vous, n'est-ce pas, mon vieux? On m'a convoqué d'urgence. Ce satané bonhomme s'attend apparemment à ce que je travaille pendant mon sommeil! Et vous, quel est le problème?

— La lèpre.

Nulle part en dehors du Service, sauf peut-être à Moscou, ne devient-on aussi facilement un non-être du jour au lendemain. Dans la tourmente qui avait suivi la défection de Barley Blair, même l'agile Clive, le prédécesseur de Burr, n'avait pu garder son équilibre sur le pont glissant du Cinquième Étage. Aux dernières nouvelles, il était parti se refaire une santé comme chef d'antenne en Guyane. Seul notre poltron de conseiller juridique, Harry Palfrey, semblait à son habitude avoir survécu aux intempéries. Au moment où j'entrais dans les luxueux bureaux directoriaux de Burr, Palfrey s'éclipsait discrètement par l'autre porte; mais pas assez vite toutefois, et pour compenser il me gratifia d'un sourire hollywoodien. Il s'était récemment laissé pousser la moustache afin d'affirmer son intégrité.

— Ned! Quelle bonne surprise! Il faut absolument qu'on se fasse ce déjeuner, me chuchota-t-il tout excité, avant de replonger en apnée.

A l'image de son bureau, Burr était un homme résolument moderne. Ses antécédents professionnels restaient un mystère pour moi, mais il faut avouer que je n'étais plus dans le bain. Quelqu'un m'avait dit qu'il venait de la publicité, un autre de la finance, et un troisième du droit. Un petit malin de la salle du courrier à la Section prétendait qu'il ne venait de nulle part, qu'il était né tel qu'en l'état, avec ce parfum d'after-shave et de pouvoir, avec son complet bleu de cadre supérieur, et ses chaussures noires vernies à boucles sur le côté. Il était grand, insaisissable et ridiculement jeune. Quand on serrait sa douce main, on la relâchait aussitôt de peur de la meurtrir. Devant lui, sur son bureau directorial, il avait le dossier de Frewin, à la couverture duquel était agrafé le vague compte rendu que j'avais rédigé tard la nuit précédente.

— D'où vient cette lettre? demanda-t-il avec ses inflexions cassantes du Nord avant que je sois assis.

— Je ne sais pas. Elle est bien documentée. Celui qui l'a écrite a potassé le sujet.

— Sans doute le meilleur ami de Frewin, déclara Burr, comme si les meilleurs amis étaient réputés pour ça.

— Les dates concernant Modrian sont exactes, l'habilitation de Frewin est exacte. Et il connaît la procédure d'approbation de routine.

— Ce n'est quand même pas un chef-d'œuvre, vous êtes d'accord? Pas si c'est quelqu'un de la maison. C'est vraisemblablement un de ses collègues. Ou sa petite amie. A quel sujet vouliez-vous me voir?

Je ne m'attendais pas à ce feu roulant de questions. Six mois à la Section m'avaient fait perdre l'habitude d'être harcelé.

— J'aurais besoin de savoir si vous désirez que je suive l'affaire, répondis-je.

— Et pourquoi m'y opposerais-je?

— C'est en dehors du champ d'action de la Section. L'habilitation de Frewin est colossale. Son service traite des signaux radio parmi les plus délicats à Whitehall. Je pensais que vous préféreriez passer l'affaire à la Sécurité.

— Pourquoi?

— C'est de leur ressort. A supposer qu'on tienne quelque chose, ça relève de la pure enquête de sécurité.

— Ce sont nos informations, c'est notre lettre, et c'est à nous de jouer! rétorqua-t-il avec une brusquerie qui me fit secrètement chaud au cœur. Qu'ils aillent se faire voir ! Quand on saura de quoi il s'agit, on verra quelle ligne adopter. Ces pauvres bigots de l'autre côté du parc ne rêvent que de procès en béton et de distributions de médailles. Moi, je recueille des renseignements pour la collectivité. Si Frewin est pourri, nous pouvons peut-être le laisser continuer, et le retourner. Il pourrait même nous amener jusqu'au frère Modrian, là-bas à Moscou. Qui peut le dire ? Pas les artistes de la Sécurité, en tout cas.

— Alors je suppose que vous allez confier l'affaire à la Maison Russie, persistai-je.

— En quel honneur ?

Je m'étais imaginé que je ferais piètre figure à ses yeux, car il était à l'âge où l'on juge l'échec honteux. Pourtant il semblait me défier de lui donner une bonne raison de ne pas compter sur moi.

— La Section n'est pas mandatée pour monter des opérations, expliquai-je. Notre bureau n'est qu'une vitrine, et nous sommes censés prêter l'oreille aux âmes en peine. Nous n'avons pas mandat pour mener des enquêtes clandestines, diriger des agents, ou poursuivre des suspects qui jouissent du degré d'habilitation de Frewin.

— Vous pouvez monter une écoute téléphonique, non ?

— Si vous m'obtenez une autorisation, oui.

— Vous pouvez briefer des guetteurs ? Vous l'avez déjà fait à plusieurs reprises, m'a-t-on dit.

— A condition que vous m'y autorisiez personnellement.

— Supposons que je le fasse. La Section a aussi pleins pouvoirs pour faire des enquêtes d'approbation. Vous pouvez jouer les monsieur Gratte-Papier. Vous vous y entendez très bien, à ce qu'on dit. C'est bien une histoire d'enquête d'approbation, d'accord ? Et Frewin arrive à échéance pour son rappel, d'accord ? Alors allez-y.

— Dans ce genre de cas, la Section est tenue d'obtenir à l'avance le feu vert de la Sécurité pour toutes les enquêtes.

— Considérez que c'est chose faite.

— Impossible, si je ne l'ai pas noir sur blanc.

— Mais si, c'est possible. Vous n'êtes pas un tâcheron du Service, vous êtes le grand Ned ! Vous avez violé autant de règles que vous en avez observé. Ne dites pas le contraire, j'ai lu vote dossier. Et en plus, vous connaissez Modrian.

— A peine.

— Mais encore ?

— J'ai dîné avec lui et joué au squash une fois. On ne peut pas appeler ça le connaître.

— Où ça, le squash ?

— A Lansdowne.

— Comment ça s'est trouvé ?

— On avait formellement identifié Modrian comme l'officier de liaison du Centre Moscou à l'ambassade. Et j'essayais d'arranger un marché avec lui à propos de Barley Blair. Un échange.

— Pourquoi avez-vous échoué ?

— Barley n'a pas accepté. Il avait déjà passé un accord de son côté. C'est sa petite amie qu'il voulait, pas nous.

— Il joue comment ?

— Plus que finement.

— Vous l'avez battu ?

— Oui.

Il interrompit son flux de paroles pour me dévisager. J'avais l'impression d'être observé par un bébé.

— Vous pouvez vous charger de cette affaire, n'est-ce pas ? Vous n'êtes pas trop sous pression en ce moment ? Vous avez fait du bon boulot dans le temps. Et vous avez du cœur, je ne peux pas en dire autant de tous les petits coqs du métier.

— Pourquoi serais-je sous pression ?

Pas de réponse. Du moins pas encore. Il semblait remâcher une réponse derrière ses lèvres charnues.

— Qui croit encore au mariage de nos jours, bon sang ? lâcha-t-il enfin, son accent régional encore plus prononcé, comme s'il avait abandonné toute retenue. Si vous voulez vivre avec cette fille, suivez mon conseil, faites-le. Nous l'avons blanchie, elle n'inquiète personne, ce n'est pas une poseuse de bombes, ni une sympathisante clandestine, ni une toxico, alors où est le problème ? C'est une fille sans histoires qui mène une vie sans histoires, et vous avez de la chance. Vous la voulez, cette affaire, oui ou non ?

Pendant un instant, je restai à court de réponse. Il n'y avait pourtant rien de surprenant à ce que Burr ait eu vent de ma liaison avec Sally. Dans notre monde, on déclare ces choses avant qu'on ne vous y oblige, et j'avais déjà sacrifié à la confession obligatoire auprès de Personnel. Non, c'était cette capacité qu'avait eue Burr de donner à notre conversation un tour privé qui m'avait coupé le souffle, la vitesse à laquelle il s'était insinué dans mon intimité.

— Si vous me couvrez et si vous me donnez les moyens, bien sûr que je la prends.

— Bon, alors au travail. Tenez-moi au courant, mais pas trop. Et ne me racontez pas de conneries, allez droit au but quand il y a des mauvaises nouvelles. C'est un homme sans qualités, notre Cyril. Vous avez lu Robert Musil, j'imagine ?

— Non, désolé.

Il ouvrit du bout des doigts le dossier de Frewin. Je dis « du bout des doigts », parce que ses mains potelées donnaient l'impression de n'avoir jamais rien fait : voyons maintenant comment s'ouvre ce dossier ; et intéressons-nous maintenant à cet étrange objet qu'on appelle un crayon.

— Il n'a pas de passe-temps, pas de passion hormis la musique, pas de femme, pas de petite amie, pas de parents, pas de problèmes d'argent, pas même d'appétits sexuels un peu spéciaux. Pauvre bougre! soupira Burr, feuilletant le dossier pour se reporter à un autre passage.

Mais quand donc avait-il trouvé le temps de le lire? Au petit jour, probablement.

— Et comment diable un homme de votre expérience, dont le travail touche à la civilisation moderne et à ses maux, peut-il se passer de la sagesse de Robert Musil? reprit-il. Voilà une question à laquelle je vous prierai de me répondre quand nous en aurons le loisir, ajouta-t-il en s'humectant le pouce pour tourner une nouvelle page. Ils sont cinq.

— Je le croyais fils unique.

— Je ne vous parle pas de ses frères et sœurs, andouille, mais de ses collègues. Ils sont cinq chiffreurs dont lui à se partager le même bureau sinistre. Ils ont tous accès aux mêmes documents, ils ont tous le même échelon, les mêmes horaires et les mêmes pensées cochonnes.

Il me regarda bien en face, pour la première fois.

— Si c'est lui qui a fait le coup, quels sont ses motifs? poursuivit-il. L'auteur de la lettre ne le dit pas. Tiens, c'est drôle ça. En principe, ça se fait. Par ennui, qu'en dites-vous? L'ennui ou la cupidité, ce sont les deux seuls motifs encore valables de nos jours. Et la vengeance, qui est éternelle, déclara-t-il avant de se replonger dans le dossier. Cyril est le seul célibataire, vous avez remarqué? Il est pédé. Moi aussi, vous aussi, on est tous pédés. Tout dépend de l'aspect de votre personnalité qui prend le dessus. Il est chauve, vous avez vu?

J'entr'aperçus une photo de Frewin, que Burr agita sous mon nez tout en poursuivant avec une énergie formidable.

— Enfin, ce n'est pas un crime d'être chauve, à

mon avis, pas plus que d'être marié. Je suis bien placé pour le savoir, j'en suis à mes troisièmes noces, et je n'ai pas dit mon dernier mot. Elle n'est pas ordinaire cette dénonciation, vous ne trouvez pas? C'est pour ça que vous êtes ici. L'auteur sait de quoi il parle. Vous ne pensez pas que ça puisse être Modrian, si?

— Pourquoi aurait-il fait ça?

— Je vous pose simplement la question, Ned, ne jouez pas au plus fin. Je ne fonctionne que sur des idées tordues, moi. Modrian a peut-être voulu nous laisser une bombinette à retardement en retournant à Moscou. Il est malin comme un singe, ce Modrian, quand il s'y met. J'ai lu aussi son dossier.

Mais quand? me demandai-je à nouveau. Quand donc avez-vous trouvé le temps?

Pendant encore une vingtaine de minutes il avança tout et son contraire, me lançant des hypothèses au vol pour voir comment je lui renvoyais la balle. Quand finalement je sortis dans l'antichambre, épuisé, je tombai à nouveau sur Peter Guillam.

— Qui donc est ce Leonard Burr? lui demandai-je, encore tout ahuri.

Peter s'étonna de mon ignorance.

— Burr? Mais mon cher, Leonard a été le prince héritier de Smiley pendant des années. George l'a sauvé d'un destin mortel à Oxford.

Que vous dire de Sally, mon aventure extraconjugale du moment? C'était une femme libre; sa liberté parlait au captif en moi. Monica, elle, évoluait dans le même monde que moi. Elle appartenait au Service, s'était trouvée liée à moi et séparée de moi par le même règlement. Mais Sally voyait simplement en moi un fonctionnaire d'âge mûr qui n'avait jamais pris le temps de s'amuser. Décoratrice et danseuse à l'occasion, elle se passionnait pour le théâtre et considérait tout le reste comme irréel. Elle était grande, blonde, plutôt réfléchie, et parfois je me dis qu'elle devait me rappeler Stefanie.

— Vous rencontrer, amiral ? s'écria Gorst au bout du fil. Pour une mise au point sur ce cher Cyril ? Avec plaisir, monsieur.

Notre entrevue eut lieu le lendemain au Foreign Office dans une salle réservée aux entretiens. Pour l'occasion, j'étais le capitaine York, un banal officier de contrôle de routine qui faisait sa tournée comme tous les autres. Gorst était le chef de la section du chiffre où travaillait Frewin, plus communément appelée le Réservoir. Paillard sous ses dehors de bedeau, il se dandinait, minaudait, gigotait, et sa bouche minuscule se tortillait comme un ver. En s'asseyant, il soulevait les pans de sa veste comme pour exhiber la partie charnue de son individu. Puis telle une blue-bell, il lançait en avant une jambe dodue, et la croisait sur l'autre dans une pose suggestive.

— Saint Cyril, voilà comment nous appelons M. Frewin ! m'annonça-t-il allègrement. Ne boit pas, ne fume pas, ne jure pas, puceau garanti. Fin du contrôle de routine.

Il sortit une cigarette d'un paquet de dix, en tapota l'extrémité contre l'ongle de son pouce, puis l'humecta de sa langue diligente.

— La musique est sa seule faiblesse, reprit-il. Il adore l'*opérâ*. Il va à l'*opérâ* avec la régularité d'une horloge. Personnellement, c'est pas mon truc. Je me demande toujours si ce sont des comédiens qui chantent ou des chanteurs qui jouent la comédie.

Il alluma sa cigarette. Son haleine empestait encore la bière de son déjeuner.

— En plus, je ne suis pas très porté sur les grosses dondons, pour tout dire..., déclara-t-il. Surtout quand elles me hurlent dans les oreilles.

Il renversa la tête en arrière, et fit des ronds de fumée qu'il savoura comme autant d'emblèmes de son autorité.

— Puis-je vous demander comment Frewin s'entend avec le reste du personnel ces temps-ci? dis-je, jouant l'homme de peine consciencieux, tout en tournant une page de mon calepin.

— Comme larrons en foire, monseigneur. A merveille.

— Les archivistes, les conservateurs, les secrétaires, aucun problème de ce côté-là?

— Pas un poil, pas l'ombre d'une trace.

— Vous travaillez tous au même endroit?

— Dans une grande salle. Je suis le chef en titre. En titre de quoi, je me le demande.

— Et je me suis laissé dire qu'il était un peu misogyne sur les bords? demandai-je, prêchant le faux pour savoir le vrai.

— Cyril? fit Gorst avec un rire aigu. Misogyne? Misogyne de mes deux, oui! Il est complètement allergique aux femmes. Sorti de bonjour, il ne leur adresse pas la parole. Il ne vient pas à la fête de fin d'année, s'il peut l'éviter, de peur d'avoir à les embrasser sous le gui.

Il croisa de nouveau les jambes, indiquant par là qu'il avait décidé de faire une déclaration.

— Cyril Arthur Frewin, dit « saint Cyril », est un employé de la vieille école, éminemment fiable, extrêmement consciencieux, totalement chauve, et terriblement ennuyeux. Saint Cyril a beau être pointilleux à l'extrême, d'après moi il a atteint son plafond d'avancement vu sa nature, le pays dans lequel il vit et le domaine dans lequel il travaille. Il tient à ses petites habitudes. Il fait bien ce qu'il fait, à cent pour cent. Amen.

— Et côté politique?

— Pas de ça chez moi, merci bien.

— Il ne recule pas devant le travail ?

— J'ai dit le contraire, chef ?

— Non, justement, je citais le dossier. S'il y a du travail supplémentaire, Cyril est toujours prêt à retrousser ses manches, à rester au bureau pendant l'heure du déjeuner, le soir aussi, et ainsi de suite. C'est bien toujours le cas, n'est-ce pas ? Son enthousiasme n'a pas faibli ?

— Notre Cyril est disponible à tout moment pour rendre service, faire plaisir à ceux qui ont une famille, une épouse ou un beau brin d'Être cher à aller retrouver. Il assurera la permanence tôt le matin ou pendant le déjeuner, il se chargera des gardes du soir, sauf les jours d'*opérâ*, bien sûr. Cyril ne ménage pas sa peine. Dernièrement, je l'avoue, il a été légèrement moins enclin à se tuer à l'ouvrage, mais c'est sûrement une interruption momentanée des programmes... Ce cher Cyril a ses moments d'humeur. Qui n'en a pas, Votre Éminence ?

— Donc un certain relâchement récent, diriez-vous ?

— Pas dans son travail, jamais. Cyril a toujours été un bourreau de travail. Non, il est simplement moins disposé à se laisser exploiter par ses collègues plus humains que lui. Maintenant, dès 17 h 30, saint Cyril remballe ses petites affaires et rentre chez lui en même temps que nous. Par exemple, il ne se propose plus pour remplacer l'équipe du soir, rester *solo incommunicado* jusqu'à 21 heures et fermer la boutique, comme avant.

— Vous ne pourriez pas me préciser la date de ce changement d'attitude ? demandai-je le plus banalement possible, tournant consciencieusement une nouvelle page de mon calepin.

Curieusement, il pouvait. Gorst fit une petite moue perplexe, haussa ses sourcils efféminés et rentra son double menton dans le col crasseux de sa chemise. Bref, un grand numéro de concentration. Et finalement la mémoire lui revint.

— La dernière fois que Cyril Frewin a remplacé le jeune Burton pour sa soirée de garde, c'était la Saint-Jean. Je tiens un journal de bord, vous comprenez. Question de sécurité. Et j'ai une mémoire impressionnante, ce que je ne souhaite pas toujours révéler.

J'étais secrètement impressionné, mais pas par Gorst. Je songeais que trois jours après le départ de Modrian pour Moscou, Cyril Frewin avait cessé de travailler tard le soir. Une multitude de questions se bousculaient dans ma tête. Le Réservoir était-il équipé de machines à écrire électroniques? Les employés du chiffre y avaient-ils accès? Et Gorst lui-même? Mais je craignais d'éveiller ses soupçons, et je poursuivis :

— Vous avez évoqué son amour de l'opéra. Pourriez-vous m'en dire davantage?

— Non, impossible. Nous n'avons pas droit à des récits détaillés, et nous n'en réclamons pas. Mais les jours d'*opérâ*, il arrive en costume sombre bien repassé, quand il n'apporte pas son smoking dans une valise. Et il donne vraiment l'impression d'être dans ce que j'appellerais un état d'excitation fébrile, même s'il s'en cache. Je comparerais ça à d'autres formes d'excitation que je ne nommerais pas.

— Mais est-ce qu'il a une place attitrée, par exemple, un abonnement? C'est juste pour le dossier. Comme vous dites, il manque un peu de détente et de loisirs, à part ça.

— Hélas, mon prince, je crois vous avoir déjà dit que l'*opérâ* et moi, ça fait deux. Un bon conseil : inscrivez « fana d'opéra » sur sa fiche, et vous aurez bouclé votre rubrique détente et loisirs.

— Vous avez raison, merci, acquiesçai-je en tournant une autre page. Et vraiment pas d'ennemis qui vous viennent à l'esprit ? lançai-je, le crayon suspendu au-dessus du calepin.

Gorst redevint sérieux. Les effets de la bière se dissipaient.

— On se moque de Cyril, mon capitaine, ça je l'avoue, mais il le prend bien. Personne ne le déteste.

— Personne ne dirait du mal de lui, par exemple ?

— Je ne vois pas la moindre raison pour laquelle quelqu'un irait dire du mal de Cyril Arthur Frewin. Le fonctionnaire britannique est peut-être grincheux, mais pas malveillant. Cyril fait son devoir comme nous autres. Tout va bien à bord. Ça ne me déplairait pas que vous le notiez aussi.

— Je crois comprendre qu'il est allé à Salzbourg pour Noël cette année. Et les précédentes aussi, c'est exact ?

— Absolument. Cyril prend toujours ses congés à Noël. Il va à Salzbourg écouter de la musique. C'est la seule chose sur laquelle il refuse de faire la moindre concession au reste du Réservoir. Il y a bien quelques petits jeunes qui essaient de protester, mais je ne veux rien entendre. « Cyril vous le revaut autrement, je leur dis. Cyril est plus ancien en grade, il adore son séjour musical à Salzbourg, il a ses petites manies, et il n'est pas question que ça change. »

— Laisse-t-il une adresse de vacances quand il s'en va ?

Gorst l'ignorait, mais à ma demande il téléphona à son service du personnel et l'obtint. Le même hôtel, ces quatre dernières années. Il a fréquenté Modrian pendant quatre ans aussi, pensai-je, me souvenant de la lettre. Quatre années de Salzbourg, quatre années de Modrian, et pour finir, une *vie extrêmement solitaire*.

— Sauriez-vous s'il emmène un ami ?

— Cyril n'a jamais eu un ami de sa vie, amiral,

bâilla Gorst. Du moins, pas quelqu'un qu'il emmènerait en vacances, c'est certain. Si on déjeunait ensemble la prochaine fois ? A ce qu'il paraît, vous avez droit à de jolies notes de frais, vous autres, quand vous vous décidez à les asticoter un peu, là-haut.

— Lui arrive-t-il de parler de ses voyages à Salzbourg à son retour ? De dire s'il s'est bien amusé, quelle musique il a entendue, des choses comme ça ?

Grâce à Sally, j'imagine, j'avais appris que les gens étaient censés s'amuser dans la vie. Ayant fait mine de réfléchir un instant, Gorst secoua la tête.

— Si Cyril s'amuse, chef, ça reste très, très confidentiel, dit-il avec un dernier sourire narquois.

Rien à voir avec ce que Sally entendait par s'amuser.

De mon bureau à la Section, je demandai une ligne sûre pour Vienne et parlai à Toby Esterhase qui, grâce à son infinie capacité de surnager, venait d'y être nommé chef d'antenne.

— Je veux que tu me passes au crible le Weisse Rose à Salzbourg, Toby. Cyril Frewin, sujet britannique. Il y a séjourné chaque Noël depuis quatre ans. Je veux savoir quand il est arrivé, combien de temps il est resté, s'il est descendu là avant, avec qui, à combien se sont élevées les notes et ce qu'il fabrique. Billets de concert, excursions, repas, femmes, copains, fêtes... Tout ce que tu pourras dénicher. Mais quoi que tu fasses, ne mets pas la puce à l'oreille des autochtones. Fais-toi passer pour un conseiller en divorce, quelque chose dans ce goût-là.

Toby fut effaré, c'était prévisible.

— Ned, écoute-moi. Ned, c'est vraiment rigoureusement impossible. Je suis à Vienne, tu m'entends ? Salzbourg, c'est le bout du monde. Ici, ça bourdonne comme dans une ruche. J'ai besoin de plus d'hommes, Ned. Il faut que tu en parles à Burr. Il ne comprend pas la tension qu'il y a ici. Tu m'obtiens deux gars de plus, et on fait tout ce que tu veux, sans problème. Désolé.

Il me demanda une semaine, je lui accordai trois jours. Il promit de faire de son mieux, je le crus. Il me dit avoir entendu des rumeurs selon lesquelles Mabel et moi avions rompu, je niai.

D'aussi loin qu'il m'en souvienne, les guetteurs se sont toujours sentis plus à leur aise dans des maisons condamnées, aux abords des lignes de bus et de l'aéroport. Monty avait choisi pour quartier général un étonnant palazzo édouardien dans Baron's Court. Depuis le hall carrelé s'enroulait un majestueux escalier de pierre sur cinq étages obscurs, jusqu'à un lanternon en vitrail. Tandis que je gravissais les marches, des portes s'ouvraient en coup de vent et claquaient comme dans un vaudeville, et la troupe bigarrée de Monty, à divers stades de changements de costumes, se précipitait du vestiaire à la cafétéria, de la cafétéria à la salle de briefing, évitant des yeux l'inconnu que j'étais. J'arrivai à un grenier qui avait servi d'atelier de peintre. Quelque part, des femmes jouaient bruyamment au ping-pong en double. Plus près, deux voix masculines chantaient le « Jérusalem » de Blake sous la douche.

Je n'avais pas vu Monty depuis longtemps, mais ni les années, ni sa promotion au rang de chef des guetteurs ne l'avaient vieilli. Juste quelques mèches grises, et le creux de ses joues plus accentué. Il n'était pas bavard de nature, et nous restâmes un moment assis à déguster notre thé.

— Frewin, alors, lâcha-t-il enfin.

— C'est ça, Frewin.

Tel un tireur d'élite, Monty avait le chic pour créer un périmètre de calme autour de lui.

— Frewin est un drôle de zouave, Ned. Il n'est pas dans un état normal. Évidemment, on ne sait pas ce que c'est, la normale, si ? Pas vraiment, pas pour Cyril, mis à part ce qu'on peut glaner ici ou là par ouï-dire. Le postier, le laitier, les voisins, comme d'habitude... Tout le monde parle à un laveur de carreaux, tu n'imagines pas. Ou à un ingénieur de British Telecom qui s'est empêtré en partant de la boîte de dérivation. Ça fait seulement deux jours qu'on est sur l'affaire, remarque.

Quand Monty parlait de la sorte, il ne restait qu'à ouvrir ses oreilles toutes grandes et ronger son frein.

— Et deux nuits, bien sûr, ajouta-t-il. Si on compte les nuits. Cyril ne dort pas, ça c'est certain. Il tournerait plutôt comme un lion en cage, à en juger par ses fenêtres et ses tasses de thé vides le matin. Et sa musique. Une de ses voisines pense se plaindre. Elle ne l'a pas fait jusqu'ici, mais cette fois, c'est probable. « Qu'est-ce qui lui prend ? elle dit. Haendel au petit déjeuner, passe encore, mais Haendel à 3 heures du matin, c'est une autre affaire. » D'après elle, c'est le retour d'âge. Elle dit que ça arrive aux hommes, comme aux femmes. Nous sommes mal placés pour le savoir, nous, pas vrai ?

Je lui fis un large sourire. Et toujours, j'attendais mon heure.

— Elle, en revanche, elle en sait quelque chose, reprit-il d'un ton pensif. Son mari s'est fait la malle avec une prof remplaçante du collège. Elle n'est pas du tout sûre qu'il reviendra. Elle a failli violer notre beau gosse qui était venu relever le compteur. Au fait, comment va Mabel ? lança-t-il soudain.

Je me demandai s'il avait lui aussi eu vent des rumeurs, mais je me dis que dans ce cas il ne m'aurait pas posé la question.

— Très bien, répondis-je.

— Avant, Cyril emportait un journal dans le train.

Le *Daily Telegraph*, ça va de soi. Cyril n'est pas franchement pour les travaillistes, il les trouve ordinaires. Mais il n'achète plus le journal. Il reste assis. Assis, les yeux perdus dans le vague. C'est tout. Hier, notre gars a dû lui donner un petit coup de coude quand ils sont arrivés à Victoria. Cyril était perdu dans sa rêverie. Et hier soir, au retour, il a pianoté sur son attaché-case un opéra entier. D'après Nancy, c'était du Vivaldi, elle doit s'y connaître. Tu te souviens de Pauli Skordeno ?

Je répondis oui. Ces diversions étaient typiques de Monty. « Comment va Mabel ? » par exemple.

— Il purge sept ans à la Barbade pour avoir fait des misères à une banque, m'apprit Toby. Qu'est-ce qui leur passe par la tête, Ned ? Il n'a jamais fait un faux pas quand il était guetteur. Jamais en retard, jamais de notes de frais trop méchantes, mémoire épatante, coup d'œil épatant, beaucoup de flair... On en a fait des cambriolages ensemble, des tonnes ! Londres, les Home Counties, les Midlands, chez les gars des Droits Civils, les militants pour le désarmement, le parti, les vilains diplomates, on s'est tout payé. Et crois-tu que Pauli se soit fait pincer ? Pas une fois. Mais dès qu'il s'installe à son compte, c'est l'éléphant dans un magasin de porcelaine, et il va se vanter auprès du premier venu dans un bar. A mon avis, ce qu'ils cherchent, c'est à se faire prendre, voilà ce que je pense. Je crois que c'est un besoin d'être reconnus, après toutes ces années passées dans l'ombre.

Il but une gorgée de thé et poursuivit :

— L'autre dada de Cyril, à part la musique, c'est sa radio. Il adore sa radio. Attention, c'est seulement un récepteur, à ce qu'on sait. Mais c'est un de ces postes allemands de luxe, avec un réglage très fin et d'énormes haut-parleurs pour écouter ses concerts. Il ne l'a pas acheté ici, parce que le jour où il est tombé en panne, le magasin du coin l'a renvoyé à Wiesbaden. Trois mois ça a pris, et ça a coûté une fortune. Il n'a pas de voiture, il est contre. Il fait ses courses en bus le samedi, il est très casanier, à part ses Noël en Autriche. Pas d'animaux familiers, il est peu sociable. Recevoir à dîner, n'en parlons pas. Pas d'invités de passage, pas de locataires, pas de courrier, excepté les factures, qu'il paye régulièrement; il ne vote pas, ne va pas à l'église, n'a pas la télévision. Sa femme de ménage dit qu'il lit beaucoup, essentiellement des gros livres. Elle ne vient qu'une fois par semaine, quand il n'est pas là en général, et nous n'avons pas osé l'approcher. Pour elle, un gros livre, c'est tout ce qui dépasse un opuscule d'études bibliques. Les notes de téléphone sont raisonnables, il a six mille livres investies dans une société immobilière, il est propriétaire de son pavillon, et il a un compte bancaire bien équilibré, qui oscille entre six cents et quatorze cents livres, sauf à la période de Noël, où il chute autour de deux cents livres à cause de ses vacances.

Le sens des convenances imposa à Monty une nouvelle parenthèse, cette fois pour parler de nos enfants. Mon fils Adrian venait de décrocher une bourse pour étudier les langues vivantes à Cambridge, dis-je. Monty fut très impressionné. Son fils unique venait d'obtenir haut la main son diplôme de droit. Nous convînmes que sans les gosses, la vie ne vaudrait pas la peine d'être vécue.

— Et Modrian? Sergueï? lançai-je, une fois les formalités à nouveau accomplies.

— Je me rappelle très bien ce monsieur, Ned. Je ne suis pas le seul, d'ailleurs. Certains jours, on le filait 24 heures sur 24. Sauf à Noël, bien sûr, quand il rentrait au pays pour les fêtes... Tiens donc! Tu penses ce que je pense? Tout le monde prend ses congés à Noël?

— Ça m'avait en effet traversé l'esprit.

— On ne prenait même plus la peine de jouer la comédie avec Modrian, au bout d'un certain temps, impossible. Mais c'était une véritable anguille, celui-là. Par moments, je lui aurais flanqué des beignes avec plaisir, je t'assure. Un jour, Pauli Skordeno était tellement furieux contre lui, qu'il lui a dégonflé ses pneus devant le musée Victoria and Albert, pendant qu'il était à l'intérieur en train de relever une boîte aux lettres morte. Je n'ai pas fait de rapport, je n'en ai pas eu le courage.

— Me tromperais-je en disant que Modrian était aussi un fana d'opéra, Monty ?

Il ouvrit des yeux tout ronds, et j'eus le rare plaisir de le voir surpris.

— Oh, Seigneur, Ned ! s'exclama-t-il. Mon Dieu, mon Dieu ! Tu as raison. Sergueï avait un abonnement à Covent Garden, bien sûr, comme Cyril. On a dû l'y escorter aller et retour une bonne dizaine de fois. Il aurait pu prendre un taxi, s'il avait eu la moindre pitié à notre égard, mais non, jamais. Il aimait nous épuiser dans les embouteillages.

— Si on pouvait savoir à quelles représentations il a assisté, et où il était assis, si tu réussissais à trouver ça, on pourrait essayer de comparer avec Frewin.

Monty s'abîma dans un silence théâtral. Il fronça les sourcils, et se gratta la tête.

— Ned, tu ne crois pas que ça devient un poil trop simple pour nous ? Ça me paraît toujours louche quand tout colle parfaitement au moule, pas toi ?

— Je ne veux pas entrer dans ton moule, m'avait dit Sally la veille au soir. Les moules, c'est fait pour être brisé.

— Il chante tout le temps, Ned, murmura Mary Lasselles en disposant mes tulipes blanches dans un pot à cornichons. Il passe son temps à chanter. Nuit et jour, peu lui importe. Je crois qu'il a raté sa vocation.

Mary était aussi pâle qu'une infirmière de nuit, et aussi dévouée. Une éclatante vertu illuminait son visage sans fard et son regard clair. Une large mèche blanche, tel le stigmate d'un veuvage précoce, retombait sur sa coupe de cheveux à la Ninon.

Parmi toutes les professions qui gravitent autour du grand monde de l'espionnage, aucune n'exige autant d'abnégation que la sororité des Oreilles. Les hommes ne valent rien dans ce domaine. Seules les femmes sont capables d'épouser aussi passionnément la destinée d'autrui. Confinées dans des caves aveugles, ensevelies sous des kilomètres de câbles gainés de gris et des rangées de magnétophones de type russe, elles habitent des profondeurs infernales peuplées par des fantômes qu'elles connaissent plus intimement que leurs proches ou leur famille. Elles ne voient jamais leurs clients, ne les rencontrent jamais, ne les touchent ni ne dorment jamais avec eux. Pourtant, l'énergie de tout leur être se focalise sur ces amours secrètes. Par microphone et téléphone interposés, elles les entendent flatter, pleurer, fumer, manger, se disputer et s'accoupler. Elles les entendent cuisiner, éructer, ronfler et s'inquiéter. Elles supportent leurs enfants, leurs beaux-parents et leurs baby-sitters sans mot dire, et leurs émissions de télé préférées. De nos jours, elles montent même en voiture avec eux, les emmènent faire des courses, les accompagnent au café ou dans les salles de bingo. Ce sont les confidentes secrètes de notre corporation.

Mary me donna un casque, coiffa le sien, et, mains croisées sous le menton, ferma les yeux pour mieux se concentrer sur l'écoute. Je découvris ainsi la voix de Cyril Frewin, qui chantait un air de *Turandot*, tandis que Mary Lasselles, les yeux clos, souriait de béatitude. Le moelleux de cette voix charma mes oreilles de béotien, manifestement autant que celles de Mary.

Je me redressai soudain sur mon siège. Le chant avait cessé. J'entendis une voix de femme en fond sonore, puis celle d'un homme. Ils parlaient russe.

— Bon Dieu, Mary, qui est-ce?

— Ses professeurs, mon grand. Olga et Boris, de Radio-Moscou, cinq jours par semaine, à 6 heures tapantes. Ça, c'était hier matin.

— Vous voulez dire qu'il s'initie au russe?

— En tout cas, il écoute, mon grand. Ce qu'il réussit à fourrer dans sa petite tête, personne ne le sait... Tous les matins, à 6 heures pile, Cyril suit Olga et Boris. Aujourd'hui, ils visitent le Kremlin. Hier, ils faisaient des courses au GOUM.

J'entendis Frewin marmonner inintelligiblement dans son bain, je l'entendis appeler « maman » la nuit, en s'agitant dans son sommeil. FREWIN Ella, me rappelai-je. Décédée, mère de FREWIN Cyril Arthur, *cf.* ce dossier. Je n'ai jamais compris pourquoi les Archives s'acharnent à ouvrir un dossier personnel sur les parents décédés d'un espion présumé.

J'entendis Frewin en grande discussion avec le service technique de British Telecom après les vingt minutes d'attente rituelle pour obtenir le poste. Sa voix était nerveuse, et il faisait ressortir certains mots de manière inattendue.

— Eh bien, la *prochaine* fois que vous choisirez de repérer une *anomalie* sur ma ligne, je vous serais *infiniment* obligé de bien vouloir avoir l'amabilité de m'en informer, *moi* votre abonné, *avant* de débarquer chez moi quand ma femme de *ménage* s'y trouve, de laisser des bouts de *câble* sur le tapis et des traces de *pas* sur le *sol* de la cuisine...

J'entendis Frewin téléphoner à Covent Garden

pour prévenir qu'il ne retirerait pas sa place d'abonné ce vendredi. Cette fois il prenait un ton geignard pour expliquer qu'il était souffrant. L'aimable standardiste dit que c'était dans l'air en ce moment.

J'entendis Frewin parler à son boucher en raison de ma visite, fixée au lendemain matin par le Foreign Office.

— Monsieur Steele ? Bonjour, ici M. Cyril Frewin. Je ne pourrai pas *venir* samedi, car je serai en réunion à mon *domicile*. Je vous serais donc *reconnaissant* de bien vouloir me livrer quatre *belles* côtelettes d'agneau vendredi soir en rentrant chez vous. Cela ne vous dérange pas, monsieur Steele ? Et aussi un pot de votre *sauce* à la menthe maison. Non, j'ai déjà de la gelée de groseille, merci bien. Vous agraferez la note sur le paquet, s'il vous plaît ?

Mon ouïe trop aiguisée me dit que c'était là un homme qui s'apprêtait à quitter le navire.

— Je repasserais bien la conversation avec les techniciens, demandai-je à Mary.

Après avoir réécouté deux fois Frewin se plaindre d'un ton autoritaire à British Telecom, j'embrassai distraitement Mary et sortis à l'air de la nuit. Sally m'avait dit : « Viens me voir », mais je n'étais pas d'humeur à passer une soirée à lui déclarer mon amour, ni à écouter de la musique que secrètement je détestais.

Je retournai à la Section. Les laboratoires du Service avaient terminé l'analyse de la lettre anonyme. Markus électronique, modèle numéro tant, probablement de fabrication belge, neuve ou peu utilisée. Ils ne pouvaient guère en dire davantage, mais pensaient être capables d'identifier un autre document tapé sur la même machine. Me serait-il possible de m'en procurer un ? Fin du rapport. Les laboratoires se débattaient encore avec les caractéristiques des machines de la nouvelle génération.

J'appelai Monty à son repaire de Baron's Court. Dans ma mémoire résonnait encore la voix de Frewin fustigeant les ingénieurs : ses pauses, telles des virgules mal placées, son emploi de l'adverbe *infiniment*, cette manie de faire ressortir le mot le plus inattendu pour obtenir un effet d'emphase vindicative.

— Monty, tes gars n'auraient pas remarqué une machine à écrire chez Cyril, par hasard, quand ils réparaient obligeamment son téléphone ?

— Non, Ned. Pas de machine à écrire. Enfin, ils n'en ont pas vu, si tu préfères.

— Aurait-elle pu leur échapper ?

— Facilement, Ned. Ils marchaient sur des œufs. Ils n'ont ouvert ni bureau ni placard, ils n'ont pas pris de photos, n'ont pas été trop familiers avec la femme de ménage, pour éviter qu'elle ne s'inquiète après coup. C'était vraiment : « Voir ce qu'on peut voir, se tirer vite, et ne pas oublier de laisser du bazar, sinon il va flairer le coup fourré. »

L'idée me vint de téléphoner à Burr, mais je ne le fis pas. Ma possessivité d'officier traitant prenait le dessus, et le diable m'emporte si je devais partager Frewin avec quiconque, même avec l'homme qui me l'avait confié. Une centaine de fils s'enchevêtraient dans ma tête, reliant Modrian à Gorst, Boris et Olga, Noël, Salzbourg et Sally. Finalement, j'écrivis une note à Burr pour lui signaler la majeure partie de mes découvertes, et lui confirmer que j'allais « faire une première reconnaissance » de Frewin le lendemain matin en l'interrogeant pour son contrôle de routine.

Rentrer chez moi ? Aller chez Sally ? Mon chez-moi était un abominable petit appartement de fonction sur Saint-James', où j'étais supposé me ressourcer... C'est pourtant bien la dernière chose que fait un homme seul, face à une bouteille de scotch et une reproduction de *The Laughing Cavalier*, tiraillé entre ses rêves de liberté et sa dépendance vis-à-vis de ses entraves. Sally représentait mon Autre Vie, mais je me savais déjà trop enraciné pour pouvoir sauter le mur et la rejoindre.

Préférant donc rester à mon bureau, j'allai me chercher un whisky dans le coffre-fort et parcourus le dossier de Modrian. Il ne m'apprit rien de neuf, mais je voulais l'avoir bien en tête. Sergueï Modrian, professionnel aguerri et éprouvé du Centre Moscou. Un Arménien charmeur, assez bon danseur, très liant, souriant et beau parleur. Je l'avais trouvé sympathique, il m'avait trouvé sympathique. Dans ce métier, puisque la sympathie a des limites imposées, on pardonne beaucoup aux gens charmants.

Ma ligne directe sonnait. Je crus un instant que c'était Sally, car au mépris du règlement, je lui avais donné le numéro. Mais c'était Toby, qui avait l'air content de lui. Comme d'habitude. Il ne mentionna pas Frewin, ni Salzbourg. Je devinai qu'il appelait de chez lui, et j'eus la nette impression qu'il était au lit, et pas tout seul.

— Ned ? Ton bonhomme est un farceur. Il réserve une chambre à un lit pour deux semaines, il arrive, paye d'avance, offre des cadeaux de Noël au personnel, fait des guilis aux enfants, dit des gentillesses à tout le monde, et le lendemain matin, il disparaît. Tous les ans c'est pareil. Ned, tu m'entends ? Écoute, ce type est cinglé. Pas de coups de téléphone à l'extérieur, un seul repas, deux *apfelsaft*, aucune explication, taxi jusqu'à la gare. Gardez-moi la chambre, ne la donnez à personne, je reviendrai peut-être demain, ou dans quelques jours, je ne sais pas. Douze jours plus tard, le voilà de retour, aucune explication, encore quelques pourboires au personnel, tout le monde est aux anges. Ils l'appellent « le fantôme ». Ned, il faut que tu baratines Burr pour moi. Tu me dois un service, maintenant. Toby se tue au travail, dis-lui. Une vieille gloire comme toi, avec un jeune comme Burr, il t'écoutera, ça ne te coûte rien. J'ai besoin d'un ou deux gars de plus ici. Dis-le-lui, Ned, tu m'entends? Allez, salut.

Je regardai fixement le mur, celui que je ne pouvais pas escalader. Je regardai fixement le dossier de Modrian, en me rappelant le précepte de Monty sur les affaires trop faciles. J'eus soudain terriblement envie de Sally, avec la vague idée qu'en éclaircissant le mystère Frewin, je transformerais mes éternels petits élans de liberté en un seul grand bond audacieux. Mais au moment où j'allongeais la main vers le téléphone pour appeler Sally, il sonna de nouveau.

— Tout correspond, lâcha Monty, qui avait réussi à vérifier les sorties de Frewin à l'opéra. A chaque fois c'est Sergueï et Cyril. Quand l'un y va, l'autre aussi. Quand l'un n'y va pas, l'autre non plus. C'est peut-être pour ça que « l'un » n'y va plus du tout, tu me suis?

— Et les fauteuils?

— Côte à côte, mon grand. Tu t'attendais à quoi? L'un derrière l'autre?

— Merci, Monty.

Est-il besoin de vous dire comment je passai cette interminable nuit? Ne vous est-il jamais arrivé de téléphoner à votre fils, d'écouter ses tristes sarcasmes, et d'avoir à vous rappeler que c'est le vôtre? Ou de parler franchement à une épouse compréhensive de vos défauts, sans Dieu savoir de quels défauts il peut bien s'agir? Ne vous est-il jamais arrivé de vous précipiter vers votre maîtresse, de lui dire « je t'aime », et de rester mystifié devant son contentement serein, avant de la quitter à nouveau, pour errer dans Londres comme dans une ville étrangère ? N'avez-vous jamais isolé parmi tous les bruits du petit matin le babil moqueur d'une pie, et concentré votre esprit sur lui pour une éternité, en restant allongé les yeux grands ouverts sur votre fichu lit à une place ?

J'arrivai chez Frewin à 9 h 30, dans une tenue aussi terne que possible, et elle devait être vraiment terne, car je suis incapable du moindre chic vestimentaire même quand je fais des efforts, malgré les conseils atterrants de Sally sur la façon d'améliorer mon style. Frewin et moi étions convenus de 10 heures, mais j'avais décidé de faire jouer l'élément de surprise. Peut-être en vérité avais-je besoin de sa compagnie. Un fourgon postal était garé plus loin dans la rue, et derrière lui, un camion d'entrepreneur équipé d'une antenne, preuve que les hommes de Monty étaient à leur poste.

Je ne me souviens plus du mois, mais je sais que c'était l'automne, aussi bien dans ma vie privée que dans cette impasse proprette bordée de hautes maisons en brique. Car je revois le disque blanc du soleil suspendu derrière les châtaigniers étêtés qui avaient donné son nom à l'endroit, et je sens encore aujourd'hui l'odeur des feux de bois dans l'air automnal, qui me poussait à quitter Londres, quitter le Service, m'abandonner à Sally et à la vraie face du monde. Et je me rappelle le bruissement d'ailes de petits oiseaux s'envolant de la ligne téléphonique de Frewin vers un ailleurs plus souriant. Et un chat dans le jardin voisin qui se dressait sur ses pattes arrière pour attraper un papillon assoupi.

Je laissai retomber le loquet du portail, et traversai le jardinet par le joli chemin de gravier crissant, jusqu'à la maison de conte de fées, aux fenêtres en verre à bouteilles et au porche recouvert de chaume. J'allais sonner quand la porte d'entrée se déroba devant moi. Une porte nervurée, cloutée de boulons décoratifs en goutte de suif, qui fut happée vers l'intérieur comme par le souffle d'une explosion, m'aspirant presque avec elle dans le sombre hall carrelé. Puis elle s'immobilisa, et près d'elle se tenait Frewin, tel un centurion chauve défendant sa demeure assiégée.

Il dépassait d'une tête la taille que j'avais imaginée, d'une tête de catcheur. Ses robustes épaules étaient prêtes à soutenir mon assaut, et dans ses yeux rivés sur moi se lisait une hostilité apeurée. Pourtant, dès ce premier instant de notre rencontre, je ne perçus aucune agressivité en lui, simplement une sorte de vulnérabilité héroïque que sa silhouette massive rendait tragique. J'entrai chez lui, et sus que j'entrais dans l'aliénation. Je le savais depuis le début de la nuit. Dans le désespoir, on se sent des liens de parenté avec les aliénés. Ça, je le savais depuis bien plus longtemps.

— Capitaine York? Ah oui! Bienvenue à vous, monsieur. Soyez le bienvenu. Personnel a eu la bonté de me prévenir de votre visite. Ce n'est pas toujours le cas, mais cette fois, si. Entrez, je vous en prie. Vous avez votre *devoir* à accomplir, capitaine, et moi le mien.

Ses larges mains flasques se tendaient pour prendre mon manteau, mais semblaient incapables de s'en saisir. Elles s'attardaient au-dessus de mon cou comme pour m'étrangler ou m'étreindre, tandis que Frewin continuait son discours.

— Tous du même bord et sans rancune, voilà ce que je dis. Personnellement, je rapproche votre travail de la sécurité dans les aéroports, ce sont les mêmes paramètres. S'ils ne me fouillent pas, moi, ils ne fouillent pas les méchants non plus, n'est-ce pas? A mes yeux, c'est la seule approche logique de la question.

Dieu sait quel modèle oublié il pensait copier en récitant ces phrases trop bien répétées, mais au moins, elles le sortirent de sa torpeur. Ses mains se posèrent enfin sur mon manteau et m'aidèrent à l'ôter. Aujourd'hui encore, je sens tout le respect qu'elles mirent dans ce geste, comme pour dévoiler un trésor à nos yeux éblouis.

— Vous prenez souvent l'avion si je comprends bien, monsieur Frewin ?

Il suspendit mon manteau à un cintre, et le cintre à une abominable copie de perroquet de bistrot. J'attendis une réponse, mais il n'en vint pas. Je songeai à ses voyages en avion à Salzbourg, et me demandai s'il y pensait aussi, si sa conscience refoulée faisait entendre sa voix sous l'effet de la tension due à mon arrivée. Il me précéda d'un pas martial dans le salon, où, à la lumière qui filtrait par la baie à petits carreaux, je pus l'examiner à loisir car il préparait déjà l'étape suivante de son plan d'hospitalité d'urgence : un percolateur électrique rempli mais pas encore allumé. Est-ce que je prenais du lait, du sucre, ou les deux, mon capitaine ? Et le lait, mon capitaine, chaud ou froid ? Et que diriez-vous d'un biscuit maison, mon capitaine ?

— Vous les avez vraiment faits vous-même ? demandai-je en en sortant un du bocal.

— Le premier imbécile venu qui sait lire sait cuisiner, déclara Frewin avec un rictus convulsé plein de supériorité, et je compris aussitôt pourquoi Gorst le détestait.

— Eh bien, moi, je sais lire, mais certainement pas cuisiner, répliquai-je en secouant la tête d'un air piteux.

— Quel est votre prénom, mon capitaine ?

— Ned.

— Voyez-vous, Ned, c'est parce que vous êtes marié, j'imagine. Votre épouse vous a volé votre autonomie. J'ai vu ça trop souvent dans ma vie. La femme arrive, l'indépendance s'en va. Moi, c'est Cyril.

Et tu éludes ma question sur tes déplacements en avion, pensai-je, refusant de lui permettre cette tentative d'incursion dans mon jardin privé.

Tout en versant le café, il poursuivit par-dessus son épaule.

— Si je gouvernais ce pays, et j'ai le *bonheur* de dire que l'occasion ne s'en présentera *jamais* (sa voix reprenait le martèlement didactique de sa conversation avec les techniciens), j'érigerais en loi *absolue* que *tout le monde*, sans distinction de race, de sexe, ni de religion, apprenne obligatoirement la *cuisine* à l'école.

— Bonne idée, commentai-je en acceptant une tasse de café. Très sensée, ajoutai-je avant de me servir en sucre dans le pot jaune en forme de ruche qui se nichait comme un missile au creux de sa patte moite.

Frewin s'était retourné vers moi tout d'un bloc, épaules, taille et tête ensemble. Ses yeux démunis de cils et de toute autre protection baissaient vers moi un regard rayonnant d'une innocence attendrie.

— Sportif, Ned ? s'enquit-il d'une voix douce, penchant la tête de côté pour plus d'intimité.

— Un brin de golf, Cyril, mentis-je. Et vous ?

— Des passe-temps, Ned ?

— Eh bien, je m'adonne volontiers à l'aquarelle en vacances, répondis-je, faisant un nouvel emprunt à Mabel.

— Vous conduisez, n'est-ce pas, Ned ? J'imagine que vous autres devez savoir tout faire, non ?

— Juste une vieille Rover.

— Ah oui ? Quelle année ? Quel cru, Ned ? C'est dans les vieilles marmites qu'on fait la bonne soupe, comme on dit.

Tout en lui donnant la première date qui me vint à l'esprit, je compris que son énergie ne se limitait pas à sa personne, mais imprégnait chaque objet de son univers. Les fausses pièces de harnais en cuivre qui étincelaient comme des boutons d'uniforme tant il les avait soigneusement astiquées; l'âtre de la cheminée et le plancher cirés, la surface miroitante de sa table de salle à manger; jusqu'au fauteuil dans lequel j'étais assis à siroter tranquillement mon café, car les accoudoirs étaient recouverts de housses en tissu si bien repassées et si immaculées que je n'osais poser les mains dessus. Et je savais sans qu'il me le dise que, femme de ménage ou pas, il s'occupait de ces choses lui-même, était leur serviteur et leur dictateur, dans le royaume sans bornes de son énergie perdue.

— Et où habitez-vous, Ned?

— Moi? Oh... à Londres, en fait.

— Dans quel coin, Ned? Dans quel quartier? Un endroit chic, ou faut-il que vous habitiez un endroit discret à cause de votre travail?

— Eh bien, nous ne sommes pas vraiment autorisés à le dire, désolé.

— Vous êtes né à Londres, n'est-ce pas? Moi, à Hastings.

— Plutôt en banlieue, vous voyez. Pinner, disons.

— Vous devez conserver votre discrétion, Ned. Toujours. Votre discrétion c'est votre dignité. Ne laissez personne vous en dépouiller. C'est votre intégrité professionnelle, la discrétion. Souvenez-vous-en. Cela pourrait vous être utile.

— Merci, je n'y manquerai pas! fis-je en affectant un petit rire soumis.

Il me dévorait des yeux. Il me rappelait ma chienne Lizzie quand elle m'observe dans l'attente d'un signe, pétrifiée, prête à bondir.

— Bon, si on commençait? lança-t-il. Vous voulez

donner le signal du départ? Dès que c'est officiel, dites-le-moi. « Cyril, le rouge est mis. » C'est tout ce que vous avez besoin de dire.

Je ris, secouant à nouveau la tête comme pour dire qu'il était impayable.

— Ce sont de simples questions de routine, Cyril. Mon Dieu, vous devez les connaître par cœur depuis le temps. Ça ne vous dérange pas si je fume?

J'allumai laborieusement ma pipe, et lâchai l'allumette dans le cendrier qu'il m'avançait sous le nez. Puis je repris mon examen de la pièce. Courant le long des murs, des étagères en prêt-à-monter remplies de livres de prêt-à-penser à résonance globalisante : *Les Cent plus Grands Hommes au monde, Trésors de la littérature universelle, Les Grandes Époques de la musique* en trois volumes. A côté, rangés dans des casiers, ses disques, de musique classique uniquement. Et dans le coin, le tourne-disque, splendide engin en teck avec plus de boutons de contrôle qu'un nigaud comme moi ne saurait maîtriser.

— Si vous aimez l'aquarelle, Ned, pourquoi ne pas essayer aussi la musique? suggéra-t-il en suivant mon regard. C'est le meilleur réconfort au monde, la bonne musique bien interprétée, si vous faites le bon choix. Je pourrais vous conseiller, si vous voulez.

Pendant un moment, je tirai quelques bouffées. Une pipe est une grande arme pour freiner le jeu face à un adversaire pressé.

— En fait, Cyril, je crois que je n'ai pas l'oreille musicale. Il m'est arrivé de faire des efforts, mais je ne sais pas, je perds courage...

Ces propos hérétiques (extraits, dois-je l'avouer, de mes discussions stériles avec Sally) étaient déjà plus qu'il ne pouvait en supporter. Il avait bondi sur ses pieds, et une inquiétude horrifiée se peignit sur son visage, tandis qu'il saisissait le bocal à biscuits et me le fourrait sous le nez, comme si la nourriture était ma seule planche de salut.

— Alors là, Ned, c'est *faux*, permettez-moi de vous le dire. Une *personne* qui n'a pas d'oreille, ça *n'existe* pas ! Prenez-en deux, allez-y, il y en a d'autres à la cuisine.

— Je vais m'en tenir à ma pipe, si ça ne vous ennuie pas.

— L'absence d'oreille, Ned, c'est seulement *des mots*, une expression, j'irais même jusqu'à dire un *prétexte* conçu pour dissimuler, pour déguiser une résistance purement temporaire et *psychologique* qu'on s'impose, une résistance à un certain monde dont votre moi conscient vous refuse l'accès ! C'est uniquement la peur de l'inconnu qui vous *retient*. Laissez-moi vous citer l'exemple de personnes que je connais...

Il poursuivit sa tirade et je le laissai faire. Il agitait vers moi un index agressif, en serrant de l'autre main le bocal de biscuits sur son cœur. Je l'écoutai, l'observai, m'extasiai aux moments opportuns. Je sortis mon calepin noir, et ôtai l'élastique noir qui l'enserrait, pour signaler à Frewin que j'étais prêt à commencer, mais il continua sa conférence sans me prêter attention. J'imaginai Mary Lasselles dans sa tanière, souriant rêveusement tandis que son protégé me faisait la leçon. Et dehors, les guetteurs et les guetteuses de Monty dans les fourgons de surveillance, qui devaient maudire Frewin en bâillant et en attendant la relève. Et même Burr, pour autant que je sache. Tous otages de l'anecdote interminable de Frewin sur un couple marié qu'il avait eu pour voisins quand il habitait Surbiton, et auquel il avait appris à partager son goût de la musique.

— Enfin, je pourrai dire à mes patrons au QGEA que la musique est toujours votre grand amour, suggérai-je dans un sourire lorsqu'il en eut terminé.

QG comme Quartier Général, et EA pour Enquêtes d'Approbation, comprenez-vous ? Mon rôle de bête de somme opprimée exigeait la caution d'une autorité supérieure. J'ouvris le calepin sur mes genoux, en lissai les pages, et avec mon crayon en bois brut fourni par l'État, j'écrivis FREWIN en haut de la page gauche.

— Ah, si vous parlez d'amour, Ned... Oui, vous *pourriez* dire que la musique aura en effet été mon grand amour. Et pour citer Shakespeare, la musique *nourrit* l'amour. Toutefois, je dirais plutôt que ça dépend de notre *définition* de l'amour. Qu'est-ce que *c'est* l'amour ? Voilà la vraie question, Ned. *Définissez l'amour.*

Les coïncidences divines sont parfois d'un mauvais goût insupportable.

— Eh bien, personnellement, j'en donnerais une définition assez large, avançai-je, mon crayon toujours en l'air. Mais vous, comment le définissez-vous ?

Il secoua la tête et se mit à remuer énergiquement son café, ses gros doigts enserrant le manche d'une cuiller décorée d'une figure d'apôtre.

— C'est pour mettre dans le dossier ? demanda-t-il.

— Possible. A vous de voir.

— L'engagement, voilà *ma* définition de l'amour. Un grand *nombre* de gens parlent de l'amour comme d'une sorte de *nirvāna*. Or ce n'est pas ça. Je suis bien placé pour le savoir. L'amour n'est pas *distinct* de la vie. Il n'est pas *au-delà* de la vie, ni *supérieur* à elle. L'amour est au *cœur* de la vie. Il fait partie *intégrante* de la vie, et ce qu'on en *retire* dépend des différents moyens par lesquels on investit son énergie et sa loyauté. Notre Seigneur nous l'a enseigné *très* clairement. Non que je sois moi-même croyant, je suis rationaliste. L'amour, c'est un *sacrifice*, c'est une dure épreuve. L'amour, c'est *aussi* la sueur et les larmes, tout comme doit l'être la grande musique pour mériter ce nom. Dans cette perspective, oui, je vous l'accorde, Ned, la musique est mon plus grand amour, si vous me suivez.

Je ne le suivais que trop bien. J'avais avancé en n'y croyant qu'à moitié des conceptions similaires à Sally, pour les voir balayées d'un revers de main. Je savais aussi que son esprit de bête traquée ne pouvait concevoir de question anodine, encore moins de réponse anodine. Et il en allait de même pour moi, malgré mes tactiques de dissimulations plus perfectionnées que les siennes.

— Je ne pense pas que je vais consigner ça, dis-je. Je vais plutôt le prendre en contexte général, comme on dit.

Joignant le geste à la parole, je griffonnai deux ou trois mots dans mon calepin, pour me signifier et lui signaler que nous entamions la partie officielle de la discussion.

— Bien. Commençons par le plat de résistance, sinon le QGEA va encore m'accuser de lanterner. Avez-vous adhéré au parti communiste depuis la dernière fois qu'un de nos représentants vous a interrogé, Cyril, ou avez-vous réussi à vous refréner ?

— Non, dit-il avec un petit sourire narquois.

— Non, vous n'avez pas adhéré, ou non, vous ne vous êtes pas refréné ?

— Première hypothèse, fit-il, son sourire s'élargissant. Vous me plaisez, Ned. J'adore les gens d'esprit, depuis toujours. Je ne peux pas dire qu'ils soient légion au bureau. Question esprit, le Réservoir, c'est le désert total.

— Pas de groupes de sympathisants, de pacifistes, de compagnons de route ? poursuivis-je, feignant la déception. Vous n'êtes par récemment devenu membre d'un club pour homosexuels ou autres déviants ? Vous n'avez pas conçu de passion secrète pour un enfant de chœur mineur ?

— Non à tout, merci bien! lâcha Frewin, avec maintenant un franc sourire.

— Pas de grosses dettes qui vous entraînent à vivre au-dessus de vos moyens? Pas de jolie rousse à entretenir dans un train de vie auquel elle n'est pas habituée? Pas de Ferrari achetée à crédit?

— Mes besoins demeurent aussi modestes qu'auparavant, merci. Je ne suis ni matérialiste ni sybarite de nature, comme vous avez pu le constater. J'ai le matérialisme en horreur, pour tout vous avouer. Il n'y a que ça de nos jours. Que ça.

— Non au reste aussi?

— Sur toute la ligne.

Je ne cessais de griffonner, de faire des annotations en regard d'une check-list imaginaire.

— Donc vous ne vendriez pas de secrets à des fins lucratives, commentai-je, tournant une page et cochant quelques cases de plus. Et vous n'avez pas entrepris de suivre un cours de langue étrangère sans obtenir au préalable l'accord écrit de votre service employeur, j'imagine? avançai-je, le crayon une fois de plus en suspens. Le sanskrit? L'hébreu? L'ourdou? Le serbo-croate? Le russe?

Il était debout, immobile, les yeux fixés sur moi, mais je fis semblant de ne pas m'en apercevoir.

— Le hottentot? enchaînai-je facétieusement. L'estonien?

— Depuis quand c'est sur la liste, *ça*? lança Frewin d'un ton agressif.

— Quoi, le hottentot?

J'attendis.

— Non, les langues! Ce n'est pas un défaut, une langue. C'est une qualité. Un talent! Pas besoin de faire la liste de tous ses talents pour être blanchi, quand même!

J'inclinai la tête en arrière pour fouiller ma mémoire.

— *Addendum* à la Procédure de Contrôle de routine du 5 novembre 1967, récitai-je. Je m'en souviens toujours, de celui-là. La fête de Guy Fawkes. Circulaire spéciale à tous les services employeurs, y compris le vôtre, exigeant que toute intention de suivre des cours de langue fasse l'objet d'un préavis écrit. Sur recommandation de la commission d'examen des lois, et entériné par le cabinet.

Il me tourna le dos.

— Je considère ceci comme une question totalement déplacée, et je refuse d'y répondre de quelque manière que ce soit. Écrivez ça.

Je tirai quelques bouffées de ma pipe.

— J'ai dit, écrivez !

— Si j'étais vous, Cyril, je ne dirais pas ça, ils ne vont pas apprécier.

— Eh bien, tant pis !

Je tirai à nouveau sur ma pipe.

— Écoutez plutôt comment le QG m'a présenté la chose. « Qu'est-ce qu'il fabrique, Cyril, avec ses copains Boris et Olga ? Posez-lui cette question-là, et voyez ce qu'il en dit. »

Il me tournait toujours le dos et arpentait la pièce, l'œil mauvais, prenant son monde rutilant à témoin de mon blasphème. J'attendis l'explosion qui n'allait pas manquer de se produire. Au lieu de quoi, il se retourna et me dévisagea d'un air de réprobation blessée : *nous qui sommes amis*, disait-il, *et vous me faites ça à moi !* De la façon dont un cerveau stressé peut jongler avec une multitude d'images à la fois, je vis devant moi non pas Frewin, mais une dactylo que j'avais autrefois interrogée dans notre ambassade à Ankara : elle avait retroussé la manche de son gilet, et tendu brusquement son bras vers moi pour me montrer les marques suppurantes des brûlures de cigarette qu'elle s'était elle-même infligées la nuit précédant notre entrevue. « Vous ne pensez pas que vous m'avez assez fait souffrir comme ça ? » m'avait-elle demandé. Pourtant ce n'était pas moi qui l'avais fait souffrir, mais le diplomate polonais de vingt-cinq ans pour qui elle avait sacrifié tous les secrets en sa possession.

J'ôtai ma pipe de ma bouche et gratifiai Frewin d'un rire rassurant.

— Allons, Cyril. Boris et Olga ne sont-ils pas deux des personnages de ce cours de russe que vous suivez en cachette ? Qui retapissent leur maison ensemble ? Qui s'en vont faire un séjour dans la datcha de Tatie Tania, et caetera ? Vous suivez le cours régulier de russe sur Radio-Moscou, 5 jours sur 7, à 6 heures précises, voilà ce qu'ils m'ont dit. « Posez-lui des questions sur Boris et Olga. Demandez-lui pourquoi il apprend le russe en douce. » Alors je vous le demande, voilà tout.

— Ça ne les regarde pas si je suis ce cours, marmonna-t-il, toujours aux prises avec les implications de ma question. Sales fouineurs. C'était privé. Choisi en privé, suivi en privé. Ils peuvent aller se faire voir. Et vous aussi.

Je me mis à rire, mais en même temps, j'étais embarrassé.

— Allons, ne le prenez pas comme ça, Cyril. Vous connaissez les règles aussi bien que moi. Ce n'est pas votre genre de les enfreindre, pas plus que le mien. Le russe, c'est le russe, et un rapport, c'est un rapport. C'est seulement histoire de mettre ça par écrit. Ce n'est pas moi qui ai inventé le règlement. On me donne des instructions, comme à tout le monde.

Je m'adressais de nouveau à son dos. Il s'était réfugié devant la baie vitrée, et contemplait le rectangle que formait son jardin.

— Comment s'appellent-ils ?

— Boris et Olga, répétai-je patiemment, ce qui le fit enrager.

— Les gens qui vous donnent des instructions, imbécile ! Je vais porter plainte contre eux ! Ça s'appelle fourrer son nez partout, ça. Et c'est une honte, par les temps qui courent. Et je vous tiens aussi pour responsable, à vrai dire. Comment s'appellent-ils ?

Je persistai à ne pas lui répondre, préférant laisser la fureur s'accumuler en lui.

— Premièrement, annonça-t-il en élevant la voix, contemplant toujours son lopin de terre. Vous écrivez bien tout ça ? Premièrement, je ne prends pas de cours de langue au sens où la loi l'entend. Prendre un cours de langue, c'est aller à l'école ou en classe, s'asseoir sur un banc à côté d'une brochette de secrétaires geignardes qui ont mauvaise haleine, et supporter les railleries d'un professeur mal embouché. Deuxièmement : il est *vrai*, cependant, que j'écoute la *radio*, dans la mesure où c'est pour moi un *plaisir* permanent de parcourir les bandes de fréquence pour trouver quelque chose d'original ou d'ésotérique. Notez ça et je signerai. Terminé, d'accord ? Alors allez-vous-en. Je n'ai plus rien à faire avec vous, merci, j'en ai jusque-là. Ce n'est pas contre vous que j'en ai. C'est contre eux.

— C'est donc ainsi que vous êtes tombé sur Boris et Olga ? suggérai-je gentiment en me remettant à griffonner. Compris. Vous avez parcouru les ondes, et vous les avez trouvés par hasard. Boris et Olga. Rien de mal à cela, Cyril. Continuez sérieusement, et il se pourrait même que vous décrochiez une bourse de formation, si vous réussissez le test. Ça ne va pas chercher bien loin, j'imagine, mais il vaut mieux que ça tombe dans votre poche que dans la leur, comme je dis toujours.

Je continuais à écrire, mais lentement, pour qu'il entende bien le crissement exaspérant de mon crayon, cadeau de l'État.

— Ce qui les ennuie vraiment, c'est qu'on ne leur signale pas quelque chose, confiai-je, pour excuser les faiblesses de mes maîtres. « S'il ne nous a pas parlé d'Olga et Boris, que nous a-t-il caché d'autre ? » On ne peut pas leur en vouloir, me semble-t-il. Leur boulot est en jeu, comme le nôtre.

Tourner une autre page. Lécher la pointe du crayon. Faire une autre annotation. Je commençais à sentir l'excitation de la chasse. L'amour comme engagement, avait-il dit, comme partie intégrante de la vie, l'amour comme épreuve, comme sacrifice. Mais pour qui ? Je tirai un trait appuyé, et tournai la page.

— Pourrions-nous passer à vos Rideaux de fer, s'il vous plaît ? demandai-je de ma voix la plus lasse. Au QG, ils sont impitoyables, avec les Rideaux de fer. Je me demandais si vous auriez de nouveaux noms à ajouter à la liste de ceux que vous nous avez déjà donnés ces dernières années. Le dernier..., commençai-je en me reportant à la fin de mon carnet. Mon Dieu, ça remonte à des années-lumière. Un monsieur d'Allemagne de l'Est, membre d'une chorale locale dont vous faisiez partie. N'y a-t-il personne d'autre depuis qui vous vienne à l'esprit ? Ils en ont un peu après vous, Cyril, il faut bien l'avouer, maintenant qu'ils vous ont pris à ne pas signaler ce cours de langue.

Sa déception à mon sujet virait de nouveau à la colère. Et de nouveau, il se mit à frapper certains mots d'un accent tonique inattendu. Mais cette fois, on eût dit que c'était moi qu'il frappait.

— Vous trouverez la liste de *tous* mes contacts passés et présents derrière le Rideau de fer, parfaitement à *jour, dûment* remplie et soumise à mes supérieurs, selon le règlement. *Si* vous vous étiez donné la peine de vous *procurer* ces données par le service du personnel au Foreign Office *avant* cette entrevue... et d'ailleurs je me demande vraiment pourquoi ils m'ont envoyé un tocard de votre espèce...

Je décidai de l'interrompre net. Je ne trouvais pas utile de le laisser me réduire à néant. A l'insignifiance, oui, mais pas à néant, car j'étais au service d'une autorité supérieure. Je sortis une feuille de papier de la couverture de mon calepin.

— Tenez, justement, les voici. Tous vos Rideaux de fer sur une seule page. Il n'y en a jamais eu que cinq, sur l'ensemble de vos vingt ans de service. Blanchis par le QG, je vois, tous les cinq. Enfin, c'est automatique, du moment que vous en faites mention..., remarquai-je en rangeant la feuille dans mon calepin. Alors, personne à ajouter? Qui faut-il ajouter? Réfléchissez, Cyril. Ne vous pressez pas. Ils savent une foule de choses, mes collègues. Parfois ils me sidèrent. Prenez votre temps.

Il prit son temps. Encore plus de temps. Et plus encore. Finalement, il choisit de s'apitoyer sur son sort.

— Je ne suis pas un *diplomate*, Ned, se plaignit-il d'une petite voix. Je ne sors pas faire la nouba tous les soirs à Belgravia, Kensington, ou St. John's Wood, avec décorations et queue de pie, à côtoyer le beau monde, moi. Je suis un employé de bureau. Je ne suis pas ce genre d'homme là.

— Quel genre d'homme, Cyril?

— Une petite distraction à l'occasion, je ne suis pas contre. Mais je préfère avoir un ami.

— Je le sais bien, Cyril. Et le QG aussi.

Nouveau recours à la colère pour masquer la panique qui s'emparait de lui. Éloquente gestuelle de ses gros poings serrés et de ses coudes levés.

— Pas un seul *nom* sur cette liste n'a *croisé* mon chemin depuis que j'ai fait mention des *personnes* concernées. Ces noms correspondaient *uniquement* à des rencontres des plus *fortuites* qui n'ont pas eu la *moindre* suite.

— Mais peut-être y a-t-il eu des gens nouveaux depuis ? plaidai-je patiemment. Vous n'y échapperez pas, Cyril. Je n'y échappe pas, moi, alors pourquoi vous ?

— S'il y *avait* eu quelqu'un à ajouter, le moindre contact, ne serait-ce qu'une carte de Noël de lui, vous pouvez être *assuré* que j'aurais été le premier à le faire. C'est fini. Terminé. Bouclé. Question suivante, s'il vous plaît.

Diplomate, inscrivis-je. *De lui. Noël. Salzbourg.* Je me fis plus pointilleux encore, si c'était possible.

— Ce n'est pas tout à fait le genre de réponse qu'ils attendent, Cyril, dis-je en écrivant toujours. Honnêtement, ça ressemble un peu trop à du boniment. Ils veulent un « oui », un « non », ou un « si oui, qui ? ». Ils veulent une réponse directe, et ils ne se contentent pas d'un vague boniment. « Il n'a pas mentionné ses cours de langue, alors pourquoi irions-nous croire qu'il mentionne tous ses Rideaux de fer ? » Voilà comment ils raisonnent, Cyril. Et voilà ce qu'ils vont me dire à moi. En fin de compte, tout me retombera dessus, l'avertis-je sans cesser d'écrire.

Une fois de plus, je sentis que la pesanteur de l'entrevue le mettait au supplice. Il arpentait la pièce les bras ballants en faisant claquer ses doigts. Il marmonnait, contractait ses mâchoires d'un air menaçant, et grommelait qu'il voulait des noms. Mais j'étais bien trop occupé à écrire dans mon calepin pour remarquer tout cela. J'étais le bon vieux Ned, le monsieur Gratte-Papier de Burr, qui remplissait son devoir envers le QG.

— Que diriez-vous de ceci, Cyril ? dis-je enfin, levant mon calepin pour lui faire la lecture à haute voix. « Moi, Cyril Frewin, déclare solennellement n'avoir fait durant les douze derniers mois la connaissance, même brièvement, d'aucun citoyen soviétique ou du bloc de l'Est, autres que ceux déjà signalés. Daté et signé Cyril. »

Je rallumai ma pipe et en examinai le fourneau pour m'assurer qu'elle tirait bien. Je remis l'allumette consumée dans la boîte, et la boîte dans ma poche. Mon débit déjà lent se traînait maintenant à une allure d'escargot.

— Autrement, et ceci est mon conseil, Cyril, s'il y a véritablement quelqu'un de ce genre dans votre vie, voici l'occasion ou jamais de me le dire. Et de le leur dire. J'accorderai toute confiance à vos propos. Eux aussi, selon ce que je leur en rapporterai, et je ne suis pas toujours exhaustif, loin de là. On n'est pas des saints, après tout. Et le QG ne blanchirait probablement pas les saints, de toute façon.

Intentionnellement ou non, j'avais touché un point sensible. Je lui avais fourni le prétexte qu'il attendait.

— Saint? Qui parle de *saint*? Ne me donnez pas ce putain de sobriquet, je vous l'interdis! Saint Cyril, qu'ils m'appellent, vous le saviez? Mais oui, bien sûr, vous vous foutez de moi!

Grossier. Le visage tendu. Me martelant de paroles. Frewin dans les cordes, prêt à boxer tout ce qui approche.

— Si *jamais* une telle personne existait, ce qui n'est pas le cas, je ne vous l'aurais *pas* dit à *vous*, ni à votre bande de fouineurs du QGEA. J'aurais signalé la chose par *écrit*, comme l'exige le règlement, au service du personnel du...

Pour la seconde fois, je me permis de l'interrompre. Je n'aimais pas le voir contrôler la cadence de notre échange verbal.

— Mais il n'y a vraiment personne, c'est exact? demandai-je, aussi pressant que me le permettait mon rôle passif. Personne? Vous n'êtes pas allé à des réceptions, soirées, fêtes ou rencontres, officielles ou pas, à Londres ou ailleurs, voire même à l'étranger, auxquelles aurait pu vaguement assister un citoyen d'un pays de l'Est?

— Dois-je continuer à vous dire non?

— Pas si la réponse est oui, répliquai-je avec un sourire qu'il n'apprécia pas.

— La réponse est non. Non, non, non et non. Encore une fois, non. C'est compris?

— Merci. Je peux donc écrire « néant », c'est d'accord? Ce qui veut dire personne, pas même un Russe. Et vous pouvez signer. C'est bien ça?

— Oui.

— Ce qui veut dire non? suggérai-je, jouant médiocrement sur les mots. Je suis désolé, Cyril, mais nous devons vraiment être clairs comme de l'eau de roche, sinon le QG va nous tomber dessus de tout son poids. Regardez, j'ai tout écrit pour vous. Signez.

Je lui tendis mon crayon et il s'exécuta. Je voulais lui en inculquer l'habitude. Il me rendit mon calepin avec un sourire pitoyable. Il m'avait menti, et avait besoin de mon réconfort dans son malheur. Je le lui accordai, ne serait-ce, je l'avoue, que pour pouvoir mieux le lui reprendre très bientôt. Je rangeai mon calepin dans ma poche intérieure, me levai et m'étirai, comme pour annoncer une pause dans la séance, maintenant que nous avions réglé une question épineuse. Je massai un peu mon dos endolori, signe qu'on se fait vieux.

— Qu'est-ce que c'est ce trou que vous avez creusé dehors, Cyril? Vous construisez votre propre abri atomique? A mon avis, ce n'est plus vraiment nécessaire, par les temps qui courent.

Mon regard s'était porté sur une pile de briques neuves entassées dans un coin du lopin de terre boueux, recouverte d'une bâche nouée. Une tranchée inachevée, profonde d'un mètre environ, traversait la pelouse dans cette direction.

— Je *construis* un *bassin*, répliqua Frewin, heureux de saisir cette diversion. Il se *trouve* que j'adore *l'eau*.

— Un bassin avec des poissons rouges, Cyril?

— Un bassin *ornemental*.

Sa bonne humeur reprenait le dessus. Il se détendit, et sourit, un sourire si chaleureux et naturel que je me surpris à le lui rendre.

— Ce que je compte faire, Ned, commença-t-il en s'approchant amicalement de moi, c'est construire trois plans d'eau distincts, qui commenceront deux mètres au-dessus du niveau du sol et descendront jusqu'à cette tranchée par paliers de quarante-cinq centimètres. Ensuite, j'illuminerai chaque bassin par en dessous à l'aide de lampes dissimulées. Et puis je pomperai l'eau avec une pompe électrique. Et la nuit, au lieu de tirer les rideaux, je pourrai contempler mon petit spectacle privé de bassins et de cascades illuminés.

— Et passer de la musique! m'écriai-je, faisant pleinement écho à son enthousiasme. Je trouve ça formidable, Cyril. Génial. Je suis vraiment très impressionné. Je voudrais que ma femme voie ça. Au fait, c'était comment Salzbourg?

Il chancelle littéralement, pensai-je, en voyant sa tête se détourner de moi. Je le frappe, il chancelle, et j'attends qu'il reprenne ses esprits avant de le frapper à nouveau.

— Vous allez à Salzbourg écouter de la musique, m'a-t-on dit. C'est un peu La Mecque des mélomanes comme vous, m'a-t-on dit. Ils donnent des opéras, à Noël, ou vous y allez pour les chants religieux, les motets?

Ils ont dû boucler la rue, pensai-je en prenant conscience du silence de plomb. Je me demandai si Frewin, toujours en contemplation devant son jardin, songeait à la même chose.

— Qu'est-ce que ça peut vous faire? rétorqua-t-il.

Vous êtes ignare en musique, vous l'avez dit vous-même. Et un fouineur de première.

— Du Verdi? J'ai entendu parler de Verdi. Ou Mozart? Il était bien autrichien? J'ai vu le film. Je suis prêt à parier qu'ils vous donnent du Mozart à Noël. C'est obligé. Quels morceaux?

Nouveau silence. Je m'assis, et me préparai une nouvelle fois à écrire sous sa dictée.

— Vous y allez seul? demandai-je.

— Bien sûr.

— Toujours?

— Bien sûr.

— La dernière fois aussi?

— Oui!

— Vous passez le séjour tout seul?

— Moi? s'exclama-t-il dans un gros éclat de rire. Vous plaisantez! Pas moi! Il y a des petites danseuses qui m'attendent dans ma chambre quand j'arrive. On les change tous les jours.

— Mais vous écoutez de la musique soir après soir, comme vous l'aimez?

— Et qui décide de ce que j'aime?

— Et ça, quatorze soirs de suite. Enfin, douze, si on compte le voyage.

— Peut-être douze, peut-être quatorze. Peut-être treize. Qu'est-ce que ça peut bien vous faire?

Il était encore sous le choc. Sa voix semblait très lointaine.

— C'est donc pour ça que vous y allez. A Salzbourg. Et pour ça que vous payez. Oui? C'est bien ça, Cyril? Faites-moi un signe, s'il vous plaît, Cyril. J'ai constamment l'impression de perdre le contact avec vous. Et c'est aussi pour ça que vous y êtes allé à Noël dernier?

Il approuva de la tête.

— Des concerts, soir après soir? De l'opéra? Des chants de Noël?

— Oui.

— Le seul problème, figurez-vous, c'est que d'après le QG vous n'êtes resté qu'une nuit. Vous êtes arrivé le premier soir, comme prévu, et vous êtes reparti le lendemain matin. Vous avez payé votre chambre rubis sur l'ongle, les deux semaines complètes, mais l'hôtel n'a pas vu le bout de votre nez entre le deuxième jour et votre retour à la fin de vos vacances. Donc, à juste titre, il faut bien le reconnaître, le QG veut savoir où vous étiez fourré, nom de Dieu ! lançai-je, avant de jouer mon coup le plus audacieux depuis le début. Où, et avec qui. Ils demandent s'il y a quelqu'un dans votre vie. Comme Boris et Olga, mais en chair et en os.

Je tournai encore deux ou trois pages de mon calepin, et dans le silence profond, ce bruissement produisit l'effet d'une chute de briques. La terreur de Frewin me gagnait, tel un mal contagieux. Seule une mince cloison nous séparait de la vérité, et pourtant, celle-ci semblait inspirer autant d'effroi à l'homme qui essayait de la maintenir à l'extérieur, qu'à moi qui essayais de l'attirer à l'intérieur.

— Il nous suffit de coucher tout ça sur le papier, Cyril. Après, nous n'en parlerons plus. Rien de tel que de mettre quelque chose noir sur blanc pour s'en débarrasser, croyez-moi. Ce n'est pas un crime d'avoir un ami. Même s'il est étranger, ce n'est pas un crime, pourvu que son nom soit consigné. C'est bien un étranger, si je ne m'abuse ? Mais je sens comme une légère hésitation en vous. Ça ne doit pas être un ami ordinaire, à mon avis, si vous avez sacrifié toute cette musique pour le voir.

— Il n'est nulle part. Il n'existe pas. Il a disparu. Je le dérangeais.

— En tout cas, il n'avait pas encore disparu à Noël, n'est-ce pas ? Pas si vous étiez ensemble. Il était autrichien, Cyril ?

Frewin restait inerte. Un mort avec les yeux ouverts. Je lui avais porté un coup de trop.

— Bon, alors il était français, suggérai-je d'une voix plus forte pour essayer de l'arracher à son introspection. C'était un mangeur de grenouilles, votre copain, Cyril ? Ça, ça ne les dérangerait pas, même s'ils n'en raffolent pas. Allons, Cyril... peut-être un Yankee ? Ils ne pourraient rien dire contre un Amerloque !

Pas de réponse.

— Pas un Irlandais, au moins ? repris-je. J'espère que non, dans votre intérêt !

Je me chargeai de rire à sa place, mais rien ne le tirait de sa torpeur. Toujours devant la fenêtre, il avait replié le pouce, et en pressait le jointure sur son front, comme pour y imprimer l'impact d'une balle. Avait-il murmuré quelque chose ?

— Je n'ai pas bien saisi, Cyril.

— Il est au-dessus de tout ça.

— Au-dessus des nationalités ?

— Il est au-dessus de ça.

— Vous voulez dire que c'est un diplomate ?

— Il n'est pas *venu* à Salzbourg, vous êtes bouché ou quoi ? hurla-t-il en faisant volte-face. Vous êtes vraiment taré, vous savez. Laissons tomber les réponses, vous n'êtes pas foutu de poser les questions correctement. Pas étonnant que ce soit la pagaille dans ce pays. Où est passé votre jugeote ? Et votre compréhension, votre humanité, pour changer un peu !

Je me levai à nouveau. Lentement. L'obliger à me regarder. Me masser le dos encore une fois. Je traversai nonchalamment la pièce. Je secouai la tête, l'air de dire que tout cela ne mènerait à rien.

— J'essaie de vous aider, Cyril. Vous êtes allé à Salzbourg passer des vacances, premier scénario. Mais de là vous êtes parti ailleurs, eh bien, c'en est un autre. Supposons que votre copain soit italien. Si vous avez prétendu aller à Salzbourg et que vous soyez allé, oh, je ne sais pas, moi, à Rome, disons, ou à Milan, ou même Venise, eh bien, c'est encore un autre scénario. Je ne peux pas faire tout le travail à votre place. Ce n'est pas juste, et ils ne m'en seraient pas franchement reconnaissants.

Les yeux écarquillés, il transférait sa folie sur moi, et s'adjugeait le rôle de l'homme sain d'esprit. Je bourrai à nouveau ma pipe avec une concentration extrême, tout en continuant de parler.

— Vous êtes un homme difficile à satisfaire, Cyril, fis-je en tassant le tabac du bout de l'index. Vous êtes un provocateur, si vous voulez savoir. « Ne me touchez pas ici, retirez votre main de là, vous pouvez faire ça, mais une fois, pas plus. » De quoi ai-je le droit de parler, à la fin ?

Je craquai une allumette et l'approchai du fourneau. Ce faisant, je vis que Frewin appuyait maintenant ses phalanges sur ses yeux pour s'évader de la pièce. Mais je fis semblant de ne pas m'en apercevoir.

— Bon, oublions Salzbourg. Si Salzbourg est un point sensible, mettons-le de côté et revenons-en à vos Rideaux de fer. Oui ? D'accord ?

Ses mains glissèrent lentement le long de son visage. Pas de réponse, mais pas de refus catégorique non plus. Je continuai de parler. C'est ce qu'il souhaitait ? Je sentais qu'il prenait appui sur mes paroles comme sur une passerelle entre le monde réel et son propre enfer intérieur. Il avait besoin que je fasse la conversation pour nous deux. Je compris que je devais aussi faire sa confession à sa place, c'est pourquoi je décidai de jouer mon va-tout.

— Supposons donc, à titre d'hypothèse, Cyril, que nous ajoutions le nom de Sergueï Modrian à cette liste pour en finir, suggérai-je d'un ton détaché, étouffant presque mes mots afin de ne pas paraître menaçant. Juste pour être tranquilles, ajoutai-je gaiement. Qu'en dites-vous ?

Il gardait la tête baissée, le visage détourné. Poursuivant allégrement, je développai cette dernière suggestion destinée à satisfaire le QG.

— « Bon allez, ça va, on leur dit. Prenez votre foutu M. Modrian. Ne jouez plus au chat et à la souris avec nous, et on se mettra sagement à table. Emportez-le sous le bras et disparaissez. Ned et Cyril ont du travail à faire. »

Il semblait se balancer au bout d'une corde, avec un rictus de pendu. Dans le profond silence qui s'était abattu sur le quartier, j'avais la sensation d'entendre mes paroles résonner sur les toits. Mais apparemment Frewin les avait à peine saisies.

— C'est sur Modrian qu'ils veulent des aveux, Cyril, continuai-je posément. Ils me l'ont dit. Si vous dites oui pour Modrian, et si j'inscris son nom, ce que je suis en train de faire, et vous m'y autorisez, et je remarque que vous ne m'arrêtez pas, n'est-ce pas ? alors personne ne peut nous accuser de ne pas être parfaitement francs avec eux. « Oui, je suis un copain de Sergueï Modrian, et je vous emmerde tous autant que vous êtes. » Qu'en dites-vous ? « Et en plus je suis allé avec lui à tel endroit, et on a fait ceci, on a fait cela, on a décidé de faire d'autres choses encore, et on a passé de bons moments, ou pas. Et puis, à quoi bon toute cette histoire de glasnost si on m'interdit toujours de fréquenter un Russe extrêmement civilisé ? » Ça vous va ? Ne vous occupez pas des blancs dans l'immédiat, on les remplira plus tard. D'après moi, le QG n'aura plus qu'à classer le dossier jusqu'à l'année prochaine, et nous pouvons tous profiter tranquillement de notre week-end.

— Pourquoi ?

Je feignis de ne pas comprendre.

— Pourquoi classeraient-ils le dossier dans ce cas ? demanda-t-il, assailli de soupçons. Quand ils se sont montrés tels qu'ils sont ? Ils ne vont pas changer d'avis et dire : « Après tout, à quoi bon ? » Personne ne le fait. Pas après l'attitude qu'ils ont eue. Ils restent les mêmes. Ils ne changent pas. C'est impossible.

— N'exagérons rien, Cyril !

Il était plongé dans ses pensées et devenait difficile à atteindre.

— Cyril, vous m'entendez ?

— Quoi donc ? Que se passe-t-il ? Ne criez pas.

— Quel mal y a-t-il à être russe, de nos jours ? Le QG serait rudement inquiet si Sergueï était un bouffeur de grenouilles ! Quand j'ai suggéré un Français tout à l'heure, c'était un piège. Je le regrette maintenant, je vous fais mes excuses. Mais un Russe, de nos jours... bon sang, on n'en est même plus au stade de nations amies, on est carrément partenaires ! Vous, vous connaissez le QG. Ils sont toujours à la traîne. Et Gorst aussi. Notre rôle à nous, c'est de lancer les modes. Vous m'entendez, Cyril ?

Et ce fut alors que, pendant un instant, je crus avoir perdu la partie, perdu sa complicité, sa dépendance à mon égard, la confiance qu'il s'était efforcé de m'accorder. Il passa près de moi tel un somnambule pour aller de nouveau se poster devant sa baie, et de là contempler son bassin à demi creusé, et tous les autres rêves à demi concrétisés de son existence, dont il devait à présent savoir qu'ils resteraient à jamais inachevés.

Puis, à mon grand soulagement, il se mit à parler. Pas de ce qu'il avait fait. Ni avec qui. Mais pourquoi.

— Vous ne pouvez pas imaginer ce que c'est d'être enfermé à longueur de journée avec un tas de crétins, n'est-ce pas ?

Je crus d'abord qu'il se plaignait de son sort à venir, mais finis par comprendre qu'il parlait du Réservoir.

— Écouter leurs plaisanteries obscènes toute la journée, être asphyxié par la fumée de leurs cigarettes et leurs mauvaises odeurs ? Pas vous, vous êtes un privilégié, même si vous vous donnez des airs de sous-fifre. Jour après jour, les entendre ricaner pour des histoires de nichons, de petites culottes, de règles et de cinq à sept ? « Allez, le Saint, raconte-nous-en une salée pour changer ! Je te parie qu'il cache bien son jeu, le Saint ! C'est quoi ton truc ? Les petites collégiennes ? Les parties fines ? Qu'est-ce que le Saint s'offre comme fantaisie, le samedi soir ? »

Il avait retrouvé toute son énergie, et avec elle, à ma grande surprise, un don insoupçonné d'imitateur. Il faisait des mines, jouait les grandes folles, son visage glabre déformé par un sourire horriblement niais.

— « Eh, le Saint, tu connais la devise des scouts ? Toujours prêt à se faire leur trou sous la tente ! Elle est bonne, celle-là, non ? » Vous ne pouvez pas savoir, vous, n'est-ce pas ? « Eh, le Saint, tu lui fais faire un peu d'exercice, de temps en temps ? Tu la tripotes un peu, des fois, juste pour être sûr qu'elle est encore là ? Ça rend aveugle, tu sais. Elle finira par tomber. Je parie que t'en as une grosse, pas vrai ? Une vraie trique d'âne, qui te descend tout le long de la jambe et que tu cases dans ton fixe-chaussettes ! » Vous n'avez jamais connu ça, toute la journée, au bureau, à la cantine, n'est-ce pas ? Vous êtes un gentleman. Vous savez ce qu'ils m'ont donné le premier avril ? Un top secret en provenance de Paris, message personnel pour Frewin, à déchiffrer soi-même en manuel, ha, ha. *Procédure prioritaire 69*, vous avez saisi l'astuce. Moi pas, sur le moment. Alors je vais dans la cabine, et je sors les livres de codes, d'accord? Et je déchiffre le texte, d'accord? Manuellement. Tous les autres ont le nez sur leurs papiers. Personne ne rit, personne ne vend la mèche. Je décrypte les six premiers groupes, et c'est des obscénités, une histoire cochonne de capote anglaise. C'était Gorst qui avait arrangé le coup. Il avait fait envoyer le message spécialement par les gars de l'ambassade à Paris, pour me faire une farce. « Doucement, le Saint, du calme, fais-nous un petit sourire. C'était seulement une blague, le Saint, ne le prends pas mal! » C'est aussi ce qu'on m'a dit au service du Personnel quand je suis allé me plaindre. Ce sont des plaisanteries de potaches, m'a-t-on dit. Les blagues, c'est bon pour le moral. Prenez-le comme un compliment, m'a-t-on dit, soyez beau joueur. Si je n'avais pas eu ma musique, ça fait longtemps que je me serais supprimé. J'y ai sérieusement pensé, je ne vous le cache pas. Le problème, c'est que je n'aurais pas pu voir leur tête quand ils auraient découvert les conséquences de leurs actes.

Il faut deux choses pour faire un traître, m'avait un jour fait amèrement remarquer Smiley, à l'époque où Haydon avait trahi le Cirque. Un objet de haine, et un objet d'amour. Frewin m'avait parlé de l'objet de sa haine. A présent, il parlait de l'objet de son amour.

— J'avais fait le tour du monde, cette nuit-là. Porto Rico, le Cap-Vert, Johannesburg. Et rien ne me plaisait. En principe, je préfère les amateurs, les bonimenteurs. Ils ont plus d'esprit, et j'aime ça, comme je vous l'ai dit. Je ne savais même pas que c'était déjà le matin. J'ai des rideaux épais en haut, qui valent trois cents livres, des doubles rideaux. Le calme, c'est un vrai bonheur pour moi après le Réservoir.

Il arborait un sourire différent, tel un petit garçon le jour de son anniversaire.

— « Bonjour à toi, Boris, mon ami! dit Olga. Comment ça va ce matin? » Puis elle le répète en russe, et Boris répond qu'il se sent un peu déprimé. Oui, il est souvent déprimé, Boris. C'est l'âme slave. Olga prend soin de lui, remarquez. Il lui arrive de le taquiner, mais ce n'est jamais méchant. Ils se disputent aussi de temps en temps. Enfin, c'est bien naturel, vu qu'ils font tout ensemble. Mais ils se réconcilient toujours avant la fin de l'émission. Pas de rancune d'un jour sur l'autre. Olga n'en serait pas capable, à vrai dire. Avec Olga, on crève l'abcès et on n'en parle plus. Après, ils en rient ensemble. Ils sont comme ça. Constructifs. Amicaux. Polis. Et mélomanes, évidemment, on pouvait s'y attendre avec des Russes. Je n'appréciais pas vraiment Tchaïkovski jusqu'à ce qu'ils en discutent. Après, j'ai immédiatement changé d'avis. Boris a des goûts musicaux assez éclairés. Par contre, Olga est un peu trop bon public. Cela dit, ce ne sont que des acteurs, j'imagine, qui lisent leur texte. Mais on finit par l'oublier quand on les écoute pour apprendre leur langue. On croit en eux.

Et on envoie ses devoirs, disait-il.

Pour une correction gratuite et des conseils, disait-il.

On n'a même plus besoin d'écrire à Moscou après la première fois. Ils ont un numéro de boîte postale au Luxembourg.

Il avait sombré dans le silence, mais son silence n'avait rien d'inquiétant. Néanmoins, je commençais à craindre que sa transe ne prenne fin trop tôt. Je sortis de son champ de vision, pour me placer derrière lui dans un coin de la pièce.

— Quelle adresse leur avez-vous donnée, Cyril?

— Celle-ci, bien sûr. Quelle autre adresse pourrais-je leur donner, sinon? Une maison de campagne dans le Shropshire? Une villa à Capri?

— Vous leur avez aussi donné votre vrai nom ?

— Bien sûr que non. Enfin, Cyril, oui. N'importe qui peut s'appeler Cyril.

— Bien joué. Cyril qui ?

— Nemo, m'annonça-t-il fièrement. C. Nemo. En latin, ça veut dire « personne », au cas où vous l'ignoreriez.

C. Nemo. Comme D. Patriotes, peut-être.

— Avez-vous précisé votre activité ?

— Pas la vraie. Quel idiot vous faites, encore !

— Alors qu'avez-vous mis ?

— Musicien.

— Vous ont-ils demandé votre âge ?

— Évidemment. C'est indispensable. Il faut qu'ils sachent si vous êtes en âge de recevoir le prix, si jamais vous le décrochez. Ils ne peuvent pas le donner à des mineurs, n'est-ce pas ? C'est impossible.

— Et votre situation de famille ? Marié ou célibataire ? Vous leur avez dit, aussi ?

— Bien obligé, puisque le prix peut revenir à un *couple* ! Ils ne peuvent pas attribuer un prix à quelqu'un et laisser sa femme en rade, ce ne serait pas courtois.

— Quel type de devoirs avez-vous envoyé, la première fois, par exemple, vous vous souvenez ?

Il choisit de s'indigner à nouveau de ma stupidité.

— Espèce d'abruti ! Qu'est-ce que vous croyez que je leur ai envoyé ? Des putains de logarithmes ? Vous écrivez, vous recevez des formulaires, vous vous inscrivez, vous obtenez le numéro de la boîte postale, vous recevez le livre, et vous faites partie du groupe. Après ça, vous suivez les instructions de Boris et Olga dans l'émission, non ? « Complétez l'exercice page neuf. Répondez aux questions page douze. » Vous n'êtes donc jamais allé à l'école ?

— Et vous étiez bon. D'après le QG, vous avez un

cerveau encyclopédique, quand vous vous y mettez. Ils me l'ont dit.

Je commençais à savoir combien il appréciait la flatterie.

— J'étais *plus* que bon, en fait, merci le QG. Ça vous *intéressera* d'apprendre que je n'étais pas loin d'être leur *meilleur élève*. Certains *professeurs* m'ont adressé certaines *remarques*, qui étaient parfois très élogieuses, ajouta-t-il avec ce sourire un peu dément qu'il affichait quand on le complimentait. Si vous voulez vraiment savoir, ça m'a drôlement excité d'arriver un lundi matin au Réservoir avec un de leurs petits *mots* en poche, sans en parler. Je me disais : Je pourrais vous en raconter une bien bonne. Mais je ne l'ai pas fait. Je préférais garder mon secret. Garder mes amis. Je n'allais pas laisser ces ostrogoths faire des commentaires obscènes sur Olga et Boris, non merci.

— Et vous avez répondu à ces professeurs?

— Seulement en tant que Nemo.

— Mais à part ça, vous avez joué franc-jeu avec eux? demandai-je, pour tenter de découvrir quelles contraintes il s'était imposées, à supposer qu'il l'eût fait, en se lançant dans cette première histoire d'amour illicite. Je veux dire, s'ils vous posaient une question directe, vous leur donniez une réponse directe. Vous ne faisiez pas le timide.

— Non, je ne faisais *pas* le timide. Je n'avais aucune *raison*. Je prenais grand soin d'être aussi courtois que mes professeurs. Certains étaient des universitaires, des académiciens. Je leur étais *reconnaissant* et je *m'appliquais*. C'était la moindre des choses, étant donné qu'il n'y avait pas de frais de scolarité, et qu'ils faisaient un travail bénévole, dans l'intérêt de la compréhension entre les peuples.

Le chasseur en moi se réveillait. J'imaginais les tactiques qu'ils avaient dû employer pour le tenir en haleine. Je cherchais comment je m'y serais pris avec lui si le Cirque avait conçu un plan aussi parfait.

— Et j'imagine qu'au vu de vos progrès, ils vous ont fait passer des exercices du livre à des travaux plus ambitieux... des rédactions, des dissertations?

— Quand le Conseil des professeurs à Moscou a estimé que j'étais mûr, oui, ils m'ont permis d'aborder l'expression écrite.

— Vous vous souvenez des sujets?

— Vous croyez vraiment que j'aurais pu les oublier? s'exclama-t-il avec son rire hautain. Cinq nuits par sujet, et avec le dictionnaire, en plus! Deux heures de sommeil au mieux! Réfléchissez, Ned, allons.

J'émis un petit rire penaud, tout en écrivant sous sa dictée.

— Le premier s'intitulait « Ma Vie. » Je leur ai parlé du Réservoir, sans citer de noms, bien sûr, ni la nature de notre travail, cela va sans dire. Mais je dois avouer qu'une certaine pointe de critique sociale s'y glissait. J'ai pensé que le Conseil avait le droit de savoir, surtout avec la glasnost sur les rails, et la détente générale au profit de l'humanité tout entière.

— Quel était le suivant?

— « Ma Maison. » Je leur ai parlé des plans que j'avais faits pour le bassin. Ça leur a bien plu. Et je leur ai dit que je faisais la cuisine. L'un d'entre eux est un chef assez renommé. Après ça, j'ai eu « Mon Passe-Temps favori », ce qui aurait pu être redondant, mais en fait, non.

— Vous avez décrit votre amour de la musique, je suppose?

— Raté.

La suite de sa réponse résonne encore aujourd'hui dans mes oreilles. Une accusation, un cri de compassion poussé par un compagnon d'infortune, une prière aveugle lancée aux cieux par un homme qui, comme moi, avait désespérément besoin d'amour avant qu'il ne soit trop tard.

— J'ai choisi « Les Relations humaines » comme passe-temps favori, si vous voulez vraiment savoir! dit-il, son sourire dément se peignant aussitôt sur son visage. J'ai expliqué que le fait de ne pas avoir souvent *connu* de belles relations humaines dans ma vie ne m'avait pas *empêché* de savourer les rares occasions que j'avais eues de les cultiver.

Il sembla oublier qu'il avait parlé, car il partit sur une autre idée, en des termes que j'aurais pu appliquer à Sally.

— J'avais le sentiment d'avoir *renoncé* à quelque chose dans ma vie que je désirais *maintenant* retrouver.

— Et ils ont aussi admiré votre travail au niveau supérieur? Ont-ils été impressionnés? demandai-je, notant tout avec application.

Il affichait à nouveau son large sourire narquois.

— Raisonnablement, je présume. Relativement. Plus ou moins. Dans une certaine mesure, bien sûr.

— Pourquoi cette présomption?

— Parce que, contrairement à d'autres, ils ont eu l'élégance et la générosité de témoigner leur satisfaction. Voilà pourquoi.

Et ils la lui témoignèrent, dit Frewin sans que j'aie besoin d'insister. Ils la lui témoignèrent en la personne d'un certain Sergueï Modrian, premier secrétaire aux Affaires culturelles de l'ambassade soviétique à Londres, en sa qualité de fidèle émissaire local de Radio-Moscou, envoyé pour exaucer les vœux de Frewin.

Comme toutes les bonnes fées, Modrian arriva sans crier gare à la porte de Frewin, dans la grisaille humide d'un samedi de novembre, les bras chargés des présents afférents à sa noble fonction : une bouteille de vodka Moskosvskaïa, une boîte de caviar Sevrouga, et un livre d'art mal imprimé sur les ballets du Bolchoï. Ainsi qu'une lettre superbement dactylographiée nommant à titre honorifique C. Nemo étudiant de l'université d'État de Moscou, en reconnaissance de ses progrès exceptionnels dans la langue russe.

Mais le plus beau cadeau de tous était la personnalité magique de Modrian, rompu par habitude à nouer ces relations humaines que Frewin avait appelées de toute son âme dans la composition pour laquelle le Conseil lui avait attribué le grand prix.

Nous étions arrivés à destination. Frewin était calme. Frewin triomphait. Ne fût-ce que pour un temps, Frewin était comblé. Sa voix s'était libérée de ses entraves, son visage ordinaire s'éclairait du sourire d'un homme qui a connu le véritable amour et désire ardemment faire part de sa chance à autrui. Si un seul être au monde m'avait inspiré ce même sourire, j'eusse été un autre homme.

– *Modrian*, Ned? Sergueï Modrian? Oh, Ned, vous savez, c'était le haut du panier. Au premier coup d'œil, j'ai compris. Je me suis dit : Pas de demi-pointures, là, c'est la grande classe. Nous avions le même sens de l'humour, c'était évident dès le départ. Caustique. Lucide. Les mêmes goûts, aussi, y compris en matière de compositeurs. Dans la vie, ajouta-t-il avec un ton qui se voulait plus détaché, si j'en crois mon expérience, il est extrêmement *rare* que deux êtres humains soient en parfaite harmonie à tous points de vue... si l'on exclut les femmes. Dans ce domaine, l'expérience de Sergueï dépassait largement la mienne. Son attitude envers les femmes..., commença-t-il en s'efforçant de marquer sa désapprobation. Voilà ce que j'en dirais : Si n'importe qui d'autre avait agi de même, j'aurais eu du mal à approuver.

— Vous a-t-il présenté des femmes, Cyril ?

Son visage revêtit soudain une expression de profond dégoût.

— Certainement pas, merci bien. Je ne le lui aurais pas permis. Et d'ailleurs, il n'aurait pas considéré que de telles rencontres entraient dans le cadre de notre relation.

— Pas même lors de vos séjours communs en Russie ? hasardai-je, franchissant une nouvelle étape à sa place.

— Ni ici ni ailleurs, merci bien. A vrai dire, ça aurait tout gâché, tout détruit.

— Donc ce ne sont que des rumeurs, ce qu'on raconte sur les conquêtes de Sergueï ?

— Absolument pas. Sergueï m'en a parlé lui-même. Sergueï Modrian avait une attitude totalement impitoyable envers les femmes. Ses collègues me l'ont confirmé à titre confidentiel. Impitoyable.

Je trouvai le temps de m'émerveiller de la finesse psychologique de Modrian ; ou bien était-ce celle de ses maîtres ? Entre Modrian l'impitoyable don Juan et Frewin l'impitoyable misogyne, il existait en effet un lien naturel.

— Ainsi vous avez également rencontré ses collègues, dis-je. A Moscou, je suppose. A Noël.

— Seulement ceux auxquels il faisait confiance. Leur respect envers lui était incroyable. Ou bien à Leningrad, d'ailleurs. Je n'allais pas faire le difficile. J'étais un invité couvert d'honneurs. J'acceptais tout ce qu'ils avaient prévu pour moi.

Je ne levai pas les yeux de sur mon calepin. Dieu sait ce que j'étais alors en train d'écrire. Du charabia. Par la suite, il y eut des passages entiers dont je fus incapable de déchiffrer le moindre mot.

— Et tout cela en l'honneur de vos remarquables

talents linguistiques, Cyril ? fis-je du ton le plus neutre possible. Ou bien rendiez-vous déjà de petits services à Modrian ? Par exemple, lui fournir des renseignements ou autre chose. Ou traduire certains textes pour lui, et caetera. Beaucoup le font, à ce qu'on dit. Ils n'y sont pas autorisés, bien entendu. Mais enfin, on ne peut pas reprocher aux gens de vouloir aider la glasnost maintenant qu'elle est en route. Nous l'avons attendue assez longtemps. Seulement, il faut que je fasse un historique précis, Cyril. Sinon, ils vont m'écorcher vif.

Je n'osais pas lever les yeux, me contenant de noircir du papier. Je tournai une page et écrivis : *continue à parler, continue à parler, continue à parler*. Toujours les yeux baissés.

Je l'entendis murmurer quelque chose que je ne compris pas bien. Je l'entendis marmonner : « Ce n'est pas *vrai*. Je n'ai pas fait ça, jamais de la vie. » Je l'entendis protester d'une voix plus forte : « Ne *dites* pas ça, compris ? Ne redites jamais ça, vous et votre QG. Lui donner des renseignements, qu'est-ce que ça veut dire ! Je n'accepte pas ces termes. *Je vous parle, Ned !* »

Je levai les yeux, mâchonnant ma pipe avec un sourire.

— Vraiment, Cyril ? Mais oui, bien sûr. Veuillez m'excuser. Pour tout vous dire, vous êtes mon sixième client de la semaine. Ils sont tous en pleine glasnost en ce moment, c'est la mode. Je commence à sentir le poids des années.

Il prit le parti de me réconforter. Il s'assit. Pas dans le fauteuil, mais sur l'accoudoir. Il prit un air paternel pour me parler d'ami à ami, qui me rappelait mon directeur d'école primaire.

— Vous seriez plutôt un libéral, n'est-ce pas, Ned ? Du moins vous en avez le profil, même si vous avez tendance à lécher les bottes du QG.

— Oui, concédai-je. On peut dire que je suis une sorte de libre penseur, dans mon genre. Mais je dois bien sûr veiller à ne pas compromettre ma retraite.

— Absolument. Vous êtes partisan d'une économie mixte, n'est-ce pas ? Vous n'aimez pas plus que moi la pauvreté publique et la richesse privée. Les hommes avant les idéologies, vous y croyez, aussi ? Arrêter le train du capitalisme qui a déraillé et qui détruit tout sur son passage ? Bien sûr que vous y croyez ! Vous devez vous soucier de l'environnement, c'est probable. Les castors, les baleines, les manteaux de fourrure, les centrales électriques. Et vous devez même avoir une certaine utopie du partage, tant qu'il n'y a pas trop de répercussions. Frères et sœurs marchant tous ensemble vers des buts communs, la culture et la musique pour tous ! La liberté de mouvement, et le choix de ses allégeances ! Vive la paix ! Voilà, voilà !

— Tout cela me paraît tenir la route.

— Vous n'êtes pas assez âgé pour avoir vécu les années trente, moi non plus. Sinon, j'aurais été contre. Nous sommes des *types bien*, voilà tout. Des *types raisonnables*. Et Sergueï aussi. Vous et Sergueï, je le vois sur votre visage, Ned, ce n'est pas la peine d'essayer de le cacher, vous êtes de la même trempe. Alors n'allez pas me peindre en noir et vous en blanc, parce qu'au fond nous sommes du même avis, comme Sergueï et moi. Unis contre la méchanceté, l'absence de culture, les obscénités. « Nous sommes l'aristocratie méconnue », voilà comment Sergueï nous appelait. Il avait raison. Et vous en faites partie également, c'est tout ce que je veux dire. Car enfin, qui d'autre y a-t-il ? Qui offre une solution de remplacement pour ce que nous voyons autour de nous chaque jour, la dégradation, le gaspillage, l'irrévérence ? Qui allons-nous écouter là-haut dans le grenier, la nuit, en tripotant les boutons ? Certainement pas les yuppies. Ni la bande des coqs en pâte au pouvoir, qu'est-ce qu'ils ont à dire ? Pas l'école des gagnez-plus-dépensez-plus-vivez-plus, ils ne sont d'aucun secours. Pas la brigade des culottes-nichons non plus. Et nous n'allons pas nous convertir vite fait bien fait à l'islam, pas tant qu'ils se piquent des pays les uns aux autres et qu'ils utilisent des armes chimiques. Bon, alors, vers qui peut se tourner un homme sensible, un homme de conscience, maintenant que les Russes négligent leurs responsabilités un peu partout et endossent le cilice ? Qui va prendre la relève ? Qu'est-il advenu des idéaux ? De l'entraide ? De l'amitié ? Il faut que quelqu'un comble le vide. On ne peut pas me laisser tomber. Je ne peux pas rester seul. Pas après Sergueï, Ned, j'en mourrais. Pour moi, Sergueï était l'homme qui comptait le plus au monde. Sergueï était tout pour moi, le boire, le manger et le rire. Lui seul donnait un sens à ma vie. Que va-t-il se passer ? Voilà ce que je veux savoir. Il y a des têtes qui pourraient tomber, à mon avis. Sergueï avait une idéologie. Je ne vois pas ça en vous, du moins je ne crois pas. Je l'entrevois, comme un désir fugitif, et puis je n'en suis plus du tout certain. Je ne sais pas si vous avez l'étoffe.

— Mettez-moi à l'essai.

— Je ne sais pas si vous avez l'esprit. L'élan. J'y ai pensé quand vous êtes entré. Je vous ai comparé à Sergueï, et je dois dire que je ne vous ai pas trouvé à la hauteur. Sergueï n'est pas entré en traînant les pieds comme une chiffe molle ; il m'a pris d'assaut. Il sonne, il entre avec l'assurance du propriétaire des lieux, il s'assoit au même endroit que vous, mais l'air plus éveillé, encore qu'il ne restait jamais assis très longtemps, pas Sergueï, il ne tenait pas en place, même à l'opéra. Puis il me fait une grimace espiègle et lève son verre de vodka. « Félicitations, monsieur

Nemo. Ou puis-je vous appeler C. ? Vous avez gagné le concours, et je suis le premier prix. »

Frewin s'essuya la bouche du revers de la main, et je me rendis compte qu'il effaçait ainsi un large sourire.

— Oui, reprit-il. C'était un artiste de haut vol, Sergueï.

Il riait, et je l'imitai. Je songeais que Modrian était l'image de sa fausse liberté, comme Sally la mienne.

— Il n'avait même pas ôté son manteau, poursuivit-il. Il est allé droit au but. « Bien, la première chose dont il faut que nous parlions, c'est la cérémonie. Pas de tape-à-l'œil, monsieur Nemo, juste deux ou trois de mes amis, qui se trouvent être Boris et Olga, plus un ou deux hauts dignitaires du Conseil, et une petite réception pour quelques-uns de vos nombreux admirateurs à Moscou. »

« "A votre ambassade? j'ai dit. Il n'est pas question que j'y mette les pieds. Ils me tueraient, au bureau. Vous ne connaissez pas Gorst."

« "Non, non, monsieur Nemo! me répond-il. Non, non, monsieur C. Je ne suis pas en train de vous parler de l'ambassade... on s'en fiche de l'ambassade! Je vous parle de l'école des langues étrangères de l'université d'État de Moscou, et de votre investiture officielle en tant qu'étudiant honoraire, avec tous les honneurs civils."

« D'abord, j'ai cru que j'étais mort. Mon cœur avait cessé de battre. Je le sentais. Malgré mon poste au Foreign Office, je n'étais jamais allé plus loin que Douvres, alors la Russie... "Aller à Moscou? j'ai dit. Mais vous êtes fou! Je suis un employé du chiffre, pas un dirigeant syndical bourré d'ulcères. Je ne peux pas aller à Moscou comme ça, impromptu. Même s'il y a un prix à la clé, Olga et Boris impatients de me serrer la main, et un titre d'étudiant, que sais-je encore! Vous n'avez pas l'air de saisir la situation du tout. Je fais un travail très délicat. Les collègues ne le sont pas vraiment, eux, mais le travail, oui. J'ai constamment et régulièrement accès à des documents top secret ou ultra-secrets. Je ne suis pas le premier péquin venu, qui peut prendre votre avion pour Moscou sans que personne s'en aperçoive. Je croyais l'avoir expliqué dans mes dissertations, enfin, certaines."

« "Alors venez à Salzbourg, propose-t-il. Qu'importe la dépense ? Prenez un avion pour Salzbourg ; dites que vous allez écouter de la musique, et rejoignez discrètement Vienne. J'aurai les billets d'avion. D'accord, c'est un vol Aeroflot, mais il ne dure que deux heures. Pas d'histoire avec les passeports à l'arrivée, nous ferons notre cérémonie en famille, personne n'en saura rien." Et puis il me tend un document, comme un rouleau de parchemin, avec les coins noircis. L'invitation officielle, signée par le Conseil au grand complet, en anglais d'un côté, en russe de l'autre. Moi, je lis l'anglais, je n'ai pas honte de le dire. Je n'allais pas me plonger dans le dictionnaire sous ses yeux pendant une heure. J'aurais eu l'air d'un imbécile fini, moi le brillant étudiant en langues.

Il s'interrompit un instant. L'air un peu honteux, pensai-je.

— Et là, je lui ai dit mon nom, avoua-t-il. Je n'aurais pas dû, je sais, mais j'en avais assez d'être Nemo. Je voulais être moi.

Vous allez maintenant devoir me perdre un instant, comme je perdis Cyril. Jusqu'alors, j'avais réussi à suivre le fil de ses références, voire à les devancer audacieusement. Or soudain, il faisait une échappée, et j'avais du mal à soutenir le rythme de sa course. Il était en Russie, mais pas moi. Il ne m'avait pas prévenu que nous allions là-bas. Il parlait de Boris et Olga, non plus de leur voix mais de leur apparence. Il racontait que Boris l'avait serré dans ses bras, qu'Olga lui avait donné un baiser à la russe, discret mais sincère. En règle générale, il n'aimait pas les baisers, Ned, mais avec les Russes, ce n'était pas le genre de baisers dont parlait Gorst, alors, cela n'avait rien de gênant. On finissait même par s'y attendre, Ned, puisque tout cela faisait partie de la camaraderie à la russe. Frewin paraissait rajeuni de vingt ans. Il racontait ce que c'était d'être entouré de prévenances, après tous ces anniversaires qu'on ne lui avait jamais fêtés. Olga et Boris en chair et en os, Ned. Très simples, tout à fait naturels, comme dans les leçons.

— Elle m'a dit : « Toutes mes félicitations pour vos progrès absolument phénoménaux dans l'apprentissage du russe, Cyril. » Enfin, il y avait des interprètes, évidemment, je n'étais pas *si* avancé que ça, comme je le lui ai dit. Boris m'a passé le bras autour des épaules et m'a dit : « Nous sommes fiers de pouvoir vous aider, Cyril. Beaucoup de nos étudiants abandonnent en cours de route, mais les autres compensent largement. »

J'avais enfin réussi à assembler les pièces du puzzle, recomposé la scène qu'il me brossait à grands coups de pinceau : son premier Noël en Russie, et sans nul doute, le premier bon Noël de sa vie entière, avec Sergueï Modrian jouant les maîtres de cérémonie à son côté. Ils sont dans une grande pièce quelque part à Moscou, avec lustres, discours et remise de prix, cinquante figurants de la troupe du Centre Moscou triés sur le volet, et Frewin au paradis, exactement comme le souhaite Modrian.

Puis, aussi brusquement que Frewin m'avait régalé de ce souvenir, il le renvoya aux oubliettes. L'étincelle s'éteignit dans ses yeux, sa tête s'inclina de côté, et il fronça les sourcils, semblant juger sa propre conduite.

Je le ramenai prudemment à l'instant présent.

— Alors où est-il? Le parchemin qu'il vous a donné? Ici? Le parchemin, Cyril? Celui qui vous attribuait le prix. Où ça?

Il me regarda d'un air hébété, sortant lentement de sa torpeur.

— J'ai été obligé de le rendre à Sergueï. Il m'a dit : « Quand nous serons à Moscou, Cyril, il sera accroché au mur de votre chambre dans un cadre en or. Mais pas ici. Je ne voudrais pas vous faire courir de risques. » Il avait pensé à tout, Sergueï, et il avait bien raison, entre vous et votre QG qui m'épiez jour et nuit.

Je ne me permis aucune interruption, aucune altération dans la voix, fût-ce pour paraître plus désinvolte. Une fois encore je baissai les yeux, et cherchai quelque chose dans ma poche intérieure. J'étais le candidat qu'il avait choisi pour remplacer Sergueï, et il faisait des manœuvres d'approche. Il me montrait ses tours secrets et me demandait de le prendre en charge. Mon instinct me souffla de l'exploiter davantage encore. Je me penchai à nouveau sur mon calepin, et parlai sur le ton que j'aurais pris pour lui demander le nom de son grand-père maternel.

— Alors quand avez-vous commencé à livrer tous ces grands secrets britanniques à Sergueï? Du moins, ce que nous appelons des secrets. Ce qui était secret voici quelques années ne serait plus classé dans la même catégorie aujourd'hui, c'est évident, non? Nous n'avons pas gagné la guerre froide grâce au secret, n'est-ce pas? Nous l'avons gagnée par l'ouverture. La glasnost.

C'était la deuxième fois que je faisais allusion au fait de livrer des secrets, mais en l'occurrence quand je franchis le Rubicon pour lui, il me suivit, sans pourtant sembler se rendre compte qu'il l'avait traversé.

— Tout à fait, c'est comme ça que nous l'avons gagnée. Et d'ailleurs, Sergueï n'en voulait même pas, de mes secrets, au début. « Les secrets, Cyril, ça ne m'intéresse pas. Dans ce monde en mouvement où nous vivons, ils ne sont qu'une drogue de plus sur le marché, je le dis comme je le pense. Je préférerais que notre amitié reste dans un cadre non officiel. Mais si un jour j'avais besoin de ce genre de renseignement, vous pouvez compter sur moi pour vous le faire savoir. » Il m'a dit qu'entre-temps, il serait amplement suffisant que je lui fasse par écrit quelques rapports officieux sur la qualité des émissions de Radio-Moscou, juste pour faire plaisir à ses chefs. Par exemple, leur dire si la réception était de bonne qualité. On pourrait croire qu'ils le savent, quand même, mais non. Avec les Russes, honnêtement, on ne sait jamais quand on va tomber sur un signe flagrant de leur ignorance. Je ne critique pas, je constate. Et il m'a aussi demandé mon opinion sur le cours, sur le niveau d'enseignement en général, et toutes les suggestions futures que je pourrais faire à Boris et Olga, dans la mesure où j'étais un élève peu ordinaire, dans mon genre.

— Alors qu'est-ce qui a provoqué un changement ?

— Un changement de quoi ? Soyez clair, Ned, s'il vous plaît. Je ne suis pas n'importe qui. Je ne suis pas M. Nemo. Je suis Cyril.

— Qu'est-ce qui a changé la réticente de Sergueï à accepter vos secrets ?

— Son ambassade. Les conservateurs. Les barbares. Comme d'habitude. Ils ont eu le dessus. Ils ont refusé de suivre le cours de l'histoire. Ils ont préféré rester en troglodytes au fond de leurs grottes et continuer leur stupide guerre froide.

Je lui dis que je ne saisissais pas, que tout cela me passait un peu au-dessus de la tête.

— Eh bien, ça ne m'étonne pas! Présentons les choses ainsi : d'abord, dans cette ambassade, beaucoup n'appréciaient pas qu'on accorde du temps aux amitiés culturelles. Il y avait une rivalité intestine entre les deux camps, et j'en étais le spectateur impuissant. Les *colombes* étaient évidemment en faveur de la culture, et surtout de la glasnost. Elles considéraient que la culture comblerait le vide laissé par la fin des hostilités. Sergueï me l'a expliqué. Mais les faucons, *dont* l'ambassadeur, malheureusement, souhaitaient voir Sergueï s'attacher davantage à perpétuer les vieilles habitudes, du moins ce qu'il en restait, c'est-à-dire recueillir des renseignements, et en général agir de manière agressive, comploter sans s'occuper des changements du climat mondial. Les purs et durs de l'ambassade se fichaient de savoir si Sergueï était un idéaliste, ils s'en fichaient complètement. Et c'était naturel, d'ailleurs, Gorst en fait bien autant. Sergueï était dans une position très délicate, pour tout dire, il ménageait la chèvre et le chou. Moi aussi, c'était mon devoir. Ensemble, nous nous cultivions, nous nous occupions un peu de russe, un peu d'art ou de musique, et après, pour faire plaisir aux faucons, nous nous occupions un peu de secrets. Nous devions nous justifier aux yeux de tout le monde, comme vous auprès de votre QG, moi auprès du Réservoir.

Il s'éloignait peu à peu, j'étais en train de le perdre. Je dus le cravacher.

— Alors quand? demandai-je impatiemment.

— Quand quoi?

— Ne faites pas le malin avec moi, Cyril, voulez-vous? Il faut que je consigne tout cela. Regardez l'heure. Quand donc avez-vous commencé à transmettre des renseignements à Sergueï Modrian, lesquels, pour quoi faire, moyennant combien, quand ça s'est-il arrêté, et pourquoi, alors que ça aurait parfaitement pu continuer? J'aimerais profiter de mon week-end, Cyril, si ça ne vous dérange pas. Ma femme aussi. J'aimerais m'installer confortablement devant la télé. Je ne suis pas payé pour faire des heures supplémentaires, vous savez. Je travaille aux pièces, c'est tout. Un cas lambda ne me rapporte pas plus qu'un autre le jour de la paye. Nous vivons une époque où la rentabilité prime, au cas où vous ne l'auriez pas remarqué. Il paraît même qu'on pourrait être privatisés, si on n'y prend garde.

Il ne m'entendit pas, il ne voulait pas m'entendre. Son corps et son esprit erraient, en quête d'une diversion, d'un endroit où se cacher. Ma colère n'était pas entièrement feinte. Je commençais à haïr Modrian. Je fulminais de voir à quel point notre survie dépendait de la crédulité des innocents. J'étais écœuré de voir qu'un filou comme Modrian avait réussi à transformer la solitude de Frewin en trahison. Je me sentis menacé par l'idée de l'amour comme antithèse du devoir.

Je me levai prestement. La colère jouait en ma faveur. Frewin était nonchalamment perché sur un tabouret arthurien en bois sculpté, au siège brodé de l'insigne de la Royal Navy.

— Montrez-moi vos joujoux, ordonnai-je.

— Quels joujoux ? Je suis un adulte, pas un gamin, je vous prie. Je suis ici chez moi. Je n'ai pas d'ordres à recevoir de vous.

Je me remémorais la technique de Modrian, le matériel qu'il utilisait, la façon dont il équipait ses agents. Et je me souvenais de ma propre technique, à l'époque où j'avais dirigé les homologues de Frewin contre la cible soviétique, même s'ils n'avaient pas l'esprit aussi dérangé que lui. J'imaginais comment j'aurais traité l'offre spontanée de service d'un employé comme Frewin, avec un degré élevé d'habilitation et une santé mentale usurpée.

— Je veux voir votre appareil photo, c'est logique! fis-je d'un ton vif. Votre émetteur ultrarapide, vous comprenez, Cyril? Votre tableau de signaux. Vos carnets de code à usage unique. Vos galènes. Vos carbones blancs pour écriture secrète. Vos caches. Je veux voir tout ça, Cyril. Je veux les ranger dans mon attaché-case jusqu'à lundi, et rentrer chez moi regarder le match Arsenal-Manchester United. Ce n'est peut-être pas votre tasse de thé, mais il se trouve que c'est la mienne. Alors pourrait-on faire avancer les choses et arrêter les conneries, s'il vous plaît?

Sa folie s'épuisait, je le sentais. Il était vidé, et moi aussi. Tête baissée, assis les genoux écartés, il regardait fixement ses mains d'un air morne. Je sentais naître en lui le commencement de la fin, ce moment où le pénitent vient à se lasser de sa confession et des émotions qui l'ont provoquée.

— Cyril, je suis en train de perdre mon calme.

Et comme il persistait à ne pas répondre, je me dirigeai à grands pas vers le téléphone, celui-là même que le faux technicien de Monty avait mis sur écoute permanente. Je composai le numéro de la ligne directe de Burr, et entendis la voix de sa charmante secrétaire, celle-là même qui avait oublié mon nom.

— Allô, chérie? Je vais en avoir pour une petite heure encore, si tout va bien. Oui, d'accord, je sais, je suis désolé. J'ai dit que j'étais désolé. Oui, pas de problème.

Je raccrochai et lançai à Frewin un regard accusateur. Il se leva lentement, et me conduisit à l'étage. Son grenier servait de chambre d'ami, et occupait toute la hauteur des combles. Son récepteur radio se trouvait sur une table d'angle, un appareil allemand, comme me l'avait dit Monty. Je l'allumai sous les yeux de Frewin, et une voix russe se fit entendre, une femme indignée qui martelait des accusations contre la mafia de Moscou.

— Mais pourquoi font-ils *ça* ? me lança soudain Frewin, comme si j'étais responsable. Les Russes ? Pourquoi critiquent-ils tout le temps leur pays ? Avant ils ne le faisaient jamais. Ils en étaient fiers. Et moi aussi. Tous les champs de blé, l'absence de barrière de classe, les champions d'échecs, les cosmonautes, les ballets, les athlètes. C'était le paradis jusqu'à ce qu'ils se mettent à tout critiquer. Ils ont oublié ce qu'il y a de bon chez eux. C'est scandaleux, nom de Dieu ! Je l'ai dit à Sergueï.

— Alors pourquoi continuez-vous à les écouter ?

Il avait les larmes aux yeux, mais je feignis de n'avoir rien remarqué.

— Pour le message, tiens !

— Allez, dépêchez-vous, Cyril !

— Le message qui me dira que je suis réactivé. Qu'ils veulent à nouveau de moi. « Reviens, Cyril. Tout est pardonné. Amitiés. Sergueï. » C'est tout ce que j'ai besoin d'entendre.

— Comment passeraient-ils ce message ?

— Peinture blanche.

— Mais encore ?

— « Il y a de la peinture blanche sur le chien, Olga... Nous avons besoin d'un raccord de peinture blanche sur l'étagère, Boris... Oh, mon Dieu, mon Dieu, Olga, regarde le chat, quelqu'un lui a trempé la queue dans la peinture blanche. Je déteste la cruauté... » Pourquoi ne le disent-ils jamais quand j'écoute ?

— Restons-en à la procédure, vous voulez bien ? Bon, vous entendez le message à la radio. Olga, ou Boris, dit « peinture blanche ». Ou les deux. Après, que faites-vous ?

— Je regarde mes tables de signaux.

— Pressons ! fis-je, allongeant la main avec un claquement de doigts autoritaire.

Il se pressa. Il prit une brosse à cheveux en bois, décolla le bloc des poils de la monture, passa ses gros doigts dans le creux et en extirpa un morceau de papier souple, non ignifugé, sur lequel étaient indiqués les horaires en regard des bandes de fréquence. Il me le tendit, espérant que cela me satisferait. Je le lui pris des mains sans satisfaction apparente, et le glissai dans mon calepin, avec un coup d'œil à ma montre.

— Merci, dis-je sèchement. Il m'en faut plus, Cyril. Il me faut un carnet de codes et un émetteur. Ne me dites pas que vous n'en avez pas, je ne suis pas d'humeur.

Il tripotait une boîte de talc, tirait sur le fond, essayant désespérément de me satisfaire. Tout en la vidant dans le lavabo, il se mit à parler nerveusement.

— Vous voyez, Ned, on me respectait. Ça n'arrive pas si souvent. Il y en a trois, des galènes. Olga et Boris me disent laquelle utiliser, comme pour la peinture blanche, sauf que là c'étaient des noms de compositeurs. Tchaïkovski, c'est le numéro trois, Beethoven le numéro deux, et Bach le un. Par ordre alphabétique pour que je m'en souvienne plus facilement. L'amitié, on en a parfois des aperçus, mais on ne la trouve jamais, en principe, vous ne croyez pas ? Sauf si l'on rencontre Sergueï ou quelqu'un comme lui.

Il avait vidé tout le talc, et tenait les trois galènes dans le creux de sa main, ainsi qu'un minuscule carnet de codes et une loupe.

— Sergueï a eu tout ce que je possédais. Je lui ai tout donné. Dès qu'il parlait, ses paroles enrichissaient ma vie. Dès que j'étais déprimé, il me remettait d'aplomb. Il comprenait. Il lisait en moi à livre ouvert. Ça me donnait l'impression que quelqu'un me connaissait, ce qui me plaisait bien. Maintenant, c'est fini. Il a été rappelé à Moscou.

Son délire verbal me terrifiait, ainsi que son désir fébrile de me calmer. Si j'avais été son bourreau, il aurait eu la prévenance de desserrer lui-même sa cravate.

— Votre émetteur ! fis-je d'un ton cassant. A quoi bon une galène et un carnet de codes si vous ne pouvez pas transmettre, nom de Dieu ?

Avec la même précipitation, il pencha son corps imposant et retourna un coin du tapis Wilton à poils longs.

— Je n'ai pas de couteau, Ned, m'avoua-t-il.

Moi non plus, mais je n'osais pas laisser Frewin seul, je ne voulais pas prendre le risque de perdre mon ascendant sur lui. Je m'accroupis à ses cotés. Il regardait d'un œil vague une lame branlante du parquet, essayant de la soulever du bout de ses doigts épais. Je fermai le poing, donnai un grand coup sur l'extrémité de la lame, et eus la satisfaction de voir l'autre bout se soulever.

— Servez-vous ! lançai-je.

C'était du matériel démodé, j'aurais dû m'en douter, qui avait perdu toute valeur pour eux : un chapelet de boîtes grises, un émetteur extra-plat, et un cordon de raccordement adaptable à son récepteur. Mais il me tendit fièrement cet inextricable fouillis. Une angoisse terrible se lisait dans son regard.

— Voyez-vous, Ned, aujourd'hui je ne suis qu'un corps vide, m'expliqua-t-il. Je ne veux pas paraître morbide, mais je n'existe pas. Cette maison n'existe pas. Avant, je l'aimais, elle veillait sur moi comme je veillais sur elle. L'un sans l'autre, nous n'aurions rien été, cette maison et moi. Ce doit être difficile pour vous de le comprendre, si vous êtes marié. Elle viendrait s'interposer entre vous. Vous et la maison, je veux dire. Votre femme. Entre vous et lui. Modrian. Je l'aimais, Ned. A la folie. Il disait souvent : « Tu en fais trop, Cyril. Du calme. Détends-toi. Prends des vacances. Tu délires. » Mais je ne pouvais pas. Mes vacances, c'était Sergueï.

— Appareil photo ! ordonnai-je.

Il ne saisit pas sur-le-champ. Modrian l'obsédait. Il me regarda, mais c'était Modrian qu'il voyait.

— Ne soyez pas comme ça, fit-il sans comprendre.

— L'appareil photo ! criai-je. Pour l'amour du ciel, Cyril, vous savez ce que c'est, un week-end ?

Il était debout devant l'armoire, dont les portes s'ornaient d'épées moyenâgeuses sculptées dans le chêne.

— L'appareil photo ! hurlai-je, le voyant encore hésiter. Comment voulez-vous glisser une pellicule dans la main de votre ami à l'opéra si vous n'avez pas d'abord photographié vos dossiers ?

— Ne vous énervez pas, Ned. Calmez-vous, s'il vous plaît.

Avec un sourire arrogant, il passa la main dans l'armoire. Mais il ne me quittait pas des yeux, l'air de dire : « Vous allez voir ce que vous allez voir. » Il tâtonna à l'intérieur, avec un sourire énigmatique, et en sortit une paire de jumelles qu'il régla sur moi, d'abord dans le bon sens, puis à l'envers. Enfin, il me les tendit pour que je fasse de même. Dès que je m'en saisis, je remarquai leur poids anormal. Je tournai la molette centrale jusqu'à ce qu'elle émette un déclic. Frewin acquiesçait de la tête, m'encourageait, me disait : « Oui, Ned, c'est ça. » Il saisit un livre illustré sur l'étagère, *Les Plus Grands Danseurs du monde*, et l'ouvrit au milieu. Une fillette exécutait un entrechat. Sally aussi avait fait de la danse classique. Il défit la boucle de la bandoulière, et je vis que la portion ajustable tenait lieu de télémètre. Il me reprit les jumelles, les régla sur le livre, mesura la distance, et tourna la molette jusqu'au déclic.

— Vous voyez ? dit-il fièrement. Vous comprenez ? Ils l'ont fait spécialement. Pour moi. Pour les soirs d'opéra. Sergueï a conçu personnellement le modèle. Il y a beaucoup de laisser-aller en Russie, mais Sergueï était perfectionniste. Je restais tard le soir au Réservoir, je photographiais tous les documents arrivés cette semaine-là si ça me chantait, et je donnais la pellicule à Sergueï quand nous étions assis à l'orchestre. En général, je la lui remettais pendant une des arias, c'était devenu une plaisanterie entre nous.

Il me rendit les jumelles et traversa la pièce d'un pas nonchalant, passant le bout de ses doigts sur son crâne rond et chauve comme s'il avait encore une épaisse chevelure. Puis il étendit la main du même geste que pour voir s'il pleut.

— J'ai donné le meilleur de moi-même à Sergueï, Ned, et il a disparu. C'est la vie. Maintenant, à vous de décider. En avez-vous le courage ? En avez-vous la finesse d'esprit ? C'est pour ça que je vous ai écrit. Je devais le faire. Je me sentais vide. Je ne vous connaissais pas, mais j'avais besoin de vous. Je voulais un homme bon, qui me comprenne. Un homme en qui je pourrais à nouveau placer ma confiance. C'est à vous de voir, Ned. A vous de jouer. Sortez de vous-même et vivez la vraie vie tant qu'il en est encore temps. D'après votre conversation, votre femme m'a l'air assez tyrannique. Vous feriez bien de lui dire de vivre sa vie au lieu de vivre la vôtre. J'aurais dû passer une petite annonce, non ?

Il me lança un sourire atroce.

— « Célibataire non-fumeur, mélomane, spirituel... » Je jette parfois un œil sur ces colonnes, comme tout le monde. J'envisage même de répondre, mais je ne saurais pas du tout comment m'y prendre pour rompre si ça n'allait pas. Alors je vous ai écrit, voilà. Un peu comme j'aurais écrit à Dieu, et puis vous avez débarqué avec votre manteau élimé et vos questions pièges, sans doute rédigées par le QG. Il est temps de vous prendre en main, Ned, comme moi. Vous êtes timoré, voilà votre problème. A mon avis, votre femme est en partie responsable. Je vous ai écouté lui présenter vos excuses, et ça ne m'a pas impressionné. Vous n'êtes pas du genre à saisir les occasions. Mais je pense que je pourrais faire quelque chose de vous, et que vous pourriez faire quelque chose de moi. Vous m'aideriez à creuser mon bassin. Moi, je vous expliquerais la musique. C'est un marché équitable, non? Personne n'est imperméable à la musique. J'ai fait ce que j'ai fait à cause de Gorst.

Soudain, il poussa un cri d'horreur.

— Non, Ned! Ne touchez pas à ça, voulez-vous. Enlevez vos sales pattes de mes affaires, Ned. Immédiatement!

J'effleurais des doigts sa machine à écrire Markus, cachée sous une pile de chemises dans l'armoire où il rangeait ses jumelles d'opéra. Signé D. Patriotes, pensai-je. D comme disponible. Disponible pour quiconque l'aimerait. J'avais déjà deviné et il me l'avait déjà expliqué, mais la vue de la machine nous avait excités tous les deux, car nous sentions que la conclusion était proche.

— Alors pourquoi avez-vous rompu avec Sergueï? demandai-je, tapotant toujours sur le clavier.

Mais cette fois-ci, il ne se laissa pas prendre à ma flatterie.

— Ce n'est pas moi qui ai rompu. C'est lui. Rien n'est fini, d'ailleurs, si vous prenez sa place. Rangez cette machine. Là où vous l'avez trouvée, merci.

Je m'exécutai. Je dissimulai la pièce à conviction.

— Qu'a-t-il dit? demandai-je d'un ton détaché. Comment vous l'a-t-il annoncé? Ou bien vous a-t-il laissé un mot avant de filer?

Je pensais de nouveau à Sally.

— Pas grand-chose. Pas besoin de grandes

phrases quand quelqu'un est coincé à Londres et que vous êtes à Moscou. Le silence en dit long.

Il se dirigea vers sa radio, et s'installa devant. Je lui emboîtai le pas, prêt à le retenir.

— Si on la branchait, d'accord? proposa-t-il. Qu'on écoute tranquillement? Je recevrai peut-être un « Reviens, Cyril », on ne sait jamais.

Je le regardai installer son émetteur, puis ouvrir toute grande la fenêtre à petits carreaux et lancer au-dehors son antenne souple, telle une ligne de canne à pêche avec des plombs mais sans hameçon. Gardant un œil sur sa table de signaux, il tapa un SOS puis son indicatif sur son enregistreur extra-plat, qu'il raccorda à l'émetteur, et pffuit! il envoya son message vers les cieux. Il répéta l'opération plusieurs fois avant de passer en mode réception, mais rien ne vint, comme il s'y attendait. Il voulait simplement me montrer que rien ne viendrait jamais.

— Il m'avait bien dit que c'était fini, précisa-t-il, le regard fixé sur les cadrans. Je ne lui reproche rien. Il m'avait prévenu.

— Que quoi était fini? L'espionnage?

— Oh, non, pas l'espionnage. Ça, ça ne s'arrêtera jamais, n'est-ce pas? Le communisme, en fait. Il a dit que le communisme était devenu une religion minoritaire de plus, même si personne n'en a encore conscience. « Le temps est venu de raccrocher les gants, Cyril. Évitez de venir vous réfugier en Russie si vous êtes démasqué, ce serait plutôt gênant, vu le climat actuel. Nous pourrions même vous rendre aux autorités de votre pays, pour faire un geste. Nous ne sommes plus dans le coup, vous et moi, vous comprenez? Le Centre Moscou a pris sa décision. Ce qui compte en ce moment là-bas, ce sont les devises fortes. Ils ont besoin de toutes les livres et de tous les dollars qu'ils peuvent récupérer. Alors j'ai bien peur que nous ne soyons sur la touche, vous et moi. Nous sommes *de trop*, et légèrement *déjà vus*, pour ne pas dire bien embarrassants aux yeux de tous les intéressés. Moscou ne peut pas se permettre d'être pris à diriger des chiffreurs au Foreign Office, qui ont accès aux documents top secret et ultra-secrets. Alors vous et moi, ils nous considèrent comme un handicap plus qu'un atout, raison pour laquelle ils me rappellent au pays. Ce que je vous conseille, Cyril, c'est de prendre de bonnes vacances. Allez voir un médecin, et reposez-vous au soleil, parce que, entre nous, vous m'avez l'air plutôt à cran en ce moment. Nous aimerions vous récompenser pour ce que vous avez fait, mais à vrai dire, nous sommes relativement à sec, côté devises. Si la modique somme de deux ou trois mille livres vous convient, je suis sûr que nous pouvons vous verser ce petit quelque chose dans une banque suisse. Mais des sommes plus importantes ne sont pas disponibles jusqu'à nouvel ordre. » Pour tout dire, Ned, quand il me parlait comme ça, on aurait dit une autre personne..., poursuivit-il, d'un ton d'incompréhension stoïque. Nous avions vécu cette belle amitié, et il ne voulait plus de moi. « Ne prenez pas les choses aussi mal, Cyril », m'a-t-il dit. Il me répétait sans cesse que j'étais sous pression, que trop de gens se bousculaient dans ma tête. En fait, il a raison, j'imagine. Je n'ai pas vécu la vie qu'il fallait, c'est tout. Mais parfois, on s'en rend compte trop tard, vous êtes de mon avis? On croit être quelqu'un, mais en fait on est quelqu'un d'autre, comme dans les opéras. Enfin, il ne faut pas s'en faire. Il faut se battre jour après jour. Ne pas se dire que la lutte est vaine. Faire flèche de tout bois. Voilà.

Il avait rejeté ses épaules tombantes en arrière, et bombait le torse, se voulant de taille à dominer les événements.

– Bon allez! dit-il, et nous retournâmes au salon d'un pas alerte.

Nous avions terminé. Il restait seulement à liquider les quelques réponses manquantes, et obtenir un inventaire complet des renseignements que Frewin avait fournis à l'ennemi.

Nous avions terminé, mais c'était moi, et non lui, qui ne pouvais me résoudre à faire le dernier pas. Assis sur l'accoudoir du canapé, il détourna son visage, qu'éclairait un sourire forcé, et offrit sa nuque au couperet. Il attendait un coup que je refusais de porter. Il redressa sa tête ronde au crâne dégarni et s'écarta de moi, comme pour me dire : « Allez-y, achevez-moi maintenant. » Mais j'en étais incapable. Je ne m'approchai pas de lui. J'avais mon calepin à la main, et assez de notes pour qu'il signe et se détruise tout seul. Pourtant je ne fis pas un geste. Bêtement, j'étais de son côté et non du leur. Mais quel bord était-ce ? L'amour était-il une idéologie ? La loyauté, un parti politique ? Ou bien, dans notre empressement à diviser le monde, l'avions-nous mal divisé, sans remarquer que la vraie bataille se livrait entre ceux qui poursuivaient encore une quête et ceux qui, pour avoir le dessus, s'étaient endurcis jusqu'à ne plus avoir pour dernier point faible que ce fond d'indifférence commun à tous ? J'allais détruire un homme à cause de l'amour. Je l'avais conduit au pied de son propre échafaud, sous le prétexte fallacieux de faire avec lui une simple promenade dominicale.

— Cyril ? Cyril ?

— Qu'y a-t-il ?

— Je suis censé obtenir de vous une déclaration signée.

— Vous pouvez dire au QG que je favorisais la compréhension entre les grandes nations, répondit-il obligeamment.

J'avais le sentiment que s'il en avait eu la possibilité, il le leur aurait dit de vive voix.

— Dites-leur que je mettais un terme à l'hostilité absurde et incroyable que j'avais remarquée durant de nombreuses années au Réservoir. Avec ça, ils devraient se tenir tranquilles.

— Ils avaient deviné que c'était une histoire de ce genre. Seulement, vous ne connaissez pas toutes les implications.

— Notez aussi que je souhaite une nouvelle affectation. Je voudrais quitter le Réservoir, et occuper, jusqu'à ma retraite, un poste qui ne concerne pas le secret-défense. Je suis prêt à être rétrogradé. J'en ai pris la décision. Je n'en suis pas à un ou deux sous près. Je ne suis pas fier. Mieux vaut un changement de poste qu'une mise en congé, à mon avis. Où allez-vous, Ned? Les toilettes sont de l'autre côté.

Je me dirigeais vers la porte, vers l'évasion, vers un monde sain d'esprit. Mon univers semblait être réduit aux dimensions de cette pièce épouvantable.

— Je retourne au bureau, Cyril. J'en aurai pour une heure environ. Je ne peux pas rédiger de déclaration à votre place d'un coup de baguette magique, vous savez. Il faut que ce soit fait dans les règles. Tant pis pour mon week-end. De toute façon, je n'ai jamais aimé les week-ends, pour être franc. Ce sont des trous noirs dans l'univers, voilà ce que sont les week-ends, si vous voulez mon opinion profonde.

Pourquoi avais-je adopté sa façon de hacher les phrases?

— Pas d'inquiétude, Cyril. Ne me raccompagnez pas. Reposez-vous.

Je voulais m'échapper avant qu'ils n'arrivent. Jetant un coup d'œil vers la fenêtre par-dessus la tête de Frewin, j'aperçus Monty et deux de ses hommes sauter de leur fourgon, et une voiture de police noire se garer devant la maison. Dieu merci, le Service ne peut pas délivrer de mandat d'arrêt.

Mais Frewin s'était remis à parler, comme les

moribonds continuent de parler alors que vous les croyez déjà morts.

— On ne peut pas me laisser seul, voyez-vous, Ned ? Plus jamais. Je ne peux pas expliquer ça à un inconnu, ce que j'ai fait, Ned, je ne peux pas tout redire, c'est impossible.

J'entendis un bruit de pas sur le gravier, puis la sonnette retentit. Frewin releva la tête, son regard croisa le mien, et j'y vis poindre une lueur de compréhension, vite effacée par l'incrédulité, et qui reparut de nouveau. Je gardai les yeux sur lui tandis que j'allai ouvrir la porte. Palfrey se tenait à côté de Monty. Derrière eux, deux officiers de police en uniforme, et un nommé Redman, mieux connu sous le nom de Bedlam, qui dirigeait l'équipe psychiatrique du Service.

— Formidable, Ned ! me murmura Palfrey dans un bref aparté, pendant que les autres passaient devant nous pour entrer au salon. Un véritable coup de maître. Vous aurez une médaille, j'y veillerai.

Ils mirent les menottes à Frewin. Je n'avais pas pensé une seconde qu'ils procéderaient ainsi. Ils les lui passèrent dans le dos, ce qui l'obligea à redresser la tête. Je l'escortai jusqu'au fourgon, et l'aidai à monter. Mais il avait alors retrouvé une certaine dignité, et ne se préoccupait plus de savoir quelle était la main qui le soutenait.

— Tout le monde ne peut pas se vanter de démasquer un homme à la solde de Modrian entre le petit déjeuner et le déjeuner, commenta Burr avec une satisfaction de rigueur.

Nous dînions dans le calme chez Cecconi, où il avait tenu à m'inviter le soir même.

— Nos chers amis de l'autre côté du parc sont fous de rage, de colère, d'indignation et de jalousie, ce qui est toujours bon à prendre ! ajouta-t-il, mais il me parlait d'un monde dont j'avais pris congé.

— Il s'est démasqué lui-même, déclarai-je.

— Pas de ça, Ned! rétorqua Burr avec un regard perçant. Je n'ai jamais vu partie plus finement jouée. Vous avez fait la pute, il le fallait. Nous sommes tous des putes, et ça paye. Maintenant que j'y pense, j'en ai assez de votre morosité, assez de vous voir moisir à Northumberland Avenue, à broyer du noir, tiraillé entre vos femmes. Si vous n'arrivez pas à prendre une décision, en voilà une : mettez fin à votre amourette, et retournez auprès de Mabel, si vous voulez mon avis, ce qui m'étonnerait. Je suis retourné auprès de ma femme la semaine dernière, et ça a été un vrai cauchemar.

Je m'entendis rire malgré moi.

— Alors voici ce que j'ai décidé, poursuivit Burr en s'étant généreusement servi une deuxième assiettée de pâtes. Vous cessez de passer votre vie à broyer du noir, et vous quittez la Section des Interrogatoires, où, à mon humble avis, vous avez déjà passé trop de temps à contempler votre reflet narcissique. Et vous allez vous installer au Cinquième Étage, où vous remplacerez Peter Guillam en tant que chef de mon secrétariat, ce qui conviendra à votre fibre calviniste et me débarrassera d'un officier parfaitement oisif.

Je fis ce qu'il me suggérait. D'un bout à l'autre. Non parce qu'il l'avait suggéré, mais parce que ses paroles avaient trouvé un écho en moi. La nuit suivante, je fis part à Sally de ma décision, et cette pénible circonstance me permit d'oublier Frewin. Pendant quelques mois, à la demande de Sally, je continuai à lui écrire de Tunbridge Wells, mais cela devint aussi difficile que d'écrire à ses parents quand on est en pension. Sally fut la dernière de ce que Burr avait appelé mes amourettes. Peut-être m'étais-je figuré qu'en les additionnant toutes, j'aurais connu le grand amour.

12

— Voilà, c'est fini, conclut Smiley.

La lueur des braises éclairait les boiseries de la bibliothèque, jetait des reflets mordorés sur les rayonnages chargés de livres de voyage et d'aventure avec çà et là une place vide, sur le vieux cuir craquelé des fauteuils, sur les photographies jaunies des anciens bataillons d'officiers en uniforme avec leur canne, et sur tous nos visages tournés vers Smiley, qui trônait à la place d'honneur. Quatre générations du Service étaient ainsi disséminées dans la salle, mais la voix douce de Smiley et le nuage de fumée de cigare semblaient nous réunir en une seule et même famille.

Je ne me rappelais pas avoir officiellement invité Toby à se joindre à nous, mais de toute évidence le personnel l'attendait, et les serveurs du mess s'étaient empressés d'aller l'accueillir à son arrivée. Dans sa veste à larges revers de soie moirée et son gilet balkanique à brandebourgs, il incarnait le type même du *Rittmeister*.

Burr était venu tout droit de Heathrow, enfilant en hâte son smoking, par respect pour George, à l'arrière de sa Rover avec chauffeur. Il avait fait une entrée discrète, de son pas feutré de danseur, qui semble si naturel chez les hommes corpulents. Puis

Monty Arbuck l'avait aperçu, et s'était aussitôt levé pour lui céder son siège. Burr était récemment devenu le premier homme à avoir obtenu le poste de Coordinateur avant l'âge de trente-cinq ans.

Et aux pieds de Smiley était installée ma dernière promotion d'étudiants, les jeunes filles en robe du soir tel un parterre de fleurs, les garçons, fringants et enthousiastes après leur épuisant entraînement physique de fin de stage dans l'Argyll.

– C'est fini, répéta Smiley.

Était-ce son calme soudain qui nous inquiéta ? Un changement dans sa voix ? Ou cette attitude presque sacerdotale, le raidissement de son corps replet, qui dénotait la ferveur ou la détermination ? Je n'aurais su le dire à l'époque, je ne saurais le dire aujourd'hui. Mais à ces mots, sans le moindre échange de regards avec les autres, je sentis une certaine tension parcourir l'auditoire, comme si Smiley nous avait appelés aux armes... même si son discours invitait autant à les prendre qu'à les déposer.

– C'est fini, et je suis fini. Complètement fini. Il est temps de baisser le rideau sur le soldat de la guerre froide d'hier. Et de grâce, ne me conviez plus. A temps nouveaux, nouveaux visages. Le pire que vous puissiez faire serait de nous imiter.

Je crois que son intention à l'origine avait été de s'arrêter là, mais avec George, tout pronostic est inutile. Pour autant que je sache, il avait appris par cœur son discours de clôture avant de venir, l'avait peaufiné, et répété mot pour mot. Quoi qu'il en soit, notre silence l'obligeait maintenant à poursuivre, ainsi que notre soif de cérémonial. A vrai dire, nous étions tellement sous son emprise que s'il avait soudain quitté la pièce sans nous gratifier d'un mot de plus, notre déception eût fait tourner notre amour en fiel.

— Je ne me suis jamais intéressé qu'à l'être humain, déclara Smiley.

Avec sa ruse habituelle, il avait commencé par une énigme, pour attendre quelques instants avant de l'éclaircir.

Je me suis toujours moqué des idéologies, sauf de celles qui étaient démentes ou malfaisantes. Je n'ai jamais trouvé les institutions dignes de leurs membres, et n'ai toujours vu dans les lignes politiques que des alibis destinés à occulter les sentiments. C'est l'être humain, et non la masse, qui est au cœur de notre métier. C'est l'être humain qui a mis fin à la guerre froide, au cas où vous ne l'auriez pas remarqué. Ce ne sont ni les armes, ni la technologie, ni les armées ou les batailles, mais l'être humain, tout simplement. Pas même les Occidentaux, mais nos ennemis jurés à l'Est qui sont descendus dans la rue, ont dû affronter la mitraille et les matraques en proclamant : nous en avons assez. Ce fut leur empereur, pas le nôtre, qui eut le courage de monter à la tribune pour reconnaître qu'il était nu. Et les idéologies ont tenté de rattraper le cours de ces événements inimaginables, tels des condamnés à mort, comme toujours lorsque leur temps est révolu. Car les idéologies n'ont pas un cœur qui bat. Elles sont les anges et les catins de notre moi tourmenté. Un jour viendra peut-être où l'Histoire nous dira qui fut le grand vainqueur. Si une Russie démocratique se construit, c'est elle qui aura remporté la victoire. Et si l'Ouest se laisse étouffer par son matérialisme, il aura été le perdant, au bout du compte. L'Histoire garde ses secrets plus longtemps que la plupart d'entre nous. Mais il en est pourtant un que je vais vous révéler en confidence ce soir : Parfois, il n'y a aucun vainqueur. Et parfois, il n'y a pas besoin de perdant. Vous m'avez demandé de vous dire ce qu'il fallait penser de la Russie actuelle...

Était-ce vraiment là ce que nous lui avions demandé ? Pour quelle raison, sinon, aurait-il changé d'optique ? Certes, nous avions évoqué l'effritement de l'empire soviétique, nous avions médité sur l'ascension en flèche du Japon et les fluctuations historiques de la puissance économique. Et au sortir de table, nous avions en effet évoqué mon passage à la Maison Russie, lancé quelques questions au sujet du Moyen-Orient, et du travail de Smiley au Comité des droits de pêche qui, grâce à Toby, était dorénavant de notoriété publique. Mais je ne pense pas que c'est à l'une de ces questions que George avait choisi de répondre.

— Vous m'avez demandé si nous pourrions un jour faire confiance à l'Ours. L'idée que nous puissions dialoguer avec les Russes comme avec des êtres humains, et faire cause commune dans de nombreux domaines, semblait à la fois vous amuser et vous mettre un rien mal à l'aise. Je vais vous donner plusieurs réponses.

« La première est : non, nous ne pourrons jamais avoir totalement confiance en l'Ours. Pour la bonne raison que l'Ours ne se fait pas confiance à lui-même. L'Ours se sent menacé, a peur, et se désagrège lentement. L'Ours est écœuré par son passé, dégoûté par son présent, et terrifié par son avenir. L'Ours est désargenté, paresseux, volage, incompétent, insaisissable, dangereusement orgueilleux, dangereusement armé, parfois génial, souvent inculte. Privé de ses griffes, il deviendrait un pays anarchique et tiers-mondiste de plus. Mais il n'a pas perdu ses griffes, tant s'en faut. Et il ne peut rappeler du jour au lendemain ses troupes des pays étrangers, pour la simple raison qu'il n'a pas les moyens de les loger, les nourrir, leur fournir du travail, et qu'en outre il ne leur fait pas confiance. Étant donné que notre Service est le gardien officiel de notre méfiance nationale, ce serait manquer à notre devoir que de relâcher un instant notre vigilance, qu'il s'agisse de l'Ours ou de tous ses petits oursons frondeurs. Telle est ma première réponse.

« La seconde est : oui, nous pouvons accorder notre totale confiance à l'Ours, qui ne l'a jamais autant méritée. L'Ours supplie de pouvoir ne faire qu'un avec nous, se décharger de ses problèmes sur nous, nous confier son compte en banque, faire du shopping dans nos rues commerçantes, être reconnu digne d'être l'hôte de nos bois comme des siens... d'autant plus que sa société et son économie vont à vau-l'eau, ses ressources naturelles sont saccagées, et ses dirigeants étonnamment incompétents. L'Ours a si désespérément besoin de nous que nous pouvons lui faire confiance sur ce point. L'Ours voudrait pouvoir remonter le cours terrible de son histoire, pour sortir des ténèbres des soixante-dix ou des sept cents dernières années. Nous sommes sa lumière au cœur des ténèbres.

« Le problème, c'est que nous autres Occidentaux ne trouvons pas naturel d'avoir confiance en l'Ours, qu'il soit blanc, rouge, ou bicolore, comme aujourd'hui. Il se trouve peut-être en plein naufrage sans notre aide, mais nombre d'entre nous pensent que c'est son juste sort. De même qu'en 1945, certains déclaraient que l'Allemagne vaincue devrait rester en friche jusqu'à la fin des temps.

Smiley s'interrompit, semblant se demander s'il en avait assez dit. Il me lança un coup d'œil, mais j'évitai son regard. Le silence attentif l'encouragea sans doute à poursuivre.

— Désormais, l'avenir de l'Ours est entre nos mains, et les raisons de nous en préoccuper sont diverses. La première est pure bienséance. Après avoir aidé un homme injustement emprisonné à s'évader de sa geôle, le moins qu'on puisse faire est de lui offrir un bol de soupe et le moyen de se réinsérer dans le monde libre. La seconde me semble tellement évidente que cela m'irrite presque de devoir l'expliquer. La Russie, même amputée de ses conquêtes et satellites, est un vaste territoire très peuplé, situé en un point stratégique du globe. Allons-nous laisser l'Ours dépérir ? Attiser sa rancune, en faire une nation arriérée et surarmée dans un monde en constante évolution ?

Il prit son verre ballon et le contempla d'un air songeur, en faisant tournoyer son fond de cognac. Je devinai qu'il avait plus de mal à prendre congé qu'il ne l'aurait cru.

— Eh oui, marmonna-t-il comme s'il voulait se défendre de ses propres affirmations. Il ne s'agit pas seulement de reconstruire notre façon de penser, mais aussi cet État moderne omnipotent que nous avons édifié en bastion pour nous protéger d'une menace révolue. Au nom de la liberté, nous avons renoncé à trop de libertés. A présent, il nous faut les reconquérir.

Il esquissa un sourire, et je compris qu'il essayait de rompre le charme sous lequel il nous tenait.

— Alors quand vous serez sur le terrain pour accomplir loyalement votre devoir envers l'État, accordez-moi ce petit plaisir : ébranlez ses fondations de temps en temps. Il a tendance à se donner un peu trop d'importance, depuis peu. Il serait bon de lui rabattre son caquet. Ned, je deviens ennuyeux. Il est temps de me renvoyer dans mes pénates.

Il se leva brusquement, comme pour se libérer de chaînes imaginaires. Puis, une dernière fois, il s'accorda un long regard circulaire, ne le posant plus sur son auditoire, mais sur les vieilles photographies et les trophées de son époque, sans doute désireux de les imprimer dans sa mémoire. Il adressait un dernier adieu à sa demeure, avant de la léguer à ses héritiers. Après quoi, il se lança dans une recherche frénétique de ses lunettes, avant de s'apercevoir qu'il les avait sur le nez. Alors, rejetant les épaules en arrière, il se dirigea d'un pas assuré vers la porte, que deux étudiants s'empressèrent d'ouvrir devant lui.

— Bien. Parfait. Bonne nuit. Encore merci. Ned, n'oubliez pas de leur dire qu'il faut surveiller de près la couche d'ozone. Il fait terriblement chaud pour la saison à St. Agnes.

Il sortit sans se retourner.

13

Les rites accompagnant le départ à la retraite dans le Service, sans être, je suppose, plus fastidieux qu'ailleurs, sont cependant empreints d'une émotion toute particulière. Viennent d'abord les cérémonies du souvenir : les déjeuners avec d'anciens contacts, les cocktails de bureau, les poignées de main stoïques avec des secrétaires de direction éplorées, les visites de politesse aux services amis. Viennent ensuite les cérémonies de l'oubli, où l'on s'ampute progressivement de tout ce savoir spécial refusé aux autres mortels. Pour qui a passé sa vie dans le Service, dont trois ans au Secrétariat personnel de Burr, la procédure peut être longue et répétitive, même si les secrets en votre possession ont fini leur carrière active bien avant vous. Cloîtré dans le bureau poussiéreux de Palfrey, notre conseiller juridique, bien souvent après un excellent déjeuner (Dieu merci), je dus signer une décharge pour chaque épisode de mon passé, répéter docilement après lui le même petit serment d'une pudeur toute britannique, et l'écouter à chaque fois débiter sans conviction les mêmes menaces de représailles si d'aventure je manquais à ma parole par orgueil ou appât du gain.

Et ce serait mentir, à vous autant qu'à moi, de

prétendre que le fardeau accumulé de ces cérémonies ne finit pas par peser lourdement sur mes épaules. J'en arrivai même à souhaiter que la date de mon exécution fût avancée, voire déjà passée. Car de jour en jour, j'avais le sentiment croissant d'être un homme qui accepte l'idée de sa mort, mais doit consacrer ses dernières forces à consoler ceux qui lui survivront.

Ce fut donc un immense soulagement lorsque, me retrouvant une fois encore dans l'antre maudit de Palfrey, à trois jours seulement de ma remise en liberté, ou plutôt de mon incarcération définitive, je reçus une convocation urgente de Burr.

— J'ai un boulot pour vous. Vous allez détester, affirma-t-il avant de raccrocher brutalement.

Il bouillait encore de rage quand j'entrai dans son bureau d'un modernisme tapageur.

— Lisez le dossier de ce type, et filez chez lui à la campagne, pour essayer de lui faire entendre raison. Il ne faut pas le froisser, mais si vous lui tordez le cou par accident, je ne vous en tiendrai pas grief outre mesure.

— Qui est-ce ?

— Une vieille relique du temps de Percy Alleline. Un magnat de la City, à la panse gonflée de bière, avec qui Percy aimait jouer au golf.

Je jetai un coup d'œil à la couverture du premier volume, où je lus : « BRADSHAW, sir Anthony Joyston. » Et dessous, en lettres minuscules, « valeur sûre », ce qui signifiait que le sujet était considéré comme un allié du Service.

— Vous lui lécherez les bottes, c'est un ordre. Vous ferez appel à ses bons sentiments, précisa Burr du même ton aigre. Faites vibrer la corde sensible du grand homme public. Et ramenez-le au bercail.

— Sur ordre de qui ?

— De notre sacro-saint Foreign Office, qu'est-ce que vous croyez ?

— Pourquoi ne se chargent-ils pas eux-mêmes de la corvée de lèche-bottes? lançai-je en jetant un regard curieux sur le résumé de carrière en page une du dossier. Ils sont payés pour, non?

— Ils ont essayé. Ils ont même envoyé un secrétaire d'État faire des courbettes. Mais sir Anthony est imperméable à la lèche. Et puis il sait trop de choses. Il peut donner des noms et porter des accusations. Sir Anthony Bradshaw..., commença Burr en haussant la voix avec l'indignation fougueuse d'un homme du Nord. Sir Anthony Joyston Bradshaw, précisa-t-il, est le type même de l'emmerdeur anglais qui, tout en prétendant rendre service à sa patrie, a récolté davantage de renseignements sur les activités douteuses du gouvernement de Sa Majesté qu'il n'en a fourni au gouvernement de Sa Majesté sur les activités douteuses de ses ennemis. Moyennant quoi, il tient ledit gouvernement de Sa Majesté par les couilles. Vos consignes sont de l'inciter avec la plus grande courtoisie à relâcher sa prise. Vos armes pour cette mission sont vos cheveux blancs et votre affabilité évidente, dont vous ne dédaignez pas faire parfois usage avec perfidie, je l'ai remarqué. Il vous attend à 17 heures aujourd'hui, et il aime la ponctualité. Kitty vous a débarrassé un bureau dans l'antichambre.

J'eus bientôt l'explication du courroux de Burr. Rien, ou presque, n'est plus irritant dans notre métier que de devoir finir les restes des bas morceaux négligés par ses prédécesseurs; or sir Anthony Joyston Bradshaw, soi-disant requin de la finance et magnat de la City, en était un triste exemple. Alleline s'était lié d'amitié avec lui à son club, cela va sans dire. Alleline l'avait recruté. Alleline l'avait parrainé pour une série de transactions louches, d'une utilité très discutable hormis pour sir Anthony lui-même. Et certaines insinuations gênantes suggéraient qu'Alleline s'était pris une commission au passage. Lorsque le scandale avait menacé d'éclater, Alleline avait protégé sir Anthony sous le parapluie discret du Cirque. Pis encore, nombre des portes ouvertes par Alleline à Bradshaw semblaient l'être restées, pour la simple raison que personne n'avait eu l'idée de les refermer. Et c'était l'une d'elles que Bradshaw avait franchie, pour la plus grande indignation du Foreign Office et de la moitié de Whitehall.

J'empruntai une carte d'état-major à la bibliothèque, et une Ford Granada au garage du Service. A 14 h 30, je pris la route, le dossier Bradshaw bien en tête. On a tendance à oublier la beauté des paysages anglais. Je traversai Newbury, et gravis à flanc de colline une route en lacet bordée de hêtres, dont les ombres allongées striaient le chaume blond comme autant de tranchées. La voiture embaumait l'herbe coupée des terrains de cricket. J'atteignis le sommet d'une crête, où m'accueillirent des châteaux de nuages blancs. Des souvenirs d'enfance me revinrent à l'esprit, j'imagine, car j'éprouvai le brusque désir de rouler vers ces nuages pour m'y engloutir, comme lorsque j'étais petit garçon. La voiture redescendit une pente, et j'aperçus soudain une large vallée en contrebas, piquée de hameaux, d'églises, de champs et de forêts.

Je passai devant un pub, et peu après, des grilles dorées me barrèrent le passage, flanquées de colonnes de pierre surmontées de lions sculptés. A côté se dressait une coquette maison blanche de gardien, au toit de chaume tout neuf. Un robuste jeune homme approcha son visage de ma vitre baissée, et m'examina d'un regard inquisiteur.

— Je viens voir sir Anthony.

— Votre nom, je vous prie?

— Carlisle, répondis-je, utilisant un pseudonyme pour la dernière fois.

Il disparut dans la maison. Le portail s'ouvrit, pour se refermer dès que ma voiture l'eut franchi. Le parc était bordé d'un haut mur en brique, long de plusieurs kilomètres au moins. Des daims se prélassaient à l'ombre des marronniers. Au bout de l'allée qui montait, je découvris la demeure, grandiose, immaculée, immense. Le corps principal datait de l'époque William and Mary. Les ailes semblaient plus récentes, mais à peine. Devant s'étendait un lac, derrière, des potagers et des serres. Les anciennes écuries avaient été converties en bureaux, ingénieusement reliés par des escaliers extérieurs et des galeries vitrées. Un jardinier arrosait l'orangerie.

L'allée contournait le lac et me conduisit devant le perron. Deux juments arabes et un lama m'observaient par-dessus la clôture d'un manège. Un jeune maître d'hôtel, en pantalon noir et veste de lin, descendit les marches du perron.

— Voulez-vous que j'aille garer votre voiture derrière la maison lorsque je vous aurai annoncé, monsieur Carlisle? Sir Anthony aime voir la façade dégagée, dans la mesure du possible, monsieur.

Je lui remis mes clés, et montai les larges marches à sa suite. Il y en avait neuf. Je ne saurais dire pourquoi je les comptai, sinon qu'on enseignait ce genre de réflexes durant les cours d'observation à Sarratt, et au long de ces dernières semaines, ma vie avait perdu de sa linéarité pour se fragmenter en une mosaïque d'époques et d'expériences passées. Si Ben s'était avancé vers moi pour me serrer vigoureusement la main, je n'aurais pas été surpris outre mesure. Si Monica ou Sally étaient soudain apparues pour m'accuser, j'aurais eu des répondes toutes prêtes.

J'entrai dans un immense vestibule, d'où un superbe escalier double montait à une galerie. Les portraits de nobles ancêtres, tous du sexe fort, me toisaient, mais j'eus l'étrange impression qu'ils n'appartenaient pas à une seule et même famille, et qu'ils n'avaient pas pu vivre longtemps en ce lieu sans leurs épouses. Je traversai une salle de billard, et remarquai que la table et les queues étaient neuves. Si je voyais tout avec une telle netteté, c'est sans doute que je vivais chaque expérience comme étant ma dernière. Le majordome me précéda à travers un salon majestueux, puis une salle transformée en galerie des glaces, et une troisième à la simplicité étudiée, avec un téléviseur aussi grand que ces vieux triporteurs à glaces qui venaient à la sortie de mon école primaire par des soirées ensoleillées comme celle-ci. J'arrivai devant une double porte imposante, à laquelle le majordome frappa tandis que j'attendais. Et attendais encore... Si Bradshaw était arabe, il me laisserait patienter ici des heures, pensai-je en me souvenant de Beyrouth.

Finalement, une voix masculine dit d'un ton traînant « entrez », et le majordome avança d'un pas dans la pièce pour annoncer « monsieur Carlisle de Londres, sir Anthony ».

Je ne lui avais pas dit que j'arrivais de Londres.

Il s'écarta, me permettant de voir enfin mon hôte, alors que mon hôte prit encore quelques instants avant de regarder enfin M. Carlisle.

Bradshaw était assis devant un bureau de quatre mètres de long, à incrustations de cuivre et pieds-de-biche. Des peintures à l'huile contemporaines représentant des enfants gâtés ornaient le mur derrière lui. Sa correspondance s'entassait dans des corbeilles en cuir surpiqué. C'était un gros homme bien nourri, et manifestement un gros travailleur aussi, car il ne portait rien par-dessus sa chemise bleue à petit col blanc rigide hormis des bretelles rouges. Et il semblait d'ailleurs trop occupé pour me remarquer. D'abord il lut son courrier, utilisant un stylo en or pour suivre les lignes. Puis il le signa, utilisant son stylo en or pour écrire. Après quoi il réfléchit, le visage toujours baissé, utilisant la plume du même stylo en or pour y concentrer ses pensées profondes. Ses boutons de manchette, en or également, avaient la taille d'anciennes pièces d'un penny. Finalement, il posa son stylo et releva la tête d'un air offensé, voire accusateur, pour découvrir ma présence, puis me jauger selon des critères qu'il me restait à définir.

A cet instant (la nature fait parfois bien les choses), un rayon de soleil rasant qui filtrait par les portes-fenêtres éclaira en plein son visage, me permettant de le jauger à mon tour : la tristesse apitoyée de ses yeux bouffis, qui semblaient demander qu'on le plaigne d'être si riche; la petite bouche droite, aux lèvres pincées, dont les coins tombants se perdaient dans les replis de son double menton; cet air d'assurance mêlée de faiblesse, un air de gamin soupçonneux plongé dans un monde d'adultes. A quarante-cinq ans, cet enfant gavé n'avait pas assouvi sa faim, et semblait accuser quelque parent absent de l'avoir trop gâté.

Brusquement, il s'avança vers moi. D'un pas guindé ? Ou plutôt pesant ? De nos jours, il existe en Angleterre une démarche propre aux hommes en place, qui combine plusieurs éléments, dont la confiance en soi, et un dynamisme nonchalant. Mais aussi une nuance de menace, d'impatience, d'arrogance indolente, qui vont de pair avec cette façon de tenir les coudes écartés pour ne céder le passage à personne, d'arrondir les épaules comme un boxeur, et de plier les genoux avec aisance et souplesse. Bien avant de lui serrer la main, on devinait que cet homme refusait tout commerce avec un pan entier de la société, du monde de l'art à celui des transports en commun; et vous étiez silencieusement prié de garder vos distances si vous faisiez partie de cette engeance.

— Vous êtes un des hommes de Percy, me dit-il au cas où je l'aurais ignoré.

Il me serra la main, et parut déçu du résultat de ce test.

— Eh bien ! remarqua-t-il. Cela faisait une éternité. Au moins dix ans. Même plus. Prenez donc un verre. Du champagne. Ce que vous voulez. Summers ! ordonna-t-il. Apportez-nous une bouteille de bulles, un seau à glace, deux coupes, et rompez. Et des cacahuètes ! lui cria-t-il. Des noix de cajou, des noix, bref des tonnes de putains de noix. Vous aimez les noix ? me demanda-t-il soudain avec une familiarité désarmante.

Je répondis oui.

— Parfait. Moi aussi. J'adore ça. Vous êtes venu me tancer. C'est ça ? Allez-y. N'hésitez pas.

En allant ouvrir les portes-fenêtres pour que je puisse mieux admirer son domaine, il adopta une autre démarche, plus martiale, balançant plus nettement les bras au rythme d'une marche militaire. Quand il eut ouvert les deux battants, il resta immobile, de dos, les bras en croix, la paume des mains appuyée sur les montants, tel un martyr attendant la flèche fatale. Et cette coupe de cheveux typique de la City, remarquai-je : coiffante sur la nuque, avec des petits épis au-dessus des oreilles. Dans un camaïeu d'or, de marron et de vert, la vallée allait se perdre doucement vers l'infini. Une nurse et un petit enfant se promenaient parmi les biches. Elle portait un chapeau marron aux bords relevés, et un uniforme assorti, comme celui des Guides. Un jeu de croquet était installé sur la pelouse.

— Nous vous demandons simplement votre coopération, sir Anthony, expliquai-je. Nous vous demandons encore un service, comme ceux que vous avez rendus à Percy. Après tout, c'est bien Percy qui vous a obtenu votre titre, n'est-ce pas ?

— Qu'il aille se faire foutre, Percy ! Il est fini, non ? Je ne dois rien à personne, merci bien. Je me sers tout seul, quand je veux quelque chose. Qu'est-ce que vous voulez ? Allez, crachez le morceau. J'ai déjà eu droit à un sermon. Portly Savoury, du Foreign Office. Je le flagellais dans le temps, quand il me servait de larbin à l'école privée. C'était une lavette à l'époque, c'est une lavette aujourd'hui.

Ses bras restaient levés, son dos tendu, agressif. J'aurais pu parler, mais j'avais l'étrange impression de ne plus être dans le coup. A trois jours de la retraite, je commençais à me dire que je connaissais à peine le monde réel. Summers apporta la bouteille de champagne, la déboucha, et remplit deux coupes, qu'il nous présenta sur un plateau d'argent. Bradshaw en saisit une, et sortit dans le jardin. Je lui emboîtai le pas, pour le rejoindre au milieu d'un chemin gazonné bordé de hautes haies d'azalées et de rhododendrons. A l'autre bout, un jet d'eau chantait au milieu d'un bassin en pierre.

— Vous avez obtenu le titre en achetant le manoir ? demandai-je, pensant que quelques banalités me donneraient le temps de me ressaisir.

— Et alors ? rétorqua Bradshaw qui, je le compris, n'aimait pas se voir rappeler que cette demeure ne lui avait pas été léguée, mais vendue.

— Sir Anthony ?

— Plaît-il ?

— C'est au sujet de votre relation avec une société belge du nom d'Astrasteel.

— Inconnue au bataillon.

— Mais vous êtes bien en rapport avec eux, non ? insistai-je avec un sourire.

— Ni hier, ni aujourd'hui. J'en ai dit autant à Savoury.

— Mais vous êtes actionnaire d'Astrasteel, sir Anthony ! objectai-je patiemment.

— Zéro. Absolument n'importe quoi. Vous vous êtes trompé de client, trompé d'adresse. C'est ce que je lui ai dit.

— Mais vous détenez bien tout le capital d'une société du nom d'Allmetal Limited à Birmingham, sir Anthony ? Et Allmetal a bien une filiale du nom d'Eurotech Funding and Imports Limited aux Bermudes, n'est-ce pas ? Et Eurotech possède bien Astrasteel en Belgique, sir Anthony. Il serait donc éventuellement possible de considérer qu'il existe un vague rapport entre vous-même d'une part, et d'autre part la société que possède la société que vous possédez.

Je continuais à sourire, à le raisonner, à plaisanter avec lui.

— Pas de parts, pas de dividendes, pas d'influence sur les affaires d'Astrasteel. Je n'ai rien à voir avec eux. Je l'ai dit à Savoury, je vous le redis.

— Mais quand Alleline vous a demandé (je sais que ça remonte à loin, mais ce n'est quand même pas si vieux que cela) de fournir certains produits à certains pays qui ne figurent pas officiellement sur la liste des acquéreurs possibles desdits produits, c'est Astrasteel que vous avez utilisé. Et Astrasteel a fait ce que vous lui demandiez. Parce que si cela n'avait pas été le cas, Percy ne se serait pas adressé à vous, vous êtes d'accord ? Vous ne lui auriez été d'aucune utilité.

Je sentais mon sourire se crisper.

— Nous ne sommes pas des policiers, sir Anthony, ni des percepteurs. Je suis simplement en train de vous signaler certains rapports qui se situent, vous le dites clairement, en marge de la loi, et qui avaient été noués, grâce à l'aide de Percy, précisément pour cela.

Mon discours me sembla si mal structuré, si flou, que je crus d'abord que Bradshaw n'allait même pas le prendre en considération. Et d'une certaine façon, je n'avais pas tort, car il se contenta de hausser les épaules en lâchant :

— Mais quel rapport, bordel ?

— Eh bien, il y a un sérieux rapport, justement, dis-je en sentant mon sang s'échauffer malgré moi. Nous vous demandons de laisser tomber. D'arrêter. Vous avez eu votre titre, vous êtes à la tête d'une jolie fortune, vous avez un devoir envers votre patrie tout comme il y a douze ans. Alors retirez-vous des Balkans, et arrêtez d'agiter les populations en Serbie et en Afrique centrale, arrêtez de leur fournir des armes à gogo et à crédit, et arrêtez d'essayer de vous enrichir sur des guerres qui n'auraient jamais lieu si vous et des gens de votre espèce ne fricotaient pas là-dedans. Vous êtes anglais. Vous avez plus d'argent dans vos poches que certains d'entre nous n'en gagneront de toute leur vie. Arrêtez, point final. C'est tout ce que nous vous demandons. Les temps ont changé. Nous ne jouons plus à ces petits jeux.

Pendant un instant, je crus l'avoir impressionné, car il tourna son regard éteint sur moi, et me dévisagea comme si je valais peut-être la peine d'être entendu. Puis son intérêt s'évanouit, et il retomba dans sa morosité.

— C'est votre pays qui vous parle, Bradshaw ! déclarai-je, sincèrement en colère à présent. Pour l'amour du ciel, qu'est-ce que vous demandez de plus, à la fin ? Ne vous reste-t-il même pas quelques vestiges de conscience ?

Je vais vous fournir la réponse de Bradshaw telle que je l'ai transcrite, car à la demande de Burr j'avais glissé un magnétophone dans la poche de ma veste, et les inflexions nasales et chantantes de Bradshaw permirent un enregistrement parfait. J'essaierai de rendre également le ton de sa voix aussi précisément que possible. Il parlait sa langue maternelle comme une langue étrangère. D'après mon fils Adrian, on appelle cette façon de parler le *slur*. C'est une sorte de cockney des quartiers chics, qui avale la moitié des mots, fait sonner « moi » comme « moâ » et ne s'embarrasse pas avec les pronoms. Cet idiolecte a évidemment son vocabulaire propre : on ne dit pas « améliorer », mais « optimiser », on ne se spécialise pas, on « cible un créneau pointu », et les « outils » sont systématiquement « performants ». Il entraîne également des incorrections par excès de pédanterie, censées nous distinguer de la plèbe, et aboutissant à des perles telles que : « Vous n'êtes pas sans ignorer. » Mais même si je n'avais pas eu mon magnétophone, j'aime à croire que j'aurais pu me souvenir de chaque parole, car son discours sonna à mes oreilles comme l'ultime cri de guerre d'un monde que j'étais en train d'abandonner.

— Je suis désolé, commença-t-il, ce qui était un mensonge au départ. Ai-je bien compris que vous en appeliez à ma conscience ? Très bien. Parfait. Déclaration à verser au dossier. D'accord ? Début de la déclaration. Premièrement. D'ailleurs, il n'y a pas de deuxièmement. *Je m'en tape complètement*. La différence entre moi et les autres rigolos, c'est que moi, je le reconnais. Si une bande de nègres (oui, j'ai bien dit « nègres », et je pense « nègres »), si des nègres se trouent la peau jusqu'au dernier avec mes joujoux et que ça me rapporte un petit quelque chose, impeccable. Parce que si moi je ne leur vends pas la marchandise, un autre zigoto ne se gênera pas pour le faire. Le gouvernement comprenait ça, avant. S'il s'est ramolli, tant pis pour ses pieds. Deuxièmement. Question : les producteurs de tabac font quoi aujourd'hui ? Balancent leur tabac hyper-toxique aux aborigènes en leur disant que ça fait bander et que ça soigne la grippe. Ils ne s'en tapent pas les gars du tabac ? Ils dépriment en se disant qu'ils propagent le cancer du poumon chez les autochtones ? Mon cul, oui ! Ils font du marketing créatif, point à la ligne. La drogue, par exemple. Je n'en prends pas personnellement, pas besoin. Enfin bref. Vendeur consentant fait affaire avec acheteur consentant. Mon conseil : ne pas s'en mêler, les laisser s'entretuer, et bon vent. Si la drogue ne les tue pas, ce sera la pollution, ou ils finiront en grillade à cause de l'effet de serre. Anglais, vous avez dit. Et fier de l'être, d'ailleurs. Et fier de mon école, aussi. Impérialiste. C'est la tradition qu'on nous a léguée. Quand des gens se mettent en travers de mon chemin, je les casse, ou ils me cassent. La discipline, c'est l'affaire de chacun, en fait. L'ordre, c'est accepter les responsabilités de sa classe et de son éducation, et prendre l'étranger à son propre jeu. Je croyais que c'était un de vos dadas, à vous autres. Le doigt dans l'œil jusqu'au coude. Ratés dans la communication. Ce qui compte, c'est la qualité de la vie. De cette vie. Les valeurs, en fait. Passéiste ? J'assume. Ces valeurs-là. Pompeux, pensez-vous ? D'accord, je suis pompeux. Et je vous emmerde. Je suis Pharaon, OK ? Si quelques milliers d'esclaves doivent crever pour que je construise ma pyramide, c'est la loi de la jungle. Et s'ils peuvent me faire claquer pour construire leur putain de pyramide, tant mieux pour leurs fesses. Savez ce que j'ai dans ma cave ? Des anneaux en fer. Rouillés, rivés au murs pendant la construction de cette maison. Savez à quoi ils servaient ? Aux esclaves. La loi de la jungle, *idem*. Le premier propriétaire, celui qui a construit la maison, celui qui a payé, qui a envoyé son architecte en Italie apprendre le métier, ce type il avait des esclaves, et le quartier des esclaves, c'était dans la cave de cette maison. Croyez qu'il n'y a pas d'esclaves aujourd'hui ? Croyez que le capital ne repose pas sur les esclaves ? Bon Dieu, vous débarquez, ou quoi ? Pas le genre à parler philosophie, mais pas le genre non plus à se faire sermonner. Ça ne marche pas, compris ? Pas avec moi, merci bien. Ça me dérange. On ne s'énerve pas facilement, on est plutôt connu pour son sang-froid. On a une certaine idée du monde, on fournit du travail aux gens, et on prend sa part.

Je ne répondis rien, et c'est aussi sur la bande.

Que dire face à un absolu ? Au long de ma vie, je m'étais insurgé contre un fléau institutionnalisé. Il avait eu un nom, et bien souvent une patrie d'accueil. Il avait servi un but collectif et connu une fin collective. Mais le fléau que j'avais aujourd'hui devant moi était un gamin destructeur qui avait grandi dans nos rangs, au contact duquel je me retrouvai enfant, désarmé, sans voix, abandonné. L'espace d'un instant, j'eus le sentiment que j'avais passé ma vie à me battre en me trompant d'ennemi. Puis, le sentiment que Bradshaw m'avait personnellement volé le fruit de ma victoire. Je me rappelai l'aphorisme de Smiley sur les bons qui perdent la guerre froide, et les méchants qui la gagnent, et je songeai à le répéter à Bradshaw comme une sorte d'insulte, mais c'eût été parler dans le vide. Je pensai aussi lui dire qu'après avoir vaincu le communisme, nous allions devoir entreprendre de vaincre le capitalisme, mais ce n'était pas vraiment le fond de ma pensée : le mal ne se trouvait pas dans le système mais dans l'homme. En outre, Bradshaw était déjà en train de me proposer de rester à dîner. Je lui opposai un refus poli, avant de prendre congé.

Au bout du compte, ce fut Burr qui m'invita à dîner, et j'avoue avec plaisir que je n'en garde qu'un très vague souvenir. Deux jours plus tard, je rendais mon laissez-passer à la Centrale.

Vous voyez votre visage. C'est celui d'un inconnu.

Vous vous demandez ce qu'il est advenu de votre amour, ce que vous avez découvert, ce que vous cherchiez. Vous avez envie de dire : « J'ai terrassé le dragon, j'ai fait de ce monde un monde plus sûr. » Mais vous n'arrivez pas à le dire, pas vraiment, plus de nos jours. Peut-être même n'y êtes-vous jamais arrivé.

Nous avons une vie agréable, avec Mabel. Nous ne parlons pas des choses qu'il nous est impossible de changer. Nous ne nous disputons pas. Nous sommes des gens civilisés. Nous avons acheté un cottage sur la côte, avec un jardin tout en longueur dont j'aimerais bien m'occuper : planter quelques arbres; ménager une échappée sur la mer. Je fais du travail bénévole dans un club de voile pour enfants nécessiteux : on les amène ici de Hackney, et ils sont contents. On essaie de m'enrôler dans le conseil municipal. Mabel s'occupe des œuvres de la paroisse. Je vais parfois en Hollande, où je connais encore quelques personnes.

Burr nous rend visite à l'occasion, ce que j'apprécie. Il s'entend bien avec Mabel, c'était à prévoir. Il ne se montre pas sentencieux. Il lui parle des aquarelles qu'elle peint. Il ne porte pas de jugement. Nous ouvrons une bonne bouteille, nous faisons cuire un poulet. Burr me donne les dernières nouvelles, puis il rentre à Londres. De Smiley, je ne sais plus rien, mais c'est ce qu'il souhaitait. Il déteste la nostalgie, même s'il fait partie de celle des autres.

La retraite, cela n'existe pas vraiment. Ce qui existe parfois, c'est le sentiment d'en savoir trop et de ne pouvoir y faire grand-chose, mais c'est simplement l'âge, j'en suis sûr. Je pense beaucoup. Je multiplie mes lectures. Je parle avec les gens, je prends le bus. Je suis un nouveau venu dans le monde réel, mais j'apprends.

DU MÊME AUTEUR

chez Robert Laffont :

LE MIROIR AUX ESPIONS
UNE PETITE VILLE EN ALLEMAGNE
UN AMANT NAÏF ET SENTIMENTAL
LA TAUPE
COMME UN COLLÉGIEN
LES GENS DE SMILEY
LA PETITE FILLE AU TAMBOUR
UN PUR ESPION
LE BOUT DU VOYAGE *(théâtre)*
LA MAISON RUSSIE

L'ŒUVRE ROMANESQUE de John Le Carré,
en 3 volumes, dans la collection « Bouquins »

Aux éditions Gallimard :

CHANDELLES NOIRES
L'ESPION QUI VENAIT DU FROID
L'APPEL DU MORT

Le Livre de Poche / Thrillers

Extrait du catalogue

Adler *Warren*
La Guerre des Rose

Attinelli *Lucio*
Ouverture sicilienne

Bar-Zohar *Michel*
Enigma

Benchley *Peter*
Les Dents de la mer

Breton *Thierry*
Vatican III

Breton *Thierry* et **Beneich** *Denis*
Softwar " La Guerre douce "

Browne *Gerald A.*
19 Purchase Street

Clancy *Tom*
Octobre rouge
Tempête rouge
Jeux de guerre
Le Cardinal du Kremlin

Coatmeur *Jean-François*
La Nuit rouge
Yesterday
Narcose
La Danse des masques

Cook *Robin*
Vertiges
Fièvre
Manipulations
Virus
Danger mortel
Syncopes
Sphinx

Cooney *Caroline B.*
Une femme traquée

Coonts *Stephen*
Le Vol de l'Intruder

Crichton *Michael*
Sphère

Crumley *James*
La Danse de l'ours

Cruz Smith *Martin*
Gorky Park

Curtis *Jacques*
Le Parlement des oiseaux

Cussler *Clive*
L'Incroyable Secret
Panique à la Maison Blanche
Cyclope
Trésor

Daley *Robert*
L'Année du dragon
La Nuit tombe sur Manhattan
L'Homme au revolver

Dickinson *William*
Des diamants pour Mrs. Clark
Mrs. Clark et les enfants du diable
De l'autre côté de la nuit
(Mrs. Clark à Las Vegas)

Erdmann *Paul*
La Panique de 89

Fast *Howard*
La Confession de Joe Cullen

Follett *Ken*
L'Arme à l'œil
Triangle
Le Code Rebecca
Les Lions du Panshir

Forbes *Colin*
Le Léopard

Forsyth *Frederick*
Le Quatrième Protocole
Le Négociateur

Giovanni *José* et **Schmitt** *Jean*
Les Loups entre eux

Goldman *William*
Marathon Man

Granger *Bill*
Un nommé Novembre

Hayes *Joseph*
La Nuit de la vengeance
La Maison des otages

Heywood *Joseph*
L'Aigle de Sibérie

Higgins *Jack*
Solo
Exocet
Confessionnal
L'Irlandais
La Nuit des loups

Higgins Clark *Mary*
La Nuit du renard
La Clinique du docteur H
Un cri dans la nuit
La Maison du guet
Le Démon du passé
Ne pleure pas ma belle
Dors ma jolie

Highsmith *Patricia*
L'Homme qui racontait des histoires

Hunter *Stephen*
Target

Irish *William*
Du crépuscule à l'aube

Kakonis *Tom*
Chicane au Michigan

Katz *William*
Fête fatale

Kerlan *Richard*
Sukhoï

King *Stephen*
Dead Zone

Kœnig *Laird*
La Petite Fille au bout du chemin

Koontz *Dean R.*
La Nuit des cafards

Le Carré *John*
Comme un collégien
La Petite Fille au tambour

Lenteric *Bernard*
La Gagne
La Guerre des cerveaux
Substance B
Voyante

Le Roux *Gérard* - **Buchard** *Robert*
Fumée verte
Fumée rouge

Ludlum *Robert*
La Mémoire dans la peau
Le Cercle bleu des Matarèse, *t. 1 et 2*
Osterman week-end
L'Héritage Scarlatti
Le Pacte Holcroft
La Mosaïque Parsifal, *t. 1 et 2*
La Progression Aquitaine
La Mort dans la peau
Une invitation pour Matlock
Sur la route de Gandolfo

MacDonald *Patricia J.*
Un étranger dans la maison
Sans retour

Melnik *Constantin*
Des services « très » secrets

Morrell *David*
La Fraternité de la Rose
Le Jeu des ombres
Les Conjurés de la pierre
La Cinquième Profession

Nathan *Robert Stuart*
Le Tigre blanc

Pronzini *Bill*
Tout ça n'est qu'un jeu

Randall *Bob*
Le Fan

Ryck *Francis*
Le Piège
Le Nuage et la Foudre
Autobiographie d'un tueur professionnel

Salinger *Pierre* et **Gross** *Leonard*
Le Scoop

Sanders *Lawrence*
Péchés mortels
Les Jeux de Timothy

Simmel *Johannès Mario*
Le Protocole de l'ombre
On n'a pas toujours du caviar
Et voici les clowns...

Spillane *Mickey*
L'Homme qui tue

Topol *Edward*
La Substitution

Topol *Edward* et **Neznansky** *Fridrich*
Une place vraiment rouge

Uhnak *Dorothy*
La Mort est un jeu d'enfants

Vachss *Andrew*
La Sorcière de Brooklyn

Wallace *Irving*
Une femme de trop

Wiltse *David*
Le Baiser du serpent

Dans Le Livre de Poche policier

Extraits du catalogue

Astafiev *Victor*
Triste polar

Bachellerie
L'Ile aux muettes

Baudou *Jacques* (Sous la direction de)
Mystères 88
Anthologie du mystère

Borniche *Roger*
Vol d'un nid de bijoux
L'Affaire de la môme Moineau
Le Coréen

Chaplin *Michael*
Ballade pour un traître

Christie *Agatha*
Le Meurtre de Roger Ackroyd
Dix Petits Nègres
Les Vacances d'Hercule Poirot
Le Crime du golf
Le Vallon
Le Noël d'Hercule Poirot
Le Crime de l'Orient-Express
A.B.C. contre Poirot
Cartes sur table
Meurtre en Mésopotamie
Cinq Petits Cochons
Meurtre au champagne
Les Sept Cadrans
L'Affaire Prothero
Mister Brown
Le Couteau sur la nuque
La Mort dans les nuages
Cinq heures vingt-cinq
Mort sur le Nil
Je ne suis pas coupable
Un cadavre dans la bibliothèque
Pourquoi pas Evans?
L'Heure zéro
Un, deux, trois
N. ou M.?
Rendez-vous à Bagdad
Une poignée de seigle
La Maison biscornue
Le Train de 16 heures 50
Le Major parlait trop
Le Flux et le reflux
Témoin à charge
Les Indiscrétions d'Hercule Poirot
Drame en trois actes
Poirot joue le jeu
Les Pendules
Le Crime est notre affaire
Miss Marple au Club du mardi
Le Club du mardi continue
Rendez-vous avec la mort
Un meurtre sera commis le...
Trois souris...
Le Miroir se brisa
Le Retour d'Hercule Poirot
Le Chat et les Pigeons
Le Cheval pâle
La Nuit qui ne finit pas
Jeux de glaces
Allô, Hercule Poirot
Le Cheval à bascule
Pension Vanilos
Un meurtre est-il facile?
Mrs Mac Ginty est morte
Le Mystère de Listerdale
Destination inconnue
Témoin indésirable
Némésis
La Dernière Enigme
Associés contre le crime
Le Bal de la Victoire
A l'hôtel Bertram
Le Crime du golf

Delacorta
Vida
Lola

Dickinson *Peter*
L'Oracle empoisonné

Doyle *Sir Arthur Conan*
Sherlock Holmes : Étude en Rouge
suivi de Le Signe des Quatre
Les Aventures de Sherlock Holmes
Souvenirs de Sherlock Holmes
Résurrection de Sherlock Holmes
La Vallée de la peur
Archives sur Sherlock Holmes
Le Chien des Baskerville
Son dernier coup d'archet

Doyle *Sir A. Conan* et **Carr** *J.D.*
Les Exploits de Sherlock Holmes

Ellin *Stanley*
Miroir, miroir dis-moi

Exbrayat *Charles*
Chant funèbre pour un gitan
L'inspecteur mourra seul
Quel gâchis, inspecteur
Les Menteuses
La Honte de la famille
Encore vous, Imogène !
Quand Mario reviendra
Le Petit Fantôme de Canterbury
Avanti la mùsica !
Cet imbécile de Ludovic
Le plus beau des Bersagliers
Les Douceurs provinciales

Goodis *David*
La Lune dans le caniveau
Cassidy's girl
La Garce
Descente aux enfers

Hitchcock *Alfred* présente :
Histoires à ne pas lire la nuit
Histoires à faire peur
Histoires diablement habiles
Histoires à n'en pas revenir
Histoires macabres
Histoires angoissantes
Histoires piégées
Histoires riches en surprises
Histoires de mort et d'humour
Histoires troublantes
Histoires noires
Histoires médusantes
Histoires qui défrisent
Histoires à sang pour sang
Histoires pour tuer le temps
Histoires explosives
Histoires déroutantes
Histoires à corps et à crimes
Histoires avec pleurs et couronnes
Histoires à risques et périls
Histoires d'argent, d'armes et de voleurs
Histoires de la crème du crime

Irish *William*
Alibi noir
Rendez-vous mortel

James *P.D.*
La Proie pour l'ombre
L'Ile des morts
Meurtre dans un fauteuil
La Meurtrière
Un certain goût pour la mort
Sans les mains
Une folie meurtrière
Meurtres en blouse blanche
Mort d'un expert
A visage découvert

Jaouen *Hervé*
La Mariée rouge
Histoires d'ombres

Leblanc *Maurice*
Arsène Lupin, gentleman cambrioleur
Arsène Lupin contre Herlock Sholmès
La Comtesse de Cagliostro
L'Aiguille creuse
Les Confidences d'Arsène Lupin
Le Bouchon de cristal
813
Les 8 Coups de l'horloge
La Demoiselle aux yeux verts
La Barre-y-va
Le Triangle d'Or
L'Ile aux 30 cercueils
Les Dents du Tigre
La Demeure mystérieuse
L'Éclat d'obus
L'Agence Barnett et Cie
La Femme aux deux sourires
Les Trois Yeux
Le Formidable événement
Dorothée, danseuse de corde
Victor de la Brigade mondaine
La Cagliostro se venge

Leonard *Elmore*
La Loi de la cité
Un drôle de pèlerin
Gold Coast
La Brava
Bandits
D'un coup d'un seul

Leroux *Gaston*
Le fantôme de l'Opéra
Le Mystère de la chambre jaune
Le Parfum de la dame en noir
Le Fauteuil hanté

Lovesey *Peter*
Trois flics dans un canot
À chacun son Dew

Mcdonald *Gregory*
Flynn joue et gagne

Flynn se fâche
Flynn s'amuse

McGivern
Une question d'honneur

Millar *Margaret*
Un étranger dans ma tombe
D'entre les morts

Monteilhet *Hubert*
La Part des anges
Mourir à Francfort
Le Retour des cendres
Les Mantes religieuses

Raynal *Patrick*
Fenêtre sur femmes

Rendell *Ruth*
L'Analphabète
Le Lac des ténèbres
Ces choses-là ne se font pas
Le Jeune Homme et la mort
Un enfant pour un autre
La Demoiselle d'honneur
L'Homme à la tortue

Reouven *René*
L'Assassin du boulevard
La Raison du meilleur est toujours la plus forte

Steeman *Stanislas-André*
L'assassin habite au 21

Thomson *June*
Le Crime de Hollowfield
Champignons vénéneux
Claire... et ses ombres
La Mariette est de sortie

Topin *Tito*
Un gros besoin d'amour

Traver *Robert*
Autopsie d'un meurtre

Vachss *Andrew*
Flood

Vickers *Roy*
Service des affaires classées 1 - Un si beau crime
Service des affaires classées 2 - L'ennemi intime
Service des affaires classées 3 - Le Cercle fermé
Service des affaires classées 4 - Le Mort au bras levé

Wambaugh *Joseph*
Soleils noirs
Le Crépuscule des flics

IMPRIMÉ EN FRANCE PAR BRODARD ET TAUPIN
Usine de La Flèche (Sarthe).
LIBRAIRIE GÉNÉRALE FRANÇAISE - 6, rue Pierre-Sarrazin - 75006 Paris.
ISBN : 2 - 253 - 06230 - 8 30/9559/3